西班牙当代女性成长小说

Contemporary Spanish Female
Growth Novels

王 军 著

图书在版编目 (CIP) 数据

西班牙当代女性成长小说 / 王军著 .—北京：北京大学出版社，2016.3
（国家社科基金后期资助项目）
ISBN 978-7-301-26932-9

Ⅰ.①西… Ⅱ.①王… Ⅲ.①妇女文学—小说研究—西班牙—现代 Ⅳ.① I551.074

中国版本图书馆 CIP 数据核字 (2016) 第 030019 号

本书入选"北大欧美文学研究丛书"

书　　名	西班牙当代女性成长小说
著作责任者	王　军　著
责 任 编 辑	初艳红
标 准 书 号	ISBN 978-7-301-26932-9
出 版 发 行	北京大学出版社
地　　址	北京市海淀区成府路 205 号　100871
网　　址	http://www.pup.cn　　新浪微博：@ 北京大学出版社
电 子 信 箱	alicechu2008@126.com
电　　话	邮购部 62752015　发行部 62750672　编辑部 62759634
印 刷 者	北京宏伟双华印刷有限公司
经 销 者	新华书店
	730 毫米 ×1020 毫米　16 开本　15 印张　277 千字
	2016 年 3 月第 1 版　2016 年 3 月第 1 次印刷
定　　价	45.00 元

未经许可，不得以任何方式复制或抄袭本书之部分或全部内容。
版权所有，侵权必究
举报电话：010-62752024　电子信箱：fd@pup.pku.edu.cn
图书如有印装质量问题，请与出版部联系，电话：010-62756370

国家社科基金后期资助项目
出版说明

　　后期资助项目是国家社科基金项目主要类别之一，旨在鼓励广大人文社会科学工作者潜心治学，扎实研究，多出优秀成果，进一步发挥国家社科基金在繁荣发展哲学社会科学中的示范引导作用。后期资助项目主要资助已基本完成且尚未出版的人文社会科学基础研究的优秀学术成果，以资助学术专著为主，也资助少量学术价值较高的资料汇编和学术含量较高的工具书。为扩大后期资助项目的学术影响，促进成果转化，全国哲学社会科学规划办公室按照"统一设计、统一标识、统一版式、形成系列"的总体要求，组织出版国家社科基金后期资助项目成果。

全国哲学社会科学规划办公室
2014 年 7 月

国家社科基金后期资助项目
本课题得到
"北京大学创建世界一流大学计划"
的经费资助

目　录

上　编

导　论 ··· 3

第一章　西班牙女性成长小说的渊源流变 ····················· 7
第一节　传统成长小说 ·· 7
第二节　女性成长小说 ·· 12
第三节　西班牙女性成长小说 ··· 17

第二章　不妥协的"怪女孩" ··· 21
第一节　《空盼》 ·· 22
第二节　《萤火虫》 ··· 28
第三节　《半掩纱帘》 ·· 31

第三章　清醒的疯女 ·· 36
第一节　《花痴女》 ··· 37
第二节　《胡列达·奥维斯的归来》 ································ 40
第三节　《隐私》 ·· 44

第四章　童年：无法抹去的记忆 ··································· 48
第一节　《悲伤》与《我书写你的名字》 ······················· 49
第二节　《胡利娅》 ··· 52
第三节　《伤痕》三部曲 ·· 57

第五章　出走·回归：离家与寻根 ································ 60
第一节　《岛屿与魔鬼》 ·· 60
第二节　《咱们里维罗家族》 ··· 63

第六章　婚姻：出入围城 …… 68
第一节　《沉眠于水下》 …… 69
第二节　《钻石广场》 …… 72

第七章　母性系谱：有其母必有其女？ …… 76
第一节　《永别了，拉莫娜》 …… 78
第二节　《马莱娜是一首探戈曲名》 …… 82
第三节　《爱情、好奇、百忧解和困惑》 …… 85

第八章　姐妹情谊：情感的禁区 …… 90
第一节　《隐秘的和谐》 …… 93
第二节　《贝雅特丽丝与星球》 …… 96

下　编

第九章　自传：我的一生 …… 103
第一节　《马拉维亚斯街区》 …… 104
第二节　《乡村女教师》 …… 107

第十章　日记·书信：记录心声 …… 112
第一节　《莱蒂西娅·巴耶回忆录》 …… 113
第二节　《商人》三部曲 …… 118
第三节　《亲爱的，我把大海留给你当信物》 …… 123

第十一章　元叙述：女性写作的权威性 …… 128
第一节　《失恋纪实》 …… 128
第二节　《变幻无常的阴云》 …… 134

第十二章　互文性：女性改写的策略 …… 139
第一节　《我把海鸥当作证人》 …… 140
第二节　《紫色时光》 …… 141

第十三章　戏仿神话：女性的修正 …… 147
第一节　《女教师日记》 …… 148

第二节 《年年夏日那片海》 ………………………………… 153
  第三节 《那喀索斯和哈耳摩尼亚》 …………………………… 158

第十四章 西班牙女性成长小说的叙述声音 ……………………… 161
  第一节 "我"的独白 ……………………………………………… 162
  第二节 多视角叙述 ……………………………………………… 169

第十五章 西班牙女性成长小说的空间及意象 …………………… 176
  第一节 闺房·都市 ……………………………………………… 176
  第二节 镜像·凝视 ……………………………………………… 181
  第三节 身体·写作 ……………………………………………… 191
  第四节 海·河·雨 ……………………………………………… 198

结　语 …………………………………………………………………… 203

参考书目 ………………………………………………………………… 209

上 编

导 论

成长小说(Bildungsroman)是世界文学常见的叙事类型，18世纪下半叶诞生于德国，19世纪达到鼎盛。这类小说描写一个人物从童年到成年的生理、心理、道德和社会层面的演变及发展，这一过程通常分为三个阶段：第一阶段是青年时代的学习，第二阶段是漫游岁月，最后一个阶段为完善自我。

但关于该类型小说，各国学界并无统一定义。英国文学家休·霍尔曼(Hugh Holman, 1914~1981)认为成长小说是"以一个敏感的青年人或年轻人为主人公，叙述他试图了解世界本质，发掘现实意义，得到生命哲学和生存艺术启示过程的小说"[①]。

莫迪凯·马科斯(1925~)在《什么是成长小说》一文中综合了诸多相关定义："成长小说展示的是年轻主人公经历了某种切肤之痛的事件之后，或改变了原有的世界观，或改变了自己的性格，或两者兼有；这种改变使他摆脱了童年的天真，并最终把他引向了一个真实而复杂的成人世界。在成长小说中仪式本身可有可无，但必须有证据表明这种变化对主人公会产生永久的影响。"[②]

巴赫金(1895~1975)把成长小说归纳为五类——纯粹的循环型成长小说、与年龄保持联系的循环型成长小说、传记型小说、训谕教育小说、现实主义的成长小说。他在《教育小说及其在现实主义历史中的意义》(The Bildungsroman and Its Significance in the History of Realism)一文中阐述了对该类型小说的见解：

> 大部分小说只掌握定型的主人公形象。除了这一占统治地位的、数量众多的小说类型外，还存在着另一种鲜为人知的小说类型，它塑造的是成长中的人物形象。这里，主人公的形象不是静态的统一体，而是动态的统一体。主人公本身的性格在这一小说的公式中成了变数，主人公

---

① 转引自郭国良、俞晓红：《走出成长的困惑——评劳埃德·琼斯的〈皮普先生〉》，《译林》2010年第2期。

② Mordecai Marcus, "What Is an Initiation Story?", *Journal of Aesthetics and Art Criticism* 19 (2), 1960, pp. 221-228.

本身的变化具有了情节意义。与此相关,小说的情节也从根本上得到了再认识、再构建,时间进入了人的内部,进入了人物形象本身,极大地改变了人物命运及生活中一切因素所具有的意义。这一小说类型从最普遍涵义上说,可称为人的成长小说。①

在号称"瑞士的歌德"凯勒(Gottfried Keller,1819～1890)的经典成长小说《绿衣亨利》(1854～1855)中译本序言中,著名诗人刘半九(1922～2009)指出,成长小说"往往是以一个所谓'白纸状态'的青少年为主人公,通过他毫不离奇的日常生活,通过他的一生与其他人相处和交往的社会经历,通过他的思想情感在社会熔炉中的磨炼、变化和发展,描写他的智力、道德和精神的成熟过程,他的整个世界观的形成过程"②。

有关成长小说的概念,被引用最多的论著是意大利文学评论家弗兰克·莫雷蒂(Franco Moretti,1950～　)的《如此世道。欧洲文化中的成长小说》(*The Way of the World. The Bildungsroman in the European Culture*,1987)。他在此书中对欧洲文化框架下的成长小说全貌做了整体梳理和介绍,指出在19世纪与20世纪之交成长小说开始了与现代主义小说合潮的趋势。他将此种与传统成长小说相区别的成长小说称为"晚期成长教育小说"。此类成长小说"彻底否定了个人在社会化的过程中单向度的通往成熟完满的路径,青春在这些作品中已不再成为社会、历史向前发展的文学象征,小说不再刻意强调社会规约的机制和功能,而更加重视个体主观的复杂性。除此之外,晚期成长小说的出现和现代主义小说之间存在着某种关系,但这种关系却不是连续、渐进的线形演变,而是一种形式上的断裂。这种断裂与现代性自身的分裂有着紧密的联系。传统成长小说以目的论和观念论统摄整个作品,而晚期成长小说则以碎裂的回忆、美好的自然、丰富的传统、本真的自我,以及一系列的日常和存在的方式消解了统一的目的性。其价值就在于它超越了成长小说的固有认识论结构,而将成长看成是一个流动的过程、一个永远不会终结的过程。依照晚期成长小说的特点,成长的最终价值不是像歌德、狄更斯所说的那样,仅仅在成长和教育的过程中建构意义体系,而是在成长的经历中不断汲取力量。可以说,这是成长小说文学观念的一个重大转变"③,因此它也被列为现代性的典范体裁。

另一方面,《反思与行动:论成长小说》(*Reflection and Action*, *Essays on*

---

① 巴赫金:《小说理论》(白春仁、晓河译),河北教育出版社,1998年,第230页。
② 刘半九:《〈绿衣亨利〉译本序》,人民文学出版社,1980年,第2页。
③ 转引自林雅华:《现代性与成长小说》,《云南社会科学》2009年第6期。

the Bildungsroman，1991)一书的主编詹姆斯·哈丁(James Hardin，1915～2003)意识到传统成长小说与现代小说之间的分歧。"大多数成长小说的定义把个人和社会之间的调和看作是这类小说的一个基本特征,这些定义全然排除了现代小说,因为现代小说很少表现这种人为的结局,其结局是开放的、不明朗的、相对的。"①

20世纪80年代末成长小说在西班牙开始得到关注,本土学者出版了一批有分量的著作。罗德里格斯·封德拉(Rodríquez Fontela)的《自我教育小说:从西语小说来探讨成长小说的理论和历史》(*La novela de la autoformación, una aproximación teórica e histórica al bildungsroman desde la narrativa hispánica*，1996)分析了西班牙、拉美作家近三个世纪以来如何接受、创作这一类型小说,但并未涉及西班牙女性成长小说。类似的著作还有米盖尔·萨尔梅龙(Miguel Salmerón)的《成长小说与意外遭遇》(*La novela de formación y peripecia*，2002)、费尔南德斯·巴斯克斯(Fernández Vázquez)的《成长小说的后殖民重写》(*Reescrituras postcoloniales del Bildungsroman*，2003)。

尼艾瓦·德拉帕斯(Nieva de la Paz)的《政治转型期的西班牙女小说家》(*Narradoras españolas en la transición política*，2004)和罗萨莉亚·高内霍-巴里艾格(Rosalía Cornejo-Parriego)的《女人之间:西班牙当代小说中的友情和情欲策略》(*Entre mujeres. Política de la amistad y el deseo en la narrativa española contemporánea*，2007)开始触及西班牙女性成长小说的诸多问题。

中国对这一领域的关注相当零散、滞后。虽然出版了一些西班牙女性成长小说,如卡门·拉福雷的《空盼》、马丁·盖特的《离家出走》、马约拉尔的《隐秘的和谐》、杜丝格兹的《年年夏日那片海》、托雷斯的《融融暖意》,但缺乏系统、深入的研究,目前只有沈石岩的《西班牙文学史》(2005)和笔者的《二十世纪西班牙小说》(2007)涵盖了西班牙女作家的创作,因此有必要对西班牙当代女性成长小说做全面的研究与探索,弥补国内学界的这一空白。

本书力图以欧美当代女性成长小说理论为经、德国古典成长小说理论为纬,着重考察西班牙当代女性成长小说的创作实践、发展趋势和美学特征,论证其对西班牙当代文学的影响及意义。为此笔者特意选择了西班牙战后第一代、第二代和第三代有影响力的女作家22名,其中既有加泰罗尼亚女作家卡门·拉福雷、安娜·玛利亚·马图特、卡门·库特兹、埃斯特尔·杜丝格

---

① 转引自孙胜忠:《德国经典成长小说与美国成长小说之比较》,《安徽师范大学学报》2005年第5期。

兹、罗伊格、莫伊斯、卡梅·列拉、努里娅·阿玛特、玛露哈·托雷斯,也有来自保守、封闭的外省城市后定居首都的马丁·盖特、何塞菲娜·阿尔德科亚、普埃托拉斯、多洛雷斯·梅迪奥、纳瓦雷斯、玛丽娜·马约拉尔、罗莎·孟德萝和阿尔慕德娜·葛兰黛丝则是地道的马德里女作家的代表。另一些流亡海外多年的作家,如罗莎·查塞尔、梅尔塞·罗多雷塔,她们在异国他乡创作的小说最终在西班牙本土得到认可。

上述这些女作家创作了一大批优秀的女性成长小说,构成西班牙当代文学的重要组成部分。本课题所挑选的 39 部作品(大部分未译介到中国)具有很强的个人风格、地域色彩和时代特征,无论在人物的塑造、主题的扩展,还是小说文体的运用、叙事声音的多重、语言意象的表达和空间处理上,都存在较大差异,因此能够清晰呈现西班牙女性成长小说发生、发展的轨迹和趋势。

本书首先对这些重点作家的作品进行文本细读、研究和归类,全面考察其基本主题、人物类型、叙事模式、文体特征、女性语言意象,向读者呈现西班牙女性成长小说独到的艺术品位。在此基础上,论述西班牙女作家如何改写欧洲古典成长小说的传统模式,以反映当代本土妇女个体和集体的成长经历;探讨西班牙女性成长小说如何摆脱妇女"欲望客体"的地位,获得女性的主体性和自我实现;归纳西班牙女性成长小说的美学特征,总结它对西方女性文学的贡献。

第一章 西班牙女性成长小说的渊源流变

要了解西班牙女性成长小说的渊源,首先需要梳理传统成长小说的起源和特点;其次,有必要了解西方女性成长小说的兴起及与传统男性成长小说的差异。在此基础上才能深入探讨西班牙女性成长小说的独特性和创新性。

第一节 传统成长小说

"成长小说"又称"教育小说"或"修养小说"①。"Bildung 一词在教育学上指的是一个人变得同他的导师一模一样,以导师为楷模并同他合为一体的过程……在文学上,Bildung 一词同时还具有它在原始教义传说中所包含的世俗性的比喻义:早期的教会首领用陶匠揉泥以制成器具的比喻来解释上帝创世的神恩。"②根据《德国文学史实用辞典》,它"一般以一个人的成长经历为线索,描写主人公从童年、少年、青年到成年的成长过程。主人公首先接受家庭和学校教育,然后离乡漫游,通过结识不同的人、观察体验不同的事,并通过在友谊、爱情、艺术和职业中的不同经历和感受,认识自我和世界。主人公的成长,是内在天性展露与外在环境影响相互作用的结果。外在影响作用于主人公的内心世界,促使他不断思考和反思。错误和迷茫是主人公成长道路上不可缺少的因素,是走向成熟的必由之路。"③

18世纪德国评论家费德瑞切·封·布莱肯伯格(Friedrich von Blanckenburg,1744~1796)在《小说评论》(*Essay on the Novel*,1774)中对克里斯托夫·马丁·维兰德(Christoph Martin Wieland,1733~1813)的小说《阿伽通》(1767)给予高度评价,并首次暗示"成长小说"的概念。19世纪20年代,德国罗曼语语言学家、批评家卡尔·封·莫根施泰(Karl von Morgenstern,1770~1852)在《论成长小说的本质》(1820)及《成长小说史》

---

① 谷裕将 Bildungsroman 译成"修养小说",她的《德国修养小说研究》(2013)对14部德国经典成长小说的创作、诗学及基本特征进行深入的研究与阐述,是国内该领域一部有分量的学术著作。
② 弗朗西斯·约斯特:《比较文学导论》(廖鸿钧等译),湖南文艺出版社,1988年,第174页。
③ 转引自谷裕:《德语修养小说研究》,北京大学出版社,2013年,第39页。

(1824)两篇论文中,正式提出"成长小说"这个术语。但由于莫根施泰的著述流传并不广,一直以来引用频率最高的"成长小说"定义出自德国哲学家、社会学家威廉·狄尔泰(Wilhelm Dilthey,1833~1911)。他在《诗歌与经验》(*Poetry and Experience*,1906)中将其描绘为"成长维度"与"教育维度"相互交融又各有侧重的小说形式,成长小说"与所有较早的传记体小说的区别在于,成长小说自觉地、富有艺术地表现一个生命过程的普遍人性。它到处都与莱布尼茨所创立的新的发展心理学有联系,也同符合自然地跟随心灵的内部进程进行教育的思想有联系……歌德的《威廉·迈斯特》比其他任何小说更开朗、更有生活信心地把它说了出来,这部小说及浪漫主义的小说之上,有一层永不消逝的生命之乐的光辉。"[①]

可以说,德国的小说理论起始于对"Bildung"这个概念的挪用,在两个多世纪的变迁中,成长小说"变成了德国文学的特殊体裁:英雄向自然主义和社会融入的有机发展详细再现了德国文学走向成熟的运动,而这个文学又为德国民族的统一提供灵感"[②]。1910 年出版的《大英百科全书》收入了 Bildungsroman 一词,并将它定义为"主题为一个人成长岁月或精神教育的小说"。总之,从狄尔泰开始,"成长小说"这一文学标签得到西方学界的认可和接受。

评论界通常把《阿伽通》视为德语第一部现代意义上的成长小说。它叙述了 18 世纪德国社会中青年的造就和发展,"以一个个体的成长发展为线索,具有鲜明的内在化特征和个体意识","维兰德开创的德语成长发展小说模式贯穿了整个 19 世纪,影响直至战后的德国文学"[③]。

受英国作家塞缪尔·理查逊(Samuel Richardson,1689~1761)的影响,卢梭和歌德分别创作了两部具有成长小说基调的作品《新爱洛漪丝》(1761)和《少年维特之烦恼》(1774)。而歌德的《威廉·迈斯特的学习时代》(1795)更被视为成长小说的经典之作,在德国引起强烈争论。席勒与歌德频繁通信,探讨这一作品。在 1796 年 7 月 8 日致歌德的信中,席勒表示"威廉从一个空洞、模糊的理想迈入指定的积极生活,但在这个过程中没有丧失他的理想主义"。在 1796 年 11 月 28 日的另一封信中,他再次指出:"在威廉·迈斯特的周围和他本人身上什么事都发生了,但不是因为他才发生。"苏格兰评论

---

① 转引自王炎:《成长教育小说的日常时间性》,《外国文学评论》2005 年第 1 期。
② T. C. Kontje, *The German Bildungsroman, history of a national genre*, Camden House, Columbia, 1993.
③ 谷裕:《现代市民史诗——十九世纪德语小说研究》,上海书店出版社,2007 年,第 30~31 页。

讽刺作家、历史学家托马斯·卡莱尔(Thomas Carlyle，1795~1881)将该书翻译成英语，推动了成长小说在欧洲各国及世界其他地区的拓展。

巴赫金将欧洲成长小说的起源上溯到古希腊色诺芬的《居鲁士的教育》，而西班牙黄金世纪的流浪汉小说为其发展提供了许多基本要素和模式[①]。如《托尔梅斯河边的小癞子》(*Lazarillo de Tormes*，1554)、《阿尔法拉切的古斯曼》(*Guzmán de Alfarache*，1599~1604)都是由一个出身卑微的流浪汉以第一人称的口吻讲述他从童年至成年的艰难经历。在此过程中主人公四处漂泊，从事各种职业，接触三教九流，丰富而苦涩的人生阅历是他最宝贵的财富。另一部流浪汉小说《曼萨纳雷斯河边的特雷萨，爱撒谎的女孩》(*La niña de los embustes*，*Teresa de Manzanares*，1632)则塑造了一位出身低微但追求自由、独立的女性人物，由她讲述自己从小到大的人生际遇。

另外，西班牙巴洛克时期哲学家巴塔萨尔·格拉西安(Baltasar Gracián，1601~1658)的代表作《批评家》(*El Criticón*)由《春天般的童年和炽热的青年时代》(*En la primavera de la niñez y en el estío de la juventud*，1651)、《血气方刚般的秋季之审慎的宫廷哲理》(*Juiciosa cortesana filosofía en el otoño de la varonil edad*，1653)和《残冬般的垂暮之年》(*En el invierno de la vejez*，1657)三卷组成，书名便暗示其主要内容是讲述"被上帝创造出的原本天真无邪的人面对充满各种诱惑的生活，他们经过人生的春夏秋冬四个季节的磨难，经历失意、死亡的考验后获得处事经验并变得成熟。"[②] 这些小说所呈现的人物成长历程及所接受的教育模式为德国成长小说的兴起开辟了道路。

因此传统成长小说融合了早于它的某些小说的特征，如旅行历险小说、讽刺小说、流浪汉小说、情感小说、忏悔录和自传小说。在评论界看来，文学价值比较高的成长小说大多是那些描述失败了的主人公的小说，如凯勒的《绿衣亨利》；或是那些描述成问题的教育宗旨的小说，如奥地利作家施蒂夫特(Adalbert Stifter，1805~1868)的小说《晚夏》(1857)。被歌德称为"小兄弟"的德国思想家、作家卡尔·菲利普·莫利茨(Karl Philip Moritz，1756~1793)以自传性小说《安通·莱瑟》(1785~1790)提供了一个失败的教化过程的例子，这部作品以"负面成长小说"的身份进入文学史。在西班牙语国家同

---

① "流浪汉小说到了德国也变味了，变成了德国式的。其特点就是道德教化占得主导地位。这首先和西班牙流浪汉小说在德国的译介有关……巴洛克时期德语最著名的流浪汉小说《痴儿西木传》，就是在德语译本和发生变化以后的西班牙流浪汉小说影响下形成的。与维兰特的《阿伽通》及以后的德国现代成长发展小说相比，《痴儿西木传》中还没有形成主人公的个体意识和独立人格。"见谷裕：《现代市民史诗——十九世纪德语小说研究》，第13页。

② 沈石岩：《西班牙文学史》，北京大学出版社，2006年，第99页。

样出现了类似的负面成长小说,如西班牙现实主义大师加尔多斯·佩雷斯(Pérez Galdós,1843~1920)的《朋友芒索》(*El amigo Manso*,1882)、哥伦比亚自然主义作家安东尼奥·奥索里奥·李萨拉索(Antonio Osorio Lizarazo,1900~1964)的《潦草书写》(*Garabato*,1938)。

19世纪和20世纪的许多经典小说,虽然不是严格意义上的成长小说,但具有该类型小说的某些特点。例如西班牙唯美主义作家胡安·巴雷拉(Juan Valera,1824~1905)的《贝比塔·希梅内斯》(*Pepita Jiménez*,1874),法国普鲁斯特的《追忆似水流年》(1913~1927),爱尔兰乔伊斯的《青年艺术家画像》(1914),英国丹尼尔·笛福的《凤舞红尘》(又译为《荡妇列传》,1722),德国托马斯·曼的《魔山》(1924)。德国另一位作家赫尔曼·黑塞(Hermann Hesse,1877~1962)的《在轮下》(1906)则是一部更加严格意义上的成长小说。

杰罗姆·汉密尔顿·巴克利(Jerome Hamilton Buckley,1917~2003)在论述英国成长小说的《青年时节——从狄更斯到戈尔登的成长小说》(*Season of Youth, the Bildungsroman from Dickens to Golden*,1974)专著中,将德国文学为该类型小说划定的主题范围远远扩大,认为只要涉及"童年、代沟、外乡身份、大社会、自我教育、疏远社会、为爱情煎熬、寻找职业和工作哲学"这一系列中的两到三个主题,即为成长小说。同时他还勾勒了古典成长小说的情节模式:

> 一个有些敏感的孩子在乡村或一个乡下小镇上成长,在那里他发现自由的想象受到社会和理智的束缚。他的家人,尤其是他的父亲,顽固地反对他富有创造性的直觉和奇想……于是,有时是在很小的时候,他就离开了家庭这个压抑的环境(还有相应的天真),独自在城里闯荡……在那里,他真正的"教育"开始了,不仅是为职业做准备,而且——通常更重要的——是他对都市生活的直接体验。后者至少包括两场恋爱或性的遭遇,一个粗俗沉沦(debasing),一个激越飞扬(exalting),并要求主人公在这个和其他方面重估其价值观。到他做出决定……那种他能够堂皇地决定融入现代社会的时候,他已经超越了青春期,进入了成年。①

帕特莉西娅·阿登在《英国成长小说中的社会流动:吉辛、哈代、本涅特

---

① 转引自孙胜忠:《一部独特的女性成长小说——论〈简·爱〉对童话的模仿与颠覆》,《外国文学评论》2009年第2期。

和劳伦斯》中对成长小说提出她的见解：

> 这一类型小说聚焦个体在某个特殊的社会环境中的成长，它可以是部分自传的，可能讲述的是这一个体从童年到他或她性格发展或塑造完成的那一节点的故事，换句话说，它更多的是学徒期的故事而非生活故事。这一类型小说的关键是通过成长获得个体的自我意识，以及社会阅历作为塑造，有时甚至是改变自我的一种教育。预计这一过程的解决方案便是某种对社会的适应。①

成长小说在美国也得到了长足的发展，涌现了像马克·吐温的《哈克·贝利芬历险记》、塞林格的《麦田里的守望者》这样的经典成长小说。芮喻萍的专著《美国成长小说研究》(2004)首先系统梳理了美国成长小说的缘起和发展概貌，其次从结构、人物、叙事、文化和多元文化主义等不同角度，讨论美国成长小说的不同侧面以及它与欧陆成长小说迥异的美洲特色。

比较而言，"德意志民族好学深究、极富哲学气质，表现个体追求内心自我实现的'成长维度'首先出现，并且始终占据重要位置。强调个体向国家认同融合，担负社会责任的'教育维度'18世纪在维护民族国家统一的政治需要下形成。英国成长小说深受洛克教育理念的影响，又有浓重的宗教道德背景，故而以'教育维度'为主，'成长维度'长期依附于'教育'目的，19世纪后因资本主义经济兴起导致的个人主义精神而独立出来。德英传统虽然各有侧重，但以社会为本位，对个体的义务要求大于权利提供的特点如出一辙。20世纪之后，重心移到美国这个年轻的移民国家。在错综复杂的文化传统下，美国成长小说一开始是古板保守的'教育维度'与追求个人成长的'成长维度'的混合产物，后起的'消费文化价值观'则使它最终走向以个体为本位，拒绝社会'教化'的流变之路，这也是世界成长小说的发展倾向。"②

近年来，对西方成长小说的最新研究成果有《学徒：从歌德到桑塔亚那的成长小说》(*Apprenticeships*: *The Bildungsroman from Goethe to Santayana*, 2005)《变化与传承：英语成长小说》(*Change and Continuity*: *The Bildungsroman in English*, 2009)和《关于欧洲成长小说的新视角》(*New Perspectives on the European Bildungsroman*, 2010)。

---

① Patricia Alden, *Social mobility in the English Bildungsroman*, *Gissing*, *Hardy*, *Bennett*, *and Lawrence*, Ann Arbor, Michigan, UMI Research Press, 1986, p. 1.
② 徐秀明、葛红兵：《成长小说的西方渊源与中国衍变》，《上海师范大学学报（哲学社会科学版）》，2011年。

第二节　女性成长小说

妇女与小说的关系十分密切。19世纪英语文学最有影响的女小说家之一乔治·艾略特的情人刘易斯（George Henri Lewes）在研究1852年英国女小说家时指出："就所有文学类型而言，小说无论从本质抑或处境来看，皆是妇女最能适应的体裁"，"小说是体现妇女学问的主要组成部分的家务经历的适当形式"。① 玛丽·伊格尔顿也持相同观点："当妇女成为作家时，所有的旧的文学形式已根深蒂固，固定难变。只有小说尚年轻，运用起来还柔软可塑。"② 另外"小说是一种不具男性权威长久历史的形式，它在一定程度上源于诸如日记、笔记、书信等妇女谙熟的写作类型。小说在形式上较之于依赖希腊、拉丁典故的诗歌而言更易接近、把握，其内容无论过去还是现在都被认为是适合妇女的形式。"③

成长小说作为女性叙事文学的一个特殊类型，经历了重大的变化，有意识地自愿呈现出与男性文化所确立的古典模式的对立。最早的女性成长小说（female Bildungsroman）出现在英国。

> 英国成长小说作为德国成长小说的重要变体之一，传承了经典成长小说的现实主义风格，也衍生了一些新的特色，其中值得注意的是大量涌现的有关女性成长主题的小说……若从主人公在经历由幼稚到成熟、由天真到世故的主题出发，确实有很多女性小说都涉及了这类主题，并与男性成长小说存在诸多共性，然而"女性"性别视角的切入，也决定了其在创作上存在着有别于以男性为主体的传统成长小说。④

被亨利·菲尔丁称作"小说夫人"的伊莉扎·海伍德（Eliza Haywood，1693～1756），其《欠考虑的贝茜小姐历险记》（*The History of Miss Betsy Thoughtless*，1751）被视为第一部英语女性成长小说。女主人公贝茜毅然离开了在情感和经济上都控制自己的丈夫，体验了一段时间的独立生活；被誉

---

① 转引自杨莉馨：《论英国女性小说的命运及文化困境》，《安徽大学学报（哲学社会科学版）》2001年第25卷，第3期。
② 玛丽·伊格尔顿：《女权主义文学理论》，胡敏、陈彩霞、林树明译，湖南文艺出版社，1989年，第8页。
③ 同上书，第160页。
④ 徐晗，吕洪灵：《弗吉尼亚·伍尔夫〈岁月〉对传统成长小说的继承与超越》，《南京师范大学文学院学报》2012年第2期。

为"英国小说之母"的范尼·伯尼(Fanny Burney,1752~1840),在《艾维莉娜:一个姑娘的涉世经历》(*Evelina, Or the History of a Young Lady's Entrance into the World*, 1778)中以书信体的方式塑造了一个质疑传统性别规范、独立、智慧的女性人物。埃利斯认为,从18世纪中期起,女性成长小说"为女性的发展创造了一种模式,即让妇女见多识广地了解她们在社会中受限制的地位"[①]。

19至20世纪又诞生了几部经典女性成长小说,如简·奥斯丁的《傲慢与偏见》(1813)、《爱玛》(1815),夏洛蒂·勃朗特的《简·爱》(1847),乔治·艾略特的《弗洛斯河上的磨房》(1860),美国女作家路易莎·梅·奥尔科特的《小妇人》(1868)、薇拉·凯瑟的《我的安东尼娅》(1918)、西尔维娅·普拉斯的《钟形罩》(1963)、艾丽斯·沃克的《紫色》和托尼·莫里森的《最蓝的眼睛》(1970)等。

然而,由于长期以来男权社会对妇女身心发展的种种限制和阻碍,"传统女性成长小说(即写于19世纪和20世纪初的那些作品)的女主人公的发展结果常常是失败的。她们生存的男权世界没兴趣看到她们具有全面的个体、性别和知性的成熟,作为成熟的人存在。因此这些女性人物被迫放弃自我发展,参与到自我幼稚化的进程。"[②]

传统成长小说在20世纪下半叶逐渐衰落,与之相反,当代女性成长小说却呈现出一派欣欣向荣的局面,这与20世纪60年代后期在欧美国家形成的第二波女权主义运动密不可分。美国女性主义文学批评的奠基者之一伊莱恩·肖沃尔特(Elaine Showalter,1941~)在《她们自己的文学:从勃朗特到莱辛的英国女性小说家》(*A Literature of Their Own, British Women Novelists from Bronte to Lessing*, 1977)中指出:"大约在1960年左右,女性写作进入了自我意识的新阶段",即"自我发现、寻求自身价值、从反对派的依赖中挣脱出来的内在转变阶段"[③]。这个关于"新阶段"的预言在随后30年的欧美女性成长小说中得到验证。

西方学者对女性成长小说的讨论兴起于20世纪70年代早期。艾伦·摩根于1972年发表的《人的成长:新女权主义小说的形式与焦

---

① Lorna Ellis, *Appearing to Diminish, Female Development and the British Bildungsroman, 1750-1850*, Lewisburg, Bucknell UP, 1999.
② Olga Bezhanova, "*Temblor* de Rosa Montero, un *Bildungsroman* neobarroco", *OGIGIA*, Revista electrónica de estudios hispánicos, No. 6 de 2009.
③ 转引自柏棣:《西方女性主义文学理论》,广西师范大学出版社,2007年,第29页。

点》认为,女性成长小说时至 20 世纪虽然是"受新女权主义影响最显著的形式",但仍然是对男性小说旧形式的一种"改造"(recasting)。可时隔 7 年,布雷德林就宣称"女权主义成长小说描写妇女……摆脱了预设的、以男性为主导的社会角色",似乎女性成长小说已经发生了质的变化。1985 年出版的《成长中的女性》一书仿佛是对上述两种观点的概括与总结。作者在书中指出,主人公朝着获得"真正女性自我"的方向前进,使现代女权主义成长小说成了"女权主义小说中最流行的形式"。但直至 20 世纪 90 年代,女权主义批评家在女性成长小说方面的研究主要还是建立在《入航:女性成长小说》(*The Voyage In, Fictions of Female Development*, 1983)的基础上,他们依然在辩论和呼吁要形成一个独立的表现女性成长的传统。由此可见,女性成长小说的关键问题在于,如何在女权主义观念的感召下跳出男性社会角色和男性成长小说的窠臼,再现真正的女性自我,从而构建独特的女性成长小说传统。①

碧鲁特·希普利哈乌斯卡伊黛(Biruté Ciplijauskaité,1929~)在《当代女性小说(1970~1985)。关于第一人称叙事类型》(*La novela femenina contemporánea (1970-1985). Hacia una tipología de la narración en primera persona*,1988)一书中研究了英、法、德、西班牙、意大利等国以第一人称叙事的女性小说,将它们分为四类:觉醒小说(novela del despertar)或觉悟小说(novela de la concienciación)、心理小说(novela psicológica)、历史小说(novela histórica)和反抗小说(novela de rebelión)。其中第一、第二和第四类小说可以视为女性成长小说的不同版本,因为它们通过自我发现、自我认识和探索来寻找自我身份。她的另一部著作《在文学中建构女性的我》(*La construcción del Yo femenino en la literatura*,2004)论述了西班牙女性文学中反叛的语言、爱情的语言、家族谱系、清醒与疯狂等要素,这些都与女性成长小说密切相关。

女性成长小说作为一个独立的小说类型,承载着女性的生命体验、女性解放、族裔生存、文化身份构建等一系列沉重而复杂的历史使命。它有别于传统成长小说,"女性主义对成长小说传统的挖掘和重建强调这个'失败'。好男儿志在四方,可以成家、立业、卫国,行走天下;女孩子却只能以贤妻良母

---

① 孙胜忠:《分裂的人格与虚妄的梦——论觉醒型女性成长小说〈觉醒〉》,《外国文学》2011 年第 4 期。

为 Bild，即便反抗，也只有出轨、出家、出世这几条路可走。所谓的'女性成长'（female Bildung），与其是意气风发的 growing up，还不说是陷入桎梏的 growing down：如果遵循性别套路，那就没有独立自主可言；如果背叛性别期待，则只能步上死路一条。"①

因此，与男性成长小说相比，女性成长小说"对于父权制意识形态清醒的疏离与彻底的批判，其实包藏着极为深刻的叙事用心，因为就文本中两性人物的主体这一问题来讲，往往在男性主体的传统权威、身份和地位被否定后，女性人物在无父权主体权威的叙述背景中，才有更大的文本空间去建构或表现内心深处的主体意识，也才能进一步从压抑中的边缘和他者的客体位置走向标志成熟的主体性地位，从而完成女性成长的历程。因此，在父权制这一关键性的问题上，男性成长小说与女性成长小说显现出鲜明的不同，并构成了二者根本的分水岭。"②

当代女作家感兴趣的是将 20 世纪下半叶深刻影响女性命运的问题移植到文学中，如妇女所接受的充满限制性偏见的教育，缺乏实现自我的自由（从属于父权和夫权），活动天地狭小（一些女作家把这点与女性的无聊和失望联系起来）；错误的情感教育对女性的消极影响（爱情是她们全部唯一的生活），宗教、艺术、文化、神话所提供的女性传统模式。桑德拉·福里顿总结了德国女性成长小说所发生的积极变化：

> 女作家……已经形成了一种新模式，改变了传统 Bildungsroman 中描写的社会化过程，去适应妇女角色的新意识。这个模式从认可受限制的社会角色，通过拒绝主观武断的标准，转变到生成一种对立形象，这个形象创造了一个新角色和新的、积极的生活方式，妇女可以融入其中。③

执教于美国的波多黎各女学者米歇尔·C.达维拉·冈萨尔维斯（Michele C. Dávila Gonçalves）的《记忆的档案：罗莎·查塞尔、罗莎·孟德

---

① 倪湛舸：《成长小说的美学政治：从席勒的头骨到〈伯恩的身份〉》，http://blog.tianya.cn/blogger/post_read.asp? BlogID=271704&PostID=24564997.
② 翟永明：《成长·性别·父权制——兼论女性成长小说》，《理论与创作》2007 年第 2 期，第 26 页。
③ Sandra Frieden, "Shadowing/Surfacing/Shedding, Contemporary German Writers in Search of a Female *Bildungsroman*", *The Voyage In*, *Fictions of Female Development*, Abel, Elizabeth, Hirsch, Marianne, and Langland, Elizabeth (eds.), Londres, UP of New England, 1983, pp. 304-316.

萝、罗莎里奥·卡斯特亚诺、埃莱娜·波尼亚托斯卡的女性成长小说》(*El archivo de la memoria, La novela de formacion femenina de Rosa Chacel, Rosa Montero, Rosario Castellano, Elena Poniatowska*, 1999)分别研究了西班牙和拉美四位具有代表性的女作家的成长小说,是西班牙语女性成长小说领域一部很有分量的作品。

陆特斯(Leasa Y Lutes)在《阿连德、布伊特拉格、卢伊塞意:女性成长小说概念的理论探讨》(*Allende, Buitrago, Luiselli, Aproximaciones teóricas al concepto del bildungsroman femenino*, 2000)中探讨了成长小说以当代和女性的方式存在的可行性,通过将法国女性主义理论家朱丽娅·克里斯蒂娃(Julia Kristeva, 1941~   )、埃莱娜·西苏(Hélène Cixous, 1937~   )和露丝·伊利格瑞(Luce Irigaray, 1932~   )的理论运用到智利的伊莎贝尔·阿连德(Isabel Allende, 1942~   )、哥伦比亚的范妮·布伊特拉格(Fanny Buitrago, 1945~   )和墨西哥的阿历桑德拉·卢伊塞意(Alessandra Luiselli)这三位拉美女作家、女学者的作品,显示出她们对这一古典类型小说重新创作所取得的毋庸置疑的成就,同时该著的分析方法从更加理论的角度对成长小说进行了探讨。

在国内,王卓的《投射在文本中的成长丽影——美国女性成长小说研究》(2008)考察了美国女性成长小说对传统成长小说中男性中心主义模式的颠覆策略,在女性成长小说与男性成长小说的参照和对比中展开理论建构,并在二者的"边缘"与"中心"的互动中勾画出了女性成长小说的独立性及其艰难的发展过程。

高小弘的《成长如蜕——二十世纪九十年代女性成长小说研究》(2011)也采取"比较"的方法,在横向与男性成长,纵向与90年代之前的中国女性成长小说的比照中,通过文化背景、文本互涉、心理等方面的分析,将90年代本土女性成长小说置于20世纪宏大的文化背景下考察,并通过对于女性成长历程中"他者"境遇的揭示以及对造成这一性别境遇的根本原因的厘清,比较分析两性成长的内涵与两性成长的叙事异同。高小弘指出,女性成长小说质疑"身为女性"的社会含义,始终强调"女性个体的自由与社会限制之间的冲突以及由此产生的后果",因为传统意义上的成熟过程对男人和女人而言结局不同,前者学会独立,后者却不得不接受顺从。早期女性成长小说肯定的是妇女摆脱父系家庭的权力结构、支配自己生活的必要性;当代这一女性叙事类型则指出,妇女已经获得了前辈无法想象的某些社会权利和责任,如今她们的任务是寻找自己在这个世界的定位。现代妇女成长的关键在于她们能否意识到男权机制不仅在现实世界、而且在妇女自身头脑中的残余影响。

孙胜忠认为女性成长小说主要有两种叙事结构模式：

> 学徒型模式（narrative pattern of apprenticeship）和觉醒型模式（pattern of awakening）。第一种模式基本上是按照时间顺序展开情节，采用男性成长小说的线性结构，展示女主人公从童年到成年的连续发展历程。第二种女性成长小说的流行模式是觉醒型，在这类模式中，女性的成长不是分阶段按部就班地逐渐成长。主人公的成长由于种种原因被延误了，直到成年某个阶段仿佛瞬间疯长起来，继而崩溃。①

总之，女性成长小说"是以生理上或精神上未成熟的女性作为成长主人公，表现了处于'他者'境遇中的女性，在服从或抵制父权制强塑的性别气质与性别角色的过程中，艰难建构性别自我的成长历程，其价值内涵指向女性的主体性生成，即成长为一个经济与精神独立自主的女人"②。

第三节 西班牙女性成长小说

尽管英、德等国 18 世纪已出现女性成长小说，但在西班牙这一类型小说直到 19 世纪中期才问世，如费尔南·卡瓦列罗（Fernán Caballero，1796～1877）的《海鸥》（*La gaviota*，1849）和罗萨里娅·德卡斯特罗（Rosalía de Castro，1837～1885）的《大海的女儿》（*La hija del mar*，1859）。前者作为西班牙现实主义小说复兴的标志，描写了一个外号叫"海鸥"的渔民女儿玛丽莎拉达（Marisalada）的悲剧性一生。她拥有美妙的女高音，为她治病的德国大夫斯特恩爱上了这个"野姑娘"。两人结婚后，在丈夫的调教下，"海鸥"的音乐才华得以施展。当地一位公爵看中了她，并把她介绍到塞维利亚和马德里的上流社会，"海鸥"的歌唱事业获得巨大成功。之后她与斗牛士贝贝通奸，却眼看着情人死在斗牛场上。她因这段婚外恋而自毁婚姻，最后又失去了使她赖以成名的金嗓子，再嫁于故乡的一个理发师，打发余生。

"海鸥"的人生画了一个圆圈，她虽然有过成功，但最后还是回到了原点，这便是传统女性成长小说女主人公的普遍结局。"当男性成长小说的主人公朝着未来前进，女性成长小说的主人公却转向过去。同一时期的女性成长小

---

① 孙胜忠：《分裂的人格与虚妄的梦——论觉醒型女性成长小说〈觉醒〉》，《外国文学》2011 年第 4 期。
② 高小弘：《成长如蜕——二十世纪九十年代女性成长小说研究》，人民出版社，2011 年，第 15 页。

说经常运用环形结构。尽管她们努力成长,但在她们成长过程的尾声,这些 Bildungsromane 的女主人公处于原样的自我认识和成熟水平。"①

进入 20 世纪,西班牙特殊的政治、社会、宗教和文化环境导致其女权主义运动走上了一条与其他欧洲国家迥异的道路。评论界习惯于将西班牙女权运动分成两类:进步的女权主义(源于自由主义思想,坚定捍卫妇女的权利)和保守的女权主义(产生于天主教环境,对社会变化无具体向往)。但这两种女权主义都要求改变妇女的公共和私人地位,以便她们能够面对新的解放诉求。西班牙第一位职业女记者、左翼女权主义作家卡门·德布尔戈斯(Carmen de Burgos,1867~1932)于 1926 年将女权主义定义为"为取得不损害整个人类、不奴役半数人类这一社会正义而奋斗的社会党"②。

1910 年西班牙颁布法令,允许妇女进入大学接受高等教育。虽然这一步晚于欧洲其他国家,但对西班牙妇女来说意义重大。对现代化和前途的那种绝望的渴求在"1914 年一代"伟大而不安分的知识分子身上体现出来,其中就包括戏剧家、散文家、女权主义者玛丽亚·莱哈拉加③,政治家、律师克拉拉·坎波阿莫尔④、维多利亚·肯特(Victoria Kent,1898~1987),教育家玛丽亚·德马埃斯图(María de Maeztu,1881~1942)。20 世纪上半叶西班牙最杰出的现实主义女作家之一孔查·埃斯皮纳(1869~1955)在具有自传色彩的成长小说《风之玫瑰》(1915)中塑造了一个不安分的女孩,而她却受到忏悔神父的告诫,被要求做个温顺、谦和的女孩:"我的孩子,我不太理解你……那个在你灵魂中沸腾、令你痛苦的东西,在我看来,是狂妄自大。你要像儿童那样谦和,这样你才能进入天堂;你要像鸽子那样弱小、温顺,像羔羊那样天真。"⑤1931 年 4 月 1 日西班牙第二共和国成立,它的历史虽短,但影响极大。同年共和国宪法诞生,规定妇女享有与男子同等的公民权,妇女拥有选举权。此外还颁布了劳工合同法(8 小时工作制)、退休金制度、离婚法、堕胎法等具有进步意义的条文。1936 年肯特、坎波阿莫尔和玛尔加丽达·

---

① Olga Bezhanova,"*Temblor* de Rosa Montero, un *Bildungsroman* neobarroco",*OGIGIA*,*Revista electrónica de estudios hispánicos*,No. 6 de 2009.
② Anna Caballe,*La vida escrita por las mujeres*,II. *Contando estrellas*. *Siglo XX* (*1920-1960*),Barcelona,Lumen,2004,p. 15.
③ 莱哈拉加(María Lejárraga,1874~1974)参加了 1933 年西班牙第二共和国大选并当选议员。她在自传《西班牙征途上的一个女人》(*Una mujer por caminos de España*,1952)中讲述了自己在竞选活动中的经历。
④ 坎波阿莫尔(Clara Campoamor,1888~1972)赞成立刻赋予妇女选举权,为此她承受了巨大的社会压力,在《我与妇女选举权。我的致命罪孽》(*El voto femenino y yo. Mi pecado mortal*,1936)中回忆了这段痛苦的历史。
⑤ Concha Espina,*La rosa de los vientos*,Santander,Ediciones Librería Estudio,2002.

内尔肯①当选为共和国女议员,费德丽卡·蒙塞妮任共和国卫生和社会福利部部长(1936～1937),成为西班牙历史上第一个女部长。②

1936 年爆发的西班牙内战将这些来之不易的社会进步彻底否定。1939 年内战结束后,共和国颁布的宪法条令被废除,佛朗哥复辟了不合潮流的 1889 年民法,使妇女再次落入男性统治的圈套,回到传统的女儿/妻子/母亲模式。这一时期的西班牙女权运动发生了很大的倒退,妇女经过长期奋斗所获取的平等、独立权益化为乌有。大批女权主义者和左派人士流亡国外,而那些追随佛朗哥和天主教会的妇女开始了她们的"黄金时代"。1934 年成立了隶属于长枪党的"妇女支部"(Sección Femenina),其领导人就是 30 年代西班牙右翼思想家、长枪党创始人何塞·普里莫·德里维拉(1903～1936)的妹妹比拉尔·普里莫·德里维拉(Pilar Primo de Rivera,1907～1991),该组织直到 1977 年才解散。"从 1942 年起,所有的劳工法都规定,妇女一旦结婚,就必须放弃她的工作岗位。"另外从 1939 年起西班牙取消男女同校,对女生的教育局限在家政、卫生、花卉园艺、烹饪、制衣和家庭经济的管理。

尽管如此,20 世纪 50 年代先后有 5 位女作家荣获"纳达尔小说奖"(Premio Nadal de Novela),形成了西班牙女性成长小说的第一次高潮。她们的作品大多具有自传色彩,反映妇女在成长过程中所面临的社会问题,作品中的女性人物也呈现相似的个性:"她们是独立、孤独的少女,在肉体或精神上与自己的家庭分离,这在当时的环境下仍然是奇怪的,特别是母亲对女儿的影响和重要性极小,她们或缺席,或保持距离,甚至已去世。女孩们蔑视虚伪的社会规则,生活在自我的世界里,但常常不太清楚该往什么方向走。她们意识到社会的不公平和陈规陋习,她们的生存摇摆于无根与反抗之间。"③

1975 年佛朗哥时代的结束标志着西班牙从独裁体制和平过渡到君主立

---

① 玛尔加丽达·内尔肯(Margarita Nelken,1896～1968):西班牙作家、记者、政治家,在内战时期加入西班牙共产党,1939 年流亡墨西哥,在那里成为著名的艺术评论家。著有《西班牙妇女的社会地位》(La condición social de la mujer en España,1922)、《面对制宪议会的妇女》(La mujer ante las Cortes Constituyentes,1931)和小说《沙地陷阱》(La trampa del arenal)。她曾表示:"我对自己感到非常自豪,因为我是西班牙少数几个完全以笔为生、没有正式工资的作家之一。"

② 费德丽卡·蒙塞妮(Federica Montseny,1905～1994)著有《不驯服的女人》(La Indomable,1927)、《妇女,男人的问题》(La mujer, problema del hombre,1932)、《我在卫生和社会福利部的经历》(Mi experiencia en el Ministerio de Sanidad y Asistencia Social,1938)、《女囚》(Mujeres en la cárcel,1949)、《我的前 40 年》(Mis primeros cuarenta años,1987)和小说《四个女人》(Cuatro mujeres,1978)。

③ Cristina Ruiz Guerrero, Panorama de escritoras españolas, Universidad de Cádiz, 1997, pp. 162-163.

宪制。1978 年颁布《民主宪法》，明文规定妇女享有与男子均等的权利和机会，同时还恢复了自 1939 年内战结束后被废除的离婚法。1983 年 10 月在马德里创办妇女学院，研究妇女问题（包括女性文学），建立"妇女之家"（收容那些遭受家庭暴力或经济拮据的妇女）。20 世纪 80 年代以来，西班牙妇女的参政意识比 30 年代更加强烈，有些人被选为国会议员，有些在政府内阁担任要职，还成立了"女权主义党"，领导人为女作家莉迪娅·法尔孔（Lidia Falcón，1935～ ）。

70 年代西班牙文坛的"女性小说爆炸"，使得战后第二代女作家成为西班牙当代文学不可或缺的组成部分。她们大多数来自马德里和巴塞罗那中产阶级，受过高等教育，许多人从事新闻出版和文化教育工作，文学创作是其第二职业。女作家梅塞德斯·索里阿诺（1956～2002）表示："我们是奇怪的一代妇女，一面教我们干家务，一面驱使我们上学读书，不是为了像过去那样装门面，而是为了自立，我相信这个国家有史以来第一次出现了这种现象。我们大概是战后第一代不顺从的妇女，我们比男人还玩得转，他们立马就阴沟翻船了。"①

伊丽莎白·阿贝尔认为西班牙"女性小说爆炸"最有特点的表现形式就是成长小说，可以说这一传统小说类型在西班牙当代女性文学中获得了新的活力。同时她也指出："当男主人公奋斗是为了找到一个适宜的环境去实现他们的追求，女主人公却必须常常斗争以便无论如何要表达出一切愿望。对一个女人来说，社会选择经常是如此狭隘，以至于妨碍探讨她的社会背景。"②

马科斯中把成长小说分为两类：一类把成长描绘成年轻人对外部世界的认识过程；另一类把成长解释为认知自我身份与价值，并调整自我与社会关系的过程。西班牙女性成长小说大都属于后一类，以揭示女性内心世界、描写家族历史、刻画置身于社会生活之外的女性为主，描写她们追求独立的人生与保守社会的必然冲突。西班牙女作家对妇女的社会处境及地位十分敏感，对自身所遭受的不公平待遇持抗议立场，对世俗的爱情婚姻观念提出质疑，对所受的传统教育产生叛逆心理。因此其作品一般在写作上侧重内心分析和话语的抒情色彩，很多时候具有自传色彩，同时又扮演西班牙当代社会变迁的见证者。

---

① Mercedes Soriano, *Contra vosotros*, Madrid, Alfaguara, 1991, p. 107.
② Elizabeth Abel, "Introduction", *The Voyage In*, *Fictions of Female Development*, Abel, Elizabeth, Hirsch, Marianne, and Langland, Elizabeth（eds.），Londres, UP of New England, 1983, pp. 1-19.

第二章　不妥协的"怪女孩"

自古以来，男权社会的文学和艺术所塑造的女性人物大多反映的是男性的需求和欲望。早在20世纪初期，周作人便超前地揭示了妇女在男人和自我眼中的不同形象，并对由此产生的两个极端表示质疑：

> 男子方面有时视女子若恶魔，有时视若天使，女子方面有时自视如玩具，有时又自视如帝王；但这恐怕都不是真相吧？人到底是奇怪的东西，一面有神人似的光辉，一面也有走兽似的嗜好，要能够睁大了眼冷静地看着的人才能了解这人与其生活的真相。研究妇女问题的人必须有这个勇气，考察盾的两面，人类与两性的本性及诸相，对于什么都不吃惊，这才能够加以适当的判断与解决。①

周作人的见解与西方当代女性主义文学研究的观点不谋而合。弗吉尼亚·伍尔芙(1882~1941)在西方女性主义文学里程碑式的著作《一间自己的房间》(1919)中精辟地指出："如果女人仅仅存在于男性所写的虚构作品中，人家就会把她想象为最最重要的人物；她千姿百态变化无穷：英雄盖世而又卑鄙下贱；美艳绝伦而又奇丑无比；她像男人一样伟大，有人甚至认为她比男人还要伟大。"于是这种自相矛盾的女性形象"在想象之中她至关重要；实际上她却无足轻重。她遍布于诗集从头至尾每一页中；但在历史中她几乎不见踪影。在小说里，她主宰着君王和统治者的生活；实际上，她会成为任何一个男孩的奴婢，只要她的父母把戒指硬套在她的手指上。在文学中，最富灵感的话语、最深刻的思想从她唇间吐出；在实际生活中，她几乎不会阅读拼写，而且是她丈夫的个人财产。"②

玛丽·弗格森主编的《文学中的妇女形象》(1973)列举了贤妻、良母、悍妇、淫妇、男人的玩物、老处女、新女性等女性角色和天使、女神、巫婆、狐狸精等女性原型。桑德拉·吉尔伯特和苏珊·格巴合著的《阁楼上的疯女人——女作家与19世纪的文学想象》(*The Madwoman in the Attic*, *The Woman*

---

① 周作人：《周作人散文选集》，百花文艺出版社，1987年，第201页。
② 伍尔芙：《一间自己的房间》，《弗吉尼亚·伍尔夫文集：论小说与小说家》，瞿世镜译，上海译文出版社，2000年，第101~102页。

Writer and the 19th-century Literary Imagination，1979）也对主流经典文学所塑造的"令人恼怒的两极——天使或魔鬼，清纯愚笨的百姓公主或是凶恶疯狂的皇后"①表示强烈不满。她们发现，在文学史上女性一直处于边缘地位，贞女/少女/纯洁的献祭、地母、巫女/歇斯底里的邪恶女人、荡妇之类的形象往往是"空洞的能指"。

当代妇女正处于一个新旧价值观、道德观、世界观快速更替的时代，"旧的行为准则已经失效，因此在女性小说中，经常会描写女主人公在普遍的茫然中寻找自我身份的过程……我是谁？我将如何对待自己的生活？类似的问题在这些作品中一直回响。"②在西班牙女性成长小说中，人物面临的首要问题为"我是谁？"要回答这个问题，必须先了解"身份认同"这个最早运用于心理学的术语，它指"一个人在成长过程中经历了某种心理危机或精神危机之后，获得的一种关于个人与社会关系的健全人格，它是一个人对某种社会价值观念和生活方式的认同和皈依，它深藏于个人的潜意识中，具有统一性和持续性"③。

"身份认同"问题一直困扰着许多女作家及其塑造的女性人物。西班牙"世纪半作家群"（Generación del Medio Siglo）的女将之一马丁·盖伊特（1925～2000）在文集《凭窗：西班牙文学的女性视角》（1987）中指出，西班牙女性成长小说的一个典型人物即"怪女孩"（chica rara）。她还发现，战后塑造了"怪女孩"的那些西班牙女作家本身也被称为"怪女孩"，因为通常"她们跟怪男孩聚在一起，几乎都是外省资产阶级家庭出身，在她们梦想的大城市里更多寻找的是与同代的男伙伴们一起在大街上、咖啡馆和媒体上拥有一席之地，而不是历险或爱情。事实上很多女作家实现了这个目标"④。正是她们塑造了一组不被世俗社会所接受的"怪女孩"，揭开了西班牙女性成长小说的序幕，谱写了一曲迥异于前人的人生新篇章。

第一节 《空盼》

在西班牙战后万马齐喑的局面下，西班牙女作家为女读者创作的大多为

---

① 转引自刘岩、马建军编著：《并不柔弱的话语——女性主义视角下的 20 世纪英语文学》，重庆大学出版社，2011 年，第 106 页。
② Geraldine Nichols, "El procrear, pro y contra", *Mujeres novelistas. Jóvenes narradoras de los noventa*, Alicia Redondo (ed), Madrid, Narcea, S. A. de Ediciones, 2003, p.192.
③ 芮渝萍：《美国成长小说研究》，中国社会科学出版社，2004 年，第 238 页。
④ Carmen Martín Gaite, *Desde la ventana, Enfoque femenino de la literatura española*, Madrid, Espasa Calpe, 1987, p.121.

言情小说(又称"玫瑰小说"),它"为妇女提供了一种可能性,即梦想一些允许她们逃避战后社会艰难严酷的生活条件,以渴望的婚礼为幸福结局的爱情故事。在这些小说里歌颂和坚持的理想是温顺、敏感、顾家的女人,自我奉献的母亲和妻子。"① 而西班牙"1936 年一代"女作家卡门·拉福雷(Carmen Laforet,1921~2004)的处女作《空盼》(Nada,1944)塑造了一个自尊、自爱、追求个性解放的新女性安德烈娅,她所提出的许多基本问题(爱情与婚姻,家庭与事业,男性与女性,自立与依附)在后来的女性文学中经常出现。拉福雷还刻画了一组来自不同阶层、年龄、思维、价值观的妇女(年迈的外祖母、被舅舅虐待的舅妈格洛丽娅、保守的姨妈安古斯蒂亚丝),这些人物构成了西班牙现代女性群像。

1. 拉福雷与《空盼》

拉福雷出生于巴塞罗那,两岁时随家人移居拉斯帕尔马斯群岛。战后回到巴塞罗那攻读文学专业,三年后前往马德里转攻法律(均肄业),在首都定居并开始文学创作。拉福雷的小说主题只有一个,即一个慷慨、善解人意的童年/少年心灵,在向成年过渡时,面对周围肮脏的世界所产生的失望(青年的纯真理想主义与平庸环境之间的反差),而它又大多体现在女性人物身上。

《空盼》为拉福雷的最佳之作,也是西班牙战后小说最具代表性的作品之一(该书后来被成功改编成电影),并因此荣获第一届"纳达尔小说奖"。有趣的是当时佛朗哥的新闻审查对该书评价甚低,认为它是"一部索然无味的小说,既无风格也无任何文学价值,只限于描述一个女大学生如何在巴塞罗那的舅舅家度过没有重要变故的一年"②。

文学评论家、记者马努埃尔·塞雷萨莱斯(Manuel Cerezales,1909~   )推荐《空盼》参加"纳达尔小说奖"评选,两人因此结下友情和姻缘。塞雷萨莱斯认为:

> 卡门从她自身的经历和体验中汲取小说的营养,在自身内部寻找人物,而且通常她找得很准。相反,在自身之外建构虚拟的情节或故事对她来说有难度。这就解释了卡门,或她的某些特征出现在不同的女性人物身上,无论是安德烈娅、玛尔塔·卡米诺、宝丽娜(《破镜重圆》的女主

---

① Carmen Martín Gaite, *Desde la ventana*, *Enfoque femenino de la literatura española*, Madrid, Espasa Calpe, 1987, pp. 89-91.
② Manuel Abellán, *Censura y creación literaria en España* (1939-1976), Barcelona, Ediciones Península, 1980, p. 160.

人公),还是《中暑》里的小女孩安妮塔。①

拉福雷的作品具有强烈的自传色彩,《空盼》的女主人公安德烈娅即拉福雷的化身。这位女性人物中学毕业后,独自离开家乡拉斯帕尔马斯群岛,满怀希望前往巴塞罗那上大学,寄居在家道中落的外祖母家。很快她就陷入这个败落的资产阶级家庭的各种复杂人际关系网中,挣扎在封闭窒息的环境里,发现到处是肮脏混乱的气氛和精神空虚。

> 多少虚度的日子啊!充满烦心事,太多太多乱糟糟的烦心事的日子……它的气味就是我家的陈腐气味,让我略感恶心……但却构成我生活的唯一意义。在我自己看来我已经逐渐停留在现实的次要层面,我的感官只能察觉阿里巴乌大街的家里嘈杂的生活。我已经习惯于忘记自己的外表与梦想。岁月的气味和对未来的憧憬逐渐失去重要性……②

安德烈娅强烈意识到在西班牙战后表面的太平盛世下正发生着一场道德没落、经济贫困的生存危机,而她本人只能侧足旁观。

> 有人为生活而生,有人为劳动而生,有人为观察生活而生。我扮演的是一个卑贱的琐屑的旁观者的角色。我无法走出这一角色,我无法摆脱这一角色。那时候对我而言唯一真实的便是莫大的悲哀。(第183页)

安德烈娅最终选择离开巴塞罗那,去马德里继续自己的个人奋斗,努力做一个独立自强的女性。

> 我慢慢走下门前的台阶,心情十分激动。我想起第一次上这个台阶时心里的巨大希冀和对生活的渴望。如今即将离去,却丝毫没有见到含糊地憧憬的全方位的生活、愉悦、浓厚的兴趣、爱情。我从阿里巴乌大街这所宅第没有带走任何东西——至少当时我这样认为。(第243页)

---

① Inmaculada de la Fuente, *Mujeres de la posguerra*, Barcelona, Planeta, 2002, p.74.
② 卡门·拉福雷:《空盼》,卞双成、郭有鸿译,人民文学出版社,2007年,第29页。该著引言皆出自这个版本。这部小说的第一个中文版本为《一无所获》,顾文波、卞双成译,江苏人民出版社,1982年。

有意思的是，在这部小说里安德烈娅尚未完全凭借自己的力量战胜周围的环境，她前往马德里寻找新出路的决定也要归功于她大学好友埃娜的帮助和埃娜父亲的保护，因此在《空盼》的结局中存在着某些神秘而悖论的东西。"《空盼》没有涉猎安德烈娅成功的问题，这点排除在情节之外。作品讲述的是安德烈娅没有实现梦想的故事，是一部典型的关于如何不作为、为何一个人不该相信爱情的童话观念的小说。"①从这个意义上讲，《空盼》是一部"负面成长小说"。

2."怪女孩"先驱

安德烈娅在西班牙战后文坛被视为"怪女孩"的先驱，因为《空盼》开启了西班牙女性创作'爆炸'，在这部作品中可以观察到，这些小说的情节聚焦一个被卡门·马丁·盖特定义为'怪女孩'的不妥协的女性人物，她远离战后西班牙宣扬的那种女奴兼偶像的形象。这些打破常规的女主人公惯于思考，怀有智性进取心，既不以养眼的外貌也不以传统美德著称，她的家庭和社会环境几乎总是充满敌意的，不利于她自由主义的精神和追求，与保守的社会发生冲突。奇怪的是，灌输一系列女性品德的总是盛气凌人的外婆或姨妈，但这些观念在'怪女孩'那里找不到肥沃的土壤，而母亲在战后女性小说中留下很大的缺席。"②

在家族内部，安德烈娅不得不与代表着男权社会价值观的姨妈安古斯蒂亚丝展开一场艰难的控制与反控制的斗争，并赢得最终的胜利。安古斯蒂亚丝（她的名字意为"痛苦"）声称："交给我的任务很难。就是照料你和铸造你驯服的性格的任务。"于是两人的摩擦变得不可避免："我跟安古斯蒂亚丝斗争的时刻就像一场无法避免的暴风雨越来越迫近。第一次和她谈话之后我便知道我们永远不会和睦相处。"（第42页）安德烈娅有一次莫名其妙地发起烧来，病后的康复象征着她的新生。"如今我说不清那次发烧的原因。高烧就像痛苦的狂风撼动了我心灵的所有角落，但也吹散了那里的乌云……我起得了床的第一天把毯子往脚下掀的时候，感觉就像连同来到这个家以来让我什么都做不成的郁闷气氛也从身上掀掉了。"（第41页）

安德烈娅与姨妈的冲突既是两代人观念的碰撞，也是两个西班牙的内在较量。

---

① Barry Jordan, "*Nada* de Carmen Laforet", *Historia y crítica de la literatura española*, volumen 8/1 (primer suplemento), Editorial Taurus, 1995, pp. 432-434.
② Maja Zovko, "Educación femenina y masculina a través de la narrativa de Elena Quiroga", *Itinerarios*, Vol. 12, 2010.

  我可以忍受一切……唯独不能忍受安古斯蒂亚丝的管束。是它在我来到巴塞罗那时让我憋闷,是它使我陷入意志缺失的境地,是它绞杀了我的积极性、主动性;它就是安古斯蒂亚丝的目光,就是控制我的行动和我对新生活好奇的她的手……(第76页)

  在这场闻不见硝烟的战斗中笑到最后的是安德烈娅。安古斯蒂亚丝不得不遁入修道院,因为她无法控制安德烈娅。临行前她对外甥女直言:

  你让我失败了,你让我失望了。原本以为会遇到一个渴望爱抚的孤女,看到的却是一个倔强的凶神,一个我一抚摸就变脸的人。你是我最后的幻想和我最后一次打破幻想……战争期间你仿佛是在红区无拘无束地生活而不是在女修道院生活……你管不住你的身体、你的灵魂。管不住,管不住……你管不住它们。(第78~80页)

  安古斯蒂亚丝的离去加速了安德烈娅追求自由的脚步。她在大学结交了一些对现实不满、有叛逆精神的同学,她意识到这是一个完全不同的世界:"我发誓绝不把开始清晰地展露在我生活中的那两个世界混淆起来:热情、随和的同学朋友圈子与我那肮脏、冷漠的家庭。"安德烈娅与大学同学的关系日益密切,她的不安分、不妥协得到同学的尊重和接受,她发现自己有选择人生道路的自由。

  尽管如此,安德烈娅的初恋也未能一帆风顺。在与男友赫拉尔多交往的过程中,她希望拥有自己的声音,却被男性的声音所压制。"赫拉尔多的话跟我认识他的那天一样多。我注意到他说话像背书,不断引用他读过的著作中的段落。他说我聪明他也聪明,接着说他不相信女性的聪明……"安德烈娅只能"默不作声地在他身边走着"(第113页),她被剥夺了话语权,这种不平等的关系促使安德烈娅与男友分手。因此评论家认为"当安德烈娅摆脱赫拉尔多以及他所强加的文本时……,她象征性地摆脱了他人话语的压迫。当安德烈娅要求获得自主发言的权利时,她为下一代女性准备了平台,以便她们能够获取自己的独立话语。"[①]

  在福斯特看来,安德烈娅"一年里在外形、物质方面变化很小,但情感方面,围绕阿里巴乌大街之家所发生的巨大冲动使她改变了不少。不是在脸

---

① Iris Zavala, *Breve historia feminista de la literatura española. V. La literatura escrita por mujer (Del siglo XIX a la actualidad)*, Barcelona, Anthropos, 1998, pp.227-228.

上,而是在她的思维和反映方式上看到这个变化,这个深层的变化,是她故事中'毋庸置疑的真相'。"①

对于小说看似否定的结尾,美国堪萨斯大学西葡语系资深教授罗伯特·斯拜阿思也认为:"悖论的是,在使用否定形式时,安德烈娅肯定自己多亏了这一年的学习,长进、成熟了……否定的符号用来划掉轻信的幻想,肯定女主人公成熟的视野。"②

美国堪萨斯大学教授罗伯塔·焦森认为,"《空盼》叙述了一位少女人生发展的一个关键时期,即她从少年向即将到来的成年生活的过渡","获得知识和自我意识这一主题包含在叙事声音中"③。另一位美国著名西语文学教授珍妮特·佩雷斯(Janet Perez)也指出安德烈娅在这段时期"失去了许多少年时代的幻想,在社会及情感方面都成熟起来。"④

马丁·盖特对《空盼》所塑造的"怪女孩"形象十分推崇:

> 在战后初期拘泥于传统、对任何来自国外的意识形态'新鲜事物'持极端怀疑态度的西班牙,安德烈娅的怀疑主义以及她行为不同寻常的与众不同,使她成为一贯憎恶特例的西班牙审查制度害怕和压制的存在主义潮流的勇敢先驱……这种类型的女人,以各种方式质疑社会强迫她们履行"正常"的爱情和居家行为,她们在安娜·玛利娅·马图特、多洛雷斯·梅迪奥或我本人的作品中重复出现,虽然有些差异。⑤

可以说,《空盼》打破了战后西班牙文坛的凋零和沉寂,并"由于其在对待少女世界的觉醒这一主题以及她与周围环境的关联方式,可以被视为反玫瑰小说的开端"⑥。

---

① David W. Foster, "Nada", *Historia y Crítica de la Literatura Española* (edición de Francisco Rico), Vol. 8, Barcelona, Crítica, 1981.
② Robert C. Spires, "*Nada* y la paradoja de los signos negativos", *Siglo XX*, 3:12 (1985-1986), pp. 31-33.
③ Roberta Johnson, *Carmen Laforet*, Boston, Twayne Publishers, 1981, p. 48.
④ Gloria Franco y Fina Llorca (eds), *Las mujeres entre la realidad y la ficción. Una mirada feminista a la literatura española*, Granada, Universidad de Granada, 2008, p. 218.
⑤ Carmen Martín Gaite, *Desde la ventana*, p. 112.
⑥ Carmen Ferrero, "La rebeldía femenina, un análisis comparativo entre Carmen Laforet y Beatriz Guido", *Escritoras y compromiso. Literatura española e hispanoamericana de los siglos XX y XXI*, Angeles Encinar y Carmen Valcárcel (eds), Madrid, Visor Libros, 2009, p. 541.

第二节 《萤火虫》

《萤火虫》(Luciérnagas，1955)是西班牙皇家学院女院士安娜·玛利亚·马图特(Ana María Matute，1925～2014)早期创作的一部以内战为背景的小说，书名寓指那些不理解成年人不幸苦难的儿童，像在夜晚轻轻闪烁的萤火虫，这是人类所剩的唯一希望。《萤火虫》于1949年进入"纳达尔小说奖"半决赛，但遭到新闻审查的阻挠，被认为是"摧毁了宗教和人性的基本价值"，1955年才不得不以《在这片土地》(En esta tierra)之名问世。

1. 马图特与《萤火虫》

马图特作为"世纪半作家群"第一个成名的小说家，荣誉等身，其中包括"西班牙文学国家奖"(Premio Nacional de Las Letras Españolas，2007)、"塞万提斯文学奖"(2010)。2014年马图特离世，标志着西班牙战后第一代女作家全部退出历史舞台，她的遗作为小说《家族幽灵》(Demonios familiares，2014)

马图特出生在巴塞罗那一个小资产阶级家庭，"属于右派，但我是一个叛逆的女孩，不喜欢世上的一些事情。我对这些事情没有清晰的观点，然而有一种内在的叛逆，表现为对整个世界的反抗。"①马图特10岁时，西班牙内战爆发，给她的童年留下了无法抹去的战争阴影。马图特是一个早熟的作家，17岁便创作了《小剧场》(Pequeño teatro)，虽然此书直到她29岁才正式出版，并为此获得了西班牙"行星奖"(1954)。

1948年发表的《亚伯一家》(Los Abel)描写亚伯家七兄弟之间该隐式的复杂关系，马图特不是把"该隐主义"当作抽象的概念，而是直接指向西班牙内战："该隐和亚伯，兄弟之间的争斗，是我作品的一个真正基本的核心。"她主张小说"应该成为我们时代的文献，提出当代人所面临的问题，同时应当刺痛社会良知，以期改造社会"，为此她的作品曾一度遭禁。

"世纪半作家群"最重要的小说家、理论家和文学评论家胡安·戈伊蒂索洛(Juan Goytisolo，1931～)评价马图特为"我这代人里第一个反佛朗哥的作家"。但在艺术风格上，马图特又与当时流行的"社会现实主义"小说保持距离，在她的创作中"加入了强烈的主观性，她个人的主观色彩，不断调和她所观察的世界与她作品所塑造的世界；这一成就体现在'放弃摄影技巧'，与

---

① Pat Farrington, "Interviews with Ana María Matute and Carme Riera", *Journal of Iberian and Latin American Studies*, Vol. 6, No. 1, 2000.

单纯的创作环境、世俗的人造激情、纯文学的虚构发生冲突,在她的小说里,想象力的清新空气吹散了日常生活的污浊气氛"①。

马图特的创作集中在1948至1971年,后患上忧郁症,沉寂25年,直到1996年才复出。马图特的小说大多以青少年为主人公,反映他们的单纯理想与成年人现实的残酷和丑恶之间的冲突,其观点是走出童年即意味失去人类唯一的天堂,就是学会背叛,因此也就在内心死去。"青春期是一个艰难的阶段。我总说青少年像是遇难者。青春期或许是最重要、最艰难、最关键、对我们的人生最有决定性的时期,因为之后我们便重复自我。启蒙到此为止,之后开始寻找圣杯,以理解自我。"②从早期的《萤火虫》到成名作《初忆》(*Primera memoria*,1959年"纳达尔小说奖")、晚期的《荒无人烟的天堂》(*Paraíso inhabitado*,2008),马图特都偏爱从一个少女的视角来观察世界,反思内战的后果,叙述她们从少年走向成熟的艰难历程。

《在这片土地》1993年再版时恢复原名《萤火虫》,西班牙女作家、出版商埃斯特尔·杜丝格兹(Esther Tusquets,1936~2012)在新版序言中指出:"《萤火虫》是一部青春的作品,马图特所有的小说才华在该著华美的书页中已经确立,她文学世界的所有基本要素及面对真实世界的立场都已呈现","或许不存在性别文学,但这部小说,除了位居佳作之列,而且只有一个女作家才写得出来,它讲述的是一个孤僻、奇怪、沉默又充满激情的少女(与作家本人有很多相似之处),在手足相残的战争里,在狂热、放肆的混乱人群中的经历。她学会了爱,《萤火虫》是一段独特、美丽的大爱之作,可以把社会出身截然不同、不可调和的人传递到一个合二为一的世界。"

2. 内战与少女

《萤火虫》的背景虽然是西班牙内战(从1935年夏初至1939年1月26日),但作家并没有陷入意识形态的争执,谴责交战的任何一方,而是细腻描述一位出生于巴塞罗那富裕家庭的少女索莱达·罗达的成长经历。索莱达(Soledad,意思为"孤独")性格腼腆,沉默寡言,但内心充满激情,是众人眼中的"怪女孩"。

> 突然她觉得一切都变得矛盾、可怕。她无法理解这一切,但不敢发问。这些令她越来越压抑。她很少说话,没有任何真心朋友。人们叫她

---

① García Viño, *Guía de la novela española contemporánea*, Madrid, Ibérico Europea de Ediciones, 1985, p.102.

② Pat Farrington, "Interviews with Ana María Matute and Carme Riera", *Journal of Iberian and Latin American Studies*, Vol. 6, No. 1, 2000.

> 怪女孩,惹人厌……索莱达怀着难以入眠的痛苦,抱着某种无意识的叛逆,觉得自己就像该隐那样被突出,被无助地推向某个虽然未知但已令她恐惧的事物。①

索莱达对外祖母的宗教虚伪感到厌恶,看到外祖母收罗的一大堆念珠,她感觉这些东西反倒"刺激她愤怒地年复一年地违犯教规,然后在一刻钟内一厢情愿地清洗自己的灵魂"(第24页)。索莱达发现父母也有缺点,他们不再是上帝,"某种不可捉摸的东西不可饶恕地让她接近大人、她父母的世界。吸引她的不是亲热,也不是受保护的欲望。她第一次停下来冷静地观察、思考。"

在寄宿学校读书的时候,索莱达也显得与其他女生不同,她对自己的校园生活持否定态度。"16岁从圣保罗中学毕业,她以为自己是世界的中心。但结果是,世界迥异于她学会害怕或热爱的那一切。翻阅她的学习笔记,索莱达可以回忆起寄宿学校那9年漫长而几乎无用的岁月。"

走出校门的索莱达对世界充满好奇,"9年过后她依然感到不满、好奇。那时有许多事物引起她的兴趣。但很少能够得出令她满意的结论。"同时她也预感到自己的一生将不会永远是玫瑰色的,"很小的时候她就惊讶地知道大家都叫她索尔(Sol,意思是'太阳'——笔者注),而这个小名仿佛是一个面具,一团美丽、光耀的火焰,掩藏了那个黯淡的名字:索莱达。"

索莱达从寄宿学校毕业后正赶上第二共和国与佛朗哥的冲突爆发,"就这样遇上了战争,那时她17岁,不安分,无知,带着一包胡乱捆扎起来的奇怪书籍——仿佛她所有的少年时光都打包在这堆书里——她若有所思地翻阅自己的笔记本"(第37页)。父亲被共和派枪毙,她所属的巴塞罗那资产阶级被剥夺了一切。索莱达与母亲相依为命,面对内战所带来的灭顶之灾,"她对自己的生命、自己的青春感到深深的气愤。她常想,没有权力年复一年地被欺骗,然后某一天被抛到现实面前。没有权力让事实为恐惧、妥协。"(第51页)

被战争裹挟的索莱达感到无助、迷茫,失去了生活的意义。

> 她得不到任何温暖、美好的东西,在她心里没有任何光明。她周围的一切都是贫瘠、黑暗、卑微和不足的。一种巨大的蔑视像波浪般逐渐

---

① Ana María Matute, *Luciérnagas*, Barcelona, Destino, 1999, p. 19. 该著的所有引言皆出自这个版本,由笔者自译。

战胜她……"哪里会有我的位置?"她怀着莫名的惆怅自言自语。她的位置好像就在她自身,她的庇护所就在自己的内心。这点她从那一刻起就清醒无疑地知道了。(第136~137页)

但也是在这一时期,意外的爱情降临到索莱达身上。她情窦初开,爱上了哥哥爱德华的朋友克里斯蒂安·巴拉尔,一个门不当户不对的男人(他母亲与一个卖香水的商人私奔,抛下克里斯蒂安和他的两个兄弟)。索莱达不得不放弃富家小姐的心理防备,在战争最险恶的环境里成熟起来。无论是牢狱之灾,还是亲眼目睹恋人死去,怀有身孕的索莱达都挺过来了。经历战争洗礼的女主人公长大了,她对母亲明确表示:"对我来说一切都不可能像过去那样了,我也不再是过去的我。你明白吗? 我这人是无法再回到过去的时光了。"

《萤火虫》冷静而忧伤地呈现了西班牙少女在战争岁月中的成长,被评论界认为"可能是关于我们内战的情感最强烈的小说"[1]。另外,马图特小说的一些基本主题或多或少已出现在《萤火虫》里,如"少女的典型问题,孤儿,不完整或分解的家庭,缺失或不忠的父亲,家庭像修道院或监狱,少女的孤立,性别的不平等,社会准则与女性发展之间的冲突,视童年为伊甸园或失去的天堂,对传统教育的矛盾心态,通过艺术或文学表达自我的需求、背叛、失望"[2]。

第三节 《半掩纱帘》

《半掩纱帘》(*Entre visillos*, 1958)是马丁·盖特的成名作,获1957年"纳达尔小说奖"。这部以作家故乡萨拉曼卡为背景的作品,具有一定的自传色彩,而书中首次涉及的一些主题在马丁·盖特后来的文学创作中一一得到拓展。"对马丁·盖特来说,自我的发现产生于佛朗哥统治下的西班牙,她创作的小说聚焦、直面那一时期的社会政治所压制的女性抱负,包含了个体和一代人的自传。"[3]

---

[1] Dámaso Santos, "Romancero de frontera, se recupera una de las mejores novelas de Ana María Matute", *El País*, *Babelia*, 27 de nov de 1993.

[2] Janet Pérez, "Variantes del arquetipo femenino en la narrativa de Ana Maria Matute", *Letras Femeninas*, Vol. 10, No. 2 (1984), pp. 28-39.

[3] Janice Morgan, "Subject to Subject /Voice to Voice, Twentieth Century Autobiographical Fiction by Women Writers", *Redefining Autobiography in 20th century Women's Fiction*, Janice Morgan and Colette T. Hall (eds.), New York, Garland Publishing Inc., 1991, p. 14.

1. 马丁·盖特与《半掩纱帘》

马丁·盖特出生在萨拉曼卡一个开明的中产阶级家庭，父亲是公证人，舅舅华金·盖特是乌那穆诺的学生（内战中被枪毙）。她本人小时候也经常见到这位大师（当时任萨拉曼卡大学校长），长大后其文学创作理念深受乌那穆诺的影响。内战的爆发导致马丁·盖特不得不取消去马德里求学的计划，只好留在萨拉曼卡大学攻读罗曼语文学。1946 年马丁·盖特第一次出国，在葡萄牙科因布拉大学留学两个月。1948 年大学毕业后获得第二份奖学金，去法国戛纳大学上暑期学校，在那里接触到存主义思潮和萨特、纪德和普鲁斯特等人的作品。1949 年回国后定居马德里，进入"世纪半作家群"圈子，1953 年与其成员、著名作家桑切斯·费罗西奥（Sánchez Ferlosio, 1927~　）结为伴侣（1970 年两人友好分手）。另一位同辈作家路易斯·马丁·桑托斯（Luis Martin Santos）在出版开启西班牙战后小说新潮流的《沉默时代》（*Tiempo de silencio*，1963）时把此书献给马丁·盖特，感谢她多面和复杂的经历给予自己的创作灵感。

作为"世纪半作家群"第一位拥有大学学历的女作家，马丁·盖特 1954 年凭借短篇小说《温泉疗养地》（*El Balneario*）荣获"希洪咖啡馆奖"（Premio Café Gijón），在文坛崭露头角。1972 年以论文《西班牙 18 世纪文本中的爱情语言和风格》（*Lenguaje y estilo amorosos en los textos del siglo XVIII español*）获得马德里中央大学博士学位，该论文后以《西班牙 18 世纪的爱情习俗》（*Usos amorosos del dieciocho en España*，1992）之名出版。八九十年代又相继推出姊妹篇《西班牙战后爱情习俗》（*Usos amorosos de la postguerra española*，1987 年"阿纳格拉马散文奖"）和《凭窗：西班牙文学的女性视角》等有关女性情感、女性文学的论著，引起很大反响。1978 年因《后屋》（*El cuarto de atrás*）成为西班牙第一个荣获"全国小说和短篇小说文学奖"（Premio Nacional de Literatura de Novela y Narrativa）的女作家，她先后被授予"阿斯图里亚斯王子文学奖"（Premio Príncipe de Asturias de las Letras, 1988）、"卡斯蒂利亚-莱昂文学奖"（Premio Castilla-León de las Letras, 1992）和"西班牙文学国家奖"（1994）。

马丁·盖特的作品皆以反映西班牙妇女生活为主题，"我倾向于展示无力协调经历与渴望而对女性所产生的影响，相比男性，她们因为缺乏爱情而遭受更大的打击，为寻找令他人和自己都满意的身份而经受更多的折磨[……]我表现的女性往往无依无靠、沉默顺从，鲜有好斗个性的人物。这是我国特定时期的文学写照，那时我国女权主义的复苏实际上并不存在。除此之外，我的短篇小说女主人公遭遇的这种不可名状的、深沉的困扰，对澎湃爱情的向往,至今我认为仍然存在,尽管那么多'被解放'的妇女否认自己仍然恪守封闭的生活。"①

《半掩纱帘》以 9 月份城里新来一位中学德语老师巴勃罗至圣诞节这 4 个月发生的事件为中心情节,他作为一个外来者和男性,以证人的眼光客观审视一群禁锢在保守环境里的外省小资产阶级年轻女子的生活。小说的标题已经暗示了 20 世纪 50 年代西班牙妇女的生存环境,她们没有前途,没有自由,婚姻是她们的唯一出路。女主人公娜达丽娅(在她身上有马丁·盖特的影子)用日记表达自己与周围环境的不和谐、成长过程中的苦闷和烦恼,反映了个人的生存危机、现代生活的痛苦以及文学的作用。该作虽然对资产阶级生活提出批评,被作家本人视为对"社会小说"的唯一贡献,但并不局限于"乡土现实主义",相反,马丁·盖特重视内心化视角,力图超越现实,寻找神奇。

2. 外省与少女

《半掩纱帘》的舞台是西班牙的一个外省城市(以萨拉曼卡为蓝本),它的特点是封闭、保守、落后、墨守成规,抗拒新事物、新思想,限制妇女的个体发展。"只见大教堂的塔楼挡住了街道。塔钟庞大的白色钟面像是一只巨大的眼睛。"②这句话形象揭示了教会对当地社会(尤其是妇女)的全面监控。

小说中的女性人物没有个人空间,家庭和社会将她们像犯人似地严格监管,命运掌握在他人手中。这些女性人物"与外界隔绝,仿佛围坐在带有暖炉的桌子前,透过挂着薄纱窗帘的窗子看待外界,她们被陈规陋习束缚着,彼此维系着互不沟通、虚伪的人际关系"③。

娜达丽娅一出生便丧母,由孔查姨妈抚养成人。这位即将中学毕业的女生对姨妈的管教极其反感,因为"孔查姨妈想把我们变成一群愚蠢的女孩,她教育我们只为了嫁给一个有钱的男朋友,让我们在任何方面尽可能地落伍,什么也不懂,对任何事情都不振作,就像好酒不怕巷子深"(第 229 页)。娜达丽娅明确向父亲表示:"如果我必须是一个逆来顺受、通情达理的女人,我宁可不活了。"她对女孩子的早恋、早婚不感兴趣,"娜达丽娅已满 16 岁。她不在意外表。您瞧吧。现在女孩 13 岁就举行成年仪式了,可她非不肯。"(第 22~23 页)

另一个中学女生艾尔维拉也是一个典型的"怪女孩",在她看来,"只有在

---

① Carmen Martín Gaite, *Cuentos completos*, Madrid, Alianza, segunda edición, 1981, pp. 8-9.
② Carmen Martín Gaite, *Entre visillos*, Barcelona, Destino, 1998, p. 24. 该著引文皆出自这个版本,由笔者自译。
③ 沈石岩:《西班牙文学史》,第 434 页。

本地扎下根的人才会与此地发生的事妥协,甚至会以为自己还活着,还在呼吸。但我不能!我窒息,我不妥协,我绝望。"(第54~55页)她父亲是当地中学的校长,对她的教育是开明的,鼓励她"不驯服,不遵从任何东西","要抗议"。在父亲的陪伴下她学会画画、弹钢琴、骑自行车,甚至准备随他去瑞士旅行,但父亲的突然去世使她失去了情感的依靠。根据当地的习俗,她要守孝一年半,不能外出,甚至男友艾米利奥也限制她与自己的联系,这一切令艾尔维拉十分不满:"难道守孝期间我就不能在阳台上跟你说话吗?难道我们在干什么坏事吗?你真像我妈妈。"(第125页)于是艾尔维拉向父亲的朋友、新来的德语老师巴勃罗表达了离家出走的愿望:

——我很压抑。我真想远走高飞,做一次长时间的旅行。逃离。
——逃离什么?
——逃离一切——她说,然后叹息了一下。(第136页)

艾尔维拉意识到自己的个性与世俗陈规格格不入:"我读书,具有这里其他女孩少有的不安分性格。她们令我无法忍受,你可以想象,因为我有男性朋友,我去那些公共场所……因为我跟女孩在一起感到无聊,这很正常。"(第141页)

而她的同学赫特露在男友安赫尔的要求下,中学未毕业就辍学了,因为在后者看来,"你要跟我结婚无须知道拉丁语与几何,只要懂得做你家的主妇,就绰绰有余了"(第174页)。而且安赫尔还信誓旦旦地表示:"我这么做是为你好,是为了教你永远处于你应有的位置上。你是个孩子。"(第52页)

与大男子主义的安赫尔不同,巴勃罗尽最大努力鼓励女生继续求学,"不要被家庭环境所抹杀"(第214页)。但不久他也意识到此地人言可畏,没有任何秘密可言,社会舆论和监督形成了一张天罗地网。"我被纳入他们的消息和传言圈子,等待着在我身上引发跟他们一样的兴趣。"(第131页)巴勃罗最终选择离开这座省城,因为它"很快就令我感到无聊得可怕,使我窒息"(第253页)。

马丁·盖特特别关注西班牙妇女的情感教育,她所塑造的怪女孩"即便脆弱、寻求与男性的相会,也坚决捍卫自己的身份,独自前行"[①]。虽然《半掩纱帘》的结尾"暂时是分离和消极的,但包含了未来的迹象:娜达丽娅在对话的温暖下内心已经成长,在作品的尾声,她比开始时更加意识到自己的不妥

---

① Inmaculada de la Fuente, *Mujeres de la posguerra*, p. 188.

协和希望成为什么样的人"①。

以上这些小说里的"怪女孩"具有相似的个性、理想和追求:

> 在安德烈娅身上看到了战后即将涌现出的其他女性人物的先例:安娜·玛利亚·马图特在《亚伯一家》中塑造的少女巴尔瓦,多洛雷斯·梅迪奥在《咱们里维罗家族》中刻画的莱娜,甚至马丁·盖特自己的战后小说《半掩纱帘》的女主人公娜达丽娅和艾尔维拉……首先是安德烈娅,十年后是艾尔维拉和娜达丽娅,她们作为与窒息的环境发生冲突的人物出现,并未从留给妇女的狭小空间出发,与环境发生对立,而是寻找新的生命信仰。②

---

① Gonzalo Sobejano, "Enlaces y desenlaces en las novelas de Carmen Martin Gaite", *From Fiction to Metafiction*, *Essays in Honor of Carmen Martin-Gaite*, Marcia L. Welles (Editor), Society of Spanish and Spanish-American, 1983, p. 213.

② Inmaculada de la Fuente, *Mujeres de la posguerra*, p. 80.

第三章　清醒的疯女

疯癫作为一种精神疾病,它与理智、艺术创作及妇女的关系历来受到知识界的关注。福柯在《疯癫与文明》中指出:"疯癫之所以称其为疯癫,不是因为它是一种自然疾病,而是一种建构的结果。……是另一种疯癫——理性疯癫的结果,疯癫的历史其实是理性疯狂压迫疯癫的历史。……艺术离不开疯癫。……在现代世界的艺术作品中,疯癫和艺术已融合在一起,表现死亡与空虚,传达作者的悲剧体验,这时你就无法分清是疯癫的谵妄还是清醒的艺术作品了。"①

伊莱恩·肖沃尔特在《妇女、疯狂和英国文化,1830～1980》(*Women, Madness, and English Culture, 1830～1980*, 1981)中梳理了精神病学历史及疯癫作为女性疾病的文化史,她认为19世纪存在着疯癫女性化的倾向,妇女成为精神病学研究的主要对象,普遍相信"女性疯狂"这一现象。对于女性而言,"疯狂是一种最女性气、最令人尊敬、对负心的男人和强大的父母最少威胁的行为。"②

正因为如此,在所有疾病中,"精神性疾病也即疯病,最鲜明地显示了成长女性内心深处所淤积的创伤是生命中不可承受之重"③。美国著名女社会学家、小说家夏洛蒂·珀金丝·吉尔曼(Charlotte Perkins Gilman, 1860～1935)的半自传体短篇小说《黄色墙纸》(1892)开启了欧美女性疯癫文学。《阁楼上的疯女人——妇女作家和19世纪文学想象》对欧美女性文学中的这个经典而沉重的女性形象做了系统的理论阐述和解读,认为疯女人是作者的复本,"一个具有她自身焦虑和疯狂的形象","女作家正是通过这个复本的暴力行为使她自己那种逃离男性主宰和男性文本的疯狂欲望得以实现,而与此同时,也正是通过这个复杂的暴力行为,这位焦虑的作者才能爆发出那种郁

---

① 转引自刘风山:《疯癫,反抗的疯癫——解码吉尔曼和普拉斯的疯癫叙事者形象》,《外国文学评论》2007年第4期。
② 伊莱恩·肖沃尔特:《妇女、疯狂、英国文化,1830～1980》,陈晓兰、杨剑锋译,兰州大学出版社,1998年。
③ 高小弘:《成长如蜕——二十世纪九十年代女性成长小说研究》,第128页。

积在胸中的不可扼制的怒火,为自己表达出用昂贵的代价换来的怒火的毁灭"①。

西班牙当代女性成长小说中不乏疯女的形象,她们以一己之力抗议男权社会的不公,强烈的自我意识与传统文化提供的"镜像"格格不入,造成分裂的人格,其最终的命运往往是落入疯狂的境地,不能自拔。

第一节 《花痴女》

20世纪中叶西班牙最优秀的女作家之一埃莱娜·基罗佳(Elena Quiroga,1921~1995)在《花痴女》(*La enferma*,1955)中塑造了一个为爱情失去理智的痴情女。作者声明,该故事基于一个因单相思无果而厌世的女孩的真实经历,"这部小说挑起心理分析、刻画和定义女性人物这一难题,它所做的贡献令人侧目"②。

1. 基罗佳与《花痴女》

基罗佳出生于西班牙北部城市桑坦德,但在奥冷塞长大,因此熟稔加里西亚地区的文化、传统和风俗。其父为圣马丁·德基罗佳伯爵,良好的家境使她有条件接受精英教育。1950年基罗佳与历史学家、西班牙皇家历史学院秘书达尔米罗·德拉巴尔戈玛(Dalmiro de la Válgoma)结为伉俪,婚后与丈夫移居马德里,很快与首都的文化圈人士建立密切联系。基罗佳在文学创作上受到19世纪现实主义女作家帕尔多·巴桑(Emilia Pardo Bazán)的影响,50至60年代是其创作的高峰期(发表了10部小说)。1951年凭借《北风》(*Viento del Norte*)成为战后继卡门·拉福雷之后第二位获得"纳达尔小说奖"的女作家,声名鹊起。

在20世纪50年代西班牙文坛盛行"社会现实主义"的环境下,基罗佳因其心理探索和视角化分析、改变看待女性的方式而被视为"文人作家",她的小说被译成法语、德语、俄语和芬兰语。西班牙语言学家、皇家学院代理院长拉法埃尔·拉佩萨(Rafael Lapesa,1908~2001)在基罗佳当选该机构历史上第三位女院士时(1984年)表示:"进入皇家学院并非因为她是女性,也不是因为她外貌美丽,出身显赫高贵,而是因为她的文学作品;在这些作品中表现出人类灵魂的智慧和知识才能,对有意义的事物的敏锐观察,对夸大的拒绝

---

① 转引自柏棣:《西方女性主义文学理论》,广西师范大学出版社,2007年,第104页。
② Elizabeth Ordoñez, "*La enferma*, de Elena Quiroga", *Letras Femeninas*, Vol. 3, No. 2 (Otoño 1977), pp. 22-30.

和对小说艺术的掌控。"西班牙戏剧大师布埃罗·巴列霍(Buero Vallejo, 1916~2000)则幽默地称她为"皇家学院的一个村妇"(Era una mujer del pueblo en la Academia)。

基罗佳对人际关系和社会关系感兴趣(尤其是童年和少年时期所遭受的不公平际遇),擅长塑造女性形象;爱情(常常是失败的)是其小说的基本要素,并从女性角度来看待情感经历。小说的主题为人与人之间没有能力进行真正的沟通,其后果是误解、孤独、失意以及随着时间的流逝日益增长的怀旧。

《花痴女》并非基罗佳的最佳之作,但她对战后西班牙女性所接受的既保守又歧视性的传统教育提出强烈质疑,因为在这样的体制下,妇女被告诫她们的生命支柱只能是爱情和婚姻,失去它们就意味着人生的彻底失败。《花痴女》中的女主人公便是这一情感教育的牺牲品,她的不幸遭遇使作品充满令人不安的氛围。"女作家通过她们的愤怒和疾病投射在可怕的人物身上,为她们自己和女主角创造出黑暗的替身,……从男性的观点来看,拒绝在家庭保持顺从、沉默的妇女都被视为可怕的东西……但是从女性的观点看,魔鬼女人只是一个寻求自我表达的妇女。"①

2. 爱情与痴狂

《花痴女》由两部分组成,第一部分的叙事者"我"是一个孤独、对婚姻不满的马德里女人,来到她丈夫单身时生活的一个贫困、偏僻的加利西亚渔村,从这位都市女性的角度来描写渔村人原始和纯朴的生活。她在一个破败的老宅里认识了花痴女丽贝拉塔(Liberata,意为"自由女人"),这位少女因爱情的不幸而走向绝望和疯狂,"她曾拥有生活,但亲手毁了它"②。

《花痴女》的第二部分采取多角度叙事模式,村里的每个人从自己的立场出发向"我"描绘他们心目中"花痴女"的真实面目,尽管众人也承认,"如果她本人不说出来,谁知道事实呢?"当地神父西蒙·佩德罗是"我"丈夫的老朋友,他从男性角度向"我"介绍丽贝拉塔的童年和少年经历。在他眼里,丽贝拉塔既"热情、精神失常",又"寡言、冷漠",代表了一种感官的、神秘的、不可解释的力量,蕴含着危险和死亡,"像一个黑暗的阁楼或一切都可能发生的地道"(第117页),在她的眼里可以看到"占有、欲望和仇恨"(第132页)。而丽贝拉塔的男友、诗人特尔莫被她的气质所吸引,"那是一种着迷,一种追

---

① 程锡麟:《天使与魔鬼》,《外国文学》2002年第3期。
② Elena Quiroga, *La enferma*, Barcelona, Noguer, 1962, p.192. 所有引言皆出自该版本,由笔者自译。

求……如同深渊、黑夜、大海或困难的、不可能的东西对许多人的诱惑一样"（第123页），因此特尔莫"命中注定般回到她身边，仿佛某人去赴死或冒险"（第132页）。

村里的女接线员则客观地告诉"我"，丽贝拉塔原本是一个美丽、傲气、性格果敢的姑娘，"与其他女孩不一样，因为她没有卑微的心态"（第122页）。但以世俗的眼光来看，她不适合当妻子："男人们喜欢单纯、爱打扮的女孩。她当女朋友可以，但结婚是另一回事。"（第191～192页）丽贝拉塔从小被灌输的教育即爱情是女人的终身目标，她深爱青梅竹马的男友，"特尔莫完全以'自我'为中心，而丽贝拉塔心里只有他"。冲动、自私的特尔莫，无法忍受丽贝拉塔的任性和对自己的控制，最终与另一个女人结婚。当丽贝拉塔看到昔日男友已为人夫时，无法接受自己被抛弃的现实，"夺走她的特尔莫就等于让她大出血"（第165页），留下她"面对自己，音乐相伴，孤寂、怪癖、不安分"，于是丽贝拉塔精神失常，一蹶不振，在卧榻上虚度余生。特尔莫的姐姐安古斯蒂亚素与丽贝拉塔不和，假如弟弟"是一艘随波逐流的船"，那是因为"船上载着丽贝拉塔。傲慢又不吉利"（第213页）。她认为两人分手，受害者反而是特尔莫，因为此事"啃噬了他的平静。我猜这对他将是伤害，结果的确如此……我太了解特尔莫了，我知道什么会让他痛苦、疯狂，什么会折磨他。"（第204页）

当"我"得知这件不同寻常之事时，丽贝拉塔已经在床上面壁20年。据照料她的女佣阿丽达说："她从不挪动，不看任何人，不干任何事。您不知道她疯了吗？"（第55页）一次偶然的机会"我"见到了丽贝拉塔本人，感到无比震惊：

> 阿丽达的双手强行把床单拉下来。病人的头转向我。我发誓：我从来不相信她那么美。那是一种无可挑剔的完美。我贪婪地注视着那张脸庞，仿佛人生、人类之美及女性（不是个体而是共性）的面具正向我揭开。同时我内心某种隐秘的东西伸展开来。那个女人极美的头部好似一面镜子，在我眼前展开，我在她那里看到一位可怜女人的，或我的，或全人类的无尽痛苦。……比痛苦更糟：那是虚无……我问自己："她多大年纪了？她没有时间"……在她身上有一种巨大的尊严。她没有给人一种被战胜的感觉，她不是一个失败的女人，丽贝拉塔。（第80～81页）

后来特尔莫移民阿根廷，在异国穷困潦倒去世。得知这一消息后，丽贝拉塔终于起床，与阿丽达以香槟和跳舞来报复性地加以庆祝。"我"回到马德里后把所见所闻讲述给自己的朋友,情绪甚至失控。因为"我"在丽贝拉塔这面镜子里看到了自己的身影,由此引发了叙事者的反思。"虽然没有死,但丽贝拉塔已经放弃生存,甚至放弃观看……她像我。"(第238页)

《花痴女》中叙事者"我"与丽贝拉塔的深刻认同,表明"从隐喻意义上来讲,以'病'命名的正是女性从父权制社会的妻母角色中摆脱出来的另一面生活,以'病'确认的也是一个不为父权秩序所容的充满欲望情感的女性自我"①。

第二节 《胡列达·奥维斯的归来》

《胡列达·奥维斯的归来》(*El regreso de Julieta Always*,1981)是诗人、作家、文学评论家安娜·玛利亚·纳瓦雷斯(Ana María Navales,1939~2009)的小说处女作,其中两个章节《边境》(*La frontera*)和《往事》(*Cosas del ayer*)后单独收录于她的短篇小说集《两岸故事》(*Cuentos de las dos orillas*,2001)。"这部小说讲述一个失败的女人面临她美学的彷徨境地,是一部纲领性的作品,开启性地汇总了其作者最痴迷的主题:回忆,作为抒情存在的死亡,时光的流逝,生命的衰老,个人身份的问题,等等。"②

1. 纳瓦雷斯与《胡列达·奥维斯的归来》

纳瓦雷斯在故乡萨拉戈萨大学以一篇关于西班牙书信体文学的论文获博士学位,后留校教授拉美文学(她先后获得胡安·马切基金会及西班牙文化部的奖学金)。她创办了诗歌杂志《绒毛花》(*Albaida*),担任文化杂志《杜里亚》(*Turia*)主编,兼任特鲁埃尔研究所文学创作部主任,并负责西班牙"批评奖"秘书处的工作。2001年阿拉贡自治区政府授予她第一届"阿拉贡文学节奖"(Premio del Día de las Letras Aragonesas)。

纳瓦雷斯出版了两部有关妇女创作的论著:《女士与她的扇子。走进20世纪女性文学。从弗吉尼亚·伍尔芙到玛丽·麦卡斯》(Premio Sial de Ensayo,2000)和《女文人。从弗吉尼亚·伍尔芙到内丁·戈迪默》(*Mujeres de palabra. De Virginia Woolf a Nadine Gordimer*,2006)。她曾说,弗吉尼亚·伍尔芙和曼斯菲尔德吸引自己的是她们自由的生活方式,她们对文学的全身心投入。在她看来,这些女作家尽管风格各异,但"对文学有相似的激

---

① 高小弘:《成长如蜕——二十世纪九十年代女性成长小说研究》,第51页。
② Jesús Ferrer Solá, "Recordando a Ana María Navales. Una teoría de la novela", http://www.ieturolenses.org/revista_turia/index.php/actualidad_turia/cat/articulos/post/recordando-a-ana-maria-navales-una-teoria-de-la-novela.

情,对书籍有超乎寻常的热爱,接受身为作家的孤独,它可以导致隐居的生活,以弗吉尼亚·伍尔芙为例,或放荡不羁、漂泊无根,这是另一种疏离的方式。"①纳瓦雷斯被本国评论界视为"西班牙的伍尔芙",她的遗著《一段激情的结局》(*El final de una pasión*,2012)依然以伍尔芙为主人公,通过她与身为画家的姐姐温妮莎之间的通信,揭开了笼罩在伍尔芙身上的种种神秘:她的性取向、她的性冷漠、她与丈夫的关系、嫉妒和自杀的念头,同时也反映了伍尔芙与姐姐爱恨交织、竞争、紧张的复杂关系。

《胡列达·奥维斯的归来》的主人公是被世人遗忘的西班牙女画家胡列达·阿基拉尔(Julieta Aguilar,1899~1979),她出生在西班牙东北部的巴尔巴斯特罗(Barbastro),是那个时代的超前者,在当地农村社会里被视为"异类"。14 岁前往省城乌埃斯卡学习艺术,曾为画家、雕塑家拉蒙·阿欣(Ramón Acín,1888~1936)的弟子。之后继续攻读师范专业,是当时为数极少的接受教育的女子。

胡列达的不安分和慷慨的精神促使她去马德里、巴塞罗那、伦敦和巴黎的现代主义圈子闯荡,进入这些城市的知识界和艺术界。她在巴黎的酒吧当舞女,与法国存在主义者建立联系。胡列达与西班牙的艺术家、知识分子和政治人物交往(据说她曾为西班牙首相、独裁者米盖尔·普里莫·德里维拉的情妇),为这些人画像,署名"胡列达·奥维斯"。20 世纪 40 年代胡列达回到故乡,想在那里从事诗歌和"纯朴派"绘画(pintura naif)创作,但她放荡不羁的艺术家生活无法得到家乡人的认可。一个偶然的因素让西班牙战后最有代表性的画家之一莫德斯特·古伊哈特(Modest Cuixart,1925~2007)见识到胡列达·阿基拉尔本人以及她的画作,立刻被这位埋没于乡野的女画家独特的画风所折服,于是特意为胡列达画了一幅肖像,使得这位女画家的形象永存于世,并让世人开始意识到她作品的价值。

2. 艺术与疯狂

纳瓦雷斯以抒情的语言和元小说的技巧完成了对她传记的自由重构。《胡列达·奥维斯的归来》以 20 世纪 30 至 40 年代的马德里、巴塞罗那、巴黎和伦敦为舞台,回顾女主人公胡列达在农村度过的少女时光、巴黎先锋派艺术环境下的青年时代。内战结束后她回到西班牙,而这位女艺术家的反抗、激情、情感的孤独、行为的肆意导致她最终的疯狂和毁灭,逐渐被社会边缘化,最后在修女收容所结束自己的一生。可惜的是胡列达至死都不知晓自己

---

① Ana María Navales, *La lady y su abanico. Acercamiento a la literatura femenina del S. XX. De Virginia Woolf a Mary McCarthy*, Madrid, Sial, 2000, p.10.

的画作那时已经渐渐赢得了声誉。由此可见,"女人只要天赋伟才,她必然会发疯,一半是女巫,一半是男巫,令人害怕、受人嘲笑"①。

一位艺术品商人在胡列达死后偶然发现了她的画作,于是一个名叫"纳瓦雷斯"的女作家根据她的画展及有限的报刊资料撰写胡列达的传记(该手法明显带有元小说特征),并以第二人称的方式与这位女画家建立对话。小说第二章《往事》描写了战后西班牙农村的困境和百姓的无出路、无希望,也预示了女主人公悲惨的结局:"但不管你乐意还是不乐意,他们就在那儿。像你一样仅仅活着而已。你别反抗,迟早你的下场跟出现在斗牛场上受伤的斗牛一样。"②

小说以特殊的兴趣刻画了一个女艺术家复杂的心理变化过程。"胡列达,你曾为何人?你最后的照片上那些疏远、和蔼、谦卑、茫然的形象背后掩藏着什么?"(第14页)胡列达从年轻时期就全身心投入艺术创作,这对一个男艺术家来说很正常,但对一个女人而言却十分危险。情感的孤独和隔阂是她遭受的第一个后果(失败的爱情),逃避和疯狂则是她的生活结局(她的画作长期不被世人重视)。

> 胡列达,我不再说更多的故事了,如果你不听,说那些有什么用。或许因为是其他名字,无人告诉你发生的事情。你认不出那些人中的任何一个,也看不清他们活动的地方。所想象的与所获取的之间遗失的故事。你也在那里,没有光线照亮你,聚光灯熄灭了,大厅亮了。你的爱情,奥维斯,真如你想象的那么伟大和真实吗?那段没有拯救你的爱情,或许就像红枣,童年甜蜜的核果,外面是肉红的,里面是黄的,昏睡像迷雾中的丝蚕令你麻木,如容易发黑的琥珀,胡列达,你别忘了,爱情就是痛苦和负担,如铅或带刺植物那样发黄。

撰写胡列达传记是叙事者"我"接近画家、接近生活的一种途径,"难以捉摸的胡列达,在你所有可能的形象中,我记住了疯狂,在扭曲你面孔的镜子面前幻觉般的独白,使你与他人隔阂,又将你升华"(第182页)。实际上"我"是在胡列达的经历中寻找自我:"我没有继承你的疯狂,这令我悲伤,胡列达。恐惧陪伴着我,导致我的离去。它把我永远与你分离。"(第183页)

《胡列达·奥维斯归来》与纳瓦雷斯的短篇小说《幽灵胡列达》(*Julieta*

---

① 玛丽·伊格尔顿:《女权主义文学理论》,第84页。
② Ana María Navales, *El regreso de Julieta Always*, Barcelona, Bruguera, 1981. 该著引文皆出自这本版本,由笔者自译。

de los espíritus，1995)形成互文关系。两部皆以胡列达·阿基拉尔为主人公，叙事者"我"都是女作家"纳瓦雷斯"，且表述的话语都很相似。在《幽灵胡列达》里，"我自问是否不该重新开始探讨你的生平，奥维斯，直到把我自己的生命耗尽在捕捉你的徒劳努力中"。"我未曾继承你的疯狂，这令我悲伤，胡列达。恐惧陪伴着我，导致我的归来。它把我永远与你分离，奥维斯。"①

在《幽灵胡列达》里，"纳瓦雷斯"的目的依旧是揭开这位疯女画家的神秘面具，走近她封闭的心灵，以此帮助作家本人找到自我身份。"你得原谅我，胡列达，以你命名的、源自你身世之谜的这段历史的谎言，被我手中你相片上的微笑所感染，迫使我虚构你，荒唐地努力接近你的生平，以某种方式让你接近生活。"(第 85 页)

在这一过程中"我"与胡列达心心相印，成为知己。"我们多么相爱！但是我们被分离。谁？雾霾、阴影、犹豫、来来回回的疑惑……我用尸骨涂鸦的画作……与你目的不明确的计划的对话。答案或许藏在不知谁写的那些笔记里。"(第 110 页)

《胡列达·奥维斯归来》与《幽灵的胡列达》的叙事者作为一个女作家，成功挖掘了一位为艺术疯狂、被社会埋没的女画家形象。胡列达与伍尔芙在《一间自己的房间》中虚构的莎士比亚的妹妹朱迪斯极为相似(虽然两人相差了近四个世纪)，实际上是女作家/艺术家对自我身份的绝望寻找：

> 假使 16 世纪一个女人有特殊的天才，一定会发狂、自杀，或是终其一生于村落外一所寂寞的小草屋里，半像女巫，半像妖魔，被人怕，被人笑。因为只要稍微懂得一点心理学，就可以确定知道一个有特殊天才的女孩子想应用她的天才到诗上去，一定是被人挫折阻碍，被她自相矛盾的本能折磨撕裂以致无疑地失了健康流于疯狂。②

伊丽莎白·詹威对女性的疯狂做了如下总结："当'正常'状态不能再维持含有欢乐、自由和想象力的生活时，就会选择疯狂来作为反对正常状态的叛逆行为。"③而疯狂又成为女性创作的动力，"疯女人就是被压抑的女性创

---

① Ana María Navales, *Julieta de los espíritus*, *Tres mujeres*, Madrid, Huega y Fierro, 1995, pp. 138-139. 该著引文皆出自这个版本，由笔者自译。
② 伍尔芙：《一间自己的房间》(王还译)，生活·读书·新知三联书店，1989 年，第 60～61 页。
③ 丹尼尔·霍夫曼(主编)：《美国当代文学》(下卷，郑启吟译)，中国文艺联合出版公司，1984 年，第 525 页。

造力的象征,是解答有关妇女创造力问题的一个答案。疯女人就是叛逆的作家本身。"①

西班牙女作家通过成长小说类型清晰地呈现出那些长期掩蔽在无名、混沌状态下的女性成长中的身体感觉和心理流程,表现出鲜明的反叛主流、固守边缘的性别立场,更明确地体认了西班牙妇女在男权社会中的角色和地位。"'疯女人'构成了女性历史的独特塑型,她们赋予'疯女人'这样的品性:冷酷与坚硬、丰饶与骁勇、自禁与怪异、幽闭与自省等。'疯女人'既承载了男权文化中对女性形象塑造阴暗的一面,又同时表达了对强加在女性身上的文化定义的抗拒。"②

第三节 《隐私》

《隐私》(*La intimidad*,1997)是小说家、诗人、散文家努里娅·阿玛特(Nuria Amat,1950~)的成名作,在女主人公身上明显可以看到作家本人的身影(人物与作者的名字重合,暗示该书的自传色彩),因此也可以将此书视为 20 世纪 60 年代"加泰罗尼亚青年女艺术家的素描"。巴塞罗那作家、诗人安娜·玛利亚·莫伊斯(Ana María Moix,1947~2014)认为,与阿玛特的其他任何作品相比,在《隐私》中"生活、文学和虚构不仅融合,而且文学变成传记,同时成为虚构的素材"。

《隐私》与夏洛蒂·珀金丝·吉尔曼的《黄色墙纸》及西尔维娅·普拉斯的《钟形罩》一样,也是以一个疯癫的女主人公为叙事者,用内心独白的手法描写她对生活、死亡、疯狂和文学的反思,阐述了写作与阅读、家族与疯狂的起源。此举"在最大限度上拉近了叙事者与读者尤其是与女性读者之间的距离,使其加入到叙事的创造过程中,分析其疯癫的根源,并借以思考自身的生存状况"③。

1. 阿玛特与《隐私》

阿玛特出生在巴塞罗那一个精英知识分子和艺术家之家。曾祖父是 Espasa 百科的创始人,父亲和兄弟都是画家,但不满 6 岁时母亲便因抑郁症跳楼自杀,这一家庭变故深刻影响到她后来的成长。20 岁时阿玛特前往巴黎攻读档案学,两年后回到巴塞罗那大学图书馆系任教,负责引入档案学技

---

① 张岩冰:《女权主义文论》,山东教育出版社,2005 年,第 80~81 页。
② 祝亚峰:《性别视阈与当代文学叙事》,安徽大学出版社,2008 年,第 134~135 页。
③ 刘风山:《疯癫,反抗的疯癫——解码吉尔曼和普拉斯的疯癫叙事者形象》,《外国文学评论》2007 年第 4 期。

术(Ciencia y Tecnologías de la Documentación),25年后因对西班牙大学体制极度失望而放弃教职。

1975年阿玛特与她的大学老师,哥伦比亚人奥斯卡·高亚索斯(Oscar Collazos)结婚,婚后两人去拉美各地旅行。后定居柏林,在那里她与丈夫决定分手,并与贝克特共同排演他的戏剧。阿玛特视英国的乔治·斯坦纳(George Steiner)、本国的胡安·马塞(Juan Marsé)为她的文学导师。她非常关注妇女的命运,短篇小说集《怪物》(*Monstruos*,1991)将罗密欧与朱丽叶、《一千零一夜》里的山鲁佐德、莎士比亚的妹妹朱迪斯的古典故事加以改写;散文集《妇女的世纪》(*El siglo de las mujeres*,2000)描写的都是世界文学中的女性形象,如埃及艳后克里奥帕特拉、山鲁佐德、北欧女神布鲁尼尔达。她以墨西哥毒品走私为题材的小说《美洲女王》(*Reina de América*)荣获2002年度"巴塞罗那市小说奖"。"对我来说,文学是死亡、疯狂和书籍。这些是我痴迷的东西。我认为它们也是我感兴趣的那种文学的主题。"①

值得一提的是阿玛特家人与杀害托洛茨基的凶手拉蒙·梅卡德尔(Ramon Mercader)是远亲,但在家里这是一个忌讳的话题,因为阿玛特的父母极力想与这个斯大林主义的凶手保持距离。2011年阿玛特以拉蒙·梅卡德尔为主角,创作了她第一部用加泰罗尼亚语写作的小说《爱情与战争》(*Amor y guerra*),力图揭示那位传奇人物的真正人格。该书获得分量极重的"拉蒙·尤尔加泰罗尼亚文学奖"(Premio de las Letras Catalanas Ramon Llull)。

阿玛特幼年时的家庭住宅对面为福斯特精神病院,病人多为艺术家及资产阶级。在她五六岁时的一个夏天,一位身着白袍的女病人企图跳窗自杀。这一悲剧令年少的阿玛特无法释怀,也成为她日后撰写《隐私》的素材之一。多年后阿玛特应邀去牛津大学做讲座,当她回忆起那个穿白袍的疯女时,一位听众站起来说那位病人正是自己的姨妈,50年代因患严重的忧郁症入住福斯特精神病院,她跳楼后竟奇迹般生还。

与《隐私》形成呼应的是她的另一部小说《你让生活浇灌我》(*Deja que la vida llueva en mi*,2008),作品采取自传体叙事与日记结合的方式,讲述女主人公、作家阿尔娃(即阿玛特的化身)的一些遭遇:自幼母亲早逝,与父亲关系非同一般;童年时受到哥哥的虐待;在家门口险遭强奸;青年时代的男友;婚姻的无爱;与女儿的关系;好友们患病或自杀的经历。阿尔娃以反省的目光回顾爱情、死亡、疯狂和其创作志向。她对写作的迷恋某种程度上是受父亲的影响,后者声称:"我如果不写作就活不下去……我创作是为了无限地、危

---

① Catalina Serra,"La literatura es muerte, locura y libros", *El País*, 27 de febrero de 1997.

险地生活。"而女主人公也认为:"我们接受如此的教育,以至于写作似乎使生命中某些令人厌烦的瞬间高尚化了。"该书融虚构和记忆于一体,既是对作家往昔生活的片段回忆,也是对她当下创作的反思。

2. 文学与疯狂

在《隐私》里,疯狂被视为文学作品的起源及相伴的后果。《隐私》的女主人公是加泰罗尼亚女作家"努里娅"①,自幼丧母的她成年后试图通过回忆和写作讲述自己从小到大的成长经历,而墓地、疯人院、图书馆(读书是她终身的喜好)、父母的家(她成长的地方)是她童年生活环境的组成部分,令努里娅无法忘怀,也成为她写作中经常出现的舞台。

"努里娅"的家位于巴塞罗那富人区,这座带花园和游泳池的别墅是她外祖父的遗产,它见证了这一巴塞罗那精英资产阶级家庭的破落和衰败。童年的"我"对自家对面的疯人院产生强烈好奇:

> 我卧室的窗户很占优势。从那里看得见大街以及在我这条空旷的街道上发生的不多但极有趣的事情,我监视可能发生的一切,包括许多时候发生在对面那座楼里的事情。那是一个收治富裕家庭病人的精神病院,或曰疗养所,这些人家并未因有钱而少受疯狂和忧郁的骚扰……一双儿童的眼睛,我的眼睛,将在我人生的笔记本上留下完美的说明。②

母亲去世后,"我"与父亲的关系日益亲密,"我确信在那些危险的周日清晨,我爸爸以一种不同寻常的方式,带着恋人般的甜蜜和造作亲吻我"。但女主人公也朦胧地感觉到父亲的忧伤掩盖了某种难言之隐,"我父亲把那种痛苦从他的第一次婚礼一直延续到第二次婚礼"(第173页)。原来父亲(包括"我"的兄弟)是同性恋,但在当时的社会环境下,他只能压制自己的性取向。这一特殊的家庭关系使得"我"的性别取向也变得含糊,虽然"努里娅"先后有过两次奇怪的婚姻,第一次嫁给了一位居然叫佩德罗·巴拉莫的拉美裔作家

---

① 在 Margarita Riviere 对阿玛特的一次采访中作家承认她这部作品的自传程度:"Juego con eso, el escenario es absolutamente real. Yo vivía entre Sarriá y Pedrables, en los años cincuenta, un limbo periférico sin identidad. En conjunto, una burguesía un poco desorientada... Me marcó no tener madre y ser de una familia que me inculcó que no se podía vivir sin libros. Para mí escribir ha sido decir aquello que callas al hablar... Esta vez vi que tenía que escribir con nombres y apellidos. He puesto mucho de mí misma en esta novela." *La Vanguardia*, 6 de marzo de 1997.

② Nuria Amat, *La intimidad*, Madrid, Alfaguara, 1997.该书所有引言皆出自这个版本,由笔者自译。

(与鲁尔福的小说《佩德罗·巴拉莫》的男主人公同名)①，第二任丈夫是加泰罗尼亚诗人卡洛斯·里瓦(Carles Riba)的孙子，但婚姻都失败了，因为"我的身体，我想，原先一直是一种性别缺失所留下的痕迹或伤疤。阴影没有性别。"(第267页)

从小"努里娅"就对阅读感兴趣，家庭图书馆是"我"最喜欢的地方。"为了与母亲建立沟通我打定主意要当一名作家"(第55页)，这个梦想在"我"长大后实现了。"努里娅"以家庭生活为素材创作了一部作品，但害死了父亲，因为所写的是他的同性恋丑闻。父亲的去世导致"我"有些精神失常，不得不住院治疗。在那里"女医生科恩试图研究妇女、疯狂及写作三者之间的关系"(第257页)，疯狂可以被视为文学作品的起源，医院竟也为"我"的文学创作提供了"自己的房间"。"努里娅"(自称"狄更斯的女儿")阅读狄更斯、勃朗特(《简·爱》作为《隐私》情节的背景)、拉福雷等人的作品，从《佩德罗·巴拉莫》那段巴洛克式葬礼开始自己的创作(虽然所写的东西令人费解)。她对文学的见解也与众不同："一个真正的作家首先学会的是接受缺乏独具匠心的句子，一切真正的写作都沾染了改头换面的剽窃气息，作家的缪斯现在越发只能是图书馆了。"

父母双亡的阴影一直笼罩着"努里娅"的生活："我们喜欢坟墓，但那不是我一次又一次回到童年坟墓的充分理由。"(第204页)对于这位患"文学病"的女人来说，只有写作才是和解的方式，它埋葬了死者，恢复了理智，治愈了忧伤，最后留给我们的是"一部在疯人院开启的书"②。

可以说，"作为一部成长小说，《隐私》提供了多种阅读可能：一种是元文学式，另一种可以聚焦文本的心理分析情节，还有一种可以涉及叙述者在她写作过程中所探讨的性别与体裁之间的关系"③。

---

① 努里娅·阿玛特还出版过一部有关这位墨西哥作家的传记《沉默的书。胡安·鲁尔福》(*El libro mudo*，*Juan Rulfo*，2003)。
② Carlos Fuentes, "El libro de Nuria Amat es un poema sobre la posibilidad e imposibilidad de ser feliz", "Nuria Amat", *El País*, 6 de septiembre de 2008.
③ Nuria Capdevila, "Textual Silence and (Male) Homosexual Panic in Nuria Amat's *La intimidad* (1997)", *Journal of Iberian and Latin American Studies*, Vol. 8, No. 1, 2002.

第四章　童年:无法抹去的记忆

巴赫金认为,与一般的小说相比,成长小说在题材方面拓展了一些新的领域:"生活连同它的事件受到成长这一思想主题的光照,展现出来的已是最初形成并表现主人公个性及其思想观的那些生活经历、学校、环境。成长和教育的思想主题,使人能够用新的方法组织主人公周围的材料,并在这些材料间发现全新的方面。"①

威廉·柯伊尔(William Coyle)在专著《美国文学的年轻男子:成长主题》(*The Young Man in American Literature*, *The Initiation Theme*, 1969)中列出了成长小说的具体主题,包括"人的孤独、寻找父亲、性焦虑、个人价值观的形成、与他人交流的困难、职业的发现、个人缺陷的接受、对社会不公的反对、童年幻想的流逝、人类生活悲剧性认识的觉醒及父亲权威的反叛"②。

童年是人生成长过程中至关重要的一个阶段,因为在这一时期人的自我意识逐步形成,性格和人品趋于定型。蒙田认为:

> 人们从童年步入成年,就是从幼稚走向成熟,从蒙昧走向文明,并且形成相对稳定的思想、性格、气质。这个成长的过程,是一个不断吸收知识、积累经验,从单纯走向复杂的获取过程。但与此同时,还是一个逆向思维,即抛弃、失落、退化的过程。童贞纯洁被复杂的社会意识所取代,奔放的情感被冷静的理性所控制,自然的欲望被道德伦理所压抑,神奇的想象力被科学的现实所摧毁,童年的乐观被人生的酸楚所销蚀:人的心理结构由单纯变为复杂。弗洛伊德在心理学史上第一次指出人的心理结构不是平面的,而是划分为层次的立体结构。人的理性、道德、文明修养,一方面升华着孩提式的蒙昧,一方面压抑着童年时代对快乐的自由追求、对现实的奇幻想象、对情感的恣意表达,那种想哭便哭,想笑便笑,想爱便不顾一切地爱,想恨便直截了当地恨的自由被囚禁了,理性生

---

① 巴赫金:《长篇小说的话语》(白春仁译),《巴赫金全集》第3卷,河北教育出版社,1998年,第182页。
② 转引自徐晗、吕洪灵:《弗吉尼亚·伍尔夫〈岁月〉对传统成长小说的继承与超越》,《南京师范大学文学院学报》2012年第2期。

活带来了秩序,也带来了精神上的贫困、寂寞、孤独和无聊。①

由于在这一迈入成熟的关键过程中伴随着不确定、不安全、不自信等心理、生理和文化方面的因素,因此童年时期往往会产生恐惧、迷失、叛逆等情绪。"成年意味着放弃童年最可爱的夸大妄想的梦。成年意味着懂得了这些梦不会实现。成年意味着掌握智慧和技巧,从而在现实允许的花园内获取我们所需要的东西。这个现实包括减少了的权力、有限制的自由以及与我们所爱的人的不完美的联系。"②因此"在成长的过程中,时时检视儿时的一些记忆,让鲜活的生命、真实的自我得以复原"③。

第一节 《悲伤》与《我书写你的名字》

《悲伤》(Tristura,Premio de la Crítica Catalana 1960)和《我书写你的名字——自由之名》(Escribo tu nombre—el nombre de la libertad,1965)是埃莱娜·基罗佳的最佳之作,她从童年和少年的记忆出发创作的姊妹篇,塑造了一位不顺从命运、敢于反抗的孤女形象。这两部具有自传色彩的作品背景均为第二共和国时期至内战爆发前夕,对童年岁月的回忆构成了女主人公达德娅·巴斯克斯(Tadea Vázquez)人生历程的起点。她难以适应从童年到成年的过渡,特别是对西班牙保守、严苛的天主教会教育极为反感,无法认同男权社会和家庭对少女自由成长的种种限制和规范。作为受害者,达德娅或采取反叛的态度,或在爱情中寻找慰藉,最终在失意和绝望中走向成长。《悲伤》后改名为《童年的秘密:一个女孩的故事》(Secreto de la infancia,historia de una niña)。

1. 家庭禁忌

女主人公达德娅出身于西班牙北部坎达布里亚地区的一个贵族家庭。母亲生下她之后去世,父亲又抛弃她,与保姆同居。达德娅只能寄居在外婆家,但老太太并不喜欢达德娅,把外孙女当作负担;孔查姨妈鄙视达德娅,认为她"不是一个正常人,应该把她与其他人隔离开,以免传染别人"④。因此她对达德娅的思想严加控制,把宗教作为禁锢、恐吓、驯服外甥女的工具:

---

① 徐葆耕:《西方文学:心灵的历史》,清华大学出版社,1990年,第305页。
② 朱迪丝·维尔斯特:《必要的丧失》,北京大学出版社,1988年,第169页。
③ 郝永芳:《童年记忆与女性成长》,《平原大学学报》2005年第3期。
④ Elena Quiroga, Tristura, Barcelona, Plaza & Janés, 1984, pp. 255-256. 该著的所有引言均出自这个版本,由笔者自译。

你惹圣母哭泣……没人会在乎你的想法,难为情。你别拉着那张脸。没人会在乎……别让外婆知道,她血压一高就会死掉。如果外婆出事了你就得负责任。基督为你而死。好好看看他身上的鲜血、烂疮、肋部的伤口、刺冠,你每时每刻都在折磨他死。你要想见到妈妈,必须赢得天堂。……我禁止你提那些问题……"想要"这个动词不存在。女孩是不思考的。(第24页)

身穿紫色长袍、手戴硕大戒指的主教造访外婆家之后,达德娅对这位主教的衣着首饰十分好奇,孔查姨妈立马打断外甥女的提问:"达德娅,别问。宗教的事情是不能问的。"(第72页)女孩子"要知道闭嘴"(第93页)。

除此之外,孔查对达德娅的一举一动也实施严格的管教:

遮住你的膝盖。不要跷起二郎腿。双腿并拢……女孩子不要偷听,不要向四周张望……不要让两手空闲……女孩们不要独处,不要背着人说话,所说的一切要能够当着女老师的面说出来……每时每刻要忙着干活,耽于空想是不良的顾问……走路要慢。举止得体……不能这样到处招摇……不要提高嗓门,我们不是聋子。吐字清晰点,外婆听不清你说话……不要哭。把眼泪咽下……(第23~29页)

达德娅还被禁止与男孩(包括她的表兄弟)来往,因为"男女授受不亲"。当达德娅问起表兄弟时,得到的答复是:"妈妈说女孩只能跟女孩在一起,把你送到这里来就是为了不让你像男孩那样长大。"(第49页)孔查还禁止达德娅照镜子:"你别照镜子,总有一天魔鬼会从你身上冒出来。不存在巫女。只存在上帝。"(第24页)镜子"被基罗加小说里的女教育者解读为具有危险和有害含义的物件"[①]。

达德娅不喜欢被人当作"小姐",因为她反感这种阶级分类;她对舅舅怀有柏拉图式的爱恋,却得不到回应;她不惧怕甚至冒犯大人强加给自己的那些无法解释、不加解释的规矩、限制。处在这样窒息、压抑、毫无自由可言的家庭氛围里,达德娅感到无所适从,她想"将来有一天我要独自对着井呐喊"(第30页),以此发泄郁积在内心的不满和孤独。达德娅甚至产生离家出走

[①] Maja Zovko,"Educación femenina y masculina a través de la narrativa de Elena Quiroga",*Itinerarios*,Vol.12,

的强烈愿望:"只要我离开,出走,外逃。一劳永逸。去哪,我不知道。就想彻底出走。"(第 62 页)

2. 校园禁忌

在《我书写你的名字——自由之名》里,达德娅进入一所教会学校,"1930 年 10 月我已经入学。明年 1 月将满 10 岁。"①她在那里度过 6 年学生时光,这段人生的关键岁月给她打下了深刻的烙印。达德娅所受的教育即一切都听从上帝的旨意,保持贞洁和谦卑;自由、独立的思想是绝对不能接受的。正是因为教会学校没给妇女提供自立于社会的本领和素养,尤其缺乏对个人的尊重,禁锢个性的发展,导致达德娅毅然弃学:

在那几个世纪的沉默,一种静止、仿佛凝滞的沉默中,无人听到我进来又永远离开……那一瞬间,从钢琴对面的大窗户透过的光线令我目眩,我知道自己将不会返校。我不在乎发生什么事,也不在意家里会说什么,我将面对真相,没有人可以动摇我。我不回归学校。我的位置不在那里……(第 574~575 页)

《我书写你的名字——自由之名》里的达德娅在一次暑假里发现了大海,她远离教会学校的封闭和窒息,在欣赏大海景色的同时,学会了享受孤独和独处,并将自己与大海合二为一:

一群海鸥唑唑地飞过我们的头顶,我看见几只海鸥离开,另几只停栖在水边,在潮湿的沙子上留下三角形脚印。一种幼稚、单纯、神奇的东西揪住我的心。我注视着大海,感觉它更加广阔,无法航行,永远荒凉……我撑着前臂立起身来。那颗拥抱我的心让我充满了一种超自然的喜悦,打破了我少女的心……我仰面倒下,观赏着那没有一丝皱纹、一片朦胧、碧蓝无垠的天空。多么圆满的孤独啊,孤海……我发现自己的心处于孤独,我陶醉在孤独中,为它感到一种可怕的自豪。从此当我看到大海时常说:孤海。就像是说:孤独的达德娅。(第 390~391 页)

基罗佳曾表示"我认为我们大家(50 年代这批人)的特点是无助、孤独、缺乏交流的感觉。更确切的是:缺乏自由。"因此对自由的渴望与捍卫体现在

---

① Elena Quiroga, *Escribo tu nombre*, Madrid, Espasa Calpe, 1993, p. 59. 该著的所有引言出自这个版本,由笔者自译。

她所塑造的女性人物身上,达德娅在她成长的环境里发现了天主教会和资产阶级的道德虚伪,从此失去信仰,走向失望,渴望反抗,《我书写你的名字》开头便是达德娅的一句话,"某一天我书写了自由"(Algún día escribí libertad)。

菲利斯·萨特林(Phyllis Zatlin)在《我书写你的名字》序言中指出,该书通过展示达德娅的内心世界,从被动接受学校的规矩到独自寻找上帝,从避难于群体到渴望自由、对现实持批判态度,大概在现代西班牙语文学中,《我书写你的名字》是反映女性成长经历的最佳之作。通过达德娅的失败求学经历,基罗佳控诉了"社会的虚伪、阶级的偏见,批判了一些过时的、因循守旧的教育方法,揭露了虚假的宗教性"[①]。

玛哈·索乌克也认为:"埃莱娜·基罗佳从女性视角审视20世纪头几十年妇女艰难的发展。通过她的小说,其中一些具有自传内容,作者质疑了教育问题。探究妇女从属地位的根源,揭露她们目前的处境,这是基罗佳作品的首要目标,因此她回忆其女主人公的童年和少年。基罗佳通过女性在家庭所受的教育,解释社会如何倾向于阻碍女性身份的形成,要求妇女遵从一些严格限定的原则。在其小说的女性人物自我寻找的过程中,严苛、保守、缺乏关爱的家庭教育是关键所在。因此'我'的建构受到人物个体自由发展的渴望与社会要求之间反差的影响。女主人公拒绝承受强制的教条,所以有时候她们的行为在周围世界里是无法被接受的。"[②]

第二节 《胡利娅》

《胡利娅》(*Julia*,1968)作为巴塞罗那作家、诗人安娜·玛利亚·莫伊斯(Ana María Moix,1947~2014)的小说处女作,是一部"失意的成长小说,描写了一位孤独但不妥协的女主人公发展的停滞"[③],也是西班牙最早突破女同性恋禁区的作品之一。

1. 莫伊斯与《胡利娅》

安娜·玛利亚·莫伊斯出生于巴塞罗那一个保守的中产阶级家庭,毕业于巴塞罗那自治大学文哲系,是唯一入选加泰罗尼亚诗歌评论家何塞·玛利

[①] Antonio Vilanova, "*Escribo tu nombre* de Elena Quiroga", *Destino*, 18 de diciembre de 1965.

[②] Maja Zovko, "Educación femenina y masculina a través de la narrativa de Elena Quiroga", *Itinerarios*, VOL. 12, 2010.

[③] Ellen Mayock, "Enajenación y retórica exílica en *Julia* de Ana María Moix", http://www.Lehman.cuny.edu/ciberletras/v10/mayock.htm.

亚·卡斯特耶(José María Castellet，1926～2014)主编的诗集《9 位西班牙全新派诗人》(*Nueve novísimos poetas españoles*，1970)的女诗人。她哥哥特伦西·莫伊斯(Terenci Moix，1942～2003)也是加泰罗尼亚文坛的著名作家，在兄长的引导下她很早便与巴塞罗那文学界建立联系和友情，是 20 世纪 60 至 90 年代巴塞罗那著名文化运动团体"神圣的左派"(Gauche Divine)成员①。1967 年莫伊斯主动写信给当时流亡在外的西班牙"27 年一代"小说家、散文家、诗人罗莎·查塞尔(Rosa Chacel，1898～1994)，寻求一个开放的、有素养的对话者。在给查塞尔的信中，早熟、敏感、多病的安娜·玛利亚·莫伊斯坦言：

> 12 岁到 19 岁这段时光我是在阅读、学习和思考中度过的。13 岁(12—13 岁间)我阅读了《资本论》，……从那开始我又经历了一切：无政府主义者、民主主义者、无神论者、泛神论者。我热衷于德谟克利特、高尔吉亚、赫拉克利特、尼采、存在主义者、柏拉图(从一个到另一个，都是无序的)，直到怀疑主义出现。②

她的文学才华和批判眼光引起查塞尔的注意，两代女作家之间的通信持续了好几年，并于 1998 年结集出版，书名为《从海到海》(*De mar a mar*)。1969 至 1973 短短 5 年间，莫伊斯的文学创作进入爆发期，出版了诗集《甜蜜吉米的民歌》(*Baladas del dulce Jim*，1969)、《叫我石头》(*Call me stone*，1969)和《没有时间献给鲜花》(*No time for flowers*，1971)；小说《胡丽娅》《瓦特，你为什么离去？》(*Walter ¿por qué te fuiste?*，1973)；短篇小说集《我每天见到的那个红发男孩》(*Ese chico pelirrojo a quien veo cada día*，1971)；报刊文集《24×24》(*Veinticuatro por veinticuatro*)；译著《圣周》(法国作家路易斯·阿拉贡著作)；儿童文学作品《原始时代的奇妙丘陵》(*La maravillosa colina de las edades primitivas*，1973)。还因《没有时间献给鲜花》于 1970 年获得她首个奖项"比斯开诗歌奖"(Premio Vizcaya de Poesía)。但之后十年莫伊斯沉寂了，直到 1985 年才以短篇小说集《危险的品德》(*Las virtudes peligrosas*，Premio Ciudad de Barcelona，1985)回归西班牙文坛。1995 年她把埃莱娜·西苏的著作《美杜莎的笑声》译介到西班牙，曾长期担任布鲁格拉出

---

① 她的散文集《"神圣的左派"24 小时》(*24 horas de la "Gauche Divine"*，2002)回忆了这段难忘的经历。
② *De mar a mar. Epistolario Rosa Chacel-Ana Maria Moix*，Prólogo de Ana Rodriguez Fisher，Barcelona，Península，1999.

版社社长。她的最后一部作品为《个人宣言》(Manifiesto personal, 2011)。

莫伊斯十分清楚话语的力量。她在女记者兼作家卡门·阿尔卡德(Carmen Alcalde, 1936~)与法尔孔 1976 年创办的杂志《女权主义诉求》(Vindicación feminista)上曾发表《男人》(El hombre)一文,指出"言词,话语……是权力的第一个表现",传统上男人通过语言建立起他们的权威和控制,因为他们的演说"颁布法律……分配财产……告知什么事可以做,什么事不可以……言词,作为权力之源,是男人的第一个武器"。

《胡利娅》以 20 世纪 60 年代的巴塞罗那为背景,以第三人称叙事隐讳地回顾了出生于上流社会的女同性恋者胡利娅拒绝成长的历程。在创作过程中,罗莎·查塞尔给予莫伊斯许多忠告,如"请你准备好去经历一种阳刚的女性气质","把数学精神运用到生活中:清晰、严谨;无人能说你不知道自己要争取的东西"。而莫伊斯从记忆出发,把她与查塞尔长期通信中披露的许多个人隐私加以文学化处理,比如胡利娅参与大学生政治活动的情节来自于作家本人的真实经历,莫伊斯因参加反独裁的学生运动而遭到警察的毒打。查塞尔同情她的遭遇,认为学生的抗议行为是"不可避免的,或者说是必然的,因为无法在那种毁灭性的消极状态中生存"。《胡利娅》还隐约透露了莫伊斯个人和其家族的历史:"这个人物与少女时代的我有很多共同点,甚至一些事件,比如夭折的哥哥,所有那一切都是真的。这本书有不少自传成分。尤其我们从心理角度来讲,人物是自传的。"①

2. 大小胡利娅

《胡利娅》有两个主人公,一个是幼年时期的小胡利娅,一个是长大后的胡利娅,对前者的记忆直接影响并决定了后者的人生走向。"小胡利娅,矮小瘦弱,动作敏捷,飘忽不定,一直是她抢在胡利娅之前掌控记忆的马达,引导后者走入弯曲、模糊的路径,突然改变方向,仿佛想在一个没有出口的迷宫里玩耍,同时又以欺骗胡利娅为乐。"②

小说的开头,年方 20 的胡利娅在一个不眠之夜回忆起自己从小到大的经历:胡利娅的父系一方是内战的失败者,母系一方则是内战的胜利者,加泰罗尼亚大资产阶级,夫妻双方的矛盾隐喻了两个不可调和的西班牙的对立和冲突。由于父母分居 9 年,胡利娅从小得不到家长的关爱,只好与祖父在山区生活了 5 年。6 岁时又被母亲的朋友维克托强奸,而母亲和家人不但不同

---

① Char Prieto, "Disgresiones sobre *Julia*, entrevista con Ana María Moix", *Confluencia*, Vol. 21, No. 2, Spring 2006.
② Ana María Moix, *Julia*, Barcelona, Lumen, 1991, p.55. 该书所有引言皆出自这个版本,由笔者自译。

情、怜惜小胡利娅,反而指责她堕落:"你没有朋友因为你是个怪女孩,没有人能忍受你,你不招人喜欢。"(第 35 页)

回城后,内向、敏感的小胡利娅感觉"每天都一样,单调无聊,令人气愤。"(第 38 页)她陷入孤独、沉默,"她的日子变得既漫长又沉重"(第 110 页)。小胡利娅的毛衣上有一个船锚的标记(多次出现在小说里),这是她停滞生活的象征。"她继续咒骂爸爸、妈妈、外婆露西娅、教会和资产阶级伦理的不道德……小胡利娅低声说,但愿自己碰得头破血流。胡利娅,他们会抓住你的。你得小心,留神。那些人能够在一两周里毁掉 5 年。你不能允许他们这么干。"(第 108 页)

小胡利娅与母亲的关系日益冷漠、疏远,这一切在她幼小的心灵造成了无法愈合的创伤。"小胡利娅在胡利娅脑海中出现,把后者拖向一个开始时清晰完整,以不可遏制的力量出现的回忆里,之后这种清晰又同样突然急剧消失,令她痛苦,充满怨恨。"(第 60 页)无论是在学校还是家里,小胡利娅都拒绝开口,因而大家都称她为"不说话的女孩"(la que no habla),被视为"怪虫"(bicho raro)。小胡利娅"不知道该如何避免她本人引起的隔阂。虽然这很令她气恼,但还是努力装出根本不在乎学校里包围着她的那种可怕孤独,甚至表现得以此为荣"(第 111 页)。

童年的心灵创伤始终无法痊愈,导致成年后的女主人公生活在阴影下,无聊、空虚、缺乏生活的勇气和意义。"对胡利娅来说,小胡利娅已经变成一个折磨人的神灵,一个要求不断献祭以便平复其旧伤的女神。"(第 63 页)而"小胡利娅也永远不原谅胡利娅将她抛弃在一个静止、没有时间的地狱里,挣扎在它的阴影里,胡利娅永远不能把她解救出来。小胡利娅责备后者巨大的软弱、无限的胆怯,阻碍她将自己解放出来……"(第 63 页)

在保守、堕落、虚伪的家庭和社会环境里,胡利娅养成了一种对女性的病态依恋,她与姨妈埃莱娜的亲热、对中学女校长玛贝尔的好感、对大学文学系女老师艾娃(她是父亲的大学同学、爷爷的学生)的"奇怪激情"、对表姐的执着深情,都是这种情感的具体表露。作品一再重复胡利娅的梦魇,为了抵抗幽灵的骚扰,她只能下意识地求助于艾娃:

> 艾娃,艾娃。她必须想着艾娃。她努力想象艾娃打开门,朝床头跑来。她,胡利娅,向艾娃举起胳膊,把头藏在艾娃的怀里,向她述说发生的一切……但艾娃远离那里,无法进入她的卧室。胡利娅把枕头抱得更紧。她只看见艾娃,即便后者不在自己家里,也没有躺在她的床上。她觉得自己就在艾娃身边,艾娃给了她一个关于幽灵现身的合理解释,并

保证它们不会再回来。胡利娅这才终于昏昏入睡。(第12页)

在小说的结尾,1968年巴塞罗那大学生民主运动遭到失败,胡利娅"除了小小的反抗表示外,不敢有更多的行动"(第165页)。但她又不愿随波逐流,于是屡屡情感失意、拒绝长大的胡利娅试图选择自杀作为抗议社会的一种方式。"在女同性恋成长小说中,因社会对其性身份的拒绝而遭受的失败常常导致女主人公惨烈的结局,其中精神失常和自杀经常变成她唯一的出路。莫伊斯的女主人公以流亡者的形象出现,她被一个无法容纳其欲望的世界逐出,唯一可能的出路看来是自杀了。"①

虽然胡利娅自杀未遂,但她确信,活下来的不是自己,而是"小胡利娅,又小又瘦,光着脚,披散着辫子,用她的现身抹去一切。漫长岁月之后,如今她再次出现以图报复。胡利娅最终明白小胡利娅设下的陷阱,她的报复。前者肉体上几乎就能感觉到后者的手指在撕去自己的面具,20年来一直戴着的面具。"(第217页)

与《胡利娅》构成互文性关系的是莫伊斯的另一部小说《瓦特,你为什么离去?》,该书扩大了人物关系网(表兄弟、大学同学、同性恋情人等),一些相同的人物(胡利娅、她的父母、兄弟、外婆和爷爷等)再次出现。胡利娅延续了上一部作品中无法适应社会的"怪女孩"形象,同时借同学卡洛斯与表弟伊斯玛埃尔之间的对话间接提到她与艾娃的同性恋关系:"系里议论了很多你表妹胡利娅与那位文学课女教师某某的关系;家家有本难念的经,但在你家……"②

胡利娅终因精神失常被关进一家疯人院,"她不吃饭,不说话,整天靠在窗边,好像在等待什么人"(第216页)。作家通过伊斯玛埃尔之口,告诉读者胡利娅的结局:她在疯人院的高墙内走到自我毁灭的尽头。桑德拉·舒曼认为,"莫伊斯利用一个精神分裂的女主人公,使得胡利娅进行自我审查,而读者也通过借代的隐喻和暗示,意识到某些禁忌事端。"③在今天的莫伊斯看来,"那时的胡利娅是一个唤醒生活的年轻人。她反抗的是父母、不宽容的天主教教育。她的叛逆是一个时代的斗争。虽然胡利娅是个孤独的人物,但她

---

① Rosalia Cornejo-Parriego, *Entre mujeres. Política de la amistad y el deseo en la narrativa española contemporánea*, Madrid, Biblioteca Nueva, 2007, p.109.
② Ana María Moix, *Walter, ¿por qué te fuiste?*, Barcelona, Lumen, 1973, p.190. 该著的引言皆出自这个版本,由笔者自译。
③ Sandra J. Schumm, "Progressive Schizophrenia in Ana María Moix's *Julia*", *Revista Canadiense de Estudios Hispánicos*, Vol.19, No.1(Otoño 1994), pp.149-171.

的抗争是一代人的。"①评论界也认为:"胡利娅是一个杰出的文学典型,是一代妇女的象征,她们正试图在被战争摧毁、过度依赖传统的西班牙找到自己的位置。"②

第三节 《伤痕》三部曲

《伤痕》(*La cicatriz*)三部曲为职业记者、作家恩里克塔·安东林(Enriqueta Antolín,1941~2013)的代表作,由《带翅的母猫》(*La gata con alas*,1992年"老虎胡安奖")、《毁灭的地区》(*Regiones devastadas*,1995)及《空灵的女人》(*Mujer de aire*,1997)组成。女主人公重组了从童年、青年到成年的个人和社会回忆,作家以此表达对西班牙战后外省社会生活的个人观感。

1. 安东林与《伤痕》

安东林出生于巴伦西亚,在托莱多度过童年和少年的关键时光。作为家中的长女,战后艰难的生活压力迫使她选择师范专业。毕业后做过几年体育老师,但一直没有放弃文学理想。21岁前往首都,从事新闻业。主持《改革16》(*Cambio 16*)的文化版面,并为《国家报》撰稿(其丈夫为记者兼作家Andrés Berlanga)。她的最后一部作品为《你写什么,帕梅拉?》(*Qué escribes, Pamela*,2012)

作为小说家,安东林善于捕捉、传达日常生活的精致细节,并以细腻入微的手法极其敏感地刻画人物的心理活动和情绪反应。她的文风严肃,但也不乏些许幽默。《伤痕》三部曲深入女主人公(第一部中天真的幼女、第二部中迷茫的少女、第三部中成熟、清醒的妇女)记忆的隐秘隧道,以幽默和想象力为读者呈现了一幅西班牙内战所造成的贫穷、停滞的战后画卷,重拾20世纪50至80年代那段失败、孤独的岁月,记录女性世界的得与失。

安东林的作品与童年记忆有着千丝万缕的联系,她承认"我从不写与记忆无关的东西",但"我不想写见证性的作品,而是文学作品"。从这个意义上讲,三部曲头两部中的那个女孩不是作家本人,"因为我不是那样的,我没有那样生活过,但的确我太深入到她的肌体,就像一个演员深入他的角色一样,

---

① Char Prieto,"Disgresiones sobre *Julia*,entrevista con Ana María Moix",*Confluencia*,Vol. 21,No. 2,Spring 2006.
② Sara E. Shyfter, "Rites Without Passage, The Adolescente World of Ana María Moix' *Julia*", *The Analysis of Literary Texts. Currente Trends in Methodology*, York College, Ypsilanti, 1989, pp. 41-50.

所以我确信如果我有一个那样的父亲和祖父,如果我得面对那段历史,我也会如此行事和回应的"①。对于安东林来说,进入那个女孩的童年较之观察第三部的成年女主人公更加费力,因为后者与作家很接近,而前者需要塑造。评论家里卡多·塞纳布雷认为该三部曲"发掘了一个女作家,她能够再现对童年和少年的怀念,两者被时光无情的侵蚀所困扰"②。

2. 成长与记忆

《伤痕》三部曲的共同点是女性人物无法挽回地失去生命中的某些重要东西(特别是失去男性的关爱——父亲、丈夫、朋友),造成她心理的死亡。第一部《带翅的母猫》时空为1950年9月的一个卡斯蒂利亚城市(以托莱多为蓝本),氛围是战后的贫困、压抑和恐怖。小说从一个9岁女孩德奥朵拉(Teodora)的视角,以成年的"我"与童年的"你"对话的形式,叙述身为军人的父亲如何神秘失踪,而她一直不明白其中的缘故。听天由命的母亲保持沉默,家人也从未对此事做出令她信服的解释。真正能给予女孩关爱的父亲不辞而别,这一切在女主人公心灵留下深深的创伤。之后初恋男友(一个小提琴手)也离她而去,"再见,再见,我的朋友,你哭泣着,你永远不会为你的哭声感到羞耻,你把头靠在膝盖上,拒绝牵着他的手,沿着大教堂最高塔楼的螺旋状楼梯攀登"③。

第二部《毁灭的地区》的时间为1951至1955年,舞台还是托莱多。安东林继续翻阅她少年时代的老记忆,"我写这部小说是为了知道我是谁","我不认为从成年的回忆中感到童年过得更好,但无疑童年是人生之路中最重要的一部分"。安东林在这部作品中探讨的是德奥朵拉下一阶段的生活,这时的女主人公已是少女,和家人住在一个被内战摧毁的街区(书名指的不仅是地理空间,而且隐射人物的心理空间)。他们面对的是战后道德、物质的双重贫乏;小学艺术老师罗德里格为保护文物而愤然自杀,女同学拉盖尔死于肺结核,而"我"因家庭贫困而被迫辍学。在邻居眼里,"你失去初恋,加上父亲的缺失,这一切都使你变得懂事"④。德奥朵拉对她生活的那座城市、对世间万物充满好奇,"原先多次通过祖父的眼镜观察到的东西,现在你开始跟你的兄弟们一起,用你们的眼睛,体验、发现它们的历险"(第37页)。

---

① Javier Goñi,"Antolín concluye una trilogía sobre 30 años de la vida de una mujer", *El País*, 6 MAR 1997.
② Ricardo Senabre,"Fallece Enriqueta Antolín", *EL CULTURAL. es*, 27 de noviembre de 2013.
③ Enriqueta Antolín, *La gata con alas*, Madrid, Alfaguara, 1992, p.158.
④ Enriqueta Antolín, *Regiones devastadas*, Madrid, Alfaguara, 1995, p.26.

作为一个深受战后恐怖、沉默和初恋影响的少女,《毁灭的地区》里的德奥朵拉看到或感觉到其他人拒绝给她解释的事情。在战后封闭的托莱多社会,她对这个世界的发现充满了令人不安的神秘、只可意会不可言传的东西。虽然《毁灭的地区》不是自传,但包含了不少作家个人经历和真实的社会事件。①

第三部《空灵的女人》时间到了 1980 年,舞台也转到马德里(托莱多出现在人物的记忆中)。成年的"我"在首都遇到一位托莱多的老邻居,勾起"我"对往事的回忆。德奥朵拉十分怀恋自己的中学生活:"我最好的东西都归功于那些老师,他们表面上教我们物理、自然科学或图画,实际上教导我们这世上山外有山,天外有天。"②她回忆起母亲因经济窘迫不让自己上高中的那一夜,"我不会向家人坦白我围着中学走了 6 个小时,从各种角度注视它,透过窗户辨认那些可爱的教室⋯⋯透过上锁的铁栅栏把身子探进铺着花岗岩的院落,怀着绝望的心情永远告别了中学,学会忍受"(第 116~117 页)。

另外,德奥朵拉与初恋男友(那位小提琴手)共同生活了二十多年后被抛弃,导致她出现心绞痛,濒临死亡边缘。此刻女主人公/叙述者意识到,对童年往事的追忆成为她继续生存的一大动力,"我得去托莱多,我决定了,将一个可能是遥远的计划变成急事"(第 174 页)。最终父亲的失踪也有了答案,他因保护几个共和派人士而遭到军事法庭的处决。在解开了多年来纠结她的谜团后,德奥朵拉"力图通过写作重构那彻底破碎的东西⋯⋯我的生活","于是一天又一天,我将重构我的家人和其他人的那段悲惨历史",因为她明白"如果你不懂得自强,那没有人会爱你"(第 236 页)。

以上这些成长小说对童年往事的关注,在王安忆看来,是因为回想它"本身就含有一种既定的两人关系。这关系建立在过去的我与现在的我之间,这是一种自我关系。童年的我是我故事的对手,与我达成时间性的社会关系。我们常常到童年去找寻故事。时间将我们一分为二,一大一小。"③

---

① Fietta Jarque, "Enriqueta Antolín remueve en su novela los miedos juveniles de la posguerra", *El País*, 28 de sep de 1995.
② Enriqueta Antolín, *Mujer de aire*, Madrid, Alfaguara, 1997, p.60. 该著的所有引言皆出自这个版本,由笔者自译。
③ 王安忆:《米尼——王安忆自选集之五》,作家出版社,1996 年,第 378 页。

第五章　出走·回归:离家与寻根

女性成长小说在题材上更加多元,生发出许多特殊的话题。它们在以往的文学作品中或未曾出现,或未被列入世界性主题。"19世纪及20世纪的女性成长小说尽管在主人公、结构上一般都沿袭了男性成长小说的风格,在主题上却有了自己的发展路径——以女性如何对抗男权社会规范为核心,表现了'在男权性别规范下被压抑的女性自主权、创造力和成熟'。"①

在西班牙女性成长小说里,女性人物往往渴望摆脱家庭的控制,走出家门,去外部世界闯荡。而在成熟、成功之后,又会产生回归故里的冲动,踏上寻根的归途。"离家远行是成长小说的一个典型叙事原型。离家,象征着主人公脱离家庭的庇护,进入充满无数未知事物的复杂世界。远行,象征着人的生命历程、心路历程和认知历程。"②

第一节　《岛屿与魔鬼》

作为《空盼》的姊妹篇,拉福雷的第二部小说《岛屿与魔鬼》(*La isla y los demonios*,1952)塑造了"一个更年少、更没有经验、更专心一意的安德烈娅,但也同样浪漫,是一个从外部、从小说家的视角来关注的人物。即便这个人物透出某些自传的特征,她还是小说家的力量所树立起来的,令人感动。"③克鲁斯-卡马拉将此作与《半掩纱帘》加以对比,发现"最明显相似之处便是它们的 *Bildungsroman* 结构。两部作品塑造的都是16岁的少女:分别为玛尔塔和娜达丽娅,虽然前者占据绝对的主角地位,而后者是与其他人物分享。不管怎样,重要的是她俩都处于人生的关键时刻,即处于女孩开始被视为女人的临界点。正是在成为女人(姑娘)的起点,相对于她们成长的社会所强加

---

① 徐晗、吕洪灵:《弗吉尼亚·伍尔夫〈岁月〉对传统成长小说的继承与超越》,《南京师范大学文学院学报》2012年第2期。
② 芮渝萍:《〈雕刻梦幻的人〉:在叙事中构建自我》,《外国文学研究》2004年第1期,第120页。
③ José Luis Cano, "Camen Laforet, *La isla y los demonios*", Ínsula, 15 de mayo de 1952.

的模式,开始显示出这两个女孩的怪异。"①

1.《空盼》前传

拉福雷凭借《空盼》一炮走红,但意外的成功并未带给她过多的喜悦,反而使这位年轻的女作家倍感压力,以至于沉寂 8 年之后才推出第二部小说《岛屿与魔鬼》。拉福雷再次从她个人经历中汲取灵感,撰写了《空盼》前传,即安德烈娅(在这里改名为玛尔塔·卡米诺)的少年岁月。

> 它的主题,推动我创作此书的因素,是多年来压在我身上的一个负担:少年时代我在大加纳利群岛见识的那种令人恐慌、特别、灿烂的魅力……这部小说的题目对应的是促使我写作的两股力量。一个更强大,是那些美化的、神奇的记忆,另一个是复杂曲折的人类激情,在任何地方都相似,我称之为"魔鬼"。正如《空盼》那样,小说的情节主线与青春的觉醒相关。然而,这里涉及的是少年的成熟,它是小说家观察的主题。梦想、盲目、直觉和冲突是一个少女在人生几个月的过程中所遇到的艰难现实。②

拉福雷在《空盼》里使用的是第一人称叙事,突出小说的自传色彩;在《岛屿与魔鬼》中则采取第三人称叙事,有意强调故事的客观性。《岛屿与魔鬼》的情节始于 1938 年 11 月的一天,玛尔塔·卡米诺生活在拉斯帕尔玛斯岛郊外,母亲特雷莎原本拥有幸福的家庭生活。当丈夫遭遇车祸身亡后,她便精神失常,被关在家里的阁楼上。同父异母的哥哥何塞娶了女护士比诺,唯一目的就是让妻子整天照顾继母特雷莎,自己则与家里的女仆鬼混。玛尔塔原本热切盼望因躲避战火而上岛的亲戚一家能给她带来生活的希望,摆脱自家窒息的氛围,却发现这些来自伊比利亚半岛的亲戚也是平庸保守、碌碌无为:舅舅是个籍籍无名的艺术家,姨妈则有些男性化。玛尔塔爱上了与亲戚同行的跛脚画家巴勃罗,他的到来令玛尔塔的人生观发生变化。玛尔塔喜好阅读、写作,她在阁楼里偷偷创作有关岛上土著居民的传说故事。但她的作家梦最终破灭,母亲去世后玛尔塔离开小岛踏上外出求学之路。

2. 出走的女孩

《岛屿与魔鬼》的女主人公玛尔塔是一个有头脑、有理想、喜爱写作的文

---

① Nuria Cruz-Cámara, "'Chicas raras' en dos novelas de C. Martín Gaite y C. Laforet", *Hispanofila*, *Literatura—Ensayo*, No. 139, 2003.
② Carmen Laforet, *Novelas*, Tomo I, Barcelona, Planeta, 1973, p.347.

艺女青年,渴望自由、独立,追求个人发展,而她所面临的命运却恰恰相反。"关在家里,度过漫长平静的岁月,这就是她的命运,她觉得无法接受。的确她从小一直觉得生活的目的就是如此:在家人的庇护下生活,到她该出嫁的年纪组建另一个家庭,同样被保护、被管理,平平安安。"①

玛尔塔在哥哥的严苛管教下没有行动的自由,不准外出。当何塞发现玛尔塔与男孩外出游泳、约会后,便把妹妹关在闺房里以示惩戒,这反而更加刺激了玛尔塔对自由的渴望。"独自一人在街上游荡、观看世间万物的感觉太棒了。不知道,这是我有生以来第一次觉得自己没被禁闭。"(第 118 页)何塞对妹妹的学业也嗤之以鼻,命令她读完中学后待在家里照顾母亲。听到哥哥的话,玛尔塔预见自己的前途一片惨淡:"她咽下口水,感觉一种灰色的、如铁铅般沉重、如沙子般枯燥的生活压到自己头上。"(第 117 页)

玛尔塔的追求者希克斯托也想主宰她的命运:"将来是由我来决定你的事情。你哥哥不算什么。"(第 238 页)玛尔塔对男友的求婚毫无兴趣,因为她从哥哥与比诺的婚姻中发现结婚就是一个陷阱。玛尔塔的女伴不能理解她的想法,认为她是个怪女孩。玛尔塔也无法认可女友的人生观:"她以为真正奇怪的、不现实的是她们,她的女友,她们甜蜜的信仰,她们不费力地适应了那些无法抨击的准则所支配的幸福。"(第 166 页)

面对家庭内外的压力,玛尔塔决定不惜一切代价外出求学。她深信,母亲虽然已失去思考能力,会赞成女儿的人生抉择:"特雷莎不会说那话(女儿别离开家)。不会阻拦她。玛尔塔不属于任何人,这点给予她力量。"(第 194 页)"母亲从来不会阻止她实现自己的梦想。她会比任何人都支持她。"(第 241 页)

玛尔塔敬重她家保姆比森达,而后者一直因玛尔塔不安分、闯荡世界的念头而担心:

——我害怕你,因为你是个疯女孩,玛尔塔·卡米诺。我不知道你在世界上寻找什么。
——我想找到像您这样的人,令人惊奇、与众不同的人,不在乎社会的陈规陋习,而是精神……有崇高理想的人……还有其他地方、其他陌生的面孔。(第 215 页)

玛尔塔看清周围人的真实面目,也遭遇了不少无法认同的事件,她知道

---

① Carmen Laforet, *La isla y los demonios*, Barcelona, Destino, 1991, p. 147. 该书所有引言皆出自这个版本,由笔者自译。

自己"被魔鬼咬了之后永远不再是之前那个盲目、幸福的女孩"(第 296 页)。临行前,玛尔塔向嫂子辞行,比诺以为她会向自己索要婆婆特雷莎的珠宝,没想到小姑子只问她要了公公留在阁楼上的一箱书。比诺觉得玛尔塔"太傻了",而在玛尔塔眼里,"比诺是个不幸的女人……她想比诺从未感觉到幸福。比诺好像无法承受她家的墙壁,然而她只关心四壁之内发生的事情。比诺仿佛是一只卡在陷阱里的动物……"(第 302 页)

玛尔塔写下的那些传奇故事没有引起家人的重视,谁也没兴趣看它或听她讲述。离岛时玛尔塔无奈又绝望地把这些书稿亲手烧掉:"写下那些东西的女孩已经不是她了。她的手稳稳地点燃书稿,她怀着一种中邪似的着迷,看着火如何烧起来……烧的时候又觉得有点颤抖。那真的是把她的少年变成了灰烬……"(第 305 页)

西班牙作家、文学评论家加西亚·比诺比较了拉福雷前两部小说的女性人物,认为:"无论是《空盼》的女主人公安德烈娅还是《岛屿与魔鬼》里的玛尔塔,她们都记录下少年和青年时代的发现,意识到自己生存在这个世界,通过各种机会探索世界,并惊讶于每个发现。她俩都是敏锐的观察者……"①

第二节 《咱们里维罗家族》

西班牙 50 至 60 年代"社会现实主义"的杰出代表多洛雷斯·梅迪奥(Dolores Medio,1911~1996)的成名作《咱们里维罗家族》(*Nosotros, Los Rivero*,1953)②,是那个年代阿斯图里亚斯地区流传最广的小说,也是"极少以尊严的方式塑造独立的单身妇女的小说之一,这个女性人物对自己的命运感到欣慰,并不把婚姻视为生活的唯一中心"③。

1. 梅迪奥与《咱们里维罗家族》

多洛雷斯·梅迪奥从小就表现出对艺术的喜好,5 岁起开始写故事,并自己配图,于是父母送她去学习音乐和绘画。12 岁她创作了第一部长篇小说《自私》(*Egoísmo*),但父亲的离世使梅迪奥家道中落,不得不勤工俭学维持自己的师范学业。内战爆发后,梅迪奥的大学梦破灭,又因其左派思想而在教师岗位上备受刁难。

---

① García Viño, *Guía de la novela española contemporánea*, Madrid, Ibérico Europea de Ediciones, 1985, pp. 64-65.
② 博尔赫斯曾写过一部几乎同名的小说《里维罗一家》(*Los Rivero*),但没有发表此作。
③ María Pilar Rodríquez, "Encierros y fugas en la narrativa femenina española de los años cincuenta", *Revista Hispánica Moderna*, No. 1, junio de 2000.

1945年梅迪奥的短篇小说《尼娜》(Nina)获《星期天》(Domingo)杂志专为女作家设立的"孔查·埃斯皮纳奖"(Premio Concha Espina),之后她便放弃教师职业,来首都求学。1952年她又凭借《咱们里维罗家族》获得"纳达尔小说奖",同时取得巨大的商业成功(1969年作家亲自将它改编成电视剧)。1961年梅迪奥毕业于马德里新闻学院,专门从事文学和新闻。1963年曾因支持阿斯图里亚斯地区矿工罢工(三部曲《我们这些行走的人》即以该事件为背景)而入狱一个月,1996年出版的传记作品《公共牢房》(Celda común)记录了这段难忘的岁月。1981年创办以她名字命名的基金会,其主要目的是推动阿斯图里亚斯地区的文学创作。

梅迪奥的小说真实反映了50至60年代西班牙艰难曲折的生活。她的创作宗旨是记录中下层人的日常生活,对她来说这就是西班牙社会的缩影(主要以奥维多和马德里为舞台)。梅迪奥喜欢描写外部环境和条件对人物所起的决定性影响,她的作品"充满存在主义主题:周而复始、空虚失意、精神失常、绝望、在窒息的氛围和无人性的时间限制中徒劳地想发现一个真正的生活"①。梅迪奥是第一个被译介到前苏联及东欧国家的西班牙当代作家,她的9部作品被改编成电视剧,由此可见其文学影响力。

梅迪奥承认:"在我的处女作《咱们里维罗家族》,我利用对自己的家庭及生活的那个社会所做的观察,并加入我们那一时代对我造成极深影响的另一个重要事件,1934年的阿斯图里亚斯革命。"②《咱们里维罗家族》呈现两条并行的线索:一是女主人公莱娜·里维罗(在她身上可见梅迪奥的影子)的成长及自我意识的发展,二是家族的没落与瓦解。时间是1950年春天,舞台为作家的故乡奥维多。梅迪奥"继承克拉林和佩雷斯·德阿亚拉的道路,将奥维多变成了一个文学名城"③。这个克拉林笔下的"贝杜斯塔城"在《咱们里维罗家族》里见证了另一个不安分、单身、叛逆的女性人物的成长经历。

2. 回归与怀旧

小说伊始,已成为著名作家的莱娜·里维罗④从马德里重返故乡,此行

---

① Gonzalo Sobejano, *Novela española de nuestro tiempo* (*en busca del pueblo perdido*), Madrid, Ed. Prensa Española, 1975, p.275.
② Dolores Medio, *Atrapados en la ratonera. Memorias de una novelista*, Madrid, Alce, 1980, p.167.
③ "*Nosotros, los Rivero*, la obra más leída en los cincuenta", www.lne.es〉Sociedad y Cultura, 24 de abril de 2009.
④ 莱娜·里维罗还出现在《鱼继续漂游》(*El pez sigue flotando*, 1959)里,她是一个喜欢游戏和孤独的职业女性,打破了传统女性所谓的纯洁、清白的神话,但并未处于社会边缘地位。梅迪奥破除女性必须依赖男性的神话,强调妇女具备文化修养的重要性。

构成了她青春岁月的记忆再现。在这个返乡人眼里,"奥维多是一座沉睡的城市。古老的奥维多,街道又窄又陡,常常笼罩在浓雾里,在此流动着一个世纪的梦想……但太阳很少光临这座忧伤的城市,天空肮脏的雾霾压扁了地平线,将它裹在一口灰色的钟里。"①

这段开场白把一个压抑、停滞、缺乏生气的外省古城直接呈现在读者眼前,可以想象离家15载的女主人公见到似曾熟悉的家乡时有多少感叹。"一场革命和一场内战,撕裂了它的肉体,伤疤覆盖在它的表面,强迫它重建截肢的躯体,已经轻微地改变了它的面容,但还未能改变它隐秘的内在本质。在经历了战争的悲惨破坏之后,奥维多像一个从重病床上康复起来的小伙子,'伸了一下懒腰'。"(第12页)

这位富于梦想、关心自身前途和教育的女性人物,在从车站到饭店的路途中,重温了童年和少年期间(1924~1934)所经历的事件:"奥维多是一座满负偏见和既得利益的城市,像大多数古老的省会,热衷于一切事物的秩序,旧式的荣誉观念根深蒂固。"(第17~18页)而姑娘们只能关在拉起"帘子、帷幕、透明窗帘"(第28页)的家里(这与《半掩纱帘》的女性人物境遇何其相似)。莱娜9岁时父亲病逝,母亲和姨妈维持小店的生意,但最终家族破产;大哥黑尔在大学读书,参加第二共和国组织,他的政治立场与支持教会的姐姐玛利亚发生冲突,但这并未抹杀他们的亲情。黑尔准备上前线时,他把手表留给了玛利亚,而后者也把自己准备嫁妆的钱都送给了哥哥。后来黑尔牺牲,玛利亚选择出家修行。经历了家族的种种变故,莱娜于1935年离家出走,去首都寻找新的天地。

梅迪奥在《咱们里维罗家族》中借人物之间的对话表达对妇女传统教育的批评,例如少年时代的莱娜渴望逃离封闭的家,走出家门,却遭到母亲的阻拦,并被迫学习女红:

——你去哪?(母亲)问她。
——上街。如果你允许的话,我想上街去玩。
——我是不会准你去的。我不喜欢看到女孩在街上,就像没有牧人照看的绵羊。你已经9岁了,几乎是个小姐,还像个小无赖似地闲逛。把你的针插拿来,开始绣花边。我对训练你那笨拙的手指已经失去全部希望了。(第38页)

---

① Dolores Medio, *Nosotros, los Rivero*, Barcelona, Destino, 2003, p.11. 该著引言皆出自这个版本,由笔者自译。

但莱娜不肯服从母亲的命令,她的叛逆个性终于爆发:

> 即便惩罚她,她也不愿意再绣花边。她宁愿宣布反抗。——我已经说了我不愿意绣花边。我不会做!我做不了!……我无法这么长时间安静地待着,我的身体要求我去玩。

里维罗太太万分惊讶地划起十字:

> ——身体请求你这么做?……耶稣,亲爱的耶稣!这是什么话,孩子?身体向你要求的是因为你不听话而受的鞭笞。(第39页)

莱娜不仅剪成男孩式的短发,而且不断跑到郊外游玩。她喜爱文学,厌恶女红,"莱娜·里维罗不习惯像其他女孩那样玩洋娃娃,她的活力妨碍她安静地待上5分钟,她更喜欢男孩的游戏,这些需要机智和敏捷"(第154页)。这一切使得里维罗夫人越发深信自己的女儿"不是正常的女孩"(第156页)。母亲去世后莱娜终于可以离家前往首都,从事文学,并获得成功。"好了。她自由了。像她一直羡慕的鸟儿那样自由。从今往后她将拥有自我和人生。她可以任意进出。可以坐火车而无须害怕被投诉。可以环游整个世界……"(第342页)

但在《咱们里维罗家族》中,对西班牙妇女处境的同情及对中产阶级的不满却出自黑尔之口,作为长子,他劝告母亲:

> 不是所有的女孩都能结婚,家庭也不是现代妇女唯一的出路……不,妈妈。我不是在指责你,而是我们生活的这个愚蠢社会。贵族可以随心所欲地活着。老百姓按照自己的方式解决他们的问题。但中产阶级,既虚荣又受罪的中产阶级,承载更多的不是金钱而是偏见,过着虚假、很多时候可怕的生活,我想把我的妹妹们从中解放出来。因为这些女孩,妈妈,你最好不要忘了,她们也姓里维罗,不会妥协很长时间,在这个窒息的环境中混日子。(第189~190页)

这些尖锐的批评出自男性人物之口,虽然减轻了作者在西班牙战后保守的环境里所承受的压力,但也削弱了女主人公的力度。"或许莱娜与女作家之间过度的认同妨碍了她深入分析自身的矛盾,这也使她成为一个不如《空盼》里的安德烈娅和《半掩纱帘》中的娜达丽娅那样复杂、大胆的人物。"①

另一方面,"在四五十年代的女性小说里,只有多洛雷斯·梅迪奥呈现了一种女性模式,即保留某些魅力,但不结婚,也不把婚姻作为她生活的必然目标。保持独身是因为她选择了那条路,她不抱怨,也不认为自己失败了……她们为一个抽象的理想(无论是教育还是文学)而活,完全献身理想,与其他女小说家作品里的孤单少女、失意妇女形成反差,是个特例。"②

总之,在许多西班牙女作家的成长小说里,"向成年的过渡意味着探索、逃离、回归、留驻城市或与城市和解。叛逆的少女、有闲的女生、怀旧的怨妇、女公务员、女仆、女性移民和妓女在巴塞罗那的大街上漫游,寻找自由、生存的机会、新感觉或失去的青春意象。在物质化的城市返给她们的欲望和孤独的永恒幻想中,有神灵的显现和相遇,构成了她们作品的心理原动力。"③

---

① Inmaculada de la Fuente, *Mujeres de la posguerra*, p. 244.
② Janet Pérez, "Alusión, evasión, infantilismo, Dolores Medio y la retórica precavida de los cincuenta", *Letras Femeninas*, Vol. 14, No. 1/2 (PRIMAVERA-OTOÑO 1988), pp. 32-40.
③ Marta E. Altisent, "Caminar por la ciudad, Figuras de flaneuse en la novela barcelonesa", *Escritoras y compromiso. Literatura española e hispanoamericana de los siglos XX y XXI*, Angeles Encinar y Carmen Valcárcel (eds), Madrid, Visor Libros, 2009, p. 521.

第六章　婚姻：出入围城

　　爱情和婚姻对女性成长而言具有极其巨大的影响,正如西蒙娜·德·波伏娃(1908~1986)在"女权主义圣经"《第二性》(1949)中所言:"男人的爱情是与男人生命不同的东西;女人的爱情却是女人的整个生存。"19世纪英国女作家奥斯丁"开创了女性成长小说的一个普遍模式:女性青少年的成长困惑和她们的爱情婚姻有密切关系。爱情观、婚姻观的形成与发展,成为女性成长小说的共同特点。"①

　　在美国女性成长小说中也能看到类似现象:

　　　　女主角像男性一样也会表达她们独立的思想,寻找发挥才能的机会。然而她们一结婚就结束了成长的历程。但是有的时候,寻找伴侣和她们的成长混在一起,就如同《弗洛斯河上的磨房》这本书中的女主人公麦琪经历的那样。19世纪美国女作家在其社会可接受的范围内继续着这一传统文类,并且在其作品中赋予女主人公以更多的自由。她们笔下的老处女也可以过上满意的生活。如果女性人物要结婚,也要等到她们独立之后。凯特·肖邦的小说《苏醒》(The Awakening,1899)是一部反抗习俗的作品,书中揭示出已婚女性内心的不满和囿于婚姻的感受。现代女性成长小说拓宽了对成长小说的限制。西尔维亚·普拉斯的小说《钟罩》和爱瑞卡·钟的《惧怕飞行》都是灌注了独特女性意识和现代问题的成长小说中的范本"②

　　以上这些论断完全适用于西班牙当代女性成长小说所呈现的问题和所塑造的女性人物。在战后的西班牙,妇女的角色曾长期被限定在婚姻围城里。1939年内战结束时"妇女支部"领导人比拉尔·普里莫·德里维拉对1万1千名妇女发表演说,号称:"在国家的任务中指定给妇女的唯一使命是家庭。因此现在有了和平,我们将把培训学校的工作扩大,让男人的家庭生活

---

　　① 芮渝萍:《美国成长小说研究》,第33页。
　　② 刘文、唐旭:《成长小说:传统与影响》,《云南财经大学学报》2005年第20卷第3期。

变得愉快,在家里能够得到他们所需的一切,这样他们就不必去酒吧或赌场寻欢作乐了。"①因此在西班牙当代女性成长小说中,经常会有女性人物回忆婚前的生活,或从自己婚后建立的家庭出发,反思男权文化中的家庭机制。"婚姻像毁灭性的风暴,令人担忧但又意味深长地频繁穿越妇女的一生,使她们无招架之力,精疲力竭"②,成为困扰她们一生的"不可言状的问题"。正因为如此,"与男性成长小说不同,女性成长小说发生在婚姻里或是婚姻的边缘"③。

第一节 《沉眠于水下》

《沉眠于水下》(*Duermen bajo las aguas*,1955)是巴塞罗那女作家卡门·库特兹(Carmen Kurtz,1911~1999)的第一部长篇小说,获 1954 年"巴塞罗那市小说奖"。该著的女主人公比拉尔讲述 20 世纪 20 至 40 年代在一个加泰罗尼亚大资产阶级家庭度过的童年和少年(这是她最富激情的时期)、叛逆的青年时代和顺从的妻子/母亲时代,其中融入了作家在第二次世界大战期间旅居法国的经历和她个人的婚姻变故。相似的女性形象还有她的第二部小说《旧法规》(*La vieja ley*,1956)的女主人公维克多利娅和《在男人身边》(*Al lado del hombre*,1961)里的卡拉。

1. 库特兹与《沉眠于水下》

库特兹原名卡门·德拉斐尔·马雷斯(Carmen de Rafael Marés),出生于巴塞罗那,曾祖父、祖父和父亲三代都是移民美国、墨西哥和古巴的加泰罗尼亚人,分别娶了美国人、比利时人和有英国血统的西班牙人(父亲出生在哈瓦那,母亲出生在美国巴尔的摩),因此从小就掌握了西班牙语、英语和法语。卡门·库特兹 5 岁时母亲去世,这"唤醒了我的生命意识……从那时起我的思想、一个适合我而不托付给任何人的新世界诞生了"。库特兹 7 岁入巴塞罗那圣心学校读书,该校严苛的纪律使她的身体严重受损,10 岁时被迫休学,由父亲亲自负责女儿的教育长达 3 年。1929 年卡门·库特兹前往伦敦西山圣心学校,在该校获得英国学士学位。回国后结识了来自法国阿尔萨斯

---

① M. T Gallego Méndez, *Mujer, falange y franquismo*, Madrid, Taurus, 1983, p. 89.
② Rosa Isabel Galdona Pérez, *Discurso femenino en la novela española de posguerra*, *Carmen Laforet, Ana María Matute y Elena Quiroga*, Servicio de Publicaciones de la Universidad de Laguna, 2001, p. 139.
③ Elaine Hoffman Baruch, "The Feminine Bildungsroman, Education through Marriage", *The Massachusettes Review*, Vol. 22, No. 2 (Summer 1981).

的工程师库兹(Pierre Kurz),1935年婚后随丈夫侨居法国。第二次世界大战爆发后丈夫被派往马其诺防线作战,1940年6月被俘,被关押在德国集中营长达18个月。而她本人则在西班牙驻马赛领事馆工作,并得以帮助出狱后的丈夫于1943年回到西班牙。1950年库特兹随丈夫前往塞戈维亚工作,但两人的婚姻最终于50年代中期解体,这段不幸的经历成为她另一部小说《陌生人》(*El desconocido*,1956年"行星奖")的素材。

战后家庭的窘境迫使卡门·库特兹开始走上创作之路,以维持生计。她在丈夫的姓氏里添加t字母,作为自己的笔名。她在去塞戈维亚之前已开始创作《沉眠于水下》,1953年完成此作。她在60年代发表的以奥斯卡为主人公的儿童文学作品也获得极大的成功,成为那个时代最优秀的儿童文学作家之一。

在新版《沉眠于水下》中,库特兹对处女作略微修改,删除了一些题外话,并在前言里写下了一段感人的心得:

> 在那水底,我们说过的所有话语,我们已经不记得了,现都沉睡在水底。我们不会说的话沉睡在那里,等待着轮到自己浮出水面的那一刻。我们撕毁的、没有收到的信件,我们说再见的那些时候。我们感到的痛苦,现在想起来,觉得微不足道。未能爆发的欢笑或哭泣。我们在困难时刻寻找的友谊,结果比我们更加脆弱,更需要帮助。那个我们曾经想安慰的人,她也曾充当我们的慰藉……一切都沉睡在那里,在那水底。①

2. 浮出水面

20世纪欧美女权运动最重要的领袖之一贝蒂·弗里丹(Betty Friedan,1921~2006)在《女性的奥秘》(*The Feminine Mystique*,1963)中指出:"有一个无以名之的问题,困扰着今日妇女的心神……'除了丈夫、孩子和家以外,我还想要更多一些东西。'"②《沉眠于水下》的女主人公比拉尔便面临这样的人生难题,她从少女时代起就力图摆脱外界环境对自身的束缚,对本阶级持批评态度,追求自由和个人的发展。比拉尔嫁给法国工程师恩里克,随他迁居法国。丈夫在外工作,她操持家务,养育孩子。这样的生活令比拉尔痛苦不堪,因为她不愿将自己圈在家庭围城里:

---

① El Poder de la Palabra, http://www.epdlp.com/texto.php? id2=1680.
② 贝蒂·弗里丹:《女性的奥秘》,江苏人民出版社,1988年,第32页。

我在洗刷饭锅、给地板打蜡这些活计中得不到任何快乐。我没有那么贪吃,以给自己准备一顿美食为乐趣。我比这一切都更简单也更复杂……这份家务活是愚蠢的、徒劳无益的。在谈论锅碗瓢盆时我忘了倾听自己的思想。这些女人是幸福的,因为她们变得粗野。我不愿失去理智。我更愿意受苦。不管怎样,受苦是把内心的情感高尚地外在化。我将永远抗争。我现在跟你说这些不是因为存在希望,而是要致力于反抗。这样的生活是一种道德监狱,我将逃离它,即便落得粉身碎骨。我永远不会放弃逃脱的想法。①

库特兹还借书中另一位旅居法国多年的男性人物埃斯特万与比拉尔的对话,对传统婚姻做出深刻剖析:

这是已婚女人永远的资源。吝啬的丈夫让你们经历重重拮据;酒鬼丈夫让他周围所有的人都过不上好日子;花心的丈夫把家变成了地狱;好吃醋的丈夫给生活下了毒;性冷淡的丈夫无法满足感官;粗俗的丈夫,他只要出现就是一种侮辱……但你紧紧抓住传承下来的情感,理所当然地把它当作好的。我知道大部分女人都满足于此。结婚、爱丈夫。我说,她们是照顾丈夫,而不是照顾男人。任何成为她们丈夫的男人,对她们来说就是要爱的男人。(第269页)

比拉尔赞成埃斯特万的观点:"我不能反驳他。他说的是事实,纯粹的事实。我不愿意那是事实。"(第269页)

第二次世界大战爆发后,恩里克被迫入伍,比拉尔也开始从各个方面协助难民逃离法国,给他们发放护照,摆脱纳粹的魔爪。这时她认识了富家子弟埃特涅,尽管自己已有家庭和子女,她还是疯狂地爱上了他,这段战争岁月的婚外恋从一开始就注定是没有完美结局的。

库特兹塑造的比拉尔,作为妻子和情人,都没有获得相应的幸福和成就感,因此她希望冲破婚姻的牢笼,拥有自己独立的事业。这个女性人物比男性人物更完美,具有更丰富的色彩、更深的心理刻画和更多的现实感。库特兹在"批判那些妨碍、限制妇女自由的社会、宗教、性别方面的陈规陋习时毫不退却,在处理离婚、人流、自杀及妇女所遭受的深层不足,缺乏自由、独立、

---

① Carmen Kurtz, *Duermen bajo las aguas*, Barcelona, Circulo de Lectores, 1961, p. 209. 该著引文皆出自这个版本,由笔者自译。

教育等主题时表现得大胆,这些问题抹杀了她们的未来前途。"①

第二节 《钻石广场》

《钻石广场》(*La Plaza del Diamante*,1962)是加泰罗尼亚文坛最优秀的女作家梅尔塞·罗多雷塔(Mercè Rodoreda,1908~1983)的最佳之作,被视为战后加泰罗尼亚文学最重要的小说(1982年被改编成同名电影和电视剧,在观众中产生巨大反响)。加西亚·马尔克斯读完此书后感觉它留给自己的印象与拉美魔幻现实主义的先驱之作《佩德罗·巴拉莫》一样震撼。

1. 罗多雷塔与《钻石广场》

罗多雷塔出生于巴塞罗那一个破落的中产阶级家庭,父亲是会计,热爱诗歌,常给罗多雷塔朗诵诗作。外祖父是《文艺复兴》的主编,向她灌输加泰罗尼亚民族主义情感以及对加泰罗尼亚语、鲜花的热爱,这些都体现在她之后的文学创作中。作为独生女罗多雷塔只上过3年学(7~10岁),1928年刚满20岁便嫁给了早年移民阿根廷、比自己大14岁的小舅舅胡安·古尔吉,但很快她就对这个近亲婚姻感到失望。为了摆脱家庭妇女在经济和社会上的附庸地位,罗多雷塔开始在文学创作中寻找寄托,每天她都躲在娘家的一个蓝色鸽子窝里进行写作(这段经历为《钻石广场》提供了灵感)。1932年罗多雷塔发表小说处女作《我是诚实的女人吗?》(*¿Soy una mujer honrada?*),但没有引起关注。内战爆发后罗多雷塔在加泰罗尼亚政府宣传委员会和加泰罗尼亚文学协会担任文字编辑(同年与丈夫离异),1939年1月流亡法国。1980年获"加泰罗尼亚文学奖"。她的作品已被翻译成四十多种文字。

罗多雷塔涉猎了各种文学体裁(新闻、诗歌、戏剧、小说),并从三个边缘地位进行文学创作:第一,从情人的角度写作。战后罗多雷塔与前夫及有智商问题的儿子分离,先后成为已婚的加泰罗尼亚小说家、记者弗朗塞斯卡·特拉巴尔(Francesc Trabal,1899~1957)和阿尔芒多·奥比欧斯(Armando Obiols,1904~1971)的情人(他俩是连襟),这一复杂的三角关系令罗多雷塔备受道义谴责。之后她辗转波尔图和其他法国城市,靠给人缝补衣服为生。1954年随奥比欧斯移居日内瓦,一待就是24年。他在联合国教科文组织当译员,罗多雷塔也重新恢复文学创作(虽然与西班牙文坛完全隔离,处于被遗忘的状态),1959年开始动笔写作《钻石广场》(最初的书名为《小鸽子》)。奥

---

① Lucía Montejo Gurruchaga, *Discurso de autora. Género y censura en la narrativa de posguerra*, Madrid, UNED, 2010, p.167.

比欧斯是她最忠实、最严格的读者,她坦言自己不是为大众创作,而仅仅为了奥比欧斯。他 1971 年在维也纳去世后罗多雷塔倍感流亡的孤独,于是在 1972 年回到祖国。

第二,从女性的角度写作。罗多雷塔一贯选择女性人物作为她作品的主人公(体现女性一生的不同时刻和阶段),以自己的生平经历为创作素材(她有过做妻子和情人的不幸生活),细腻准确地刻画女性的渴望和恐惧。加西亚·马尔克斯曾与罗多雷塔有过一面之交,对她印象极深:"我跟罗多雷塔的对话是唯一一次与酷似其人物的文学创作者的交谈。"[①]而罗多雷塔的回答是:"在我所有的人物身上都有我的特点,但她们没有一个是我。"[②]

第三,罗多雷塔用加泰罗尼亚语创作,而这个语言在佛朗哥统治时期是被禁止使用的。《钻石广场》最初是以加泰罗尼亚语发表的,1965 年被译成西班牙语。

婚姻是罗多雷塔关注的基本主题之一,她的早期作品《阿罗玛》(*Aloma*,1937 年克雷塞尔斯小说奖,1969 年修改后再版,1978 年改编成电视剧)即作家婚姻生活的文学版本(当然其中有虚构和想象的成分)。女主人公阿罗玛遭强暴后被迫嫁给了比自己岁数大一倍的罗伯特(她嫂子的兄弟),她憎恶这段没有爱情的婚姻,直言夫妻生活让她恶心,因为它成了制约阿罗玛个人发展的牢狱。《阿罗玛》显露了罗多雷塔的一些基本创作要素:对女性人物的偏重(外表柔弱,内心强大),对女性世界的关注,诗意和象征的基调,注重心理描写。

2. 被困的鸽子

罗多雷塔在《钻石广场》第 26 版前言中坦言:

> 解释《钻石广场》的问世或许有意思,但是,可以解释小说如何形成,什么冲动引发了它,什么强大的意志使它得以继续、费劲地完成开头容易的东西吗?说我在日内瓦眺望着萨乐维山或在湖之珠散步时逐步酝酿这部小说,就够了吗?我狂热地创作这部小说,仿佛工作的每一天都是我生命的最后一天。我神魂颠倒地工作;下午修改早上写的东西,尽管写得匆忙,但努力不让创作之马失控,掌控好缰绳,不让它偏离道路……那是一段高度紧张的时期,把我累病了。

[①] Inmaculada de la Fuente, *Mujeres de la posguerra*, p. 374.
[②] Ibidem, p. 401.

这部罗多雷塔的呕心沥血之作以第一人称内心独白的方式讲述了从第二共和国至战后(1930～1950)一位巴塞罗那少女失去自我的过程(罗多雷塔有意弱化了小说的社会、历史大背景)。女主人公娜达丽娅原本是一个天真单纯的孤女:"我母亲去世好几年了,不能再管教我,我父亲和另一个女人再婚,而我,既无母亲,又无父亲,一个人孤零零地生活,自己照顾自己。"①

尽管如此,这位糕点店的女工并非没有自己的想法。"我在家里没有任何依靠。我就像小猫那样生活……所不同的是,小猫活着不用干活儿……而我的内心世界,我心里想的事使我害怕。我不知道该不该想……"(第14页)

但娜达丽娅缺乏明确的自我意识和人生目标:"我天生正经……但实际情况是我不很清楚为什么要活在这个世界上?"(第23页)战前她在钻石广场结识了一个专制、任性、大男子主义的木工吉麦特:

> 当我对他说我叫娜达丽娅时,他又笑了,告诉我只能有一个名字:小鸽子……接着他对我说如果我想当他的妻子,就得夫唱妇随,他认为是好的,我不能说一个不字。他进行了一连串的说教,畅谈丈夫、妻子和他们各自的权力。当我终于能够打断他时,我问他:
> ——如果有一件东西你觉得好,而我实在是怎么也不喜欢,怎么办?
> ——你必须喜欢,因为你不懂。(第7页)

娜达丽娅仅仅与吉麦特跳了一支舞,就成了他的猎物。为了他放弃了自己的工作,怀孕、生子;由于丈夫喜欢养鸽子,家里变成了一个鸽子笼:

> 我老是听见鸽子的咕咕叫声,清除鸽子房的垃圾都要累死我了,全身都散发出鸽子的味儿。平台上是鸽子,家里也是鸽子,做梦还是鸽子,管鸽子的姑娘……我的家原来是天堂,现在人和鸽子混在一起乱七八糟……我几乎要窒息了。(第81～82页)

娜达丽娅因此被人称为"养鸽子的太太"(第151页),她也开始了失去自我身份的历程,完全臣服于吉麦特的权力。不再是娜达丽娅,变成了"小鸽子"。鸽子"代表了首先是男人、之后是动物开始的侵扰,导致娜达丽娅缺少

---

① 《钻石广场》,吴守琳译,人民文学出版社,1991年,第2页,以下引言皆出自这个版本。2009年人民文学出版社推出新版本(马琴译)。

空间,造成生命的窒息"①。

内战爆发后吉麦特加入共和军,娜达丽娅也准备改造这"人间地狱":"就在那天我下定决心结束这一切。鸽子的事结束了。鸽子、豌豆、水盆、窝、鸽子房、梯子……都滚它妈的蛋!……平台阁楼是我的,把活门堵死,旧椅子放回阁楼里。"(第 91 页)

虽然不再养鸽子,但这个动物的气息和形象伴随娜达丽娅一生。吉麦特死在前线,娜达丽娅不得不独自抚养儿子和女儿。严酷的生活迫使她成熟,开始具有自己的思想。"不知不觉,我想着一些事情,一些我觉得懂了,但最终没有理解的事情……或者我开始懂得一些从来不懂的事情。"(第 90 页)

娜达丽娅意识到时间在流逝,而她也在不断地改变自我。

> 云彩、太阳、雨、晚上点缀在夜空的星星都没有变老;春去秋来,花开花落,宇宙和大自然依然如故,时间似乎停顿不前……但是我却变了,我内心的时间消逝了,看不见的时间,揉捏、塑造我们的时间消逝了。在我心里时间的车轮带动一切滚滚向前,它从内心到外貌改变着我们,慢慢地,一点点地,一直使我们变成最后一天的模样。(第 159 页)

在小说的结尾,丧偶的娜达丽娅再嫁一个小店主,用刀(男性性器官象征)在自家门上刻下自己的名字,此举意味深长。它象征着娜达丽娅终于成为自己命运的主宰,不再活在男人的阴影下。娜达丽娅的言语充满质感、流动感、精致的诗性意象和象征(如漏斗、海产蜗牛、刀等)。罗多雷塔也坦承自己"已经如此沁入我的人物肌肤之内,如此贴近'鸽子',以至于我无法摆脱她。我只会像她那样说话"②。

以上两部作品的女主人公,或奋力冲出婚姻围城以求自救,或深陷围城无力自拔,婚姻成为女性成长过程中最难迈过的一道坎。"婚姻是一种社会秩序,它试图引导……非理性、无意识的激情,但无法把秩序强加于混乱。婚姻把这种倾向引向唯一的目标,束缚它,肢解它,但如果爱情是生命,那婚姻便意味着死亡。"③她们都在婚姻的考验中成熟,虽然有些人失去自我,有些人获得觉醒。

---

① Inmaculada de la Fuente, *Mujeres de la posguerra*, p. 402.
② Ibidem, p. 404.
③ Monserrat Roig, *¿Tiempo de mujer?*, Barcelona, Plaza y Janés, 1980, p. 288.

第七章　母性系谱:有其母必有其女?

母女关系是西方女性文学的一个母题,成为众多女作家关注的焦点。伍尔夫在《一间自己的房间》里表示,"如果我们是女人,我们通过母亲来思考",强调母亲在思维、观念方面对女儿产生的不可回避的影响;西蒙娜·德·波伏娃在《第二性》中辟出专门的章节来讨论母女间爱恨交织的矛盾关系,警告女儿重蹈母亲覆辙:

> 对母亲来说,女儿既是她的分身,又是另一个人;母亲既极其疼爱她,又与之敌对。母亲把自己的命运强加给孩子:这是一种骄傲地承认女性身份的方式,也是一种报复女性的方式。……从儿童到少女阶段,女子对母性的态度,经历了几种不同的层次。对小女孩而言,做母亲是奇迹、是游戏,洋娃娃代表将来的婴儿,她可以占有,可以随心所欲地支配;对少女而言,做母亲似乎威胁了她的高尚的人格,她往往蛮横地拒斥。①

在父权社会里,母性被视为女性的唯一生理功能,因而母亲身份是女性的必然角色和归宿。自20世纪六七十年代起,女权主义者主要从父权社会构造的角度阐释母亲身份。艾德里安娜·里奇②在《生为女人——作为经验与体制的母亲身份》(*Of Women Born*, *Motherhood as Experience and Institution*, 1976)这部经典论著中指出,如果女人能自己掌控怀孕与生育,把父权中教养子女的绝对权力转移给母亲,那么为母经验将具有创造与快乐的潜力。所以里奇认为,造成女性被奴役的原因,并不是因为生殖能力本身,而是在父权体制下男性控制政治、经济权力的模式所导致的结果。父权体制下

---

① 西蒙娜·德·波伏娃:《第二性》(II),郑克鲁译,上海译文出版社,2011年,第24、271页。
② 艾德里安娜·里奇(Adrienne Rich,1929~2012):美国女诗人、女同性恋活动家。出生于美国巴尔的摩,曾在哥伦比亚大学、哈佛大学任教。她为冲破社会、舆论对女性的束缚,更为自己内心和身体的解放而奋斗。她热爱写作,近七十年笔耕不辍,被称为"始终站在女性主义前沿的诗人",更是女性主义运动最有影响力的作家和著名的公共知识分子之一。著有《潜入沉船》(*Diving into the Wreck*, 1972)等十几部诗集,里奇经常写她自己生活中的事件,却能反映出妇女的普遍状况。

的男人让女人相信为人母是她们首要的使命,同时照顾子女是她们自己的责任,使女性遭受压力而伤害了母亲与子女之间所存在的关系,这种对女性角色的看法阻碍了女性追求事业的成长。因此要摧毁的是母职的体制,而不是要废除生物性母职的经验。

埃莱娜·西苏发现女人的多重身份和力量,"在妇女身上一直保留着那种产生别人同时产自别人的力量(尤其是别的妇女)。在她身上,有母体和抚育者;她自己既像母亲又像孩子一样,是给予者;她是她自己的姐妹和女儿。"①

露丝·伊利格瑞则提出女性的颠覆力量是基于"女性系谱",提倡重建类似于"前俄狄浦斯"阶段的女性联系,恢复一种新型的母女认同:"要恢复对生命和抚育行为的尊重;在家庭和公共领域中树立母女关系形象;母女关系中要建立可以互换的主体地位;母亲要为子女灌输性的不分等级的思想;要强调女性生活空间的重要性——那种在生育和满足女性欲望之外的空间。"②

在西方现当代女性文学中,除了传统的"贤妻良母",还有另一种母亲形象:冷漠、疏远、自私,出于各种原因放弃为人母的责任。一方面,她们是男权社会的牺牲品,另一方面,她们又对女儿的成长产生负面影响。这必然造成母女关系的疏远甚至破裂,女儿或从小得不到母爱,或受母亲的掌控,找不到任何积极、自由的女性模式为自己的人生榜样。于是她们长期生活在焦虑和封闭的感情世界里,变得孤独、内向。成年后有的拒绝当母亲,有的试图在女友身上找到久违的关爱。这种失败的母女关系在《胡利娅》和《年年夏日那片海》中都得到了充分的表现。

因此母亲这一角色对于当代西班牙女性来说表现为"既是纽带也是束缚"的矛盾意象③,她们不再把母性视为神圣的天性,而是从两个消极的视角来看待它:"一是作为妇女独立和政治活动或个人成长的毁灭性因素,二是作为一种神秘力量的延续,虽然这更多意味的是痛苦而非快乐。"④女性寻求自我的努力很多时候是基于家庭或人际关系,因为"想要知道我是谁,那就需要知道我曾经是谁并且我是如何成为现在这样的"⑤,"妇女只有通过将母

---

① 埃莱娜·西苏:《美杜莎的笑声》,《当代女性主义文学批评》(张京媛主编),1992 年,第 196 页。
② 刘岩:《差异之美:伊里加蕾的女性主义理论研究》,北京大学出版社,2010 年。
③ 金莉:《二十世纪美国女性小说研究》,第 150 页。
④ Biruté Ciplijauskaité, *La novela femenina contemporánea (1970-1985), Hacia una tipología de la narración en primera persona*, Anthropos, 1988, p. 64.
⑤ Ibidem, p. 34.

亲、祖母、曾祖母的生活结合起来,才能了解她自己"①。

妇女出现在文坛成为正常现象后她们才可以拓展小说的主旨和主题,对母亲谱系的梳理和母女关系的重新书写是西班牙当代女性成长小说的一大特点。② 西班牙女作家、记者、评论家劳拉·弗雷伊萨丝(Laura Freixas,1958～)主编的《母女》(*Madres e hijas*,1996),收录的都是西班牙当代女作家围绕此主题创作的短篇小说。"从女性写作的自传体小说发展到女性的家族叙写几乎是顺理成章的事情,从女性自我到母系家族谱系和历史,女性写作对女性历史的想象性发掘进入书写,女性被压抑的历史不仅浮出了历史地表,并且得到了重新塑造,从而不但颠覆了男性的话语霸权,而且对男性书写的历史进行了彻底的改写。"③

第一节 《永别了,拉莫娜》

《永别了,拉莫娜》(*Ramona, adiós*,1972)是因乳腺癌英年早逝的巴塞罗那作家兼记者蒙塞拉特·罗伊格(Montserrat Roig,1946～1991)"女性三部曲"的第一部。该三部曲继承了加泰罗尼亚小说传统(尤其是梅尔塞·罗多雷塔的影响),文学地再现了巴塞罗那小资产阶级从 19 世纪末至 20 世纪 70 年代的历史(特别是佛朗哥统治后期)。主人公为巴塞罗那克拉列特(Ventura-Claret)和米拉佩克斯(Miralpeix)两大家族的三代妇女,她们祖辈出身农村,发迹后彼此联姻。三部曲探讨的主题包括女性之间的关系、妇女所承担的社会角色、女性的性别意识、如何表达妇女的主观性、写作在这一表达过程中的作用、性别的权力关系等。④

1. 罗伊格与《永别了,拉莫娜》

蒙塞拉特·罗伊格是作家、律师托马斯·罗伊格(Tomàs Roig,1902～1987)的女儿,受家庭环境的影响,从小对文学十分喜爱。1968 年毕业于巴塞罗那大学文哲系,后留校任教,同时兼任电视评论员和记者。她曾加入加

---

① Annis Pratt, *Archetypal patterns in women's fiction*, Bloomington, Indiana University Press, 1981, p.152.
② 女性系谱可以被视为西方"家族小说"的一个变异,后者指"描写一个或几个成员和几个家族的生活及家族成员间关系的散文叙事作品——既写两代以上的家族本身及生活,甚至追溯家族历史,也涉及同代人中几个成员和几个家族之间的关系,因而,这类小说常区别于一般题材的作品,而具有独立的意义"。见邵旭东:《步入异国家族殿堂——西方"家族小说"概论》,《外国文学研究》1988 年第 3 期,第 45 页。
③ 王艳芳:《女性写作与自我认同》,中国社会科学出版社,2006 年,第 255 页。
④ 2001 年西班牙 TV-3 将该三部曲成功地改编成电视剧。

泰罗尼亚统一社会党,直到1978年该党解散。罗伊格具有强烈的社会政治意识,积极参与反佛朗哥的学生民主运动,为此几度被捕。罗伊格先后发表了《情感教育》(*Aprendizaje sentimental*,Premio Víctor Català 1970)、《女性时代?》(*¿Tiempo de mujer?*,1980)、《女权主义》(1981)和《寻找新人文主义的妇女》(*Mujeres en busca de un nuevo humanismo*,1981)等有关女权主义和女性文学的论著①。她创作的中心之一就是按照女性的密码来重新解读历史和日常生活,赋予"身为女性"的全新意义和内涵,创造一个新的象征体系,重写妇女的经历。

罗伊格从处女作《衣服多肥皂少》(*Mucha ropa y poco jabón*,Premio Víctor Català,1971)开始为评论界瞩目,她之后的系列小说有一个共同的舞台,即巴塞罗那,特别是她生活了一辈子的具有现代主义风格的恩桑切区。在《永别了,拉莫娜》里,巴塞罗那是变化的同义词,是文化和生命的象征。罗伊格擅长描写巴塞罗那中产阶级;特别是中产阶级妇女的生活。它与加泰罗尼亚三代女性的成长互为见证。这座城市在第三代女性人物眼里,"既不是30年代那个田园牧歌般的巴塞罗那,更不是上世纪末传奇的巴塞罗那。"它好似"一朵盛开的鲜花","充满美感",令女主人公"永远不愿离开巴塞罗那"。可以说"人/城市同构书写模式在女性写作中较为常见……城市成就了女人的梦想;女人成就了城市的繁华"。

《永别了,拉莫娜》被碧鲁特·希普利哈乌斯卡伊黛视为"镜子小说"②,无论其整体结构还是细节的发展,都对照式地反映了克拉列特家族祖孙三代妇女的生活。有趣的是,外祖母、母亲、女儿三代同名,都叫拉莫娜(外人称她们为蒙德塔)。为区别起见,可以分别称为蒙德塔A、蒙德塔B和蒙德塔C。同时希普利哈乌斯卡伊黛认为《永别了,拉莫娜》是"循环结构的一个好例子:虽然外在环境看似不同,但妇女的命运实际上并未改变多少,她们依然是社

---

① 1968~1971年罗伊格参与《加泰罗尼亚大百科全书》(*Gran Enciclopedia Catalana*)和《加泰罗尼亚文学辞典》(*Diccionario de Literatura Catalana*)的编撰工作,1972~1973年在英格兰布里斯托尔大学(Bristol)担任西班牙语和加泰罗尼亚语外教。1980年莫斯科进步出版社邀请她写一本有关列宁格勒保卫战的书籍,于是罗伊格出版了《我的封锁区之旅》(*Mi viaje al bloqueo*,1982)。她还入选Oriol Pi de Cabanyes 和 Guillem-Jordi Graells 主编的《70年代的文学一代》(*La generación literaria de los 70*)。1983年应格拉斯哥大学邀请在那里教授加泰罗尼亚历史和文学创作课程;1990年应邀到美国亚利桑纳大学开设西班牙当代小说课程。《金针》(*La aguja dorada*)获1986年Premio Nacional de Literatura Catalana。2002年她的两个儿子出版了《蒙塞拉特·罗伊格:与遗忘抗争。关于流放的文章》(*Montserrat Roig, La lucha contra el olvido. Escritos sobre la deportación*)。

② Biruté Ciplijauskaité, *La construcción del yo femenino en la literatura*, Universida de Cádiz, 2004, pp. 188-190.

会陈规的囚徒"①。

2. 三代拉莫娜

《永别了,拉莫娜》的开头和结尾都是1938年3月17日身怀六甲的蒙德塔B(Mundeta Ventura)在巴塞罗那大剧院被轰炸的废墟中寻找下落不明的丈夫时的一段内心独白:"我,独自一人,没有任何人的帮助,在寻找我的丈夫。"②由此引出了母亲蒙德塔A(Ramona Jover)及未来的女儿蒙德塔C(Mundeta Claret)的故事,形成一个循环的叙事结构。祖孙三人的不同首先体现在母女关系上:蒙德塔A盲目听从母亲的教导;蒙德塔B敬重母亲;蒙德塔C则用批评的眼光看待母亲,甚至仇视她。

其次,她们的活动空间截然不同:蒙德塔A年纪轻轻就步入婚姻,很快厌倦"围城"。她生活在怀旧的消沉中,其大背景是1898年西班牙丧失古巴殖民地、西班牙"悲剧的一周";蒙德塔B(第二共和国内战时期)幼稚、单纯、不谙世事;蒙德塔C参加革命集会(1968年前后的学潮运动),西班牙当代政治和社会的巨变使她变得成熟,她失望地发现她们这代人是无法改变世界的。

罗伊格在作品伊始就引用了加泰罗尼亚作家何塞·玛利亚·德萨加拉(Joseph María de Sagarra,1894～1961)的小说《私生活》(*Vida privada*,Premio Joan Crexells,1932)里的一段话:"女人真诚地收集梦想,回忆情史,保存那些看不见而只能呼吸到的东西:历史的气息。"蒙德塔A可以被视为西班牙的"包法利夫人",按作者的话说,此书是"一位出生在格拉西亚街区、根据我们的基本原则和传统接受教育的巴塞罗那包法利夫人的情感简史"。她从1894年12月6日(结婚前两天)至1919年1月2日(丈夫去世的日子)所写的日记以及给女友特雷莎的书信,详细叙述了自己大半生的种种经历(与Francisco Ventura的失意婚姻、对平庸女儿的不满、与一位大学生的一夜情及此人的自杀)。蒙德塔A婚后很快意识到丈夫对自己的言行不一,"他写给我的东西与给予我的东西之间存在着一条鸿沟"(第57页),但她知道其中的缘由在于"男人是自由的,可以选择他的道路。而女人在这个世上无事可做"(第167页)。留给女人的唯一出路是婚姻,虽然"我不知道自己为什么结婚。我想很难预见命运留给我们的东西。一个女人需要一个男人在她身边,因为她害怕孤单,害怕成为众人的笑柄。"

---

① Biruté Ciplijauskaité, "La novela femenina como autobiografía", http://cvc.cervantes.es/literatura/aih/pdf/08/aih_08_1_042.pdf.

② Monserrat Roig, *Ramona, adiós*, Barcelona, Argos Vergara, 1980, p.29.该书的所有引言出自这个版本,由笔者自译。

蒙德塔 B 经历了第二共和国和西班牙内战,当共和国成立时,她表现出积极拥护的态度。"妈妈,蒙德塔几乎无法跟上母亲的脚步,你把我弄得好紧张,你干脆给我解释一下,你停下来,别这么跑。可是闺女,现在是共和国了!宣布成立共和国了!"(第55页)尽管如此,无论是在与革命者恋人伊格纳西,还是唯利是图的商人丈夫胡安·克拉列特(Joan Claret)的关系中,蒙德塔 B 都扮演着温顺、依赖的角色,在女儿眼里,"她是一个顺服父亲权威的女人,而父亲的权威是基于强势男人的传说赢得的"(第94页)。

蒙德塔 C 是祖孙三代中真正走向自我解放的女人(她的故事是以第三人称及内心独白来述说的),但她与学生领袖赫第·索特雷斯的关系并不平等,后者左右着她,并且批评她:"你同时是老妇和幼女,但从来不是成年的女人。"(第51页)在小说的尾声,蒙德塔 C 要向外祖母和母亲所代表的那类女性模式告别(小说的题目由此而来)。"在外祖母的述说里,很难将真事与她想象的事件区分开来。她将构成自己故事的日期、地点和人物混为一谈,这一切都成为一种混合物,童年、少女和她的婚姻岁月好似一块结实的面团。"(第139页)此时叙事者与作者实际上合二为一,她立下当作家的誓言,以悼念已故的外祖母:"或许所有那些东西,忠实而沉默,犹如巴塞罗那的夜晚,从今往后不过是回忆的片段。就像我留在家里的一切。或如我刚刚在大学花园里掩埋的那一切。"

由此可见,三位拉莫娜对待社会政治事件的不同态度体现了三代妇女之间的根本差别。除了从家庭内部比较母女三代的差别,罗伊格还特意安排了家族之外的两个女人作为她们的对立面:卡蒂/蒙德塔 B、安娜/蒙德塔 C。与这两个外来的独立女性相比,蒙德塔一家显得更加保守和传统。通过对比,这些人物更加丰满真实,从而体现了女性的心理、性格、个性追求以及价值取向的多样性和差异性。

希普利哈乌斯卡伊黛指出:"三位蒙德塔的意识和演变不仅发生在女性层面,而且出现在她们的社会政治意识上……蒙德塔 C 是唯一能够在一定程度上参与公众生活和有组织的政治活动的人。她是作为一种远距离观察和分析一切的意识而出现的。蒙德塔 A 通过自己的日记展示自我,让自己沉浸在一个由阅读构成的幻想世界里,不介入社会生活。蒙德塔 B 是典型的资产阶级怪胎:一个只关心吃巧克力和饼干的女孩,以后又扮演好太太的角色。"①

---

① Biruté Ciplijauskaité, *La novela femenina contemporánea (1970-1985), Hacia una tipología de la narración en primera persona*, pp. 50-51.

第二节 《马莱娜是一首探戈曲名》

《马莱娜是一首探戈曲名》(*Malena es nombre de un tango*,1994)是马德里女作家阿尔慕德娜·葛兰黛丝(Almudena Grandes,1960~　)以自传为基础的小说代表作,1996 年由西班牙当代著名导演赫拉多·埃雷罗(Gerardo Herrero,1953~　)拍成同名电影。《马莱娜是一首探戈曲名》从女性视角以第一人称讲述了一个典型的马德里上流资产阶级家庭半个世纪的家族史(重心在 20 世纪 60 至 90 年代西班牙政治转型期),重点在于女主人公如何从一个天真少女逐渐成熟,并有意识地远离男权社会的价值观。

1. 葛兰黛丝与《马莱娜是一首探戈曲名》

葛兰黛丝毕业于马德里康普登塞大学历史系,之后为《大百科全书》撰稿,也从事出版和新闻工作,2002 年获"胡利安·贝斯泰罗奖"。葛兰黛丝总是从女性的角度来创作纪实性很强的小说,基本主题是童年、记忆、历史(重点为西班牙内战及战后)和性欲(大胆描写女性的情爱世界),涉及她的国家、城市(马德里)以及她那一代人的意识形态、情感和个体的冲突。她以西班牙内战及佛朗哥统治为背景的系列小说《一场无法结束的战争轶事》(*Episodios de una guerra interminable*)已出版三部,即《冰冷的心》(*El corazón helado*, Premio Libro del Año 2007, Premio Fundación José Manuel Lara 2008)、《伊内斯与快乐》(*Inés y la alegría*, Premio de la Crítica de Madrid 2011, Premio Iberoamericano de Novela Elena Poniatowska, Premio Sor Juana Inés de la Cruz)和《玛诺丽达的三场婚礼》(*Las tres bodas de Manolita*, 2014)。

《马莱娜是一首探戈曲名》的女主人公马莱娜 12 岁那年从祖父手里继承了一块未加工的古翡翠,这是家里唯一保留下的珍宝。但条件是对任何人都不得说起,因为它将来会救马莱娜的命。从那时起这位困惑、迷失方向的女孩预感到她永远不会像自己的双胞胎姐姐雷依娜(意思是"女王,王后")那样成为一名完美的女性,她开始怀疑自己并非家族里第一个在世界上找不到合适位置的人。"在你们家一直有一支坏血统,所以我告诉你要小心,因为众所周知只有少数人继承这支坏血统。"[①]于是她自发去探究这个模范资产阶级家庭和美的表面下隐藏的秘密。

---

① Almudena Grandes, *Malena es un nombre de tango*, Barcelona, Tusquets, 1994, p.102. 以下引文皆出自这个版本,由笔者自译。

2. 同根相煎

《马莱娜是一首探戈曲名》里的三代家族女性成员根据名字分成两派,祖母、姨妈和"我"属于叛逆独立的女性,都叫马莱娜。马莱娜是马格达莱娜的昵称,而马格达莱娜又是《圣经》中最重要的女性人物之一(中译名为抹大拿)。她在基督教会里被视为最受尊敬的圣徒和基督门徒之一,但在文学世界里却被一致认为是奸妇和妓女。直到 20 世纪,她的妓女形象一直受到作家和艺术家的追捧。"我叫马格达莱娜,但大家都叫我马莱娜,这是一首探戈曲名。一年前我来了例假,这样的话我觉得圣女很难把我变成男孩了,我认为自己当女人会与马格达莱娜一样糟糕。"(第 91 页)

由此可见,以马格达莱娜为名的女性人物在世俗眼里都具有放荡不羁的个性:祖母在第二共和国期间居然在男人俱乐部跳过脱衣舞;姨妈出家当了修女,周游天下;"我"的初恋是表哥费尔南多,但在度过一夜情后将我抛弃。

> 雷依娜执意对费尔南多说,真相会对我造成很大伤害,因为当时我很爱他,将永远无法走出这段恋情,因此她向费尔南多提出另一个方案,据她说,没那么痛苦,因为会促使我立马鄙视他,很快忘掉他。最后他告诉我,有些女人是用来做爱的,有些女人是用来恋爱的,他已经占了我不少便宜。从那时起整年整月整日我都轻视自己,直到上周六我才得知真相,那时的确我发疯了几个小时。(第 548 页)

大学毕业后"我"当过英语老师、探戈舞女,被丈夫圣地亚哥抛弃("我"又与保加利亚非法移民 Hristo 保持情人关系),与母亲疏远,是个彻底的失败者。

外祖母、妈妈和姐姐都叫雷依娜,她们漂亮,穿着讲究;恪守资产阶级的道德准绳和游戏规则,只与上流精英人士来往。母亲在妇科诊所那里得知女儿马格达莱娜失去贞洁,她"一站到我面前就打了我一耳光,在一间满是陌生人的房间叫喊着一辈子也不想理睬我,在大街上高声骂我是妓女"(第 224 页)。

从保守派的眼光来看,这些雷依娜是淑女的典范。但实际上雷依娜与一位已婚女人希美娜保持同性恋关系,又怀上了此人丈夫赫尔曼的孩子,最后为了维护家族的名誉嫁给了马莱娜的前夫。因此"所谓的淑女风度,究其实质不过是父权文化对处于客体地位的女性所表现出来的顺从依附等特征的褒奖之词而已,它无疑与女性的主体性生成背道而驰"①。

《马莱娜是一首探戈曲名》中的两组女性人物大多恰巧是双胞胎姐妹,但无论长相、性格还是思想和生活都相去甚远,水火不容。马莱娜在自我独立与家庭、社会的期望之间摇摆,"每天早上醒来,我既是马莱娜,又是玛利亚;既是好人;又是坏人,既是我自己,同时又是雷依娜……希望自己成为雷依娜那种人,从来都不知道何时会犯一个新的错误,何时会爆响警报,何时会发现我这个女孩与我应该成为的那个女孩之间的新分歧。"(第22页)她曾经试图模仿雷依娜:"我选择过当新女性,为此我多次排斥自己的身体,痛苦费劲地剥自己的皮,我撕裂自己的皮肤,为的是不再有感觉。"(第35页)但马莱娜很快意识到自己的叛逆个性是天生的,无法改变。"我不像雷依娜,真的,圣母,不管我怎么努力,我当女孩不成。"(第26页)

马莱娜长大后逐渐明白:"做女人就是拥有女性的皮肤,两个X染色体,生育、抚养子女的能力,繁衍人类的雄性。除此之外没有别的,因为其余的都是文化。自从我记事以来一直不情愿地被这一普世法则所束缚,现在我摆脱了它令人难以忍受的围困……"(第395页)

进入而立之年的女主人公反思和对比这两种女人的生活,并借姨妈之口说出了两者的本质区别:"马莱娜,你知道一个弱女子(女巫)和一个女强人(仙女)之间的唯一差别吗?——马格达莱娜问我,我摇头否定——区别在于弱女子能骑到她可以够得着的女强人背上,吸她的血,但我们这些女强人却没有任何人的背可骑,因为指不上男人,没有别的办法时我们只得吸自己的血,这就是我们的命。"(第471页)

这段话一针见血地指出了"女巫"与"仙女"的不同:前者是寄生虫,后者是独立自强的女性。在小说的结尾一位心理医生在听完马莱娜讲述的家族史后告诉她:"性别就是这个诅咒,马莱娜。不存在其他的东西,从未存在过,将来也不存在。"(第551页)马莱娜意识到,一直笼罩心头的祖先罗德里格的诅咒阴影不过是世俗社会强加给女性的偏见和制约,不敢面对生活、坦然接受自己的性别,才是人生的过错。于是她告诫雷依娜:

该死的雷依娜——我以平静的语调说道,小心地发出每个音节,声音与头一样高昂——,你的女儿,你女儿的女儿都该死,在你们的血管里永远流淌着如水一般完美、透明、清澈、干净的血液,你们任何人一辈子都永远不会知道拥有仅仅一滴腐烂的血意味着什么。(第541页)

---

① 高小弘:《成长如蜕——二十世纪九十年代女性成长小说研究》,第57页。

可以说,葛兰黛丝塑造的这两组女性形象具有代表性和象征性,打破了传统的女性判断标准和模式。这些小说"一是在历史的'空白之页'追溯母系家族的血缘传承,沿着历史长廊,寻觅家庭后院、翻检'古老的日记',搜罗弃置于荒冢废墟中的女人的故事","二是侧重女性文化'症候'的清理","母女、女人之间的对峙与认同持续上演","种种女性文化的'症候',是血缘、性别、命运传承重复的悲剧,是因性别命运的绝望而拒绝、反抗"。①

阿莉西娅·雷东多将《马莱娜是一首探戈曲名》与葛兰黛丝的处女作《露露年华》进行比较:"每部小说里的好女人角色,从露露到马莱娜,都在自我身份成熟的过程中走过很长的路,因为她们的故事所告诉我们的正是她们向成年的过渡,这些作品都是成长小说。但根据时间来观察阿尔慕德娜·葛兰黛丝的作品,我认为在她的女性人物不同的成熟过程中,可以找到爱情和自尊的渐进发展。"②

第三节 《爱情、好奇、百忧解和困惑》

《爱情、好奇、百忧解和困惑》(*Amor, curiosidad, prozac y dudas*, 1997)是被誉为西班牙新生代"辣妹"作家露西娅·埃塞巴里亚(Lucía Etxabarria, 1966~　)的小说处女作,获得了巨大的商业成功:1998年发行德文版,2001年由作家亲自将它改编成电影剧本,米盖尔·桑德斯马塞斯执导拍成电影,同时还得到前辈作家安娜·玛利亚·马图特的肯定,被认为是西班牙"X一代"(Generación X)最震撼的作品之一。这代作家大多出生于60至70年代,其小说特点是受摇滚审美和形象文化的浸淫,"以性、酒精、毒品、摇滚、公路和暴力为核心。它们的结构通常是无序、片段化,语言直接、实用,虽然有时也追求抒情语调。它们受北美文学(包括黑色小说和肮脏现实主义)的影响显而易见。"③

1. 埃塞巴里亚与《爱情、好奇、百忧解和困惑》

露西娅·埃塞巴里亚祖籍为西班牙北部的比斯开,在家中七个孩子中排

---

① 祝亚峰:《性别视阈与当代文学叙事》,第133~134页。
② Alicia Redondo, *Mujeres y Narrativa*, *Otra historia de la literatura*, Madrid, Siglo XXI de España Editores, 2009, p.241.
③ Christine Henseler, "Pop, Punk, and Rock & Roll Writers, José Ángel Mañas, Ray Loriga, and Lucía Etxebarria Redefine the Literary Cannon", *Hispania*, Vol. 87, No. 4 (Dec de 2004), pp. 692-702.

行最小。她在瓦伦西亚的一所教会学校上完中学之后前往马德里攻读英国文学及新闻专业,大学毕业后从从事过索尼唱片推销、翻译、刊物撰稿、电影剧本写作(与他人合作电影剧本《我将生存下来》《我生命中的女人》和《我爱你,宝贝》等)。2000 年 9 月前往苏格兰,在阿伯丁大学当访问作家,在那里教授剧本写作课程,同年被阿伯丁大学授予名誉博士学位。2001 年她的长篇小说《关于有形和无形的一切事物》(*De todo lo visible y lo invisible*)荣获"小说春天奖"(Premio Primavera de Novela),2004 年又凭借《处于平衡的奇迹》(*Un milagro en equilibrio*)摘取"行星奖"。但成名后的埃塞巴里亚常遭非议,多次被同行状告剽窃。还曾因盗版问题暂时放弃写作,期间参加西班牙电视台的真人秀节目,又不断传出各种不愉快的爆料,总之她的私人生活与文学创作一样吸引读者的眼球。

埃塞巴里亚的作品通常聚焦女性人物,她们艰难地寻找自我的情感空间。无论是在小说还是散文中,埃塞巴里亚都分析女性在当今社会的角色、性别观念,从后女权主义的角度捍卫妇女权利及新女性的形象。"轮到女性文学传统的是一种既文学性又政治性的颠覆:彻底颠覆女性经典的文学、抒情主体,赋予一个从来只是文学客体的主体以声音,这个客体只见容于善一恶两极化的极端,指定给我们的是缪斯,母亲、情人或妓女,奸妇、疯女的角色。"[①]

按埃塞巴里亚最初的构思,《爱情、好奇、百忧解和困惑》原本是三个独立的短篇小说,后来串联成一部长篇小说。作品以 90 年代的马德里为舞台,以加艾那(Gaena)一家三姐妹克里斯蒂娜、安娜和罗莎为主要人物,描写她们对人生、爱情、婚姻和工作的不同立场和经历,其中毒品、性和自传成分构成其基本要素。小说的章节以西语字母排序,并加上以该字母打头的关键词,如"被封闭的女人、恋爱中的女人、女职员和被束缚的女人之 E"(E de enclaustrada, enamorada, empleada y encadenada)、"失败的女人之 F"(F de frustrada)、"厌倦之 H"(H de hastío)、"不宽容之 I"(I de intolerancia)和"成功的女人之 T"(T de triunfadora)。在"失败的女人之 F"里一开头罗莎的话语混合了她的个人经历和有关妇女、经济、在职场上如何穿着的报告;在"厌倦之 H"里安娜讲述她的家庭历史和问题,其中又穿插着大段描写如何清洁客厅、如何修理木头上的凹痕、如何清洗窗帘或如何做鸡蛋丸子。在"成功的女人之 T"里,罗莎讲述她为了庆祝 30 岁生日跑到马拉加,并分析她的挫折,其中插入了"如何当一名成功的女商人"这类书的片段。"埃塞巴里亚创作了一

[①] Lucía Etxabarria, *La Eva futura /La letra futura*, Barcelona, Destino, 2000, p. 110.

种介于心理学和电影写作之间的文学：是她时代的产物，敏捷、轻盈，视觉化，追求轰动效应。她的成功源自与视觉文化的相似，利用一种平易的语言，将音乐录像带的模式搬上舞台，几乎没有深化人物戏剧性的努力。但这并不意味着作家写作了一种无端的文学：她一直表明自己的女权主义观点，通过一种广告的审美方式揭露她不喜欢的、在她看来不该如此的世事。"①

2. 人生三岔口

在加艾那三姐妹很小的时候父亲就抛弃了家庭，出生于巴斯克大资产阶级家庭的母亲爱娃只顾维持家庭的形象，很少关心女儿，因而这一传统家庭模式遭到女主人公/叙述者克里斯蒂娜的排斥。她承认自己从小就想当男孩，因为他们的行为享有更大的自由，而女孩只能被迫成为圣母玛利亚的女儿："从出生起她就注定要接受令人失败的不作为。首先从做女孩开始就不能爬树，最后变成一个乖巧、温顺的小女人，从不与别人高声说话。"②

克里斯蒂娜作为家中最小的女儿，具有强烈的逆反心理，这与她从小所受的教会教育有关。"自从人们让我明白上帝是男性，我就开始感觉自己越来越小，因为还没有吃圣餐、喝圣血，我就已经变成了二等人。"（第16页）

对于这种根深蒂固的性别歧视，克里斯蒂娜的抗议方式走到了另一个极端。"从此在我的小脑袋瓜里就开始预感到我不太愿意当圣女。"（第20页）大学毕业后克里斯蒂娜曾在一家IT跨国企业工作，因不满老板的不公平待遇愤而辞职，宁可在酒吧当服务员。

> 在最近的5年里，我的生活没有固定的方向。从无到无，既无保护神也无命运，既无庇护所也无指南针。随波逐流。执着于徒劳地逃避自我，寻找一块落脚之地。喝"自由古巴"，吸食海洛因，吞服摇头丸，端酒，亲嘴，口交，考试，写作业，读书，写诗，一般都是差诗，这一切都得承认……我试过所有能弄到手的毒品，与所有可及范围内出现在我面前的那些大致说得过去的男人上床。总之，我过得很好。或者很差。也许连我自己都不清楚。

克里斯蒂娜把自主掌控的身体当作摆脱男性社会世俗偏见和束缚的唯一手段。成年后她回忆起9~14岁时主动与表哥冈萨罗发生关系，失去童

---

① María Bengoa, "Las descaradas chicas Etxebarria", *El Correo Español*, 21 de April de 1999, p. 56.

② Lucía Etxebarria, *Amor, curiosidad, prozac y dudas*, Barcelona, Plaza & Janés, 1997, p. 19. 该书所有引言皆出自这个版本，由笔者自译。

贞:"他没有强迫我。是我决定这么干的。那时我已决定掌控这一切。现在我不后悔。"(第282页)

在"厌倦之H"一章里大姐安娜讲述自己的经历和家庭问题。她表面上是幸福的家庭妇女,其实为初恋安东尼奥献出贞洁后,一直怀有"洗刷污点"的心理。

> 他把我送到门口,我上楼去,确信我要对这一切负责,因为我陪他到了那该死的小树林……在那些年谁也不谈强奸。那时我这个小安娜根本不懂强奸意味着什么,以为所有的过错都在我。我陪他上山。独自坐他的摩托车。这是自找的。自找的麻烦。男人都是动物。他们不能压抑自己的本能。这话修女跟我说了一辈子,保持贞洁之身——上帝赋予我的神圣殿堂——是我的责任。仅仅是我的责任。安东尼奥把我当妓女对待,我安排自己的一生,目的就是向他和我自己表明,我不是妓女。

她被安东尼奥抛弃后嫁给博尔哈,"我积攒的一切都是为了向安东尼奥表明,我将活下去,比他自认为的更有价值",但安娜承认虽然在物质上"拥有周围的一切,但我的内心是空虚的"。(第193页)

在"失败的女人之F"和"成功的女人之T"两章中,轮到庆祝自己30岁生日的二姐罗莎反思她作为职业女性的失落。罗莎从小就意识到自己的趣味与众不同:"我不喜欢班上公认的那些美女……相反,我偏爱一个褐色小女孩,她显得恰好有12岁,不多1岁,既不谈论男孩,也不说别的,课间休息时独自在网球场上漫步。"(第128页)罗莎在职场上是女强人,实际上内心十分脆弱,无法正视自己的同性恋倾向:"我想这个一分为二的衣柜可以作为我人格的隐喻来解释。"(第56页)她自杀未遂,只好靠服用百忧解来平衡自我。

安娜无法理解也无法接受小妹的放荡行为:"在她眼里,我是个妓女。在我眼里,她是个家庭妇女。这就是我们之间的手足之情。"(第23页)她、罗莎"跟我很过不去,因为觉得我淫乱,贪恋男人,但我就这样,我喜欢这样,我不愿意放弃生活允许我们利用的唯一抓得住的享乐"(第27页)。

但后来三姐妹发现她们每个人的生活都不尽如人意,于是在世俗常规之外艰难地寻找自我:安娜最后在疗养院里决定与丈夫分居,得到罗莎的理解和支持;克里斯蒂娜服用各种毒品,直到她男友圣地亚哥吸毒过多致死,才悬崖勒马。通过三姐妹情感和婚姻的遭遇,《爱情、好奇、百忧解和困惑》概括了20世纪西班牙三个不同性格妇女的性意识和身份意识。她们发现自己的遭遇是女性共同的问题:"谁说我们其实不是同一个人呢?"(第267页)借助于这些在社会风俗急剧变化的背景下陷于生存困境和情感迷茫的西班牙妇女,埃塞巴里亚表达了她对当今女性的社会角色的看法。作者表示:"这是一部女权主义作品,但是并不反对男人。"

评论界认为:"葛兰黛丝和埃塞巴里亚的小说受到欢迎是因为它们成为民主时期妇女及整个西班牙社会决定性解放的证据。"[1]以上这些作品呈现出共性,即"偏离正道的少女不愿继续接受历史强加给她的成命,因为她受到不公正的歧视,对其缘由毫不理解。她只确信,自己无心重复母亲和祖母传承下来的悲惨的屈从生活,在那段情绪极不稳定的年纪,她致力于打破压迫的模式,与可怕的现实抗争,抗议虐待她的不公平。在女作家的手中,这类女性人物变成表达决裂和抗议的最佳工具,但又不显示对既存秩序的公开不敬。"[2]

---

[1] Catherine G. Bellver, "Las ambigüedades de la novela feminista española", *Letras Femeninas*, Vol. 31, No. 1, 2005.

[2] Rosa Isabel Galdona Pérez, *Discurso femenino en la novela española de posguerra, Carmen Laforet, Ana María Matute y Quiroga*, p. 198.

第八章　姐妹情谊:情感的禁区

西方学界将女性之间的亲密关系称之为"姐妹情谊"(sisterhood),它是"女性之间以父权制为共同靶子并反对男性对女性权力压制而形成的情感,是女性成长小说中最常表达的主题之一。"①

但对这一主题的内涵有不同的界定。帕梅拉·马修斯(Pamela Matthews)认为它是"女性以一种较为成熟的方式相互依赖。这种依赖以一种坚强、独立的自我意识为基础,并在此基础上承担一份对他人的责任"②。艾德里安娜·里奇提出"女同性恋连续统一体"的概念:"一名妇女与另一名妇女有性的体验或自觉地希望跟她有性往来这样一个事实。如果我们扩展其含义,包括更多形式的妇女之间和妇女内部的原有的强烈感情,如分享丰富的内心生活,结合起来反抗男性暴君,提供和接受物质支持和政治援助。"③

《超越男人的爱:从文艺复兴到现时妇女之间的浪漫友谊和爱情》(*Surpassing the Love of Men, Romantic Friendship and Love Between Women from the Renaissance to the Present*, 1981)一书的作者莉莲·弗德曼(Lillian Faderman, 1940~　)指出,女同性恋"是一种两个女人之间保持强烈感情和爱恋的关系,其中可能或多或少有性关系,抑或根本没有性关系。共同的爱好使两位妇女花大部分时间生活在一起,并且共同分享生活中的大部分内容。"④王宁认为弗德曼的立场比较持中,她"号召妇女建立起一种类似自文艺复兴以来一直存在于美、英、法作家的作品中的'浪漫的友谊',但她并没有对有性和无性的亲密关系作出明确的区分,这实际上也是当代女性同性恋没有朝着畸形的方向发展的一个健康的先声"⑤。

法国学者弗洛朗斯·塔玛涅对女同性恋者的身份认同提出质疑:

> 是同性恋认同的一个简单变种,还是特别的认同?有人也可能问:

---

① 高小弘:《亲和与悖离——论20世纪90年代女性成长小说中的"姐妹情谊"》,《河北师范大学学报(哲学社会科学版)》2009年第6期。
② 金莉:《20世纪美国女性小说研究》,第36页。
③ 艾德丽安·里奇:《强迫的异性恋和女同性恋的存在》,《女权主义文学理论》(玛丽·伊格尔顿主编,胡敏、陈彩霞、林树明译),湖南文艺出版社,1989年,第39页。
④ 转引自张岩冰:《女权主义文论》,第170页。
⑤ 王宁:《文化研究语境下的性别研究和怪异研究》,http://www.tecn.cn,2009-1-4。

女同性恋存在否？这是因为女同性恋在20年代以前从未形成一个协调一致的群体。虽然19世纪存在一些女同性恋的特殊生活方式，但特征为某种若有若无（没有性关系，强烈的感性却没有对欲望性质的认识……）或者强烈的边缘性：贵族和财富的边缘性，比如纳塔莉·巴内的圈子；社会的边缘，比如妓女间的萨福之爱；经历的边缘性，比如《兰戈伦的女士们》中女同性恋夫妇的范例充当了下一代的榜样，并维系一种女同性恋可能而且可以接受的想法。①

伊利格瑞认为女同性恋是结束父权文化秩序的象征手段。"在父权文化中，女性被当作物，当作男人之间可以交换的商品。无论在语言领域还是社会生活中，女性只能是物和客体，而同性恋则是一种颠覆这种社会文化秩序的方式。男同性恋之间的性满足使菲勒斯丧失了它的象征意义，女同性恋则是拒绝成为男性的商品。"②玛丽·伊格尔顿持相同观点："女同性恋的存在，不是作为一种'性选择'或'另一种生活方式'，甚至不是作为少数人的选择，而是一种对统治秩序的最根本的批评，是妇女的一种组织原则。"③

西蒙娜·德·波伏娃强调异性恋与女同性恋之间的本质差异："在男女之间，爱是一种行动；任何一方脱离自我，然后变成他者……在女人之间，爱是静观；抚摸的目的不在于把他者据为己有，而更在于通过她慢慢地重新创造自己；分离消除了，既没有搏斗，也没有胜利和失败；在严格的相互性中每一方同时是主体和客体，主子和奴隶；二元性变成了合作关系。"④"同性恋既不是一种厄运，也不是被有意纵情享受的一种变态，它是在特定处境下被选择的一种态度，……同性恋还是一种方法，女人用它来解决她的一般处境，特别是她的性处境所提出的问题。"⑤

尽管在理论上对"姐妹情谊"有不同的阐释，它作为女性生活中的特殊现象，自古以来便存在。⑥ 西方历史上第一位女同性恋者是古希腊抒情诗人萨

---

① 弗洛朗斯·塔玛涅：《欧洲同性恋史——柏林、伦敦、巴黎 1919～1939》（周莽译），商务印书馆，2009年，第223～224页。
② 张岩冰：《女权主义文论》，第167页。
③ 玛丽·伊格尔顿：《女性主义文学理论》，1989年。
④ 西蒙娜·德·波伏娃：《第二性》，第187页。
⑤ 同上书，第483页。
⑥ 中国第一次大规模书写女性情谊的传统始于五四时期，代表性作品有庐隐的《海滨故人》及《丽石日记》、冰心的《最后的安息》、丁玲的《暑假中》、石评梅的《玉薇》、凌叔华的《说有这么一回事》，后者描写了一对扮演罗密欧与朱丽叶的女生之间的恋情，最终封建婚姻将她们拆散。20世纪90年代林白的《瓶中之水》、陈染的《破开》，以"超性别意识"的观念，大胆创作女同性恋题材。

福,当代大名鼎鼎的女同性恋者有法国作家尤瑟纳尔、存在主义学者波伏瓦;英国作家莱辛、伍尔芙;美国女权主义者米勒特、文化批评家桑塔格、现代派小说家斯坦、诗人毕肖普。在美国,自 19 世纪 80 年代起,一些受过良好高等教育、经济独立的"新女性"与女人结偶,被称之为"波士顿婚姻"。同时欧美女作家在文学作品中开始晦涩、含蓄地触及这一女性之间的私密情感,如伍尔芙,因其闺蜜离家出走而倍感孤独,为了表达思念之情,以她为原型,创作了被称为"世界上最长、最动人情书"的传奇小说《奥兰多》(1928)①。由英国著名女诗人、作家拉德克利夫·霍尔(Radclyffe Hall,1880~1944)出版的长篇小说《孤独之井》(*The Well of Loneliness*,1928)被奉为"女同性恋者的圣经"。法国女同性恋诗人勒内·维维安②的传奇生活和诗作也为西班牙女同性恋作家玛利亚-梅尔塞·马尔卡(María-Mercé Marçal,1952~1998)的创作提供素材,后者的处女作《勒内·维维安的激情》(*La pasión según Renée Vivien*,1995)就是以前者为主角。

进入 21 世纪,由西班牙前首相萨帕特罗领导的工人社会党政府开始推动同性婚姻法案,其中包括同性恋伴侣领养子女的权利。西班牙议会经过长时间的辩论,于 2005 年 6 月 30 日通过允许同性婚姻的法令,西班牙成为继荷兰和比利时之后全球第三个认可同性婚姻的国家。在文学领域,西班牙出现了一批推介同性恋作品的出版社和文学奖项,同性恋文学逐渐"出柜",在读者和评论界引起了不小的轰动和反思。③

传统上西班牙文学很少关注女性之间的关系,"在文学中几乎没有指涉母女关系的文本。我们也没有太多讲述女性之间友谊的作品。相反,不少文

---

① 关于伍尔芙与女同性恋的关系,可参考潘建的论文《女同性恋——主流文化夹缝中的呻吟者》,《国外文学》2010 年第 1 期。
② 维维安(1877~1909):出生于伦敦,曾在英国接受教育,一生大部分时间住在巴黎。她的诗既有济慈和斯温伯恩的影响,也受波德莱尔和希腊文化的影响。她周游挪威、土耳其和西班牙,加上她的同性恋行为,所有这些都使她的诗歌带有一定的异国情调。
③ "时时刻刻"出版社和"出柜"出版社公开宣布是女同性恋出版社。2000 年"今日话题"出版社推出了弗雷伊萨斯主编的《做女人。相聚的时刻》,其中收录的《身为女同性恋》是比内达的一篇自传性文本,讲述她从 40 年代到 2000 年漫长的女同性恋意识觉醒过程。比内达的经历发生在佛朗哥统治时期,她不得不与保守、专制的军人政权进行政治抗争,同时也为自己的同性恋身份感到幸福。西班牙同性恋协会会长西梅诺根据真实事件创作的小说《她的肉体是她的享受》(2006)同样描写了佛朗哥统治时期女同性恋所遭受的迫害(女主人公因给自己的女伴安乐死而被判刑)。作品恢复了这段并不遥远但已被历史遗忘的痛苦经历,赋予那些从来没有话语权的女同性恋者祖露心声的权利。西班牙同类题材小说有洛菲尔的《阿莫拉》(1989)、莱维·卡尔德隆的《两个女人》(1990)、范·瓜尔蒂亚的《双刃笔》(1999)、内斯塔雷斯的《维纳斯在布宜诺斯艾利斯》(2001)、摩兰的《请你带我回家》(2003)。

本涉及男性之间的友谊。甚至有几对典范式的男性朋友……但没有女友的典型。原因很清楚：如果通常写作的是男作家，很自然我们找不到对仅限于女性之间的感情或感觉感兴趣的。"①但在当代西班牙女性成长小说中，姐妹、女友之间的关系占据至关重要的地位。她们彼此依赖、互动，同时也不可避免地发生冲突和矛盾，这些情感关系深刻影响了女性的成长及对生活的态度。许多女性人物之间存在超乎友谊的亲密关系，而她们往往又是师生关系。正如埃塞巴里亚所言，"女性文学比以往任何时候都更加注重探讨妇女之间的关系"，这体现在"之前文学中不存在的主题"的出现，如母女或姐妹关系，或"闺蜜之间，特别是在少女时代建立的爱—恨/合作—竞争的暧昧关系"。②

第一节 《隐秘的和谐》

《隐秘的和谐》(*Recóndida armonía*，1994)作为马德里康普鲁登塞大学西班牙文学教授、文学评论家、作家玛丽娜·马约拉尔(Marina Mayoral，1942~)的最佳之作也是最社会化的小说，"是女性成长小说的一个典范：它既覆盖了西班牙20世纪的不同历史时期，准确而细致地展示了女性系谱，同时又讲述了两个主要人物埃莱娜和布兰卡在个体和社会层面上发出声音、自我实现的故事"③。该书先后被译成德语、波兰语、意大利语和中文，可见其受欢迎的程度。

1. 马约拉尔与《隐秘的和谐》

马约拉尔以研究女性文学见长，她的论著《罗莎里娅·德卡斯特罗的诗歌》(*La poesía de Rosalía de Castro*，1974)和《西班牙浪漫主义女作家》(*Escritoras románticas españolas*，1990)在学界享有很高的知名度。由于马约拉尔出生在加利西亚地区，所以她坚持用西班牙语和加里西亚语创作，并且她的小说大都发生在一个虚构的加利西亚小镇"布雷特玛"(Brétema，在加利西亚语里意思是"雾")。故乡的人物、风景、习俗是她作品的主要素材，融合了对外部现实的批判、人物的内心反思及想象力。早期几部小说的人物和故事情节都比较相似，主人公是一些破落的贵族，而另一些人物则是这些外省贵族—资产阶级的私生子，这一身份阻碍了他们成熟，永远停滞在少年阶

---

① Carme Riera, *Tiempo de espera*, Barcelona, Lumen, 1998, p.112.
② Lucía Etxebarria, *La letra futura*, p.112.
③ María Socorro Suárez Lafuente, "Subversión e intertexto en la obra de Marina Mayoral", *Letras Hispanas*, Vol.1, Issue 1, Fall 2004.

段。最新小说有《谁杀害了印玛古拉达·德席尔瓦》(*Quién mató a Inmaculada de Silva*,2009)和《欲望》(*Deseos*,2011)。

马约拉尔在《隐秘的和谐》里塑造了一对从少年时就结下友情的女同性恋埃莱娜和布兰卡。前者坦承:"我们从15岁就相识,从此与你分享我的生命,我所思所感的一切……你是我生命的一部分。"①她们之间的关系是平等、互助、互补的,没有一般爱情关系中的那种依附和支配,两人共同发现了爱情、性欲、痛苦、不公和死亡。

布兰卡作为《隐秘的和谐》的第一人称叙事者,由她为我们回忆和记录两位女生从小到大的不平凡成长历程,两者之间的互动形成一本双声部小说:埃莱娜出生于马德里上流开明家庭,布兰卡是布雷特玛的一个孤儿,靠镇上主教的庇护才得以上学。"我和埃莱娜成了形影不离的朋友,还成了学校里为数不多的想上大学的人。我们不想穿上长长的婚纱,不想嫁人,只想读大学,尽管还没有想好要学什么专业。"(第45页)

埃莱娜和布兰卡先是进入大学攻读核物理专业(一个属于男性的领域),接着留校做助教,两人都与导师阿罗萨梅纳产生了超出师生关系的情愫,但这一切并没有影响两个女孩之间的关系。内战爆发后她们志愿上前线当战地护士,又同时爱上战地医生赫尔曼。战后埃莱娜远赴美国留学,而布兰卡则回到故乡,开办了一家药房。可以说,她们的每一次人生抉择都与当时社会对女性的期望和要求背道而驰。布兰卡清醒地意识到她和埃莱娜的行为方式从世俗眼光来看完全是出格的:

> 你想别人会怎么看待我们?两个大姑娘,没有未婚夫,做些女人不常干的事……你这个社会阶层的女孩多少人会骑马和开车?多少人会说法语和英语?……人们以为我们是同性恋,埃莱娜与我分享她的金钱——这些都是真的……

2. 红白玫瑰

埃莱娜和布兰卡无论外貌还是性格都迥然不同。前者金发碧眼,喜欢冒险和变化,试图在世上留下自己的足迹;后者瘦弱,苍白,长着一双忧郁的黑眼睛,性格内向、谨慎,渴望在亲人的陪伴下宁静地生活。比如在对待生死的问题上,两个女孩怀有截然不同的态度:

> 我开始学会把死亡看作生命不可分割的一部分,开始意识到它一直

---

① 马约拉尔:《隐秘的和谐》,杨玲译,人民文学出版社,2008年。以下引文皆出自这个版本。

第八章 姐妹情谊:情感的禁区

就在那里,或者说,它是一道界限,是生命本身的一道边界,正是这道处在阴影之中的边界圈定了我们生活的那片明亮但却狭小的空间……有时它像一片云雾,越积越多,越积越浓,慢慢模糊了现实的界限;有时它就像一团黑暗之物,突然降落在光明之上,一下子便把光亮熄灭了。埃莱娜一向更喜欢这后一种迅速而粗暴的方式,她不仅希望自己,也希望她所爱的人都能死得迅速而且干脆,因为她痛恨病魔,也痛恨衰老,痛恨被那摆脱不掉的时间所摧残……而我呢,我宁愿选择缓慢的方式,宁愿黑暗缓缓降临,就像夜晚的来临一样,自然而然,到那时,疲倦的旅途即将结束,心中充满平静,回首已经走过的路,感到无怨无悔。(第70~71页)

尤其在对待情感问题上,埃莱娜十分开放、超前、不惧怕社会压力:

我爸爸向来支持男女平等。如果这种经验对于男人来说是好的,那么对于女人来说也应该是有益的。一个没有阅历的男人是枯燥乏味甚至是可笑的,那为什么我们女人就必须像无知的修女那样一直等到结婚呢? 如果我连一步都不敢迈,如何能在这个世界上留下我的足迹? 布兰卡,我并没有做什么坏事啊,绝不会迷失方向的,我只是在积累经验而已。(第68页)

而布兰卡坦言:"从我小时候起,我便认为依靠丈夫生活是件很痛苦的事。可能是因为我童年的特殊经历使得我更能冷眼看待家庭关系吧。在我的眼里,家庭中负面的东西多于正面。"(第53页)因此"我不想嫁人,也不想生孩子……即使是当个隐修会的修女……那样也强过结婚生孩子"(第54页)。布兰卡追求的是心灵的平静,她幻想在修道院的"回廊里,脸上罩着厚厚的面纱,高墙隔绝了我与世界的联系,与其他同样戴着面纱的修女混为一体,她们干着同样的活,在同一时间做出同样的举动,受最盲目、最被动的服从驱使,从不自己做任何决定,或许对我来说,可以在那种绝对放弃个体意志、不断重复已知事物中,找到平静"(第157页)。

这些性格和人生理想的差异并未妨碍布兰卡与埃莱娜保持着终生超越友情的亲密关系:

不管怎样,称我们俩之间的关系为情人都有失偏颇,都是对事实的一种歪曲。情人意味着爱情、激情,意味着会被时间摧毁,会因千万种条件而变质。可维系在我和埃莱娜之间的并不是爱情,而是某种更为恒久、不会改变的东西。硬要把性从这种关系中排除在外是毫无意义的,无非是一味地顾及社会和宗教准则罢了……可人们依旧会对女人之间的关系百般责难,如果一个女侯爵和其女友之间关系暧昧,人们就会闲话不断。但要知道,曾几何时,在古希腊,男人与男人之间、女人与女人之间的同性爱曾是高雅的象征呢。(第175~176页)

多年后旅居美国的埃莱娜回到布雷特玛,身患癌症的她特意前来与布兰卡告别,她请求布兰卡"写本关于我们俩的书,把我们的足迹留在这个世界上"(第287页)。其实,读者手中的这本书正是布兰卡的作品,她在小说的结尾写道:"回首往事,在这场混乱的浮华深处,有一种隐秘的和谐。"(第291页),此话恰好对应了小说的标题。作为小说的叙事者,布兰卡对往昔岁月的回忆让读者"回到了战后那些年我们大量见过的成长小说的结构"。她与埃莱娜"不仅互相引导,而且建立起叙述者与读者,更有意义的是叙述者与文本的关联,就女性人物的成长展开对话……我们看到她们在生命的每个阶段都处于不同的环境,使得她们能够为我们勾勒出两人在西班牙20世纪中的社会性别发展历程。《隐秘的和谐》不是男女之间的对立,而是妇女(或女性形式的社会人)与男权社会的对立,这便突出了妇女作为积极的主体对待社会和自身。"①

第二节 《贝雅特丽丝与星球》

《贝雅特丽丝与星球》(*Beatriz y los cuerpos celestes*, 1998)是埃塞巴里亚的第二部小说,也是她的成名作,获1998年"纳达尔小说奖"。该著的灵感部分来自但丁的《神曲》,讲述一位女子(与《神曲》女主人公同名)双性恋的情感轨迹,融入了作家的自传成分。

1. 代沟之殇

《贝雅特丽丝与星球》由四部分组成:"垃圾轨道"(Órbita cementerio)、"废墟之城"(La ciudad en ruinas)、"身处恐惧之地"(En el lugar del miedo)和"来自死亡星辰的光"(Luz desde una estrella muerta),其中第一和第四部分可

---

① Ellen C. Mayock, "La sexualidad en la construcción de la protagonista de Tusquets y Mayoral—La dialógica feminista en Tusquets y Mayoral", http://www.ucm.es/info/especulo/numero22/tusq_may.html, 16 de Sep de 2006.

以看成是小说的前言和后序。这部作品的时空分别为 70 至 80 年代的马德里和 80 年代末至 90 年代的爱丁堡,触及许多敏感话题,如同性恋、双性恋、母女关系、毒品等。小说由女主人公以第一人称写作的方式,回忆从不被理解的孤独童年到成年的现时那些最重要的时刻,质疑自己的生活方式(有很多闪回,以解释人物为何、如何走到不同的境遇)。"我们都是宇宙,我们居住的星球围绕着一个基本的能量源泉:关爱或爱的缺失。垃圾轨道。"①

贝雅特丽丝出生于马德里中产阶级家庭。她的父亲不关心女儿,因此她对父亲只有恨。而母亲艾尔米妮娅(Herminia)面对不忠的丈夫,只好把所有的精力都放在女儿身上,不愿看到自己的独生女长大后逐渐独立,处处想控制她。"在任何人的一生中几乎总是会发生两件我经历过的严重悲剧:缺乏爱或爱得过度。"(第 27 页)这种过度的母爱令她窒息,使她疏远母亲。"我妈妈觉得我抛弃了她,我准备离家出走,把她留在家里,定格在那种没有意义的生活,我可以逃离它,而她不能。"(第 17 页)

贝雅特丽丝长大后一直在质疑她与父母、与周围世界的关系,尤其无法认同母亲传授的传统价值观:"重要的是放弃,服从一个强加的、绝对的外在权力,它以家庭服从的神圣价值为名,要求奉献自我。也就是说我应该学会否定自我,塑造自我,接受规矩和准则,无论它们看似如何不可思议,还声称立下这些规矩对我是有益的。"(第 22 页)

贝雅特丽丝与父辈之间的观念差异变得越来越不可调和。"总而言之就是观念的问题,不是吗?听特定的音乐,以特定的方式穿着,以荒诞的方式打理头发。这些事都是你父母不理解或不赞成的。如果你无法让他们震怒,那就表示你错了,你还不够酷。"(第 29 页)

另外,教会学校的压抑氛围和灌输的保守观念也令贝雅特丽丝十分不适,她无法接受男女的歧视性区别:"在我成长的世界里,男人是什么,女人是什么,这点看起来十分明确。对应女人的是顺从、精致、敏感,有情趣,特定的举止行为。而男人更强壮、粗野,不那么敏感,更加致力于艰苦的工作。"(第 137 页)

贝雅特丽丝明白,男女之别更大程度上是人为划分的(甚至颜色都被赋予性别,粉色是女性的,蓝色是男性的)。"人生下来。两天后就给你的耳朵打孔。给你穿上粉色的婴儿鞋。你已经是女孩了。你去女校上学。给你穿裙子,扎辫子。你满 14 岁了。你的第一支唇膏。你已经是女人了。你满 15

---

① Lucía Etxebarria, *Beatriz y los cuerpos celestres*, Barcelona, Destino, 1998, p.175. 该书所有引言出自这个版本,由笔者自译。

岁。高跟鞋。"(第 214 页)贝雅特丽丝的问题是她发现"男女之别不像修女和父母想让我们相信的那么分明",而且根据"修女及我母亲对女孩应该是什么样的观念",她永远也成不了那样的女孩。

2. 同性相吸

小说初始,贝雅特丽丝回忆起与家庭地位优越、生性放荡不羁的女同学莫妮卡分离之后的孤单、被抛弃的状态,直言自己就像进入了弃用的人造卫星所在的垃圾轨道:

> 虽然我知道不该如此,问题是我觉得离任何生命征兆都有上千万光年的距离……贝雅特丽丝,这么多年后你现在想想那事。你有 4 年没见到莫妮卡了。你想想卫星的孤独、轨道的孤独。被曾经服务过的那些人抛弃。被遗忘,冰冷。被最荒凉的绝对空虚所包围,在寒冷的宇宙冷漠的寂静中,被一层黯淡的白霜所覆盖,已经没有可以反射的光亮……有时我想,莫妮卡,无论我希望你在哪里,发生在我身上的事都一样。我是带着使命被派到这个世界的:与其他人沟通、交流、传递信息。然而我却孑然孤立,旁人在我身边这种因冷漠、迟钝或纯粹的无能而变得奇怪的环境里漫无方向地航行,裹挟着我,这里你永远不要期望别人会倾听你,更不会理解你。(第 15~16 页)

在贝雅特丽丝叛逆的青春期,她只与莫妮卡有共同语言。"在那个彩绘世界里,我觉得自己无助无根、过早地成长,莫妮卡是唯一与我分享这个模糊印象的人。"(第 124 页)18 岁那年暑假贝雅特丽丝在莫妮卡的诱惑下开始吸毒,沉浸在无节制的夜生活中。"可以说我选择爱上莫妮卡,谁知道呢,因为修女和大家都自告奋勇地向我一遍遍重复说,我不是真正的女孩,而是一个假女孩,一个伪装成女孩的喜剧演员。如果我不是女孩,而是混进来的一种非男非女的外星人,那为什么我不情愿也非得要爱上一个男人,嫁给他,生儿育女呢?为何我不可以爱一个我喜欢的人呢?"(第 144 页)

贝雅特丽丝不断反思她与莫妮卡的关系,认为很难用女同性恋这样一个简单概念来定义。"我喜欢她,只有她,在这个用量子密码构成的庞然宇宙中间可以辨认出她。如果她是男人,我也会喜欢的。"(第 190~191 页)贝雅特丽丝的父母发现了她的不正常行为,为挽救女儿,决定以学习英语的名义把她送到爱丁堡。在那里贝雅特丽丝爱上了女同性恋卡特琳。"不是因为她的美貌,也不是因为她的幽默感,而主要是因为我知道她是个好人,或许是我一生中认识的第一个真正充满善意的人。"(第 179~180 页)在描述她与卡特琳

的关系时使用的语言非常抒情:

> 她滑动着寻找我,在黑暗中碰撞,突然我感到她的皮肤接触到我的。冒出火花。她喃喃自语,用她橙色的声音带动着话语,向我讲述她将跟我做的事情……于是我感觉她进入我,一阵耀眼的进攻,照亮床单……仿佛我的指尖有一个微型相机,使得我可以看见她的体内。我前进,穿越她……我在她体内,她在我体内。(第51~52页)

性对于贝雅特丽丝来说十分重要,因为它"仿佛像另一个人,保持一定距离,为我提供清晰的自身意识"。但她对自己的性倾向并无把握:"我的心变成模糊的、无法定义、无法解释的东西。因为如果那时问我是异性恋还是同性恋,甚至是双性恋,这好像是最令人信服的答案,我不知道该如何回答。"(第221页)贝雅特丽丝也对女性文学十分感兴趣,她在参加一个研讨会时承认"已经阅读了她所崇拜的女作家,像弗吉尼亚·伍尔芙、简·里斯、朱娜·巴恩斯、多萝西·帕克、简·奥斯汀、卡森·麦卡勒斯、西尔维亚·普拉斯、夏洛蒂·勃朗特、多丽丝·莱辛"(第191页)。

毕业后贝雅特丽丝自愿离开卡特琳,回到马德里,与初恋莫妮卡重逢。而此时的莫妮卡因吸毒被送进戒毒所,之前的理想化形象幻灭了,贝雅特丽丝不得不接受这一残酷的现实。"时间只为我们提供两种选择:要么接受自我,要么放弃;如果不放弃,假如我们决定留在这个小小的行星上,向我们更加渺小的生活让步,那么我们可以把这种妥协视为一种失败或一种胜利。"(第265页)

小说的结尾,贝雅特丽丝接受了自己是个"怪女孩",并且在经历了诸多磨难后,"现在我只期待涅槃再生,享受一点激情之火……总之,宁静。或爱情"(第256页)。

可以说,"正是在经历失望、逃离羁绊、追寻自我的过程中,故事中的女性人物完成了对人生和自我的定义——这便是成长的主题"[①]。《贝雅特丽丝与星球》回顾了女主人公从童年、少年到青年的坎坷历程,"是一部残酷、激烈、表现代沟的小说,运用了不同的语言:从马德里的城市口语到抒情色彩,从嘲讽到内心反思,从心理分析到社会学研究。这是一部成长小说,像大部分伟大作品一样,它关注的是身份、镜子、与他(或她)的关系。女主人公的内心分析、她的性取向危机,是露西娅·埃塞巴里亚通过这部小说对西班牙文

[①] 金莉:《20世纪美国女性小说研究》,第75页。

学做出的最新颖、最丰富的贡献之一。这还是一部新浪漫主义小说,这点评论界没有注意到:它聚焦激情、感情、感觉和情绪与景色之间的关系。"①

以上作品所呈现的女性之间复杂、微妙、私密的情感关系,即便在很多时候尚未被主流社会接受,但"妇女之间的联结将建构一种可以长期维持的关系,而这种关系从本质上迥异于男女之间的关系","女性求索者的'精神转化'和'重生'是完全在女性的陪伴下完成的,她们之间的情感联系因此也具有了特殊含义,体现了传统文学所没有的'女性成长'"。② 这些成长小说在处理女性关系时有一共同模式,即"这种同性之爱的寻求,完全为了满足女性成长的个体对于自我认同和主体镜像的需要,因为女性在所选择的精神姐妹身上,投射的是女性对于未来自我的想象,或者说女性把高于自我一等的姐妹视为自我成长的镜像,向精神姐妹的靠拢和认同只是为了寻求自我的确证,这无疑具有明显的自恋色彩"③。

---

① Cristina Peri Rossi, "Una escritora de vanguardia", *El Mundo*, 7 de mayo de 2001.
② 金莉:《20世纪美国女性小说研究》,第193、274页。
③ 高小弘:《成长如蜕——二十世纪九十年代女性成长小说研究》,第80页。

下 编

第九章 自传:我的一生

使用自传体叙事,对女作家来说是天生的。文化研究学者伊丽莎白·威尔逊(Elizabeth Wilson)在《倒写:自传》中总结了女性书写的典型形式:"如果存在一种典型的女权主义文学形式,它就是一种零碎的、私人的形式:忏悔录、个人陈述、自传及日记,它们'实事求是'。"①

拉康的女弟子、法国精神分析学家米切尔·蒙特莱(Michéle Montrelay)认为:"女性所写的话语仿佛是她身体的一种延伸,具有更大的主观性。女性更加关注自我。或许因此更常用自传体形式:几乎每本书里都写她自己。"②所以我们可以观察到一个有趣的现象:"在许多这类小说中主人公不仅是女性,而且是作家:这是她们两种不同层面的解放,因此表达的问题与自我分析联系到一起。"③

从某种意义上讲,成长小说与自传的关联密切,而且两者的界限并不明晰,因为"作为介于小说与自传之间的一种文学类型,成长小说可以被视为自传的一种特殊形式——'小说体自传'。作为自传大家族中的一员,它既有自传的一般特征,也有其自身的特色。而正是这些特色才是它与一般自传真正的差别所在。同样的,作为介于虚构和非虚构之间的一种文类,现代自传越来越具有虚构性,因而可被视为一种特殊形式的小说——'自传体小说'……无论怎样,成长小说与自传都具有'成长叙事'所共有的特点,就文类而言,其疆界是模糊的……"④

享誉国际文学理论与比较文学界的《新文学史》杂志编辑丽塔·费尔斯基(Rita Felski)在《超越女性主义美学,女性主义文学和社会变化》(*Beyond Feminist Aesthetics, Feminist Literature and Social Change*, 1989)中强调了以女性成长为主题的自传小说与传统现实主义小说之间的区别:

---

① 玛丽·伊格尔顿:《女权主义文学理论》,第 320 页。
② Biruté Ciplijauskaité, *La construcción del yo femenino en la literatura*, Universida de Cádiz, 2004, p. 127.
③ Ibidem, p. 169.
④ 许德金:《成长小说与自传》,高等教育出版社,2008 年,第 3 页。

不管怎样,"主观的"自传体现实主义几乎不具备19世纪小说的特征。全知全能的叙事者一般都被个人化的叙事者取代了,这种叙事者的视点,或者完全等同于主人公,或者同情主人公,这是从对现实世界的广泛观察缩小焦距对准情感或经验主体的反应的结果。它强调对有关充满着不确定因素的自我意识的矛盾与冲突进行探索。即使现实世界可以被详尽地描绘,像美国女性主义现实主义小说那样,但对于表现女主角成长的主要的自传体的题旨来说,它总还是次要的。这些现实主义的"主观的"样式,集中于经验的意识,并与梦幻和奇想结合,作为它的真实的概念的一部分展开想象,常常包含着浓烈的新浪漫主义因素。①

美国北卡罗来纳州大学英语与比较文学教师琳达·瓦格纳-马丁(Linda Wagner-Martin)在《讲述妇女的生活》(*Telling Women's Lives*,1994)中对女性自传主题做了深度研究,她指出至少有四个常见主题:第一,作为某人的女儿、妻子或母亲,而不是作为自我被社会承认的问题;第二,面对妇女的雄心壮志,社会的反应(积极或消极);第三,妇女为适应家庭和社团而奋斗,避免它们可能强加给自己的限制;第四,尽力平衡亲人的要求与自我需求之间的关系。

第一节 《马拉维亚斯街区》

《马拉维亚斯街区》(*Barrio de Maravillas*,1976)是西班牙流亡小说家罗莎·查塞尔根据她在马德里马拉维亚斯区度过的四年少女时光而撰写的自传体小说,构成其"柏拉图学园"(Escuela de Platón)三部曲的第一部。小说获得1976年"批评奖",标志着这位在海外打拼多年的女作家战后第一次得到祖国的正式认可。

1. 查塞尔与《马拉维亚斯街区》

查塞尔出生于巴亚多利德一个自由主义者家庭,是19世纪西班牙著名浪漫主义诗人、戏剧家何塞·索利亚(José Zorrila,1817~1893)的外甥女,这一优越的成长环境培养了她独立的个性,广博的知识和自主思考的能力,这些品质在那个时代的女孩身上十分少见。1908年查塞尔随家人从故乡巴亚多利德迁居离外婆家不远的马拉维亚斯区,开始了她人生的第二阶段(直到1911年离开该区)。《马拉维亚斯街区》出版的时候这个街区开始作为佛朗

---

① 转引自林树明:《女性主义文学批评的糊涂账》,《外国文学评论》1995年第3期。

哥统治后期地下抵抗运动的基地而经历重大变化。

由于身体孱弱,查塞尔早年没有上学,而是由身为教师的母亲在家授课。查塞尔 1915 年进入马德里圣费尔南多高等美术学院学习雕塑,与当时的马德里艺术界建立联系,并认识了她未来的丈夫、画家佩雷斯·鲁比奥(Timoteo Pérez Rubio),还做了一个引起争议的讲座《妇女及她们的选择》(La mujer y sus posibilidades)。1922~1927 年随丈夫留学意大利,在那里参加"极端主义"诗歌运动。回国后为《西方杂志》《西班牙时间》及《文学报》(La Gaceta Literaria)撰稿,成为当时西班牙独立的知识女性的代表。

1931 年第二共和国的成立并未引发查塞尔对政治的太多兴趣,但当年出版的处女作《车站,往返》(Estación. Ida y vuelta)却被视为法国"新小说"的先声,实践了她的导师、西班牙 20 世纪最伟大的哲学家奥尔特加-加塞特(Ortega y Gasset,1883~1955)的"去人性化"小说理论。另外,这部小说"通过回忆,阐述了叙事声音'我'的意识形成:即作为男人和艺术家,寻找自我及精神成长的过程。《车站,往返》既是成长小说,同时又是艺术家小说,更多呈现的是'我'心理和精神的成长,而非情节介绍。作为成长小说的特征,'我'经历了不同阶段——成熟、分离、自立、重新适应社会群体。由此获取新的生活哲学的这一过程,有助于作者实现并展示自己的个性。这永远是一个全面成长的过程。"①

对查塞尔影响最大的除了奥尔特加-加塞特,还有乔伊斯。在一次访谈中她表示:"我的世界是乔伊斯式的,那是有点放荡不羁、野蛮和冒险的世界……我所有的小说都属于乔伊斯的世界,智性的、社会的、冒险的、无钱的放荡不羁。头脑的、性别的、宗教的、不可压制的、全面的自由。"②

1933 年查塞尔独自旅居柏林半年,那时正值德国第三帝国建立,这为她的最佳小说《无理》(Sin razón,1960)提供了灵感。内战的爆发改变了查塞尔的人生轨迹,由于她无法忍受当时的政治局面,于 1937 年 2 月离开西班牙,前往巴黎。自 1939 年起先后流亡希腊、巴西和阿根廷,1959 年获古根海姆奖学金,在纽约学习两年。1977 年回国定居后她的作品才逐渐得到本土的重新承认,1987 年被授予"西班牙文学国家奖"。其短篇小说集《巴拉姆与其他故事》(Balaam y otros cuentos,1989)先后获得"马德里自治区文化奖"(Premio Cultura Comunidad de Madrid,1992)和"巴塞罗那城市小说奖"

---

① María Soledad Fernández Utrera, "Construcción de la 'nueva mujer' en el discurso femenino de la vanguardia histórica española, Estación. Ida y vuelta, de Rosa Chacel", Revista Canadiense de Estudios Hispánicos, Vol. 21, No. 3 (Primavera 1997), pp. 501-521.

② http://html.rincondelvago.com/rosa-chacel.html.

(1993)。

查塞尔推崇自传体写作,她的所有作品都以对个人和家族历史的回忆为素材,具有强烈的自传色彩。1973年查塞尔获得胡安·马切基金会的创作基金,从海外回到马德里,目的便是完成自传体小说《马拉维亚斯街区》。此书通过描述20世纪初(第一次世界大战爆发前夕)马德里两个来自不同社会阶层的女孩埃莱娜与租住在她家阁楼上的私生女伊萨贝尔的成长经历,展现她们"逐渐经历的一场向艺术世界、政治和性别觉醒的过程"①,艺术地再现了作家在马拉维亚斯街区度过的那段少年生活。"两个女孩说话、思考几乎像成年人,尽管作者坚称她们出类拔萃,才华出众,但仍留下某种不平衡或不合时代的印象。"②

2. 智慧女孩

《马拉维亚斯街区》里的埃莱娜(查塞尔的化身),出身富有的资产阶级家庭,爱好艺术,是一个对生活充满好奇的10岁少女。她愿意理解周围的人和世界,从不放弃"奋斗的渴望,获胜的欲望,守护巅峰之上的东西时永远不会被战胜"③。12岁的伊萨贝尔则内向、敏感,喜欢观察生活。"她精致、幼小的外表,无法攻克的女性气质,她的智慧像她毫无掩饰的、装痴眼神里一道蓝色的闪光。"(第194页)。两位女孩都喜爱读书,渴求知识,厌恶传统女性的职责和天性(如干家务、传闲话、爱嫉妒、显无知),希望进入由男性主导的知识领域。例如埃莱娜和伊萨贝尔对一位明显男性化的女老师产生好奇,觉得她的知性能力大概要归功于她的男性气质。可以说女主人公对她们自身以及如何在这个世界上生存所进行的反思,并非事无巨细、面面俱到,而是一些片段的连缀。

> 阿里阿德娜从她傍晚的散步归来,药店和鸡鸭店的灯都点上了。她在两束光线间注视着黄昏寂静中的街道。堂路易斯和小路易斯从药店观察着她,鸡鸭店的那个每日拔鸡毛的粗鲁女人也探身看着她。女店主目送阿里阿德娜进了门厅后还待在门口,因为阿里阿德娜消失在楼梯上之后,还有值得看的东西。一个年轻散步者,走到街角又回来,转身朝三楼的阳台看去……

---

① Cora Requena Hidalgo,"La mujer en los textos de Rosa Chacel (1898-1994)", http://www.ucm.es/info/especulo/numero21/rchacel.html.
② Biruté Ciplijauskaité, *La novela femenina contemporánea (1970-1985). Hacia una tipología de la narración en primera persona*, p. 42.
③ Rosa Chacel, *Barrio de Maravillas*, Madrid, Castalia, 1993, p. 198. 该著引文皆出自该版本,由笔者自译。

查塞尔的作品视野宽阔，不局限于两个女孩的世界，而是细腻地捕捉到那个时代西班牙整体颓废的氛围。

> 某些夜晚从敞开的阳台传出的不是思考的旋律，而是某个年长老师的节拍……他离开自己的书房，前往某个地下室，那里回响着不和谐、刺耳的号声……西班牙受到公众不满情绪的影响；不仅是半岛，而且还有它的海外领地。

这两个女孩"有点不真实，理想化，精致地理性化，以一种独特的世界观来一步步发现她们周围的世界并加以评判。她们是沉思型少女，有时她们观点的深刻和早熟的智慧令我们瞠目结舌。这部新小说的两个小女孩——其中一个贫寒的女孩俨然是卡雷尼奥式的人物，另一个小资女孩分析一切事物——她们不过是作者的双重翻版。"①

"柏拉图学园"三部曲的第二部《卫城》(*Acrópolis*，1984)②延续了《马拉维亚斯街区》塑造的小说世界，描写"27年一代"鼎盛时期的马德里知识界生活，见证埃莱娜和伊萨贝尔的成长心路。第三部《自然科学》(*Ciencias naturales*，1988)涵盖了埃莱娜的流亡岁月（她嫁给一个年长的老师，开始流亡生涯），但查塞尔坦承"在这部流亡小说中，没有一行话是真实事件的见证"，因为她不想写一部纯粹见证式的作品，而是要反思成为流亡者的原因和理由。

第二节 《乡村女教师》

《乡村女教师》(*Historia de una maestra*，1990)是作家、教育家何塞菲娜·阿尔德科亚(Josefina Aldecoa，1926~2011)根据母亲和自身经历创作的自传体小说，与《黑衣女人》(*Mujeres de negro*，1994)及《命运的力量》(*La fuerza del destino*，1997)构成三部曲，也是她最重要的作品。"《乡村女教师》是对我本人的生活、我的童年和根源的追溯。但也是一种向其他人传递鲜活历史记忆的愿望。"③该三部曲不仅是浓缩的个人纪事，而且记录了从第

---

① Enrique Sordo, "Dos niñas ante el mundo", *El Ciervo*, Año 26, No. 305 (PRIMERA QUINCENA DE ABRIL DE 1977), p. 27.
② 卫城是指马德里大学生公寓附近跑马场高地丘陵，"27年一代"许多作家、诗人、艺术家都在大学生公寓生活过。
③ Josefina Aldecoa, "Historia de una maestra", *El Ciervo*, No. 480 (FEBRERO 1991), p. 31.

二共和国至 1975 年以后的民主西班牙的生活,是对政治转型期如何重建西班牙教育制度的一个回应,尤其是向自由教育体制(Institución Libre de Enseñanza)致敬。

在谈及该书的创作目的时,作者毫不隐讳地表示:"我对某些社会领域如何进行民主转型感到不满,相信一部分国人也有同感。我不同意在教育界做出的决定。当社会党人上台执政时,我看到他们继续给私立学校资助,其中大部分是教会学校,或许是为了避免与教会发生矛盾。那种不满的感觉逐渐将我引向过去,从那时起我开始想写一部关于第二共和国时期的作品。我想通过教师的形象为那段岁月恢复名誉。"[①]

1. 阿尔德科亚与《乡村女教师》

阿尔德科亚出生于莱昂一个教师家庭,母亲和外祖母都是赞成自由教育体制的教师。她曾参加当地的一个诗歌论坛,该论坛后来创建了著名的诗歌杂志《钟楼》(*Espadaña*)。1944 年阿尔德科亚移居马德里,1948 年完成本科学业,并结识了"世纪半作家群"的许多同仁。1952 年她与该团体的领军人物伊格纳西奥·阿尔德科亚(Ignacio Aldecoa, 1925~1969)结为伉俪(1969 年寡居后负责丈夫遗作的再版和评论),并开始在《西班牙杂志》(*Revista Española*)上发表短篇小说和译作,《马德里,秋天,周六》(*Madrid, otoño, sábado*, 2012)收录了她 1961~2011 年发表的所有短篇小说。

阿尔德科亚在马德里大学获得教育学博士学位,并发表其博士论文《儿童的艺术》(*El arte del niño*, 1960)。1958~1959 年她曾与丈夫留学纽约一年,回国后在马德里创办"风格"私立学校,一方面引进英美先进的教学理念;另一方面继承第二共和国的自由教育传统,摆脱宗教对儿童的影响。儿童是何塞菲娜·阿尔德科亚小说中的见证人和牺牲品,《战争的孩子》(*Los niños de la guerra*, 1983)选择了 10 个具有代表性的人物回忆他们儿时所经历的内战。

进入新世纪以来阿尔德科亚陆续获得"卡斯蒂利亚-莱昂文学奖"(2003)、"胡利安·贝斯德意罗文学艺术奖"(Premio Julián Besteiro de las Artes y las Letras, 2005)、"艺术金奖"(Medalla de Oro de las Bellas Artes, 2006)、"国际文学奖"(Premio Internacional de las Letras, 2006)。2006 年成为塞万提斯学院理事会成员。

《乡村女教师》由《梦想的开端》(*El comienzo del sueño*)、《梦想》(*El*

---

① Christina Dupláa, "La voz de Josefina Aldecoa, pedagoga y escritora", *Duoda, Revista d'Estudis Feministes/ Revista de Estudios Feministas*, No. 15, 1998, pp. 113-128.

sueño)和《梦想的终结》(*El final del sueño*)三部分组成,女主人公加布里埃拉·洛佩斯晚年以回忆录的方式向女儿胡安娜讲述 20 世纪 20~30 年代自己的教师生涯以及内战初期丈夫埃塞基耶尔被佛朗哥叛军杀害的悲剧。《黑衣女人》由胡安娜描述她在内战中度过的童年、战后与母亲流亡墨西哥的遭遇、成年后重返祖国试图找回失去的天堂;在《命运的力量》中年迈的加布里埃拉于 1975 年佛朗哥去世后从墨西哥返回西班牙,见到的是一个懒散、怯懦、刚从废墟中走出来的国家。她吃惊地目睹了西班牙的政治民主过渡,明确地不赞同左派政党的功利主义和在意识形态上的让步。

2. 口述自传

《乡村女教师》由加布里埃拉以第一人称展开回忆。一开篇她就告诉女儿:

> 你别让我从头开始向你讲述我的一生,然后一切都一年又一年地连着。没有这样回忆的生活。如果你有耐心听我说,然后你再想办法把这些往事一点点理出头绪……这么多的事我觉得模糊不清,如果你负责给它们找出解释,那我们就一起试试。①

通过加布里埃拉的叙述,我们得知 1923 年她在奥维多完成了教师培训并获得教师资格,开始在西班牙的一些乡村小学及海外殖民地赤道几内亚工作(这段经历占据了作品近一半的篇幅,描写白人殖民者和当地人的生活、当地的气候和匮乏的生活条件)。那时的加布里埃拉已经对自我身份以及未来有了清晰的觉悟和定位:

> 我那时 24 岁,喜欢冒险。如果我是男人……我想。男人是自由的。但我是女人,被自己的青春、父母、金钱的匮乏、时代等因素制约……我不愿意想起自己放弃的那一切。我需要移民的力量、征服者的勇气。我记得父亲从他阅读中得出的最后一个忠告:冒险可能是疯狂的,但冒险者不是。(第 53~54 页)

加布里埃拉去参加毕业典礼的同一天,她看到一对年轻人的婚车经过。当时加布里埃拉并未意识到这对新人将如何影响西班牙的历史和全体西班

---

① Josefina Aldecoa, *Historia de una maestra*, Madrid, Editorial Anagrama, 1990, p.13. 该著的引文皆出自这个版本,由笔者自译。

牙人的命运,因为新郎就是佛朗哥。面对西班牙农村的贫穷、落后、愚昧、教会和权贵的反对,加布里埃拉表达了她的理想:"我的梦想,尽管一直被践踏,但依然不变。教育是为了和睦相处。教育是为了获得正义的意识。教育平等是为了不因机会的缺乏而失去任何一个人才……"(第 200 页)

第二共和国实行教育改革,破除教会对国民教育的垄断地位,这使得教师首先成为教会仇视的对象,"都等着由教师来打第一仗"(第 117 页)。尽管如此,对加布里埃拉来说,当教师不仅是传授知识,而且要让学生学到新观念和好习惯,具有公平正义的意识,所以她在学校特别注意对女生灌输男女平等的观念:

> 我利用机会让她们看到,不论她们听说过什么,男人和女人的差异不在于智力和能力,而在于生理。女生惊讶地看着我,因为她们确信男人是优越的,无论是猎捕野猪还是用斧头伐木。我跟她们解释,体力是一回事,但还有另一种力量让我们思考和解决困难的局面……(第 45~46 页)

另外,村里无知的妇女也经常来请教加布里埃拉:"她们的咨询五花八门,不总是关于医药。大部分问题我凭借常识和好意就能够解答。"(第 37 页)但她的行为遭到了村长和神父的讥讽:"您给村里带来许多现代的东西。"(第 28 页)可以说,在职业生涯里,加布里埃拉属于那个时代思想开明、观念超前的教师。但在个人生活中她还是恪守传统,女儿与第二共和国同一天诞生,令"我的生活进程与任何非母性的现象隔缘"(第 112 页)。虽然她承认"当母亲是一种荣耀,同时也是一种受罪"(第 174 页),但很快意识到由此失去了自我:"之后发生的一切无可救药地把我变成了当时的那个加布里埃拉,好妻子、好母亲、好公民。我被关在陷阱里。"(第 176 页)

在小说的结尾,内战爆发,加布里埃拉的父亲和丈夫都因支持第二共和国而遇害,她和女儿被迫流亡墨西哥。加布里埃拉一方面怀疑自己是否有真实再现历史的能力:"我自问是否真的重构了那些事件,是否可靠地梳理了感觉,也就是说我是在回忆还是虚构"(第 59 页);另一方面她把回忆的接力棒交给了女儿:"讲述我的一生……我累了,胡安娜。就到此结束吧。接下去的事你跟我一样了解,比我记得更清楚。因为那也是你自己的生活。"(第 232 页)

> 加布里埃拉的叙述一方面表明了她的无能为力,见证了 30 年代西

班牙妇女无法实现任何独立和自由的梦想。另一方面,她的回忆表现为一种致敬,捍卫的是所有那些默默为第二共和国而战的妇女,她的话语挣扎于对她那时代妇女处境的抱怨与痛惜,为她们的边缘角色做自我辩护,骄傲地维护这些妇女的教育职责。①

除了以上作品,另外一些西班牙成长小说——《空盼》《半掩纱帘》《胡利娅》《隐私》《马莱娜是一首探戈曲名》《贝雅特丽丝与星球》《爱情、好奇、百忧解和困惑》和《年年夏日那片海》——都具有明显的自传色彩。"与男人在他们的自传中所投射的那种自足、充满自尊、单一维度的自我形象不同,妇女经常刻画的是一幅片段的、多维度的自我形象,这个形象也伴随着某种不恰当、异化的感觉,觉得自己与众不同,'另类'。然而,同时这些女作家又悖论地投射出自我信任,对能够战胜通往成功之路上的众多困难而感到满足。"②

---

① Isolina Ballesteros, *Escritura femenina y discurso autobiográfico en la nueva novela española*, Nueva York, Peter Lang, 1994, p. 115
② Lucía I. Llorente, "*Mujer desconocida* y el canon autobiográfico", http://www.ucm.es/info/especulo/numero25/ canonbi. html.

第十章　日记·书信:记录心声

　　在叙事文学中,书信、日记和自传是东、西方女作家心仪的类型。五四时期的女作家便创作了大量相关作品[①],欧美女作家也同样如此(如多丽丝·莱辛的《金色笔记》、玛格丽特·德拉布尔的《空床日记》)。陈平原在其博士论文《中国小说叙事模式的转变》(2010)中聚焦晚清到五四这段时间中国小说叙事模式的转变,把日记体、书信体小说称为第一人称的变格,它们使得以"我"为主的叙事方式更加私密化、内心化,因此深得女作家的喜爱。

　　日记之所以成为西班牙女性成长小说偏爱的叙事文体,其根本原因是在男权社会妇女被迫处于"失声""沉默"的状态,被剥夺了公共话语权。正如19世纪下半叶西班牙最杰出的女作家之一玛利亚·德皮拉尔·西努埃斯(1835~1893)所言:"女性被禁止从事任何工作、任何超出家庭范围之外的活动。回忆对于女性来说是一个更美好的世界,一片绿洲,在那里可以卸下所有世俗的、沉默的、不为人知的、压制并且危及她存在的伤痛。"[②]因此用私密性的日记记录自己的情感世界、生活经历成为妇女自我救赎的手段之一。"当女人写作时,她变成了一个用笔武装起来的朱迪斯,笔可以是与剑同样危险的武器。"[③]

[①] 冰心(1900~1999):《一个军官的笔记》(日记体小说)、《离家的一年》《烦闷》《超人》(夹有书信的小说)、《疯人笔记》(日记体)、《遗书》(书信体)、《悟》(书信体);"日记书信体专家"庐隐(1898~1934):《或人的悲哀》(书信体)、《丽石的日记》(日记体)、《海滨故人》(1925,夹有书信)、《蓝田的忏悔录》(日记体)、《一个情妇的日记》(日记体)、《归雁》(1930,日记体)、《象牙戒指》(1930,夹有书信和日记);冯沅君(1900~1974):"文学作品必需作者的个性","至于书信,我以为应较其他体裁的作品更多含点作者个性的色彩"。在她的15篇作品中,运用书信体或运用书信作为作品主体的就有8篇,并且几乎包括她的全部重要作品在内,如《隔绝》《隔绝之后》《误点》《林先生的信》《我已在爱神前犯罪了》《潜悼》《EPOCH MAKING……》《春痕》;石评梅(1902~1928):《弃妇》(夹有书信)、《祷告:婉婉的日记》、《余辉》(夹有书信)、《被践踏的嫩芽》(书信体)、《流浪的歌者》(夹有书信)、《匹马嘶风录》(1927,夹有书信)、《惆怅》(书信体)、《蕙娟的一封信》(书信体)、《忏悔》(夹有书信)、《林楠的日记》(日记体);丁玲:《莎菲女士的日记》。

[②] María del Pilar Sinués, *Un libro para las damas. Estudios acerca de la educación de la mujer*, Madrid, 1875, p. 216.

[③] Aurora López y María Angeles Pastor, *Crítica y ficción literaria*, *Mujeres españolas contemporáneas*, Granada, Universidad de Granada, 1989.

第一节 《莱蒂西娅·巴耶回忆录》

《莱蒂西娅·巴耶回忆录》(*Memorias de Leticia Valle*, 1945)是罗莎·查塞尔在流亡岁月创作的第一部小说,也是她所有作品中流传最广、译本最多的著作①,是她接近忏悔文学(literatura de confesión)的第一步。查塞尔坦言:"《莱蒂西娅·巴耶回忆录》不是为任何人而写的,那是我的事,是我的回忆"②,"因为莱蒂西娅是我的写照,所以在她身上留下了我特有的令人反感的冷漠,那种自命不凡的女人的教养,我的童年就是这样度过的"③。

1. 日记体回忆

查塞尔从1937年起开始创作《莱蒂西娅·巴耶回忆录》,该书第一章于1939年发表在阿根廷的《南方》(*Sur*)杂志,全书于1945年问世于布宜诺斯艾利斯,但直到1971年才在西班牙出版,80年代起不断再版。正如查塞尔的自传《从黎明起》(*Desde el amanecer*, 1972)回忆她在巴亚多利德度过的10年童年生活,里面的小罗莎"一开头就坦白对自己出生于1898年所感到的最幼稚的自豪"。莱蒂西娅·巴耶与小罗莎十分相似,因为查塞尔把自己的经历移植到她所塑造的女主人公身上:"卡斯蒂利亚的舞台和罗萨·查塞尔童年汇集的某些特征,比如喜欢阅读、不去学校和她的自主意识,编织出莱蒂西娅的个性以及她走近生活和感情世界的复杂入门。"④

《莱蒂西娅·巴耶回忆录》的灵感来自陀思妥耶夫斯基的《大罪人传》和故乡的一桩真实案件(一位男老师与女学生发生情感纠葛后自杀)⑤,但将时间移至阿方索十三世统治时期,向我们讲述了11岁少女莱蒂西娅在知识、艺术、情爱等方面的启蒙过程,因此被视为一部独特的女性成长小说。

1912年莱蒂西娅丧母后随父亲巴耶将军(刚从非洲战场归来的伤残军人,酗酒,有自我毁灭的倾向)及姑妈迁到巴亚多利德附近的西芒卡斯镇。档案管理员丹尼尔及妻子路易莎分别为莱蒂西娅教授文化概况课和钢琴课,很快三者之间便产生了微妙而复杂的关系。莱蒂西娅的父亲误以为丹尼尔在引诱自己的女儿,于是当面胁迫他辞去教职,离开西芒卡斯镇,导致丹尼尔走

---

① 1979年由米盖尔·安赫尔·里瓦斯搬上银幕,1991年获"卡斯蒂利亚-莱昂文学奖"。
② Kathleen Glenn, "Conversación con Rosa Chacel", *Letras Peninsulares*, No. 4 (Spring 1990), pp. 11-26.
③ Inmaculada de la Fuente, *Mujeres de la posguerra*, p. 315.
④ Ibidem, p. 314.
⑤ Fernando Delgado, "Rosa Chacel y la necesidad del retorno", *Insula*, No. 346(1975), p. 4.

上自杀的绝路。悲剧发生后,迫于家庭压力莱蒂西娅只好移居瑞士伯尔尼。她通过日记方式回忆起在西班牙 5 个月的那段不堪回首的情感经历,作为她心路成长的见证。

《莱蒂西娅·巴耶回忆录》开篇是女主人公以回忆形式撰写的日记。父亲对女儿与家庭教师丹尼尔之间的关系感到震惊,而莱蒂西娅对此却非常坦然:

> 那是我一直想跟你说的。我不懂得说我的一切都是闻所未闻的,但我力图让你明白,你所说的一切没有什么特别的……过去谈论我的事情时,好像在请求别人保护我免遭这些烦心事。现在我连最糟糕的事情都不惧怕,我要记下这些事,以免它们从我的记忆中抹去。不是为了安慰我:我需要在这些事情中审视自我……①

但经历了人生第一次重大挫折后,莱蒂西娅表现出令人吃惊的叛逆、自主:

> 我不会走家人给我划定的那条路;我要朝其他方向走,朝上或朝下,我会在能够逃跑的地方逃走,而他们还发现不了。每天他们会看到我的双脚静止在同一个地点,但我的心不在这里:我将回顾过去,这是我唯一能做的。这些他们怎么能理解呢?我不会做任何出格的事,连我的手他们都看不见移动;我将把所有的力量转向内心,我会向后跑直到喘不过气来,直到终点,直到失去自我。然后我回到这里,再次后退……我太需要自己思考,当我不能这么做,必须迁就不是发自我内心的某个观点时,我就冷漠地接受它,仿佛是个没有情感的人。(第 7~8 页)

既然《莱蒂西娅·巴耶回忆录》是日记体,那么女主人公在日记中的所思所言不可避免地具有强烈的主观性,读者并不了解这一事件的真实性或完整性,只看到她的悔恨与痛苦:"我不知道是愤怒还是痛苦使我的双眼充满泪水。我觉得在今后的日子里,自己不会再感受到以任何一种或另一种方式称之为爱的东西。"(第 171 页)另外,莱蒂西娅表现出来的心智成熟得让人难以想象:"莱蒂西娅无论怎么早熟,她表达自我时不像个 11 岁的孩子,而像个成

---

① Rosa Chacel, *Memorias de Leticia Valle*, Barcelona, Seix Barral, 1985, pp. 5-6. 该著引文出自这个版本,由笔者自译。

年人,更确切地说,像成年的查塞尔。"①

可以说,这部日记隐藏着女主人公许多难以言表的秘密:"罗莎·查塞尔叙事声音的最独特之处,在于陈述与沉默之间的张力,或更确切而言,是述说某个极深层的、无法说出口的秘密的需要。"②有评论认为莱蒂西娅/丹尼尔的情感纠葛隐约反映了查塞尔与奥尔特加-加塞特的师生关系,她本人也承认:"我的作品是我真正的生活,也就是说,因为我的生活和我的作品是一回事。"③

2. 西式洛丽塔

莱蒂西娅是一个极为早熟并具有非凡天赋的少女。"3月10号我将满12岁。不知为什么,几天来我无法想其他事情。我不在乎满12岁或50岁。"(第7页)家人送她去当地学校,目的是让她"学做女孩",但莱蒂西娅根本看不上那些女同学。"我开始跟她们接触,她们令我恐惧、害怕、恶心。她们才是患上童年病的人,这些女孩好像什么都不行,她们尝试的任何事情都不充分,仿佛还没有完全苏醒过来。"(第18页)

与那些女生相比,莱蒂西娅意识到自己与众不同:

> 有朝一日我会像其他人那样理解世事吗?那将是等待我的最大惩罚。因为人们生活,吃饭,来来往往,仿佛事情就是如此,即便他们那样恶心地看待世界。我不行,如果我也这样看待世界,我会死的。(第19~20页)

莱蒂西娅毫不留恋童年,厌恶所谓的天真:

> 我向来不厌其烦地说,童年是一种病态,它真让我恶心。童年是一场噩梦,一个人为了走出童年而奋斗,但不过是像梦游者那样活动了几步,便重新落入昏睡状态。(第139页)

相反,莱蒂西娅十分看重阅读和学习,放弃学习是她无法接受的底线,因

---

① Kathleen. M. Glenn, "Narration and eroticism in Chacel's *Memorias de Leticia Valle* and Nabokov's *Lolita*", *Monographic Review*, vol. 7, 1991, pp. 84-93.
② Isabel Paraiso Leal, "Lo apolineo y lo dionisiaco en la poesía de Rosa Chacel", *Actas del Congreso en Homenaje a Rosa Chacel*, Logroño, Universidadd e la Rioja, 1994.
③ Rodríguez-Fischer(ed), *De mar a mar. Epistolario Rosa Chacel—Ana María Moix*, Barcelona, Península, 1998, p. 98.

为她明白,缺乏教育是女性变得愚蠢的根本原因。从上丹尼尔的第一节文化课起,"我已经意识到开启了我生命的一段新历程,在那一刻我获得了一种新能力,它立刻开始拓展起来"(第 70 页)。此外,丹尼尔作为知识与理性的化身,也对莱蒂西娅产生了强烈的吸引力,她试图走进丹尼尔的精神世界,而后者也对女孩产生暧昧的欲望。

> 他朝门口走去,出门时转身看我,他靠着门框,待了片刻注视着我。虽然已经过去了很久,但我还不明白;要看懂那个目光得过许多年,有时我希望我的生命能长久些,好让我一辈子欣赏那个目光;有时我觉得我再怎么注视它已经没有必要看懂它了。(第 77 页)

师生二人的关系开始变得十分微妙,一方面丹尼尔想凭借自己的智慧优势对莱蒂西娅采取控制,另一方面他感到难以抵挡这个小女生对自己的诱惑。而莱蒂西娅也处于十分矛盾焦灼的心态,面对比自己年长、有知识和魅力的男老师,她始终不愿意放弃自我,成为男人的猎物,相反她以超出自身年龄的早熟对丹尼尔展开色诱及精神层面的竞争。在一次诗歌朗诵会上,莱蒂西娅"站在讲台上,我感觉到他的心跳","那一刻他与我之间没有距离也没有秘密"(第 482 页)。而且在这个场合,"是我从讲台上以我所有的胆识向他展示形象,因为他无法令我沉默,也不能强迫我改编话题"(第 162 页)。两人的关系变得脆弱、敏感,犹如交战的双方。"我自言自语:开火了。不回答就是回答,就是表示打中靶子,我已准备好继续承受射击。"(第 503 页)

丹尼尔的漂亮妻子路易莎与莱蒂西娅之间也建立了亲密的关系:"我与堂娜路易莎的关系日益密切,她比另一位女教师还要有吸附力……她仿佛一道王法,决定了我人生的变化。"(第 52 页)莱蒂西娅陷入路易莎的柔情而无法自拔,她在日记中多次袒露自己与女老师的暧昧情感:"谁能觉察到使她灵魂振奋的那些激情呢?我,只有我能。"(第 149 页)"挥之不去想看到她的念头以及确信无法见她一面的矛盾笼罩了一整天,白昼和黑夜,将一切摧毁。"(第 161 页)

丹尼尔对此十分嫉妒、吃醋。有一次,当妻子给莱蒂西娅上完钢琴课后,他一把抓住莱蒂西娅的卷发,对妻子暗示到:"这位女生才是让你最操心的人,长着这样的头发应该是不错的女孩。"(第 35 页)莱蒂西娅送给路易莎圣诞礼物,这事又让丹尼尔十分不爽:"我觉得如果你是个小绅士,你会具有给女士送礼物的本事,我也觉得有些时候你很喜欢当小绅士。"(第 73 页)

从此三者之间上演了一场爱与恨、引诱与被引诱、征服与报复的悲剧。

> 我与他家的关系何时会更和谐？之后我问自己，但在那里发生了什么？事实是什么也没发生。然而，我注意到，向那边倾斜时，我的思想走在一条磨损的绳子上。我说不清弱点在哪里，但我感觉得到……（第95页）

在这个三角关系中处于劣势的丹尼尔几乎失去理智，他嘲笑莱蒂西娅的大胆和激情："我认为你能把罗马给点燃了"（第159页），并且忍不住对自己的学生咆哮："我要杀了你！我要杀了你！"（第160页）

面对最终两败俱伤的结局，莱蒂西娅没有勇气对父亲说出真相："我是因为懦弱、还是冷漠而沉默？不，只是因为我知道自己原本想做的事是不可能的。不会有任何出路，如果我出门，任何一位我的女仆，街上任何一个男人，都会像踩老鼠似地践踏我。我在半明半暗的屋里保持沉默。"（第509页）她对自己的行为和所造成的后果感到内疚："我觉得让人拯救我是件丢人的事，我知道自己不配被拯救。"（第511页）

查塞尔细腻地刻画了一位既天真又早熟的少女，她疯狂的激情和渴望、她那难以抗拒的诱惑能力给读者留下了深刻的印象。莱蒂西娅对丹尼尔的细腻、全面、深入的观察远远超出一般人的眼光，这正是她与众不同之处。她看待周遭人与事物的方式是直达其内在本质，与艺术家的行为方式相似[1]。"身为主人公的这位女孩的目光丰富了现实，当我们通过她的眼睛来看待现实时，它更加丰满。"[2]

有不少美国学者将莱蒂西娅与洛丽达相提并论，认为这部小说是"洛丽达主题的西班牙变奏曲"[3]。在西班牙也有类似的观点："莱蒂西娅是从另一个角度考量、从反面讲述的洛丽达。一个在岸边观察但不涉河的洛丽达。当纳博科夫笔下的少女参与引诱的游戏，并卷入其中时，莱蒂西娅直到小说最后一页一直处于限度之内，即便她意识到自己已经引发了一场灾难。她感到有罪，更多是因为那些她无法言语的，而不是因为她所做的。"[4]

总之，查塞尔通过日记体这一女性偏爱的文体，塑造了一个"新女性"，一个知识女性的形象。"莱蒂西娅是个小姑娘，一个早熟的女孩（智力上的成年

---

[1] Esperanza Ortega, "Leticia Valle o la mirada perspicaz", *Un Angel Más*, Valladolid, No. 3-4, 1988, pp. 55-64.

[2] Elisa Rosales, "*Memorias de Leticia Valle*, Rosa Chacel o el deletreo de lo inaudito", *Hispania*, Vol. 83, No. 2 (May, 2000), pp. 222-231.

[3] Janet Pérez, *Contemporary women writers of Spain*, Boston, Twayne Publishers, 1988, p. 63.

[4] Inmaculada de la Fuente, *Mujeres de la posguerra*, p. 313.

人),并且她为之奋斗……莱蒂西娅渴望男人的世界——她在平安夜的晚餐上发现,在男人的世界里可以塑造一种不同的女性气质并成熟起来,也就是说,莱蒂西娅察觉到,完美的女性应该是个男人。"①

第二节 《商人》三部曲

安娜·玛利亚·马图特以西班牙内战为背景的《商人》(Los mercaderes)三部曲,书名取自"耶稣为洁净圣殿而驱逐圣殿院内的商人"这一圣经故事。其中《初忆》和《陷阱》(La trampa,1969)是第一部和第三部,马图特对该三部曲有如下评价:"第一部是背叛之书,第二部《士兵在夜晚哭泣》是失望之书,第三部《陷阱》是幻灭之书。"②马图特在这些作品中塑造的女性人物"在某种程度上是叛逆的,特别是幼女和少女。那些不叛逆的女孩通常是不可爱的。除少数例外,她们或公开或默默地拒绝社会为她们保留的为人妻、为人母的角色。"③

1.《初忆》

马图特通常不以自己的个人经历为创作的直接灵感来源,但《初忆》(1959)却大量融合了她在西班牙内战中的童年体验。"《初忆》是我最认同的小说之一。虽然我从未写过自传体小说,但我在这本书的字里行间。"

马图特认为少年"不知道该如何开启通往成年世界的那个陌生大陆之旅;不知道往哪去"。这个观点充分体现在她塑造的女孩玛蒂亚身上。在《初忆》里,玛蒂亚以第一人称的口吻在日记中回顾了23年前在马略卡岛度过的少年时光(12~14岁左右)。她父母先是在第二共和国期间离异,接着母亲去世,内战爆发后父亲加入共和派。玛蒂亚被送进教会学校,又因与学校副校长,一个虔诚的修女发生冲突而被开除,只好投靠位于马略卡岛的祖母家,而后者又是铁杆的佛朗哥派。在这样的家庭关系和环境中,玛蒂亚无所适从,倍感孤独。"战争刚开始一个半月"④,从半岛上看,战火"既遥远又逼近,也许因为它的不可见而更可怖"(第12页)。作为"被吓坏的孩子"(los niños

---

① L. A. de Villena, "Introducción" a *Memorias de Leticia Valle*, Barcelona, Círculo de Lectores, 1988, pp. 7-19.
② Pat Farrington, "Interviews with Ana María Matute and Carme Riera", *Journal of Iberian and Latin American Studies*, Vol. 6, No. 1, 2000.
③ Janet Pérez; "Variantes del arquetipo femenino en la narrativa de Ana Maria Matute", *Letras Femeninas*, Vol. 10, No. 2 (1984), pp. 28-39.
④ Ana María Matute, *Primera memoria*, Barcelona, Destino, 1971, p. 10. 该书所有引言皆出自这个版本,由笔者自译。

asombrados),玛蒂亚对内战所造成的人与人之间的仇视与隔阂感到痛心和不解:"我们还是孩子的时候,就得一口气经历整个人生,之后愚蠢地重复自我,这是真的吗?"(第 20 页)

马略卡岛一方面影射了"失去理想、失去希望、失去共和国"的西班牙①,另一方面象征着玛蒂亚孤独的少年。祖母普拉克塞德斯(Práxedes)是家中及岛上的权威,传统价值观的卫道士。"我从没有对祖母有任何期待:我忍受着她冷冰冰的对待,她的陈词滥调,她对完全由自己发明并完全属于自己的上帝的祈祷……"(第 16 页)玛蒂亚一上岛就意识到自己毫无自由,因为祖母和堂哥博尔哈掌控她的行动,她对自身的处境感到迷茫。"我周围的世界像个监狱,带着深深的忧伤。一切都凝聚在我上岛第一夜的感觉里:有人对我要花招,时间不确定,我对此还不知情。"(第 50 页)

在众人眼里,玛蒂亚是一个"病人,可怜的女孩"(第 74 页),而她也不能理解成年人的行为和世界,在她看来,"成年人,男人和女人,是多么奇怪的一类人啊!"(第 118 页)而且玛蒂亚觉得"不再天真单纯那该多么可怕!"(第 183 页)她一方面表达害怕长大的心情:"不,你别向我揭发更多的事,别对我说男人与女人之间那些隐秘的事情,因为我不想知道任何我不明白的世事。放过我吧,放过我,我还不懂事。"(第 143~144 页)另一方面,当她对外号为"中国人"的家庭教师劳诺的遭遇感到同情时,她意识到自己长大了:"看着身边的'中国人',我第一次感觉到成年人的怜悯。我想向他伸出手,对他说:你别理他们,他们不过是些无知的孩子……同时我对自己第一个成年人的感情感到羞愧,对自己感到害怕和可怜。"(第 163 页)

玛蒂亚爱上家族的远房亲戚,私生子马努埃尔,不幸的是,这位来自共和派家庭的男孩遭到了博尔哈的蓄意栽赃,后者谎称自己从奶奶那里持续偷钱是迫于马努埃尔的唆使和威胁。玛蒂亚在这一事件中迫于压力没有勇气说出真相,为此她鄙视自己的懦弱和自私:"我失去了信誉,我是个充好汉的蠢人,无知的小孩……傻乎乎的饶舌妇,我太蠢了。"(第 243 页)

无辜的马努埃尔最后被送进少年感化院,而玛蒂亚也永远失去了自己的真爱。她在成长的过程中体验到深刻的失望:"谁该等待? 我,仅仅是我,那

---

① "安娜·玛利亚·马图特并非在岛上长大……但她却在被大人们关进小黑屋的衣橱里受罚时,在那里构造了属于自己的岛屿。在那使她忘却黑暗的魔岛的庇护之下,马图特建立起的是与成人对峙的孤绝世界,从她那曾经令她感到遥远的母亲,到学校里的黑衣修女们——她们都无法理解她,却毫不自知地在她的头脑中播下了叛逆和疯狂的种子。或者说,其他人其实才是不可接近的岛屿? 如果说有什么东西使得马图特让年长的人们感到不可理喻,那他们对这个小女孩来说则更是一团谜。" Inmaculada de la Fuente, *Mujeres de la posguerra*, p. 124.

个每时每刻自我背叛的人……我想：'现在我是什么类型的怪物？……我已经失去了童年，但无论如何还没成为女人，我是何种妖怪？'"(第 152 页)

玛蒂亚扪心自问："怎么可能在 14 岁时感受到那么多痛苦？"(第 153 页)她发现"一下子撕开了将她与世界隔离的那层薄雾，面纱。我过去一直拒绝知道的所有东西猛地一下子出现了"(第 241 页)。

小说成功塑造了一位内心充满矛盾、痛苦并为背叛自己的爱情而悔恨的少女形象，评论界指出，《初忆》与早它 14 年问世的《空盼》有很多相似之处，两者都"以年轻时代回忆的形式写作，都围绕同一个主旨建构：解释女主人公在她们少年时期所经历的双重崩溃的真实根源：被战争分裂的周围世界的崩溃；她们自身的崩溃，这是她们成熟的表面结果"[1]。

2.《陷阱》

在《初忆》问世 9 年后，"命运"出版社推出了《商人》三部曲的最后一部——《陷阱》。它的情节与《初忆》有着紧密的联系，因为还是同一组人物，只不过如今的他们都长大了，在内战结束 30 年后重聚在马略卡岛。玛蒂亚依然是故事的叙述者，只是现在从她成年人的角度来回忆和看待往昔的一切。

《陷阱》由四章组成，每章对应的是一个人物的生活，其中《混乱的日记》(Diario en desorden)包含了成年后的玛蒂亚所写的日记。在《陷阱》情节发生的三天时间里，玛蒂亚的回忆从她 19 岁移居美国与流亡在那里的父亲汇合开始，玛蒂亚先是迫于世俗压力嫁给了后妈的儿子大卫，怀孕生子，后来丈夫参加了第二次世界大战。战后归来的大卫无法摆脱战争的创伤，"胡言乱语、恐惧、噩梦、抽搐的哭泣成为家常便饭"[2]。他开始酗酒，最后被送进精神病院。玛蒂亚又听凭强势婆婆的摆布，放弃对独生儿子贝尔(Bear)的监护权。妻子、母亲的角色全部失败，她的童话故事彻底破灭。几十年后与贝尔一起回到巴塞罗那，在儿子的蓄意安排下成为他的大学老师马里奥的情妇。

玛蒂亚的失意人生与她少年时的幻想形成鲜明反差：

> 我记得 12、14 岁左右的时候，想象着某一天将见识到某种辉煌、奢华(即使令人畏惧)的东西，它能给我这个世界的密码。今天清晨我体验

---

[1] Geraldine C. Nichols, "Caída/re(s)puesta, la narrativa femenina de posguerra", *Des/cifrar la diferencia. Narrativa femenina de la España contemporárea*, Madrid, Siglo XXI, 1992, p. 28.

[2] Ana María Matute, *La trampa*, Barcelona, Destino, 1987, p. 223. 该著的所有引文出自这个版本，由笔者自译。

到令人失望的感觉,即世界存在,仅此而已;世界空洞地转动,没有任何密码;它带着某个神灵的哈欠所引发的不近人情的快感完成自己的轮回。(第25~26页)

经历了这些人生不幸后,玛蒂亚以日记的方式审视自己所犯下的各种错误以及造成其悲剧的社会根源,由此读者走进女主人公/叙事者的心灵:

在这个失眠荒唐的凌晨,如果我现在开始写一本郑重、虚荣的日记,一部虚伪的日记,充满最好的善意和天真的分析精神,那将是我一生众多任意行为之一。但我在这里,倾听"钢笔在纸上滑行的声音(应该说这是一部真正的日记)"。我此刻所写的或许是……一种不确定的恢复往昔岁月的结果;它如此褪色、笨拙,我担心它对我毫无帮助……一想到写一部真正的日记,从我身上就落下了泡沫状的懒惰……所有这一切纯粹是废话,用来回避我真正的烦恼,它才是我现在准备书写自己情感的原因。(第24~25页)

玛蒂亚鼓起勇气解剖自我的成长历程:

关于我行为的真正动机,我几乎总是试图欺骗自己。这是建构我情感教育的一个大花招。(我的知识教育从来不重要,因为一个女人若要体面立足于指定给我的那个社会,她并不需要具备某些学识,我做人的教养就是生来与男性进行一场小气、甜腻的战斗)。(第25页)

孤独一致伴随着玛蒂亚,它的意象便是岛屿。"不管怎样,我想如果最初的孤独有点像一座岛,最近的孤独——最近的岛——属于一片拥挤的群岛。"(第20~21页)玛蒂亚也对自己过去的一些行为悔恨终身,特别是她对马努埃尔的背叛,她承认"这么多年来背叛一直左右着我所有的行为",而悔恨是"一个无法轻易愈合的伤口"(第213页)。虽然玛蒂亚在反思自己的一生时难以下笔,她还是坚持写完这部日记:

这本不幸的笔记本再次出现在这里,这些荒唐的话语。总是同一个笔记本,这无限的混乱。但是怎么没有把它毁了、烧了或扔了呢?它总在最不合适的时候出现。我阅读它,抚摸它,再次书写:感觉自己所看所写的东西难以辨认……(第276页)

《陷阱》的主体为玛蒂亚凌乱、跳跃的日记,在这些文本中都使用第一人称:

> 在我人生的头几年性格倔强、叛逆;但在第二所学校(内战刚结束我就进入那所寄宿学校)我完全变了。从坏女孩变成受尊敬的、腼腆的少女和过得去的学生。往日夸夸其谈、厚颜无耻和没教养的这些毛病,慢慢改变了;沉默降临,我的生活陷入巨大的沉默。
>
> 这就是今天凌晨我能够回想起来的一切。我猜想自己的真正历史始于沉默;那天,我不清楚具体日期,像儿童故事的主人公,我失去了声音。(第30页)

成年后的玛蒂亚对自我的反思可谓冷静、残酷:

> 我不是一个幸福的人,我永远不可能是幸福的人。这个世界充满了像我这样的女人:那是我生活唯一的故事。对自我、对他人都无仁慈之心:自私、不理解和孤独,总之这便是众多如我这般的女人平凡、庸俗的过日子。

但小说中还有一个全知全能的叙事者以第三人称点评玛蒂亚的言行:"她不应该知晓任何事情。那似乎才是她在这个世界上的使命。对应她的角色是愚笨、善良和屈从。如此一来,没有什么会改变万物的自然秩序。"(第17页)在他人眼里,玛蒂亚是一个"爱哭的牺牲品",必须"不加抗议地承受岁月的重负、失望和苦难"(第213页)。

玛蒂亚的日记构成了她心灵成长的一面镜子,在她身上"汇集了两条在马图特的战后作品中不断重复的主线:从少年向成年世界过渡时童真的丧失和理想的背叛,而内战使这一过渡完全堕落"[①]。

从当代心理学角度来看,人们总是通过写作来试图了解自我及其周围的世界。"如果玛蒂亚被试图描写成创伤的受害者,那么她的写作可以解读为一种情感练习,目的是创造自我指认的益处,许多心理医生在使用叙事疗法时向创伤承受者推荐这一技法……玛蒂亚的选择——通过日记重温自己的往昔,将自己所描述的感受外在化——无论是有意识还是无意识的,马图特对玛蒂亚所做的这一切都更加强化了读者与玛蒂亚作为创伤受害者的认同,

---

① Inmaculada de la Fuente, *Mujeres de la posguerra*, p.133.

读者成为她恢复记忆和精神健康的一部分。"①

总之,"女性主义认为文学类型和性别是密切联系的,在文学评论中,常常把回忆录、日记、书信包括在自传文学中"②,这便解释了女性成长小说为何偏爱使用以上那些叙事类型。

第三节 《亲爱的,我把大海留给你当信物》

西方历来有书信体传统,据说最早的一部书信体小说《阿纳特与卢森达的情约》(*Tratado de amores de Arnalte y Lucenda*, 1491)出自西班牙前文艺复兴时期作家迭戈·德圣佩德罗(Diego de San Pedro, 1437~1498)之手。"1678 年由葡萄牙语翻译成英语的第一部书信体小说《葡萄牙人信札》在英国问世。5 年后,英国女作家阿弗拉·班恩发表了《一名贵族与他妹妹之间的情书》,从而开了英国书信体小说的先河。"③

作为第一位专门描写妇女地位及婚恋问题的英国作家,塞缪尔·理查逊在他的书信体小说《帕美勒,美德有报》(*Pamela, o Virtud Rewarded*, 1740)和《克拉丽莎,又名一位青年妇女的故事》(*Clarissa*, 1748)中描绘了妇女为争得生存空间而展开的殊死斗争,同时他认为一个故事"用一系列不同人物的书信组成,不采用其他评论及不符合创作意图与构思的片段,这显然是新颖独特的"④。同时期法国作家孟德斯鸠的《波斯人信札》(1721)和卢梭的《新爱洛漪丝》(1761)也为这一类型小说的佳作。

英国小说家、文学评论家戴维·洛奇(David Lodge, 1935~)在《小说的艺术》(1992)一书中指出,与日记相比,书信体有两大优势:"一、可以有多个通信者,因而可以对同一事件采取不同的视角,当然也就有不同的解释……二、即便……仅仅局限于一个通信者,书信依然有别于日记,因为信总是发给某个特定的收信人的,收信人可能作出的反应总是对信中的话语产生影响,使之在修辞上更加复杂,更能产生趣味,也更趋明白。"⑤

女作家对书信体小说十分青睐。在露丝·佩瑞看来,"由于书信那天然具备的易于报告个人情况和倾诉自我胸怀的特点,初期的英国小说家都很偏

---

① Scott Macdonald Frame, "A private portrait of trauma in two novels by Ana María Matute", *Romance Studies*, Vol. 21(2), July 2003.
② 柏棣:《西方女性主义文学理论》,第 207 页。
③ 李维屏:《评理查逊的书信体小说艺术》,《外国文学评论》2002 年第 3 期。
④ 同上。
⑤ 戴维·洛奇:《小说的艺术》(卢丽安译),上海译文出版社,2010 年。

爱书信体。又因书信体不论格式或语言均很随意,对笔者文化修养的要求也不苛刻,所以它又成为女人也跃跃试笔时最易驾驭的形式。书信也因此变成女人进入文学殿堂和表现自我的一个变通形式,或过渡的栈道。"①因此自"14世纪以来,女性一直是书信写作的主体,她们写了大量的书信,但大部分遗失。女性书信经过17至18世纪的发展,在浪漫主义时期达到了高峰。书信写作的热潮体现了女性对于思想、情感交流的渴望,也是促进女性情感生活和友谊发展的重要媒介。"②

安赫赖斯·恩西纳尔强调,西班牙当代女作家的小说创作特点之一就是大量使用书信体③,"对妇女来说书信体形式应该是第一个最适合她们文学才能的体裁"④。

1. 列拉与《亲爱的,我把大海留给你当信物》

巴塞罗那自治大学教授、小说家、散文家、编剧卡梅·列拉(Carme Riera,1948~)的处女作、短篇小说集《亲爱的,我把大海留给你当信物》(*Te dejo, amor, en prenda el mar*, Premio Recull 1974)出版于1975年。该集的同名短篇小说采用书信体形式,以第一人称含蓄而暧昧地讲述了发生在60年代中后期一位女中学生从青春期向成年过渡时的情感挫折。《亲爱的,我把大海留给你当信物》在当时的加泰罗尼亚文学界引起相当大的震动,再版30次。

卡梅·列拉出生于巴塞罗那,父亲是妇科医生,很小被送到马略卡群岛并在那里长大(因此她用加泰罗尼亚语写小说,用西班牙语写文论),这是她众多作品的舞台。1965年回到巴塞罗那大学攻读英语语言文学,后获得巴塞罗那自治大学语言学博士学位,1979年毕业留校。她的博士论文《巴塞罗那派:巴拉尔,希尔·德毕艾德玛》(*La escuela de Barcelona, Barral, Gil de Biedma*)获得1988年"阿纳格拉马散文奖";其历史小说《在最后的蓝色里》(*En el último azul*)获1994年"国家小说奖"。2012年当选西班牙皇家语言学院院士、塞万提斯学院理事会成员,2014年被授予"加泰罗尼亚语图书周历程奖"(Premio Trayectoria de la Semana del Libro en Catalán)。最新作品为

---

① 转引自刘意青:《用笔写出一个天下——续谈女人与小说》,《外国文学评论》1995年第2期。
② 陈晓兰:《外国女性文学教程》,复旦大学出版社,2011年,第85页。
③ Angeles Encinar, "La narrativa epistolar en las escritoras españolas contemporáneas", *Mujeres novelistas en el panorama literario del siglo XX*, I Congreso de narrativa española (en lengua castellana), Marina Villalba Alvarez (ed), Cuenca, Universidad de Castilla-La Mancha, 2000, pp. 35-50.
④ Ana L. Baquero Escudero, *La voz femenina en la narrativa epistolar*, Publicaciones de la Universidad de Cádiz, 2003, p. 180.

回忆童年生活的自传《纯真岁月》(*Tiempo de inocencia*，2013)。

卡梅·列拉对书信体非常喜爱。她在《书信的伟大与卑微》(*Grandeza y miseria de la epístola*)一文中指出，文学文本与书信的首要共同点在于两者构成了"一种间接、延后的交流，也就是非当下的沟通"，其次，它们"寻找一个收信人……目的是抓住他的注意力，如果有可能的话，吸引他，甚至说服他"①。列拉承认书信体构成其小说的结构性特征，评论界对此持相同看法："列拉是当代作家中对书信体作为艺术形式和叙事工具的可能性最感兴趣的人之一，她在短篇、中篇和长篇小说中都运用过书信体。"

《亲爱的，我把大海留给你当信物》(创作于1972~1973)的女主人公玛丽娜身在巴塞罗那，她担心自己死于难产，于是分娩前给远在马略尔卡岛的初恋情人写了一封信作为遗嘱，回顾15岁时与这位中学数学老师共度的8个月的爱情经历。在这封书信的写作过程中，玛丽娜一直隐瞒收信人的真实性别，有意使用那些阴/阳性一致的形容词，但又为我们埋下了许多伏笔，如在小说的扉页引用了古希腊女诗人萨福致一位少女的情诗，暗示该小说涉及的是女同性恋。另外一些细节的描写，如"我太喜欢你的手了！还是这么漂亮！纤细的手指，白皙的皮肤，整洁的指甲"(第183页)，都暗示了收信人的性别。结尾时她请求用恋人的名字给即将出生的女儿起名，"我想我可能见不到这个女婴——因为会是个女孩，我确信——如果现在不给她起名的话，那将来我就无法决定她的名字。我想给她起你的名字，玛利亚。"(第198页)读者这才恍然大悟，她的初恋对象原来是个女人。

2. 书信·越轨

师生关系是影响年轻人成长的一大要素，尤其是女教师与女学生的亲密关系，触及传统社会和家庭的敏感神经，长期以来遭到家长、学校及社会的排斥和忌讳。这一禁区在《亲爱的，我把大海留给你当信物》被大胆突破，"它的确涉及一个相当不寻常的事实，而且是巴塞罗那女同性恋的旗帜性作品，因为它以正常的方式涉猎这一状况，没有从道德的角度加以评价"②。

玛丽娜首先回忆起她与中学数学老师相遇后的变化。第一是从女孩向女人转变的外在细节，那是"中学五年级，我用丝质长筒袜代替了短袜，头一

---

① Marina Mayoral (coord), *El oficio de narrar*, Madrid, Cátedra, 1990, pp. 147-148.
② Pat Farrington, "Interviews with Ana María Matute and Carme Riera", *Journal of Iberian and Latin American Studies*, Vol. 6, No. 1, 2000.

次穿上高跟鞋和礼服。衣服是红色的天鹅绒,略微开口"①。"我很高兴知道自己是在开始成长为女人的青春期最关键的时刻来到你的身边,你的影响对我最终成为女人是决定性的。"(第 182 页)第二,玛丽娜开始逐渐认识世界,她发现在现实生活中找不到她所需要的那种爱情模本,"爱情也在一步步发现我,把我变成它的俘虏。我既不是从书本也不是从电影那儿学会体验我们所经历的故事。我学会生活,学会一点一点地死亡——尽管那时并不知道这点——当我拥抱你时,我拒绝时间从我身边逃走。"(第 184 页)

她与玛利亚的恋情很快遭到来自同学、老师、家长的公开嘲讽和坚决反对。"我们的关系持续了 8 个月零 6 天。关系破裂是由于它成了公开的丑闻,也因为你害怕面对一个要求你负双重责任的局面。"(第 185 页)玛丽娜的父亲警告她:"这是堕落之路。如果这事再持续一天,我就把你送到巴塞罗那。"(第 185 页)在巨大的社会压力下,玛利亚首先妥协了。"你以残酷的柔情决定,那个夏天我们不再见面,因为你不愿人们怪罪你永远影响了我的生活。"(第 188 页)最终两人不得不分手:"我们能拿这个没有出路、没有任何结局的爱情怎么办?"(第 191 页)

玛丽娜被迫前往巴塞罗那学习,她无法排解孤独和忧伤。在分离的那段日子,书信成为玛丽娜最好的倾诉手段。"我没有忘记你。每天晚上我都给你写信,小心地把信保存在一个上锁的抽屉里,想象着你将一封一封地读它们。我清楚地知道,阅读我的信(已经积攒了一大堆)将占用你数小时,而在那段时间你将不容置疑地回到我身边,想到这点是一丝幸福。"

书信用来填补恋人的缺席。

> 书信是悲凉的,而我的悲伤,与灰色、褐色的云彩及建筑立面混为一体,在我的字里行间变得模糊,直至化解。或许正因为如此,一旦封上信封,贴上邮票,忧伤、思念、痛苦就不那么显而易见。有时候我在邮票下面给你用小体字写些情话,如果一个嘶哑但可辨识的声音告知你这个秘密地点,在它的驱使下你决定撕开邮票,那会给你一个惊喜。

如今的玛丽娜历尽沧桑,她感慨"那时我们更年轻,头脑不那么清醒,充满叛逆天使的那种恶劣甚至邪恶的天真"(第 182 页)。

卡梅·列拉恰当地选择了书信体小说的形式来讲述一对女同性恋夭折

---

① Carmen Riera, *Te dejo, amor, en prenda el mar*, 收录在 *Un deseo propio, Antología de escritoras españolas contemporáneas*, Barcelona, Bruguera, 2009. 该书所有引文皆出自这个版本,由笔者自译。

的爱情,因为在书信这样的私人空间里妇女可以较为自由地表达、宣泄自身曲折、复杂、多变、隐忍的人生体验和情感,可以使读者更直接地进入通常为第一人称叙述者/女主人公的内心世界。① 同时"书信表达的是越轨,这点很意味深长,因为在文学史上书信体与越轨之间反复存在着联系"②。

列拉对待同性恋的态度已然不同于其他作家,在她的作品中"有意识地企图勾勒女同性恋的欲望地图,但不再带有一种邪恶和禁止的色彩……而是从她们作为社会主体的能力出发,拥有同样的机会,使她们的欲望被接纳在人际关系的整体之中。"③

评论家蒙莱昂指出,列拉巧妙运用书信体来描写敏感的同性恋,体现了她在性观念和文学创作上的大胆创新:

> 书信体文学是众多出轨发生之处…… 同样越轨的是女同性恋关系,它触犯了社会和宗教规则(父亲和上帝法则),威胁到现存秩序。然而,列拉把女同性恋只作为性欲的另一面而不是反常加以呈现。如果说这种关系本身是越轨的,描写它就更出格了。叙述一个不被社会认可的爱情故事则是对社会的一个新冒犯……在书信体文学中正常的是一个女人写信给一个对她始乱终弃的男人,但列拉颠覆了这个叙事准则,打破文本和性别的老套路,与我们及我们对文本所期待的东西玩起游戏。④

---

① 例如玛丽娜·马约拉尔的短篇小说集《亲爱的朋友》(1995)实际上是由五篇相对独立的"书信"组成,发表时原标题为《西班牙女作家玛·马约拉尔小说五篇》。其中《亲爱的朋友》假托一位女读者的来信,讲述了她如何被迫离开心爱的恋人而另嫁一名警官的故事。在这位女读者的笔下,那个警官非常有心计,设下圈套,所以最后她才不得不嫁给了他。而与之呼应的是五篇小说中的最后一篇《尊敬的女士》,它的"写信人"就是《亲爱的朋友》中女主人公不得不嫁给的那个"警官"。这位警官丈夫从男性的角度提供了同一个故事,却是完全不同的版本:那个令写信的女读者魂牵梦萦的初恋情人原来是个不肯负责任的纨绔子弟,而他自己才是个既有责任心、又有爱心的"白马王子"。于是善恶颠倒,悲喜转换,一个在女性视野中呈现出来的凄美的爱情故事,在男性叙事中被彻底颠覆并消解了。孰是孰非,那就由读者自己去评判了。

② Rosalía Cornejo-Parriego, *Entre mujeres, Política de la amistad y el deseo en la narrativa española contemporánea*, p.118.

③ Inmaculada Pertusa y Nancy Vosburg(ed), *Un deseo propio, Antología de escritoras españolas contemporáneas*, Barcelona, Bruguera, 2009, p.23.

④ José B. Monleón(ed), *Del franquismo a la posmodernidad(Cultura española 1975-1990)*, Madrid, Ediciones Alcal, 1995, p.164.

第十一章　元叙述:女性写作的权威性

埃莱娜·西苏在《美杜莎的笑声》中指出,女性写作是"反叛思想之跳板"及"变革社会和文化的先驱运动"。文学写作一直被男权政治、经济和文化牢牢控制,"文字就是对妇女的压制绵延不绝之所在"。要想改变这种性别压迫状况,"妇女必须参加写作。必须写自己,必须写妇女。就如同被驱离她们自己的身体那样,妇女一直被暴虐地驱逐出写作领域,这是由于同样的原因,根据同样的法则,出于同样致命的目的。妇女必须把自己写进文本——就像通过自己的奋斗嵌入世界和历史一样……这一行为将不但'实现'妇女解放对其性特征和女性存在的抑制关系,从而使她得以接近其原本的力量;这个行为还将归还她的能力和资格、她的欢乐、她的喉舌,以及她那一直被封锁的巨大的身体领域。"①

西班牙当代女作家在创作成长小说时有意识地采取了一些后现代的写作策略,如元叙述②、互文手法、神话的重写与戏仿。这既强化了女性写作的权威性,又丰富了传统成长小说的写作模式。在《胡列达·奥维斯归来》《隐私》《隐秘的和谐》《我把海鸥当作证人》《失恋纪实》和《变幻无常的阴云》等作品中均可以看到元叙述的多次呈现。

第一节　《失恋纪实》

孟德萝的文学处女作《失恋纪实》(*Crónica del desamor*, 1979)发表于20世纪70年代末西班牙政治转型期。显而易见,从书名就可窥见孟德萝的新

---

① 埃莱娜·西苏:《美杜莎的笑声》,《当代女性主义文学批评》(张京媛主编),北京大学出版社,1992年,第188、201、195页。
② "元叙述"(metanarrative)常被视为"元小说"(metafiction)的同义词,但前者"主要指叙述者对故事和叙述方式的反身叙述,其主要功能在于构建故事的真实性和叙述者的权威性"。而后者的反身叙述"指向故事的虚构性以及叙述的不可靠性。更为重要的是,通过将故事及其建构过程的并置、与读者讨论故事多种可能结局、模糊叙述层界限等手法,元小说的反身叙述提醒读者充分意识叙事成规和阐释成规,使读者拒绝认同任何一种意义上的真实性和权威性"。王丽亚:《元小说与元叙述之差异及其对阐释的影响》,《外国文学评论》2008年第2期。

闻写实风格。1978 年刚刚成立的"论战"出版社（Debate）负责人弗朗西斯科·巴冯向孟德萝约稿，请她撰写一本带有女权主义倾向的访谈录。做过不少类似采访的孟德萝对此已无太大兴趣，于是提议直接写一本关于西班牙当代妇女生活的小说。《失恋纪实》由此诞生，孟德萝也在西班牙文坛一举成名。"在它出版的那年被视为革命性的，因为它从女性的视角展现性机制。这部小说代表了一种几乎对传统模式的颠倒：在传统的展现中通常是男人吹嘘他们的征服，讲述性经历；这次我们是从女人的嘴里、从女人的视角听到这些话。"①

1. 孟德萝与《失恋纪实》

孟德萝出生于马德里一个斗牛士家庭，小时候因肺结核和贫血卧床四年，无法上学。1968 年进入马德里大学文哲系，并与那时的独立先锋剧团"牛虻"和"卡诺"合作。第二年她决定转学到马德里新闻学院，攻读新闻专业，并开始实习记者的工作。从 1976 年底起孟德萝为西班牙《国家报》工作（1980～1981 年担任该报周日副刊主编），常年撰写专栏文章和访谈录，受到广大读者的喜爱和欢迎。迄今为止她已出版《西班牙永远属于你》（*España para ti para siempre*，1976）、《〈国家报〉的五年》（*Cinco años del País*，1982）、《赤裸的生活》（*La vida desnuda*，1994）、《访谈录》（*Entrevistas*，1996）和《激情》（*Pasiones*，1999）等多部文集。1978 年她成为第一位被授予"曼努埃尔·德尔·阿尔克采访奖"的女记者。此后孟德萝陆续获得"全国新闻工作报道与散文奖"（1980）、"世界采访奖"（1987）和"新闻奖"（1993）、智利圣地亚哥艺术评论会颁发的"年度最佳外国作家奖"（1998）。其传记作品《女性小传》（*Historias de mujeres*，1995）、小说《地狱中心》（*El corazón del tártaro*，2001）已由南海出版社推出中文版，孟德萝本人也两次到访中国。2010 年 11 月她被波多黎各大学授予名誉博士学位，小说新作有《雨中泪》（*Lágrimas en la lluvia*，2011）、《再也见不到你的荒唐念头》（*La ridícula idea de no volver a verte*，2013）、《勇气的分量》（*El peso del corazón*，2015）。

《失恋纪实》以第三人称讲述 1977、1978 年马德里一群左派中产阶级妇女的爱情、婚姻和事业（也经常穿插每位女性人物的内心独白，展示其心理活动），客观见证了那一代西班牙女性艰难的成长道路。与传统成长小说大都以个体主人公的命运为主线不同，《失恋纪实录》可以说是一部集体成长小说，众多人物的遭遇时而交叉、时而平行，但殊途同归，都为自己的成长付出

---

① Biruté Ciplijauskaité, *La novela femenina contemporánea（1970-1985）. Hacia una tipología de la narración en primera persona*, pp. 192-193.

了昂贵的代价。另外,作品并没有呈现人物从小到大的全部过程,而是截取其生命中最关键的一段时光,将他们成长的甘苦分别浓缩在 14 个独立章节中。孟德萝承认此书"以想象和混合的方式再现了发生在我、我的家人、我的朋友身上的一切。因此所有的故事都交融在一起,所有的人物都是我,同时我又不是其中的任何一位。他们是我和我的朋友的混合体。"①

《失恋纪实》的女主人公安娜是一位单身职业记者,四年前与男友胡安分手,独自抚养儿子。

> 当她与胡安结束后,她对伴侣的信赖也告终了。安娜以为自己的失意是永恒的,她兴致勃勃地度过了头几个月的恢复期,重新征服周围的人。她的床又成为自己的,她的时间也是自己的。这些时光不必再向任何人汇报。她的个体是自己的,包括她的朋友、趣味,她的决定,而所有这一切在过去的三年间曾是两个人的。在好几个月里她无法承受与别人同床的念头,那时她最充实的几个月,一段黄金时期,她觉得自足、自由,就是从那时起她开始在媒体工作,感觉自己很强大,用典型的男性冷淡来规定自己的情感关系。②

安娜在《每日消息》当编辑时结识了报社老板、参议员索托,虽然有过一次失败的感情经历,但她还是无法抑制孤独的感觉,希望找到一个坚实的臂膀。"安娜身上的渴望现在又冒出来了。经验使她一想到要面对一场预感会是致命的破坏性同居关系时退缩起来,但她又体验到费尽一切选择的渴望,充分结识另一个人,重新组成伴侣……"(第 34 页)安娜与索托保持了一年的婚外情,却并未找到内心的平衡。

> 她知道自己将混出人样,会有魅力、聪慧、风趣、和善,披着智性的外衣,代表她自由女强人的角色,没有苛求,没有眼泪,这些都是不可靠的,是女性的缺点。"你是一个很棒的女人",他会在晚餐的时候以既崇拜又疏远的语调说这话——就像一个人在赞美一瓶好酒,一首悦耳的奏鸣曲,那些令生存更加愉悦的精美东西。(第 11 页)

---

① Lynn K. Talbot, "Entrevista con Rosa Montero", *Letras Femeninas*, Vol. 14, No. 1/2 (PRIMAVERA-OTOÑO 1988), pp. 90-96.
② Rosa Montero, *Crónica del desamor*, Madrid, Debate, 1979, p.34. 该书的引文皆出自这个版本,由笔者自译。

在这场不平等的情感交往过程中,安娜不断反思女性的身份以及社会文化传统强加在妇女身上的角色。

> 我一直臣服于索托,试图抹去、烧掉距离他约会的日子。一天下午,我发现自己30岁了,我感到恐惧:怎么可以允许我把自己的一生扔出窗户,没有把自己的日子最大限度地加以利用……你把幸福的要求投射在一个男人身上,或希望自己中奖,或想得到一个更好的房子,不管怎样,只要未来把你与责任分开。(第129页)

最终一切落空,安娜并没有获得报社编制转正的机会,她预感到自己与索托的关系将止于尴尬、空虚的一夜情,她用旁人的、男性的眼光来审视自己与上司的情人关系。

> 安娜害怕索托开始说自己磨损的婚姻像一座金笼子……但她知道自己受一年来欲望惯性的驱使,最终还是会跟他上床……安娜怀着悲哀的确信,在一秒钟内便凭直觉知道约会的发展,他会用娴熟、无关的手脱光我的衣服,我们假装出一些缺乏诚意的抚摸,我们在一场无个性的交媾中一言不发地做爱……(第260~262页)

安娜和索托约会结束后意识到他并不想送自己回家,出于自尊她抢先叫了辆出租车离去。安娜一方面发现此人并非自己心目中的那种完美男人,与一般的自私已婚男子没什么区别:"索托·阿蒙是一个习惯说话,让其他人闭嘴的人,他好像已经失去了倾听的能力。"(第241页)另一方面"察觉在她的内心生发出一种奇怪、强烈的骄傲,她平静地确信在这场失败者的棋赛中像索托·阿蒙那样没有参赛的男人输得更多"(第264~265页)。

《失恋纪实》涉及人与人之间关系的不同方面,如女性对男性的依赖。另一个例子是安娜的女友胡列达,她与丈夫分手后不断地向安娜哭诉,"安娜理解胡列达的痛苦,但厌倦了她的眼泪……几乎6个月前胡列达就在呻吟……安娜听她重复哭诉同一件事。"(第163页)

《失恋纪实》还揭露了在西班牙这样一个将堕胎和避孕定为非法的国家,这些行为给女性所带来的身心负担及所遭到的男性蔑视:"她们进入诊所,对面的妇科男大夫,他粉红的婴儿式嘴唇上露出一丝怜悯和轻蔑的微笑。他就这样远远地用他那圆圆的牛眼打量这些女病人,以最有力的方式轻轻发声,表达他对子宫环聪明的轻视。"(第31页)

《失恋纪实录》关注单身母亲的经济和情感奋斗、妇女解放与性自由的错误等同。

> 安娜通过她的观察驳斥社会的虚伪,发现关于她的处境存在双重道德:好像在这个含糊自由的社会里接受单身母亲的存在。但是如果单身女子再犯前科,如果女人再糊里糊涂地鬼混,如果她敢与不同的男人再生孩子,而同时又要保持独立,那么她就变成了不能接受的范例,"这个可怜的冈德拉",人们开始用甜腻的语气评说,"真是生活不幸",众人补充道。(第216页)

《失恋纪实》中的女性人物都意识到她们的现状很大程度上源于她们从小所受的教育:

> 事实是我们接受了一种令人恶心的相关教育。你们记得我们少年时代读的那些可悲的书,如《安娜·玛利亚日记》和《丹尼尔日记》吗?《安娜·玛利亚日记》的副标题为《奉献》,而《丹尼尔日记》副标题为《爱》……的确想用那些卑鄙的日记来塑造我们各自的角色,女人要奉献,让步,男人要爱,或者原谅,也就是说,用温柔的父爱之手来领导,在宇宙的中心闪耀。(第96页)

总之,《失恋纪实》"如果说在技巧上明显有求于她的记者职业,在题材上孟德萝则投下了长长的自传影子,《失恋纪实》最终成为作家本人及跟她如姊妹般的那一社会群体的内心写照,而不是一场想象力的游戏"①。

2. 纪实版生活

《失恋纪实》巧妙运用了元叙述技巧。在新闻采访中,安娜遇到了许多与自己经历相似的妇女,她们都没有丈夫,但几乎都有孩子;想要独立,但没有男人又无法生活。她们经济上获得独立,可能在大历史中也获得了成功,却在日常的小历史中失败。这些表面自由的女性处在一个倦怠和因循守旧的环境中,虽努力想把握自己的生活,却无法前进,只好与不接纳她们的男性世界不停地争吵、斗争。失意的爱情、破碎的婚姻、残酷的职业竞争和无奈的政治抱负促使安娜记录下西班牙当代新女性的人生见证:

---

① Emilio de Miguel de Martínez, *La primera narrativa de Rosa Montero*, Universidad de Salamanca, 1983, p. 46.

第十一章 元叙述:女性写作的权威性

安娜想最好将来某一天能写点什么。当然,是关于日常生活。关于她与胡安。关于她与"古仔"。关于"跳蚤"与埃莱娜。关于安娜·玛利亚,她在人生的某个车站误了火车,现在知道自己年华已逝,没有能力,只好在这种痛苦中默默地消磨自我。关于胡列达,她在与丈夫分手之后成了破碎的娃娃。关于那些纠缠不休的男人、待洗的盘子、编制裁员、假装的性高潮、永远未打来的电话、职场的男权主义、子宫环、漫画和焦虑。这将是安娜们的、所有女人和她自己的、如此不同又如此相似的一本书。(第9~10页)

安娜的写作意图体现了女性成长小说的一个显著特征,即倾向于强调"人际关系、每天日常事件的重要性"①。然而安娜的写作过程并不顺利,因为她对自己的创作很不自信:"写这样一本书,安娜痛苦地自言自语,可能会琐碎、荒唐、冗长不堪,是一部无聊的失败日记。"(第14页)她对自己的过去进行全面梳理(如少年时代被迫辍学),对她来说,"写过去的事比去未来冒险更容易"(第115页)。面对如今混乱又边缘化的处境,安娜的写作充满愤怒。"如果没有把那些漫长的时光用在愤怒地写作,用往昔不连贯的片段填满一页又一页,那会是令人无法忍受的。"(第153页)

写作使安娜得以确认自己的作者身份,明确自己在创作有关现实生活和女性身份的文本,虽然她的行为并没有得到周围朋友,特别是男人的认可。"安娜回答说,我在写作。为什么?因为我喜欢,她拥抱古仔的时候补充到。但古仔沉默了一阵,看着写满小字的纸页,然后摆脱拥抱。他年轻、残忍、强壮,坐在地上,以断然又博学的语调评论道:这是在做傻事。"(第163~164页)

然而,在把"过去那些不连贯的片断"(第142页)记录下来的过程中,安娜找到了一条见证西班牙历史和个人成长的理想途径,一种建构女性自我身份的恰当方式,虽然她不时地怀疑自己的作者身份和能力:"当然了,一个女人只能创作没用的东西。"(第237页)读者看到安娜如何一步步写完《失恋纪实》,我们手中的这部书就是她的最终成果。"安娜带着尖刻的微笑斟酌一个残酷有力的表情,谁知道,它可能是她确信要写的这本书的一个好开端,它将不是安娜们充满怨恨的书,而是一本笔记,一部日常失恋纪实,由俗套和厌倦

---

① Isolina Ballesteros, *Escritura femenina y discurso autobiográfico en la nueva novela española*, Nueva York, Peter Lang, 1994, p. 33.

解开的平庸丝结作证。"(第 265 页)女主人公的写作和自我点评使《失恋纪实》的作者—叙事者—主人公三者之间暗含等同关系,突出了作品的自传要素①。

2009 年西班牙阿尔法瓜拉出版社再版《失恋纪实》,孟德萝为自己的处女作写了如下感言:"这是一本紧贴一代人现实的小说。一幅直接描写转型时期火热岁月的画卷。我有个奇怪的感觉,即这部作品从某种程度上讲是我们大家共同创作的,这个生日是集体的。30 年后《失恋纪实》向我们展现了一张我们曾经的快照。"②评论界和读者也一致认为:"罗莎·孟德萝代表了一种持久的,尤其是捍卫女性地位的义务。"③

第二节 《变幻无常的阴云》

马丁·盖特的作品常常运用元叙述的手法,例如她的代表作之一《后屋》便交织着元叙述、回忆录小说和神秘幻想小说的氛围。如果说马丁·盖特在《后屋》中化身为女主人公/叙述者,与一个陌生的黑衣男子长谈数小时,讲述自己内战前后的经历、她的文学观点(比如对现实主义小说和神怪小说的看法),评价自己正在创作的一部神秘幻想小说,《变幻无常的阴云》(*Nubosidad variable*,1992)则试图通过元叙述的方式描述两位上流社会妇女的平行生活,文学化地再现作家本人青年和成年时代生活的一部分。

1. 女性的写作

《变幻无常的阴云》创作于 1984 至 1992 年,其中两位女性人物索菲娅·蒙塔沃(马丁·盖特的化身)和玛里亚娜·雷翁代表了两种典型的西班牙妇女:恪守传统的女性和打破常规的女性,但都面临中年危机。索菲娅性格开朗,富于幻想,为爱情放弃了大学的文学专业,成为三个孩子的母亲:

> 厨房是口井,从井底像移动的幽灵似地冒出三个儿童的面庞,用美人鱼的声音呼唤我,向我要午后点心,三个身影混成一个,在我周围交叉、起舞……把本子和香蕉皮扔向空中。妈妈,看洛兰索干的事,谁把果

---

① Pilar Bellido Navarro, "Rosa Montero, de la realidad a la ficción", *Mosaico de varia edición literaria en homenaje a José María Capote Benot*, Secretariado de Publicaciones de la Universidad de Sevilla, 1992, pp. 249-264.
② http://www.megustaleer.com/libro/cronica-del-desamor/ES0136589.
③ Santos Sanz Villanueva, "Introducción a la novela", *Historia y crítica de la literatura española. Los nuevos nombres*, 1975-1990, Barcelona, Crítica, 1992, p. 264.

酱罐打碎了？不是我，妈妈你看我的本子，别理他，妈妈看我口哨吹得多好，我差点要摆出恶女人的表情，你们都闭嘴，看，恩卡娜手指出血了。（第 41 页）

索菲娅与拜金主义的丈夫关系也越来越冷淡，在她眼里，丈夫把物质享受视为宗教的替代品，视为"一种不给任何金钱解决不了的问题钻空子的墙"（第 14 页）。索菲娅常常反思自己的生活："我坐在地毯上，两次停止翻抽屉，扪心自问：'我在这个地方干什么？我意味着什么？'事实上这一切都让我发生了很多变化。"如今的她显然已不满足于"贤妻良母"的角色。

玛里亚娜是单身贵族，作为马德里小有名气的心理医生，她的感情经历既丰富又混乱。两位昔日同窗（她俩的友谊因为青年时代同时爱上男孩吉野尔莫而中断）分别三十多年后在马德里的一次画展上相遇，这次意外的重逢在两人的内心引发震动，而两人之间也因多年的隔阂而存在巨大的陌生感。玛里亚娜试图从心理医生的角度来观察索菲娅的灵魂："我一直知道你所需要的是一个鼓励，现在你给我的印象是没有多少激励。"①在她眼里，索菲娅"除了有水管的问题，有三个子女和一个'有权势'的高管'型丈夫之外，我现在对你了解得很少"。玛里亚娜自愿为索菲娅提供心理帮助。"为了帮你驱散那种过失感，如果曾经有过的话，我乐意能够沿着时间的隧道朝后旅行，或许可以让事情的结局不像之后我知道的那样坏。"（第 37 页）

而索菲娅也觉得如今的玛里亚娜活得不真实："我是遇到了你的真人还是你扮演的角色？"为了消除隔阂，重建友谊和自身的生活，两位女性人物求助于文学写作。索菲娅在玛里亚娜的动员下着手写笔记，她承认她不喜欢现实，所以写作成为她的"救生板"，写作是"一种迫切的需要，别无他路"。（第 209 页）

玛里亚娜也选择书信作为她对索菲娅的回应（虽然只发出了一封），因为"一封信无须事先在头脑里打草稿，它出自灵魂，你十分乐意写信"。另外她在书信世界的私密文学中找到了心理治疗的慰藉，而这点在她心理医生的办公室里是找不到的。"我觉得书信所具有的预先谨慎对健康有益。"（第 23 页）

尽管玛里亚娜的信件撰写过程并不一帆风顺，被男友自杀的消息所打断（作为对她的一种情感要挟），但她一直鼓励索菲娅继续写下去。"索菲娅，你

---

① Martín Gaite, *Nubosidad variable*, Barcelona, Anagrama, 1992, p. 29 该著的所有引言出自这个版本，由笔者自译。

已经看到,依靠你的回忆,是我真正的定海神针。更确切地说,你将会看到,我期待某一天与你分享这次旅行的印象。是你鼓励我回顾这些往事,是你建构它们,统领它们,像一具骨架,虽然看不见,但会在一切都消失时保留下来。"(第 226 页)

索菲娅在女儿的支持下,恢复了去世母亲的记忆和形象,并且意识到"写作总是为了同一件事,有点像是'海难的遗物'"。通过写作这两位中年女子分享记忆的重构,对少年的友谊、成年后的情感、事业和婚姻的得失进行反思和探讨,最终找回心灵的自由和失落的自我身份。"《变幻无常的阴云》中的女人有意识地致力于塑造'我们女人',由此这部小说变成对女性友谊的致意,而此致敬并无浪漫主义的理想化,也无古典悲剧的回声,它指明了人与人之间交流的希望,但没有采取童年或少年的舒服框架,而是通过成年人复杂而失意的视角。"①

2. 文学化生活

在给索菲娅的信中玛里亚娜写道:"你不知道,想着你是这封信唯一可能的收信人,我感觉有多棒,它是我唯一的救命稻草。"(第 56 页)玛里亚娜意识到如今的索菲娅与自己的生活完全不同,因为"我们长大了。成长就是开始与他人分离,承认这个距离并接受它"(第 57 页)。她虽然是心理医生,但同时又是另一位心理医生的病人。"我拒绝把自己交付给杰克丽大夫,她让我回到一个真实的悲惨世界,而我还要对它负责。我拒绝接受被杰克丽·莱昂大夫治疗、安抚的念头……我想逃跑,索菲娅,我在怪诞的镜子里变形,我呼喊你,我是玛里亚娜。"(第 315 页)因此玛里亚娜把写作视为对灵魂的治疗,鼓励索菲娅写一部关于她俩的小说,重新整理各自破碎的生活。

索菲娅在玛里亚娜的要求下开始动笔,她对自己的写作手法也有意识地加以安排:

> 我将使用拼贴画的技巧……除了你的信所提供的版本……我还有其他有助我唤起记忆的要素:几封情书和分手的信……妈妈去世后开始写的日记片段,以及更新、在文学上更好利用的东西:几天前跟索莱达交谈之后所做的一些笔记,我着手把它誊清。在这本笔记的前几页零散提

---

① Antonia Ferriol-Montano, "Identificación, intercambio y libertad en la amistad femenina, la creación del 'nosotras' en *Nubosidad variable* de Carmen Martín Gaite", *Letras Femeninas*, Vol. 28, No. 2 (OTOÑO 2002), pp. 95-114.

第十一章 元叙述：女性写作的权威性

到她,我就不再赘言了。你自己把这些零散的事联系起来吧。(第 153 页)

玛里亚娜在南下旅行途中给索菲娅写了 7 封信(虽然她没有勇气全部寄出去),一方面点评索菲娅的创作,一方面梳理自己的心路：

> 重读我的信有助我抓住当下时间之线,不仅鼓励我恢复心境,而且激励我工作的进展……直截了当的自我坦白是一种多么好的休息,可以说写信是一种孤独的怪癖——重新提笔,当然是多亏你给我提供的机会。(第 128 页)

写作是索菲娅和玛里亚娜情感交流的最佳工具,是她们揭示自我、反思内心和对外倾诉的途径。玛里亚娜在最后一封信中表示：

> 是因为你的存在,索菲娅,所以我写的东西变得像是一个盲目挖掘的隧道,而我就是沿着那个话语的地下走廊前进的鼹鼠,除了想与你会合,向你求援,把所写的东西献给你,没有其他指南。(第 314 页)你的笔记和我的书信可以进行宝贵的交流,你说呢? 因为现在想来,我们可能不止一次以不同的方式谈论同一些事件。我不知道你是否看过那部日本影片《罗生门》,从三个证人的角度叙述同一个故事,多种版本的说法是十分有意思的。我想你和我所写的东西可以拼出一部精彩的小说。(第 339 页)

索菲娅也表达了类似的感想:"我无法停止写作,这是治疗我的唯一手段……我是出于爱好,为她而写,因为这能帮助她理解与我俩有关的那些往事。"(第 301 页)"倾听他者不仅有助于重构她的拼图游戏,而且也可以找到我自己丢失的某些棋子。"(第 372 页)

索菲娅和玛里亚娜熟稔文学。她们在《变幻无常的阴云》里论及的作家有贝克尔、勃朗特、刘易斯·卡罗尔、福楼拜、罗兰·巴特、巴塔耶、佩索阿、凯瑟琳·曼斯菲尔德、达里奥、波伏娃、萨特、马克思、莎士比亚、泰戈尔、黑塞、卡夫卡、儒勒·凡尔纳、加西亚·马尔克斯。玛里亚娜承认贝克尔理解她的感情:"我所感觉的东西贝克尔已经多么准确地描写过了……但那是瞬间的事。超我立刻出现,像一个严厉的驯兽师……"(第 25 页)她还表示不想落得与安娜·卡列尼娜同样的下场。书中还多次提到索菲娅和玛里亚娜对《呼啸山庄》的喜爱以及与《空盼》女主人公安德烈娅的认同：

> 我记得自己沿着阿里巴乌大街愤怒地哭泣，朝那些阳台望去，想起了安德烈娅，卡门·拉福雷的女主人公，她住在这条街上，我喜欢想象自己能够遇见她，挽着她的胳膊，仿佛是一位老友。或许她正要回到那个幽暗的家，里面住着她的亲戚。这个压抑的环境让你，索菲娅，联想起《呼啸山庄》。（第215页）

《变幻无常的阴云》后记采用第三人称，讲述两位女性人物在加地斯的海边酒吧相会，共同阅读彼此写下的篇章。她们决定把两人的笔记和书信结合起来，以元叙述的手法构成一部小说，书名即《变幻无常的阴云》。它正是读者手中的这本书，它是"一种无序的日记，没有太明确的之前和之后"，它由"生活这面镜子的碎片"组成，"你可以从中看到自己"（第76页）。这点与《后屋》的结果极为相似，只是这里女性对话者取代了《后屋》里的神秘黑衣男子。

伊尼亚基·托雷·非卡总结出《变幻无常的阴云》成功的几大要素：元叙述技巧、自传性（autobiografismo）、心理探索、通过与"他者"对话坦白自我、对当代社会女性现状的见证。"此书尤其通过写作过程中的那种自我意识，构成女性成长小说的范例：在存在主义的坐标上进行探讨、反思自我身份，这促使妇女在意识化的过程中，挖掘她们的历史，以理解自身的现状，开辟未来自我肯定身份的道路。"[①]

---

① Iñaki Torre Fica, "Discurso femenino del autodescubrimientoen *Nubosidad variable*", http://www.ucm.es/info/especulo/cmgaite/ina_torre.html.

第十二章　互文性:女性改写的策略

"互文性"(Intertexuality)概念由法国符号学家、女权主义批评家朱丽娅·克里斯蒂娃在《符号学》中率先提出:"任何文本的构成都仿佛是一些引文的拼接,任何文本都是对另一个文本的吸收和转换。互文性概念占据了互主体性概念的位置。诗性语言至少是作为双重语言被阅读的。"[1]其基本内涵是,每一个文本都是其他文本的镜子,它们相互参照,彼此牵连,形成一个潜力无限的开放网络,以此构成文本过去、现在、将来的巨大开放体系和文学符号学的演变过程。

叙事学家杰拉尔德·普林斯(Gerald Prince)在其《叙述学词典》(*A Dictionary of Narratology*)中也指出,一个确定的文本与它所引用、改写、吸收、扩展或在总体上加以改造的其他文本之间存在密切关系,并且依据这种关系才可能理解这个文本。

互文性写作在西班牙女性成长小说中十分普遍。马图特的《初忆》与《圣经》在人物上有不少对应或颠覆,两者构成明显的互文关系。马图特承认她对耶稣形象印象极深,正直、善良、在他人陷害下扮演牺牲品的马努埃尔正是耶稣的化身[2];他的生父豪尔赫(Jorge de Son Mayor)是个不顺从的人,与上帝的正统形象并不一致,但他令人敬畏、受人崇拜;虚伪、残忍、自私的博尔哈与马努埃尔(两人都是豪尔赫的私生子)的敌对和交锋仿佛上演又一场亚伯与该隐的相残。马努埃尔的母亲萨玛莱内(Sa Malene)在村民眼里是个罪孽的女人,完全颠覆了圣母的纯洁形象。她"昨天在广场上差点被人扔石头"(第157页),这一插曲与《圣经》里众人想拿石头围攻妓女抹大拿,后被耶稣劝阻的的故事不谋而合。"互文性作为主题建构的轴心,在《初忆》中充当批判基督教伦理的工具。在这部小说里把天主教的圣书当作颠覆的武器,令《圣经》第一部《创世纪》的人物堕落,以此来质疑'神圣'等级。"[3]

---

[1] 转引自秦海鹰:《互文性理论的缘起和流变》,《外国文学评论》2004年第3期。

[2] Pat Farrington, "Interviews with Ana María Matute and Carme Riera", *Journal of Iberian and Latin American Studies*, Vol. 6, No. 1, 2000.

[3] María Fernández-Babineaux, "La inversión de las imágenes bíblicas en *Primera memoria*", *Romance notes*, Vol. 49, No. 2, 2009.

《失恋纪实》与孟德萝的第二部小说《德尔塔函数》(*La función Delta*, 1981)也构成互文关系。《德尔塔函数》的女主人公露西娅于 20 世纪 80 年代在马德里拍摄的第一部电影便改编自《失恋纪实》,但她对安娜的结局做了较大的改动。电影版中,安娜和索托约会之后,对这个男人失望至极,失去生活信心的她喝得酩酊大醉,结果误入一片泥潭。最后她放弃情人的相救,自沉潭底:

> 安娜·安东,镇静、无言,一边让自己的身体渐渐地沉下去,一边目不转睛地看着索托。泥潭盖住了她的肩膀,挡住了她的鼻子,沙子慢慢迷住了她睁大的眼睛,目光游离、可怕,直到泥浆在最后一个特写镜头里掩埋了她。①

孟德萝的这两部存在互文性关系的小说为安娜安排了两种截然不同的结局,是西班牙妇女对现实做出的或勇敢或无奈的回应,即便死亡,"也不代表着成长挫败,而是拒绝没有深度思考及自觉的肤浅成长"②。

第一节 《我把海鸥当作证人》

列拉的另一部短篇小说《我把海鸥当作证人》(*Pongo las gaviotas por testigo*, 1977)同样采取书信体,并且是由女主人公玛利亚写给列拉本人,对她在《亲爱的,我把大海留给你当信物》所述故事的缘由及结局进行补充、修正。这两部短篇小说也因此形成互文对话,因为讲述的是同一个故事,只不过这次是从女教师玛丽亚的角度展开。

《我把海鸥当作证人》里的女主人公/叙事者玛利亚致信列拉,表示自己看完《亲爱的,我把大海留给你当信物》之后感觉被对号入座,"我需要信任来向您解释我的故事,一个跟您书里第一个短篇小说有很多吻合之处的故事。您无法想象我看到自己几乎被刻画、被写照时所产生的巨大惊讶……我不知道谁能向您讲述我的经历。"③于是她要求列拉把自己的版本公之于众,作为"一些真实事件的见证"。玛利亚在信中坦陈自己"害怕说出那些被禁止的话

---

① Rosa Montero, *La función Delta*, Madrid, Debate, 1999, p. 288.
② Elizabeth Abel, Marianne Hirsch & Elizabeth Langlang (eds.), "Introduction", *The Voyage In*, *Fictions of Female Development*, London, New England UP, 1983, p. 11.
③ Carme Riera, *Pongo por testigo a las gaviotas*, *Palabra de mujer*, Barcelona, Laia, 1980, p. 114. 该著的所有引言皆出自这个版本,由笔者自译。

语,那些被有意删除的词语"(第 35 页),但坚信她与玛丽娜的爱情"能够超越现存的戒律,制造混乱,包含着革命的萌芽"(第 37 页)。所以她力图借助手中的笔打破这种沉默和禁忌:"我继续写作……我不甘心让这封信永远锁在一个抽屉里,更不愿意烧毁它……那将是在禁忌面前的退却……我不想停止反抗。"(第 41 页)玛利亚撰写的那封信便是《我把海鸥当作证人》,读者同步目睹了这个私密文本问世的原因、过程和结果。

玛利亚年轻时远离家庭,过着独立的职业女性的生活。与自己的学生玛丽娜相爱后,两人仿佛生活在一个几乎本能、自然、没有负罪感的天堂里。

> 恰好在游戏开始之时,她那充满病态幼稚、充满叛逆天使的那种恶劣甚至邪恶的天真表情,我历历在目。这个表情让我陷入悬崖和陷阱的晕眩中,虽然也将我带到纯净之水的岸边,触摸到如此靠近的天堂。我那时不懂得利用它。发抖、难为情的我走出船舱,留下她那具少女的身体,被床单严实地盖住……我现在更后悔的不是当时的所作所为,而是放弃的举动。(第 136 页)

后来玛丽娜的父亲发现了这一"非法"关系,坚决反对女儿与女教师来往。玛利亚屈服于巨大的社会压力,不得已放弃了这段恋情。她本人也因此患上精神抑郁症,如今她对自己当年的抉择感到后悔:"我愿意用我的余生作交换,重新体验那段经历,重复那一刻,享受每一秒的喜悦,尽管知道它甜蜜的短暂……如果时间能有倒退的奇迹,如果我能够回到那一神奇的时刻,我将留在她的身边,爱恋着她,眼里只有她的形象,等待死亡。"(第 135~137 页)

玛利亚告诉列拉:"玛丽娜失踪了……她没有像您暗示的那样死于难产,也没有生下任何女孩,甚至没有结婚……玛丽娜自杀了。在死之前,她给我写了封信,作为遗嘱。"(第 138 页)这两部小说形成了视角对立互补的关系,为读者呈现了一个多层次/多视角、"离经叛道"的女同性恋的爱情悲剧,其结局让读者意识到性别认同对青少年成长所产生的关键影响。

第二节 《紫色时光》

《紫色时光》(*La hora violeta*,1980)是罗伊格"女性三部曲"的第三部,2000 年再版。她表示此书意味着自己人生一个阶段的结束,书名既意味着"黎明和傍晚时分",又是"私密与公共的分界线,是德里达所定义的'差异'空间,在小说中作为反抗和抵制父权主义意识形态危机的阵地加以探讨"①。《紫色时光》记录了三对女性人物的生活:娜达丽娅和母亲朱迪的女友卡蒂同为自由叛逆的职业女性;单身姑妈帕特里西娅与阿格内丝为顺从忍让的传统妇女;朱迪和诺尔玛(记者兼作家,即罗伊格的化身)在事业和家庭上更能掌握平衡。

　　罗伊格借助女性视角,通过女性人物的写作(从日记到小说)来构筑文学世界,因此她所提供的文本打上了主人公的性别烙印。罗伊格的系列小说关注母女之间既亲密又疏离、爱恨交织的矛盾关系,因为"同男性成长小说主人公螺旋式上升的成长轨迹不同,女性成长小说的主人公往往走的是环形的路径,她们通常重复着'母亲的故事'"②。另一方面,罗伊格将此类人际关系置于历史和社会的大背景下加以考察,使之成为集体记忆的一部分。正如英国宗教历史学家卡伦·阿姆斯特朗(Karen Armstrong,1944～　)所言:"个人通过叙述,能够把个人经历与想象的共同体联系起来,个人记忆的叙事由此进入集体记忆,甚至成为集体记忆的言说。"③

　　1.《紫色时光》&《樱桃时节》

　　《紫色时光》的女主人公之一娜达丽娅是罗伊格"女性三部曲"第二部《樱桃时节》(*Tiempo de cerezas*,Premio Sant Jordi 1976)里的一号人物,米拉佩克斯家族其他成员的生平和经历均围绕她展开。《樱桃时节》的书名取自法国诗人巴蒂斯特(Jean Baptiste Clément,1837～1903)的一首诗,象征着失去的天堂——童年。罗伊格在此书中为读者细腻描写了米拉佩克斯家族的全面衰落,其中的人物都在孜孜不倦地寻找生活的意义、幸福的承诺,希望樱桃时节,"幸福的春天",赶紧到来。

　　《樱桃时节》里的娜达丽娅与母亲感情疏远,两人"从来没有长谈过,母亲脾气很怪……朱迪特几乎没有母亲的样子,只喜欢傻儿子佩德罗,谁知道是不是因为内心有一种潜在的自责感情,而把另外两个子女,即娜达丽娅和路易斯抛在一边"④。朱迪特一生只有一位女友——卡蒂。她俩性格迥异,前者内向安静,后者开朗活跃。"卡蒂决定自己做生活的主人,掌握自己的命运……只有朱迪特支持她。卡蒂是独立的,因为她不需要任何男人的财

---

① Mónica Szurmuk, "Intersecciones ideológicas en la obra de Monserrat Roig", *Escritos. Revista del Centro de Ciencias del Lenguaje*, No.25, enero-junio de 2002, pp.157-174.
② 孙胜忠:《一部独特的女性成长小说——论〈简·爱〉对童话的模仿与颠覆》,《外国文学评论》2009年第2期。
③ 转引自石平萍:《论〈西班牙征服者的血脉〉中的记忆政治》,《外国文学》2009年第1期。
④ 罗伊格:《樱桃时节》,李德明译,黑龙江人民出版社,1996年,第21页。该著的所有引言皆出自这个版本。

第十二章 互文性:女性改写的策略 143

产……卡蒂打扮成男人一样,是想征服世界。"(第 134~135 页)这两位女人之间产生了微妙的情感关系,娜达丽娅的父亲胡安·米拉佩克斯"看见卡蒂和朱迪特在帕特里西娅花园散步;卡蒂从地上拾起一朵玫瑰递给朱迪特,她们的两只手拉在一起好长时间。她们把手放开时,还互相看了好几秒钟。"(第 134 页)在卡蒂身边,朱迪特"感觉像一个不愿长大的女孩"(第 120 页)。1939 年西班牙内战快结束时卡蒂自杀,女友的死让朱迪特心灰意冷,常常神志不清。"有时我觉得她的灵魂围绕着我,告诉我:'我会回来的,朱迪特,我会回来的,任何法律、任何战争都不能将我俩分开。'"(第 144 页)

娜达丽娅因参加学生运动和未婚先孕而与父亲闹翻,她"怒吼着,仿佛要把家里所有的沉默驱散……她向自己的过去咆哮,向父亲的气愤咆哮,向曾经的自己咆哮。她没有恐惧"(第 90 页)。娜达丽娅自我流放到巴黎和伦敦 12 年,选择以摄影为生。"你仿佛是在看戏似地看待一切。就是因为这点她选择了摄影吗?娜达丽娅有时想,她不过是只历史的雕鹗,一切从你眼前经过,你只是观察而已,塞尔休对她说。她想做的是俯视捕捉到清晰的形象,使毫无办法地从她身边溜走的时间停滞下来。或许我因此想摄影,据说那是一种侵犯时间而不让时间侵犯你的方式。"(第 163 页)1974 年母亲去世后娜达丽娅回国,她一直在寻找答案以解释自己与母亲的关系,也关心佛朗哥统治是否行将就木。"这里的情况怎么样?差不多吧,跟你走时一样。我看到巨大的广告牌在宣传有关革命的书册……你也会在报亭找到马克思主义的书的,阿尔卡迪说,那又怎样?一切照旧。我们当中谁也不敢承认自己无能。这么多年了,我们变老了,一切都未改变。"(第 79 页)

《紫色时光》对《樱桃时节》进行了一场互文式反思。《紫色时光》里的娜达丽娅一开始就感叹生活环境的变化:"五年前我回到巴塞罗那,至今依旧怀着回国第一天的疲惫,当时我去姑妈帕特里西娅家歇脚,我发现种着柠檬树的花园已不存在。绕着花园和涂有沥青的天台散步,我试图重构童年的花园……尝试再次看到攀藤闪光的绿色,但这一切都是徒劳的。"①

有评论家指出:"《紫色时光》里对花园痴迷这一事实首先表明这部小说将独裁前的时期视为天堂。而且反映了人物与一个典型自治、妇女解放的巴塞罗那之间的联系,它的象征便是恩桑切区的那座花园。"②这时的娜达丽娅

---

① Montserrat Roig, *La hora violeta*, Barcelona, Ediciones 62, 1981, p. 15. 该著的所有引言皆出自这个版本,由笔者自译。
② Shaudin Melgar-Foraster:"*L'hora violeta y Para no volver*, dos lenguas, Barcelona y la mujer", *Revista Canadiense de Estudios Hispánicos*, Vol. 26, No. 1/2, ESTUDIOS EN HONOR AMARIO J. VALDÉS (Otoño 2001/Invierno 2002), pp. 155-165.

试图通过母亲遗留下的日记和笔记,重构她与母亲、母亲与卡蒂的复杂关系,并在此基础上书写加泰罗尼亚妇女的集体历史。

娜达丽娅公开表示:"我觉得有必要用话语来拯救所有那些被历史、大历史(即男人的历史)模糊化、理想化或谴责的东西。说到这点,难道艺术不是人类在自由中光复自我的一个顽固意图吗?你不认为我们妇女也可以在艺术或曰在梦想中获得自由吗?"(第20页)

在《紫色时光》的第一章"1979年春天"(Primavera de 1979),诺尔玛讲述自己收到娜达丽娅的一封信,里面包含了朱迪特的日记、卡蒂的信、阿格内丝(其夫霍地,一个加泰罗尼亚政治家,与娜达丽娅有过婚外情)写给孩子的信以及娜达丽娅有关姑妈帕特里西娅的笔记。娜达丽娅请求诺尔玛再写一本有关这些前辈女性的书:"我姑妈把所有这些文稿都交给了我,跟我说可以任意处置它们。我想这些材料可能对你有用。我希望你能写点关于妈妈和卡蒂的东西,就按照你写我和你的那种方式。"(第11页)这一方面暗示诺尔玛即《樱桃时节》的作者,另一方面表明娜达丽娅看重从女性的角度书写女性的历史,并以此确定自我的身份。

对于娜达丽娅的请求,诺尔玛刚开始并未动心,因为"写两个没有身份意识的资产阶级妇女,这个主意不吸引我"(第14页)。娜达丽娅在信中劝说诺尔玛动笔,因为"我觉得只有当现实变为回忆时,我们才能估量它的价值,仿佛我们愿意这样再活一遍,所以我认为文学依然有意义。文学不是历史。文学基于一些真实的细节(哪怕只是在我们的脑海中真实)来虚构历史。"(第15页)娜达丽娅还声称诺尔玛之前"已经写了一部几乎风俗主义的小说",但不知道该如何"把社会学弃置一边"(第24页)。

与此同时,诺尔玛受邀撰写一部关于加泰罗尼亚人在纳粹集中营遭遇的报道[①],这份工作使她"意识到不能单纯地、外在地写历史"(第241页),"她也在大写的历史中"。在完成这篇报道后,诺尔玛最终接受了娜达丽娅的请求。

> 诺尔玛问她要有关朱迪特和卡蒂关系的资料。是爱情吗?还是友情?抑或两者的综合?
> ——这就是你的事了。——娜达丽娅回答道。(第271页)

[①] 这一情节与罗伊格本人的经历重合,其历史见证题材作品《夜与雾:纳粹集中营里的加泰罗尼亚人》(*Noche y niebla,Los catalanes en los campos nazis*,1977)获得1978年Premio de la Crítica Serra d'Or。

在阅读、整理朱迪特的私人日记和娜达丽娅的笔记后,诺尔玛创作的便是《紫色时光》的第三章"紫色时光的小说"(La novela de la hora violeta)。在这部逐渐成型的作品中,娜达丽娅(第一人称叙述)、诺尔玛和阿格内丝(第三人称叙述)各自的生活经历获得了小说化的发展,交替推动情节的展开,同时重视各片段之间的相互启示和说明。在这一创作过程中,解放了的妇女一步步揭示自己的弱点,而传统的小女人却渐渐获得力量(被丈夫抛弃的阿格内丝最终拒绝回到他的身边),诺尔玛也在对照、反思自己的生活和追求。"……我不知道何处终结孤独,开始自主……"

而娜达丽娅通过阅读母亲的日记,意识到西班牙内战及卡蒂的自杀对朱迪特的一生所造成的深重影响。朱迪特是法国犹太人的后裔,她"一直觉得自己是外国人","不是说在西班牙,而是在家里,在我们家人之间"(第128页),同时由于"一场撕毁了整个国家前途的内战,阴影、宗教裁判所、粗俗又回来了,这一切让我母亲朱迪特封闭自我,不愿了解外部世界任何东西"(第71页)。从此娜达丽娅解开多年郁积的心结,与故去的母亲冰释前嫌。

因此"在《紫色时光》里历史与文学的关系发生了变化,小说探讨重构历史的可能性……如果说三部曲的前两部寻求'恢复历史',《紫色时光》的主题则是述说历史的困难,质疑前两部作品中负责讲述历史——个人历史和'大历史'——的那个叙事声音的透明度"①。

2.《紫色时光》&《奥德赛》

《紫色时光》有大量对荷马史诗《奥德赛》的直接指涉,无论是女性人物的塑造还是小说时间结构的设计,都明显借用了《奥德赛》的模式,两者之间具有强烈的互文对应关系。《紫色时光》的第一部分开头便出现"娜达丽娅在地中海的一个岛上阅读《奥德赛》",接下来她反思与奥德修斯回乡历险记相关的三个女人:女巫喀耳刻、仙女卡吕普索和妻子珀涅罗珀。

娜达丽娅推测自己一半是卡吕普索,一半是珀涅罗珀。在这三个女性神话人物中她认为珀涅罗珀胜出,因为后者"是一个智慧的女人。她用织布、拆布,围绕着对那个回家男人的思恋构建起一个细腻的笼子。这是为奥德修斯准备的笼子,由呻吟、叹息和夜晚的哭泣构成。"(第26页)而娜达丽娅、霍地及阿格内丝之间的三角恋爱关系正好对应了卡吕普索、奥德修斯及珀涅罗珀的角色关系。

对《奥德赛》的颠覆来自《紫色时光》的视角和尾声。首先《紫色时光》偏

---

① Mónica Szurmuk, "Intersecciones ideológicas en la obra de Monserrat Roig", *Escritos. Revista del Centro de Ciencias del Lenguaje*, No. 25, enero-junio de 2002, pp. 157-174.

离了男性世界,聚焦女性的经历——与《奥德赛》呈相反方向。小说从头至尾不断探讨有关珀涅罗珀的神话故事,而在结尾处,原本最缺乏自立、对女性边缘处境意识最弱的阿格内丝,没有像珀涅罗珀那样欢迎迷途归来的丈夫,而是拒绝霍地重返她身边,这便破除了珀涅罗珀的神话,体现了新时代女性的自尊和自强。

诺尔玛和娜达丽娅对朱迪特日记的阅读,对珀涅罗珀神话的重读,变成了一种发现、意识的理解行为,也是对妇女作为作家、读者和演员的重新评价。神话人物珀涅罗珀、喀耳刻、卡吕普索与这两代妇女有明显的平行关系:西方文化中重复了几个世纪的相同女性角色循环。珀涅罗珀/阿格内丝/朱迪特,她们依然在等待奥德修斯,并且已经等待了数个世纪;喀耳刻/诺尔玛/卡蒂,她们试图凭借自己的性感说服奥德修斯;卡吕普索/娜达丽娅/卡蒂,她们孤立在自己的岛上,也努力想征服奥德修斯。[1]

---

[1] Catherine Bellver, "Montserrat Roig and the Penelope Syndrome", *Anales de la literatura española contemporánea*, Vol. 12, No. 1/2, 1987.

第十三章　戏仿神话：女性的修正

根据美国比较神话学大师约瑟夫·坎贝尔(Joseph Campbell，1904～1987)的理论，"神话告诉你在文学及艺术背后的东西，神话教导你认识自己的生活，神话是一个伟大、令人兴奋、丰富人类生命的主题。神话和一个人生命中的各个阶段有密切的关系，是你由儿童期进入成人期，由单身状态变成结婚状态的启蒙仪式。所有这些生活上的行为都是神话的仪式，和你对自己一生中所必须扮演的各种角色的认同，也有很大关系。也是你抛弃旧有的自己，以一个全新的个体出现，并扮演一个负责任新角色的历程。"①

由此可见神话与成长小说密切相关，但"不同形式的神话故事都源自一种排斥女性的父权文化传统，它们往往弥漫着性别歧视和不平等；在神话世界里，女性常常沦为性的对象"②。因此在女性成长小说中，"神话获得了一项政治功能，因为它构成了颠覆文化和语言中的父权统治的一种企图"③。在打破传统形象的过程中，当代女性成长小说经常使用一个策略，即修订和戏仿，实践了里奇提出的"作为修正的写作"这一理念。"对于女性主义者而言，修订既是一种批评方法，也是一种女性文学实践。女作家们常常把它当作一种文学策略，用来挑战传统文学的束缚和要求。这在诗歌创作和对经典神话、童话以及民间故事的改写上体现得尤为突出。"④

女作家倾向于围绕一个神话来呈现过去的经历，"重新诠释古老的神话，然后选择那些对我们有利的故事"⑤。西班牙女作家往往使用神话、史诗、宗教作为创作革新的要素，把神话故事、幻想因素和古代传说加入到小说中，强化人物个体思考的重要意义。这表明女作家的文化素质日益提高，她们对西方文化传统相当熟悉和了解，并且意味着妇女有能力进入过去几乎无法涉足

---

① 转引自董国超：《成长小说的话语建构：以三部作品为例》，《中国海洋大学学报(社会科学版)》2011年第2期。
② 柏棣：《西方女性主义文学理论》，第220页。
③ Rosalía Cornejo-Parriego, *Entre mujeres. Política de la amistad y el deseo en la narrativa española contemporánea*, p. 146.
④ 柏棣：《西方女性主义文学理论》，第229～230页。
⑤ María Luz Diéguez, "Entrevista con Esther Tusquets", *Letras Femeninas*, Vol. 15, No. 1/2 (PRIMAVERA-OTOÑO 1989), pp. 131-140.

的那个文学领域。

《钻石广场》里的女主人公娜达丽娅多年后回忆起西班牙内战中牺牲的丈夫时,将他和自己比作亚当与夏娃:

> 我甚至不知道他死在什么地方,是否安葬了,这么遥远……可能在阿拉贡沙漠的泥土和干草之下,尸骨还暴露未葬,覆盖着风吹来的尘土,只有肋骨凸出来像一只空鸟笼,原先,玫瑰红的肺填满了鸟笼,肺上深深的空洞爬满小虫。所有的肋骨都露在外面,只有一根例外,那就是我,当我离开鸟笼时,我拿起一朵小蓝花,把花瓣揪下来,花瓣在空中飘荡,慢慢像玉米豆一样落下。所有的花都是蓝色,就像海水、河水、泉水一样,所有的树叶都是绿色的,和蛇的颜色一样。绿色的蛇安静地生活,嘴里衔着一只苹果。当我拿起小花,揪下花瓣时,亚当打我的手心:你别纠缠!那条蛇不能笑,因为它嘴里有一只苹果,它偷偷地跟着我……①

而这对现实版的亚当和夏娃命运截然不同,真正的强者是娜达丽娅,她不但没有因为丈夫的去世而消沉,反而在战后的重建中找到合适的伴侣,开启新的生活。

第一节 《女教师日记》

梅迪奥总是选择"记录中下层的日常生活,对她来说那是西班牙社会的缩影"②。《女教师日记》(*Diario de una maestra*, 1961),作为梅迪奥最出色的作品,融合了她大量个人的经历,同时深受佩雷斯·加尔多斯的影响。③另外该书在人物形象刻画上借鉴了古罗马诗人奥维德《变形记》里有关塞浦路斯国王皮格马里翁的神话,并根据西班牙战后现实,从女性主义的角度加以改写。

1. 爱情与教育

梅迪奥就读奥维多师范学校时结识了她的男友(奥尔特加-加塞特的弟

---

① 《钻石广场》,吴守琳译,人民文学出版社,1991年,第165页。
② J. Smoot, "Realismo social en la obra de Dolores Medio", *Novelistas femeninas de la posguerra española*, ed. J. Pérez. Madrid, José Porrúa Turanzas, 1983, pp. 95-102.
③ Arnold M. Penuel 指出《女教师日记》直接借用佩雷斯·加尔多斯的小说《好友曼索》(*El amigo Manso*)男女主人公的名字(马克西莫和伊蕾内)、职业、年龄和出身,只是把男女关系的发展进行了对调。见"The influence of Galdós' *El amigo Manso* on Dolores Medio's *El diario de una maestra*", *Revista de estudios hispánicos*, 7, 1 (enero de 1973), p. 91.

子),并不顾家庭的反对,与这位曾留学德国、思想开明的教育学专业大学生走到一起。毕业后她在故乡旁边的一个小镇获得教职,内战中因支持第二共和国而遭遇许多不幸,尤其是她的未婚夫在内战中被监禁,这一切成为《女教师日记》的素材来源①。梅迪奥在不同场合都承认"我去卡斯特洛坡尔监狱的探监经历赠给了我最喜欢的人物之一——伊蕾内·加尔,《女教师日记》的女主人公,在此作品中我的确倾注了自己的某些教学经历"②。"在《女教师日记》里我们再次遇到了自传因素,它以决定性的方式影响着这部小说。但我依然要重申,作品的情节是虚构的。而我也利用它来描述我作为教育工作者的经历。"③

《女教师日记》真实塑造了一位共和国女教师在阿斯图里亚斯农村从事教育工作的15年不平凡的历程(从1935年5月18日到1950年5月4日)及不幸的情感遭遇。教师是西班牙社会认可妇女从事的极少数职业之一,因此也就成为她们获得经济和社会独立的一个重要途径。特别是在第二共和国期间,西班牙的教育体制摆脱教会的垄断,实行世俗的平民教育。"我们这些共和国的年轻教师肩负的使命是成为一种新教育哲学的先锋",具有"教育创新的热情,创立一种崭新、大胆、对那个时代来说勇敢的教育计划"④。

战前,19岁的伊蕾内是一个具有叛逆精神的孤女,她"不去人们散步的地方散步,从小她那天生的叛逆性格导致她远离众人,不接受习俗强加的事宜"⑤。在事业上,伊蕾内是一个勇于进取、大胆革新的小学教师。内战的爆发使得"大批妇女可以抢占那些上前线的男人所放弃的岗位","战争加速了事件的发展,推动了一直缓慢的社会变革"(第143页)。她在拉艾斯特拉达村实行教育改革,让失学的孩子重回课堂,特别是对村里的野孩子蒂莫德奥的谆谆教育使他洗心革面,甚至在内战中为保护他人而献出生命。尽管如此,伊蕾内明白,第二共和国所提倡的自由、进步的新教育体制,"在村里那些生活在过去的老人狭隘、发呆的脑子里,它被判定为革命的、不道德的、极端现代主义的"(第50页)。

---

① 《女教师日记》虽然运用日记体,但只是部分采取了第一人称叙事,与第三人称叙述混用,其主要原因是梅迪奥不愿被读者对号入座,尽量拉开她与女主人公的距离。
② Dolores Medio, *Atrapados en la ratonera*, *memorias de una novelista*, Madrid, Alce, 1980, p. 167.
③ Dolores Medio, *¿Podrá la ciencia resucitar al hombre?* Oviedo, Fundación Dolores Medio, 1991, p. 60.
④ Dolores Medio, *Atrapados en la ratonera*, *memorias de una novelista*, p. 26.
⑤ Dolores Medio, *Diario de una maestra*, Madrid, Castalia, 1993, p. 16. 该著的所有引言皆出自这个版本,由笔者自译。

在情感世界里,伊蕾内最初也有过一段甜美的爱情。她在一次讲座上结识哲学老师马克西莫·塞恩斯,将他理想化,认为他是一个伟大的知识分子、人道主义者和未来人类的领袖:"伊蕾内怀着崇拜的心情倾听马克西莫·塞恩斯。她的反应很冲动,很快就对老师下了结论:马克西莫·塞恩斯很伟大。在她眼里,他是时不常出现在村里、引导他们命运的那些出类拔萃的男人之一。"(第18页)

伊蕾内和塞恩斯第一次去郊外时,塞恩斯亲吻了她,而"伊蕾内·加尔什么也没说。她只是以她那儿童般、大胆的注视方式看着他,像是一个邀请,一个挑战。"(第19页)塞恩斯虽然比自己的女学生大20岁,但并不能看透她。"这个女孩对他而言是一个他希望解开的谜,在她那双明亮、几乎像儿童的眼睛后面,在她表面的平静下隐藏着什么思想呢?"(第20页)

恋爱初期,伊蕾内在事业上得到男友的大力提携:

> 她回想起与塞恩斯在火车北站的告别,他说:"我们不会分开很久的,伊蕾内。你要去马德里。准备你的高考。我会给你弄到一个奖学金"……之后,在火车上他拥抱着她:"我不会放弃我的小乌龟的。"
>
> 伊蕾内·加尔回忆起那段场景就想哭。坚强的她从小就习惯了独自解决自己的问题。她把自己托付给马克西莫·塞恩斯,全身心地奉献给他,把他的爱情、他的友谊变成了一个可以在上面平静安睡的枕头。(第91页)

而塞恩斯利用了伊蕾内的性格弱点,在与女友的情感关系中表现出极端的自私。当他与伊蕾内第一次发生关系后,"另一个不愉快的责任感取代了动物获得满足、愉悦后的圆满感。"(第21页)

梅迪奥突出了伊蕾内的人格两面性:一方面是开明、进步的职业女性,担负着教育国民的重任;另一方面,在私人生活上任男人摆布,自愿把命运交给他人掌控:

> 发生在伊蕾内身上的现象很奇怪。当她得独自一人行动时,她会铆足干劲,迅速下决心。当她与马克西莫·塞恩斯在一起时——潜意识的行为?——她将自我完全奉献给他,甚至懒得思考。一种慵懒、随波逐流的感觉侵入她的内心……她不仅在身体上而且在知性上投入塞恩斯的怀抱。仿佛对他说:"你替我思考吧"。她喜欢放弃自己的个性,感觉自己像个孩子,生活和处事都如一个知道自己被保护、被溺爱的幼儿。

甚至到了这种程度:"你替我思考吧。我是你的一件物品……"(第166~167页)

内战一方面对伊蕾内的职业生涯造成可怕后果,另一方面也终结了她与塞恩斯的爱情,导致她爱情和人生的双重失败。"20岁的差异——或许只是监狱——在他俩之间裂开的鸿沟里,也有大堆的尸体。理想的尸体。也许只是观点的尸体。"(第333页)

2. 现代版皮格马里翁

皮格马里翁是希腊神话中的塞浦路斯国王,据奥维德《变形记》的记述,皮格马里翁擅长雕刻,他曾花费大量时间寻找完美女性,结果不能如愿。于是皮格马里翁把精力投入到雕刻中,希望创造美丽的艺术品来弥补人生的缺憾。他根据自己心目中理想的女性形象,用神奇的技艺雕刻了一座美丽的少女像。在夜以继日的工作中,皮格马里翁把全部的热情、全部的爱恋都倾注在这座象牙雕像上。他像对待自己的妻子那样抚爱她,装扮她,为她起名加拉泰亚,并向神乞求让她成为自己的妻子。爱神阿芙洛狄忒被他打动,赐予雕像生命,并让他们结为夫妻。

有关皮格马里翁的神话对西方文学和艺术产生了很大的影响。《女教师日记》在一定程度上是对这个神话故事的改写和颠覆。塞恩斯是现代版的皮格马里翁,伊蕾内则是他打造、培养的对象。但现实远不及神话那么美满,塞恩斯没有像皮格马里翁那样为爱而与自己心仪的人结为伴侣,反而始乱终弃,辜负了伊蕾内的一片痴情。

梅迪奥在作品中多次强调女主人公的天真、单纯,甚至有些幼稚。

> 伊蕾内·加尔像是一本故事书里的闪亮插图。她全身都是儿童化的,她的女孩形象,她有点无意识的快乐,她对任何想法的热情,她判断和发表观点的快捷……她的眼睛尤其像儿童,总是纯净地、直直地看着其他人的眼睛,寻找真理。(第54页)

在二人世界里,伊蕾内表现得传统、温顺,与塞恩斯的不平等关系导致她的人格产生严重分裂:

> 他刚刚发现她。的确是现在才开始认识这位"第一排的女生"。她外表柔和灵巧,看似可塑之材,但内心是有性格的人。……直到今天他才注意到她颈脖的完美曲线、她端正的五官、她举止的纯净……伊蕾内

只是他的"小乌龟";年少温存的女孩,适合做自己的伴侣;像他手中的黏土,准备由他任意塑造,好似一个新的皮格马里翁。(第64页)

在热恋的对话中,两人之间塑造与被塑造的关系表现得更加露骨:

——你把衣服脱掉……就这样……就一会儿,只是一会儿……让我看看你的裸体……
在片刻的惊讶之后,说:
——我当一个雕塑家该多愉悦呀!
她回答到:
——从某种程度上讲,你就是雕塑家。(第66页)

塞恩斯战后被关进监狱,伊蕾内像《奥德赛》里的珀涅罗珀苦等奥德修斯那样等待塞恩斯八年,甚至拒绝了同事贝尔那多的苦苦追求:

伊蕾内织衣服。她在为马克西莫·塞恩斯织毛衣。伊蕾内·加尔喜欢织毛衣,做任何能让她自由想象的活计,以便重温对马克西莫的回忆。这是伊蕾内·加尔允许自己的唯一乐趣。八年的分离,无希望的等待,都无法抹去他们短暂的亲密时光。(第260页)

但塞恩斯1949年出狱后对一切都丧失信念,如今在他看来,"对民族……对全人类的爱太可笑了!"(第222页)他抛弃了伊蕾内,娶了一位狱友的有钱妹妹。伊蕾内对塞恩斯的幻想也彻底破灭。"他不是自己期待的男人,不是教她思考、感受的那个男人,那个曾经梦想为人类争取更美好世界的男人。"(第230页)"事实是在他的生活中有了另一个女人……在那个女人身边一切都解决了……我、责任……他的作品……我可怜而懦弱的皮格马里翁。"(第264页)

如果说"阿尔德科亚向我们呈现的是一个既爱冒险又坚实的女性典型,无疑在战前和战后的西班牙生活中都是与众不同的,梅迪奥给我们展示的一个女教师则被教育话语的理性和情感的屈服所割裂"[1]。梅迪奥改编的现代版皮格马里翁故事,既是对自古以来男性主宰女性命运的揭露,也是对女性真正走上自立、自强之路的期许。伊蕾内作为一名教师,她肩负的不仅是教

---

[1] Inmaculada de la Fuente, *Mujeres de la posguerra*, p.241.

育、培养新型国民的重任,而且需要使自己在心智和情感上都成长、成熟,彻底摆脱对男性的依赖,塑造健全的人格,独立把握人生的走向。

第二节 《年年夏日那片海》

《年年夏日那片海》(*El mismo mar de todos los veranos*,1978)是埃斯特尔·杜丝格兹的成名作,与《爱情是个孤独的游戏》(*El amor es un juego solitario*,1979 年"巴塞罗那城市小说奖")及《最后一场海难后的搁浅》(*Varada tras el último naufragio*,1980)组成杜丝格兹的"女性三部曲"。与女主角发生同性恋情感纠葛的女人都叫克拉拉,她们虽然同名,但并不是同一个人物,以此使三部曲具有某种内在的联系,勾勒出 70 年代末以来西班牙妇女个人和社会处境所经历的演变过程。在杜丝格兹的小说里,"爱情永远产生在女人之间,它在今天虽然没有障碍,但也没有前途。这是一种毁灭性的爱情,让人疯狂,因为它把人物投向童年时光,那时我们能够没有理由地爱一个人。甚至她的景色描写都是女性肉体感官和感情的比喻。"①

《年年夏日那片海》是对《胡利娅》的再创作,作为杜丝格兹在文学和私生活方面给予莫伊斯的双重答复。这两位巴塞罗那女作家在文学创作和出版业等方面有过非常多的合作,经常撰文互相评论对方的作品。两人之间的特殊情感隐含在《年年夏日那片海》的女主人公"我"(一位高校文学系老师)与女大学生克拉拉(即胡利娅)的同性恋关系中,因此文本内外都暗藏互文关系,具有浓重的自传色彩②。

杜丝格兹承认她的作品十分自我指涉,她所写的一切都是关于自己所了解的唯一东西,即巴塞罗那资产阶级知识分子。因此她坦然接受西班牙文学评论家弗朗西斯科·里克对自己的评价:"作家们总是在写同一部小说,而埃斯特尔·杜丝格兹是在写同一页。"③另一位评论家桑斯·比亚努埃瓦则认为《年年夏日那片海》是"一段充满激情的女同性恋爱情故事,是我们文学中第一部这种题材的作品,它是进步的,落落大方,打破常规习俗,即便激进的女权主义对它持保留态度。巴洛克风格、以多种文化素材加以丰富的情节,

---

① Anna Caballe, *La vida escrita por las mujeres*, I. *Lo mío es escribir. Siglo XX*, Barcelona, Lumen, 2003, p. 20.
② 莫伊斯的短篇小说《献词》(*Dedicatoria*)借一个男性叙事者的口吻叙述了她与杜丝格兹的同性恋关系。
③ Rosa Mora, "Auto de fe de una niña de diez años", *Babelia*, *El País*, 14 de diciembre de 1996, p. 11.

为刻画这个当代夏娃提供了一流的文学维度。"①

1. 杜丝格兹与《年年夏日那片海》

杜丝格兹1936年出生于巴塞罗那上流社会,战后接受的是精英教育。从60年代初起执掌家族产业鲁门出版社(Lumen)长达40年,很晚才开始动笔创作。她对女同性恋这个敏感题材的探讨引起评论界和读者的广泛注意:"在我创作《年年夏日那片海》的时候,不知为什么,我比较热衷同性恋这个主题,或许是因为我觉得它可能提供了一种更加民主、自由、丰富的关系,或许是因为包含了更大的抗议成分。"②杜丝格兹的创作受埃莱娜·西苏"身体写作"理论(escritura del cuerpo)的影响,为女性模式的分析提供了一系列新的视角。杜丝格兹提倡一种双性恋,相对于女人与男人的关系,她赋予女性之间的关系同等甚至更大的重要性,女同性恋是针对男性性规则而出现的一种选择。杜丝格兹后期的小说《一去不复返》(*Para no volver*, 1985)和《嘴唇上的蜜》(*Con la miel en los labios*, 1997)依旧描写女同性恋者独特的情爱世界,因此碧鲁特·希普利哈乌斯卡伊黛指出她的小说包含了"当代西班牙文学中对情色和女同性恋最深刻的探索"③。

《年年夏日那片海》的女主人公/叙事者是一位出生于巴塞罗那上流社会的大学老师,对男权社会强加于自己的异性婚姻和传宗接代的职责彻底绝望,因为丈夫和女儿都不理解"我",甚至不断背叛"我"。就在这种孤独和绝望中,与来自哥伦比亚的女学生克拉拉相识、相恋:

> 在我的生活中,有着一个头脑简单而又自负的丈夫,永远都在忙着逃向所有可以前往的知名岛屿,而且每次都会从那些岛屿归来;有着一个总在遥远的异国他乡旅游的母亲,只会用明信片寄来她的拥抱和问候;还有一个好卖弄学问的"杰出"的女儿,从来没有,而且将来也不会去试着理解别人,因为她天生就不通此道。除此之外,我一无所有。这样的丈夫、母亲和女儿给我的爱虽然善意而仁慈,但从来不会达到最真实的我。于是,他们给我的爱就像被扔进了万丈深渊,就仿佛人们试探着

---

① Santos Sanz Villanueva, "Muere la escritora y editora Esther Tusquest", *EL MUNDO.es*, 23 de julio de 2012.
② María Luz Diéguez, "Entrevista con Esther Tusquets", *Letras Femeninas*, Vol. 15, No. 1/2 (PRIMAVERA-OTOÑO 1989), pp. 131-140.
③ Birute Ciplijauskaite, "Esther Tusquets y la escritura femenina", *Los nuevos nombres, 1975-1990*. Ed. Darío Villanueva. Vol. 9 de *Historia y crítica de la literatura española*. Ed. Francisco Rico, Barcelona, Crítica, 1992, p. 332.

将食物投给那些在幽暗洞穴里徘徊的受伤的野兽。而恰恰就在这个时候,在这个毫无希望的孤独中,出现了一个来自另一个世界、另一个时空、另一个星球的女孩,她随身带来了那些不眠之夜的全部魔力,带来了梦境中热烈的香气,带来了开始从内心迸发出的炽热的激情。①

"我"从克拉拉那里得到了真正的关爱。她成为"我"回忆和倾诉的理想对象及听众,帮助我彻底认识作为妻子、母亲、女儿、情人的自我。克拉拉变成了"我"的镜子,使自己完成了对内心历程的回顾以及对自身性别的重新发现和认识。但这段恋情只维持了28天,最后"我"迫于社会压力还是回到丈夫身边,继续囚禁在这种名存实亡的婚姻围城里:

然而在小说的结尾,软弱的"我"还是放弃了做真正自我的可能性,迫于丈夫的要求,重新回到他的身边,再次丧失了独立成长的机会:

> 我们俩都知道我们依然彼此相爱,但此刻的情形除了她的离去将不会有任何出路,倒并不是因为我与胡利奥或她与"君王"度过的那一晚有什么了不起,而是因为,我可能会一次又一次地为了背叛我自己而去背叛她,会为了伤害我自己而去伤害她,会为了消除我自己任何可能的希望而去扼杀她的希望。因为那希望于我而言已不复存在,它不存在也许是因为我随时都在选择它的消亡,我将自己在多年前某个春天下午做出的那个无法撤销的决定不停地重温了一遍又一遍,让它时时左右着我的生活。我杜绝了自己学会飞翔的可能性,根本就不再渴望能长出翅膀,不会再跟随克拉拉穿越任何一扇窗户,飞出那窄小的窗框,和她一起开始前往"永无可能"之地的旅程。(第224页)

《年年夏日那片海》在刚刚恢复民主的西班牙引起极大轰动,因为杜丝格兹在这部作品里"将女性情欲(特别是女同性恋)书面化,这意味着一种深刻、大胆的行为,不仅因为她深入西班牙文学传统中缺乏先例的领域,而且也与这本书问世的历史背景有关。佛朗哥逝世才三年就出版了《年年夏日那片海》,西班牙刚结束了40年的独裁统治以及对妇女的压迫、对肉体写作的忌讳。这一年民主宪法颁布,取消了新闻审查制度。毫无疑问,如果没有合法的自由,一部具有明显情色成分,并且以我们文学中不同寻常的、开创性的坦

---

① 杜丝格兹:《年年夏日那片海》,卜珊译,人民文学出版社,2007年,第122页。该书所有引文皆出自这个版本。

诚描写女同性恋关系的书,是不可能发表的。"①

2. 童话与现实

童话和神话对杜丝格兹的创作产生了重大影响,她坦言"仙女故事是我个人世界为数不少的要素。我的母亲和姨妈都是了不起的故事大王,从小就给我讲故事。我母亲也非常喜欢古典神话,即希腊神话,这些都出现在我的作品中,从小就构成我童年世界的一部分。"②评论界的共识是:

> 仙女故事构成《年年夏日那片海》的叙事框架,这一事实反映在结构上就是小说的导语和最后一句话均出自彼得·潘的引言"温迪长大成人了"……女主人公/叙述者所经历的短暂叛逆时期以及她回到丈夫身边并引申到回归家庭及资产阶级准则,各自对应的是温迪和他的兄弟在彼得·潘的邀请下逃到永无岛,后又都回到家庭与父母团聚,像正常的孩子那样长大……杜丝格兹小说中的女叙述者投入到对她童年时期童话故事的书单进行重新阅读和重新写作的过程。③

杜丝格兹在《年年夏日那片海》里经常指涉的另一个神话是有关忒修斯与阿里阿德涅的故事:克里特国王米诺斯的女儿阿里阿德涅爱上了雅典王子忒修斯,她给了他一个线团,以便他在迷宫中标记退路。忒修斯杀死了牛头人身怪物米诺陶诺斯,带领其他雅典人逃离迷宫。他还带走了阿里阿德涅,但在回航路上将她遗弃在那克索斯岛。杜丝格兹有意对该神话的情节做某些改变,把女主人公"我"视为忒修斯,把克拉拉比喻成阿里阿德涅,由后者帮助"我"走出情感的迷宫,认清自己的性别取向:

> 在这所好像博物馆、庙宇和坟墓一般的房子里,在这个梦想世界的入口处,我会渐渐拥有一个像阿里阿德涅一样的克拉拉,她也许无法给任何人充当向导,但却可以跟随我,在迷宫那些复杂的拐弯处也用不着指路的丝线:我会拥有阿兹特克的克拉拉女神——唉,就算哥伦比亚没

---

① Rosalía Cornejo-Parriego, *Entre mujeres. Política de la amistad y el deseo en la narrativa española contemporánea*, pp. 135-136.
② Catherine Bourland Ross, "Ser mujer hoy en día, Esther Tusquets y su escritura", *Confluencia*, Vol 20, No. 2, SPRING 2005.
③ Dorothy Odartey-Wellington, "De las madres perversas y las hadas buenas, una nueva visión sobre la imagen esencial de la mujer en las novelas de Carmen Martín Gaite y Esther Tusquets", *Anales de la Literatura Española Contemporánea*, 25.2 (Spring 2000).

第十三章 戏仿神话:女性的修正

有阿兹特克人那又有什么关系,而对她的崇拜总是需要鲜血和纯净之极的心;我会拥有像安杰丽嘉一样的克拉拉,皮肤黝黑的她在热带丛林中长大,有着甜甜的双唇和蜜一样的胸脯,那味道让疯狂而痴情的罗兰四处游荡,在无数蜂房中找了又找。(第86页)

有时在"我"看来,克拉拉"躺在地毯上,就像一株没有根的爬藤。她根本就不需要什么根,在那些小小的战士们中间,她是那么巨大,但又显得那么娇小,就像身处小人国里的格列佛,只是躺在眼前的这位女格列佛像盛开的花儿一样,显示出不可思议的魅力和娇弱。"(第88~89页)

"我"在与克拉拉的交往过程中,一方面意识到对她的人生产生了深刻影响,另一方面也预见这一关系难有善终:

我想,也许从很久以前开始,这个新版的阿里阿德涅也在不知不觉中寻找着和我的迷宫一模一样的地方,跟我一样像植物那样生活在一种昏暗的地下环境中,偏爱那些被禁止的、怪异的对月亮的崇拜,喜欢带着些邪恶意味的皈依酒神的仪式,发出大海或苇塘中的低语,注定要在半梦半醒中与米诺陶诺斯那狂野的爪子,与狄俄尼索斯那沉重而灼热的呼吸和他那分裂成雌雄两半的性别进行一场笨拙的、有气无力的争斗。(第87~88页)

忒修斯最终抛弃阿里阿德涅,这一悲剧同样发生在"我"与克拉拉身上。而在"我"与丈夫胡里奥的婚姻关系中,"我"又变成阿里阿德涅,遭到忒修斯/胡里奥的背叛。

在这个时候,一阵模糊却让人痛彻心扉的思绪袭上我的心头,我想起了那些永远在海滩上奔走,徒劳地去追寻一颗真正的人类灵魂的美人鱼们,想起那个被人嘲笑的水仙花,想起那些在新婚之夜被无缘无故遗弃的姑娘们,想起那个被误杀、有着东方人的眼睛的黑发少年,想起被抛弃在那克索斯岛上的阿里阿德涅。(第214页)

杜丝格兹对希腊神话、民间童话的参照和改写是为了让读者理解展示女性人物心理机制的特殊隐喻和意象。"在《年年夏日那片海》里,一方面对神话的压迫性予以揭露,比如女主人公在某个场合说神话'教她艰难度日','导致我们把生活弄得一团糟';但另一方面,女主人公,甚至在她与克拉拉的关系里,十分依赖所形成的这种神话结构。"①

可以说,杜丝格兹在描写两位女性人物同性恋关系时,"对神话进行了女性化和女同性恋式的重写","复制了一个普世性的神话范例,即一个男性的启蒙旅行传统上所代表的英雄追求和自我发现,在女同性恋文学传统中,它变形为引导女英雄承认自己女同性恋倾向的一个历程"②。

第三节 《那喀索斯和哈耳摩尼亚》

努里娅·阿玛特的第二部小说《那喀索斯和哈耳摩尼亚》(*Narciso y Armonía*,1982)是她根据本人独特的世界观和生活观,对古希腊作家朗格斯(Longus)创作的第一部田园牧歌小说《达佛涅斯与克洛伊》(*Daphnis and Chloe*)以及有关那喀索斯、哈耳摩尼亚神话的全新改写。作者指出此书的基调"对应的是一种特殊的感性:有意识的地中海感知性,与另一种北方的感性——德国文化——相对立。因此该著中有古典神话、死亡、大海、音乐等因素。"③虽然《那喀索斯和哈耳摩尼亚》的结构是古典的,却呈现出与希腊神话截然不同的结局。

1. 和谐与自恋

哈耳摩尼亚在希腊神话中是和谐女神,代表和谐与协调,掌管乐器和声。她是战神的女儿,嫁给了卡德摩亚堡(后发展成忒拜)的统治者卡德摩斯。当卡德摩斯被逼逃离底比斯时,哈耳摩亚尼跟随着他。晚年与卡德摩斯移居伊利里亚,在那里变成蛇。那喀索斯源自奥维多的《变形记》,这个美少年因留恋水中自己的倒影而憔悴身亡,神女们将他变成水仙花,从此那喀索斯成为自恋的象征。

阿玛特有意借用哈耳摩尼亚和那喀索斯这两个神话人物的名字,既借鉴他们的经历,又改写他们的命运。在《那喀索斯和哈耳摩尼亚》里,女主人公哈耳摩尼亚是一个孤独、敏感、热爱舞蹈和大海的艺术家,她在地中海岸边结识了一位年轻、有前途的作曲家那喀索斯。这位男同性恋虽然对女人不感兴趣,却对哈耳摩尼亚产生了极大的吸引力。在与那喀索斯交往的过程中,哈

---

① María Luz Diéguez, "Entrevista con Esther Tusquets", *Letras Femeninas*, Vol. 15, No. 1/2 (PRIMAVERA-OTOÑO 1989), pp. 131-140.
② Rosalía Cornejo-Parriego, *Entre mujeres. Política de la amistad y el deseo en la narrativa española contemporáea*, pp. 146-147.
③ Rosa María Pereda, "Dos novelistas españolas se enfrentan a la historia de doña Urraca y al mito de Narciso", *El País*, 19 de junio de 1982.

耳摩尼亚意外怀孕，然而这并未给她带来幸福感。因为哈耳摩尼亚在一次滑水事故中令母亲丧生，导致她有负罪感，最终她拒绝为人母，做了绝育手术。哈耳摩尼亚在医院的镜子中发现，要想获得完美的自我，必须找到她的另一半，她的男性那一面：

> 镜子反射出另一个形状，逐渐揭示出另一个不同于她，但同时又一致的形象。相异又相似……现在一笔一画更加清晰、突出地勾勒出哈耳摩尼亚不曾是也永远不会是的形象。显示出来的是一个男人，像她一样美丽、沮丧，与哈耳摩尼亚完全一样，只是把她的女性气质突出为男性。①

两人之间的爱情关系虽然充满激情，但是十分脆弱，都无力挽救最后的悲剧性结局。那喀索斯最终还是在另一个男人那里找到自我，而哈耳摩尼亚也像神话中那位和谐女神那样，放弃了自我和芭蕾事业，嫁给了一个事业稳固的男人，成为一个外省的家庭主妇，完全融入男性社会。

2. 现代版克洛伊

朗格斯在《达佛涅斯与克洛伊》里塑造了希腊神话中令人艳羡的一对情侣达佛涅斯与克洛伊。前者是一个英俊的牧羊人，始作牧歌，深受仙女们的喜爱；后者是一个牧羊女，她与达佛涅斯从小生活在秀丽的莱斯博士岛上，与抚养他们的老牧羊人相依为命。但一群海盗突然出现，抢走了美丽的克洛伊。达佛涅斯痛苦万分，他向牧神祈祷，并在牧神的帮助下从海盗手中夺回克洛伊，他俩也终成眷属。

阿玛特在《那喀索斯和哈耳摩尼亚》中把哈耳摩尼亚塑造成现代版克洛伊，但她颠覆了朗格斯版中被动的克洛伊形象。哈耳摩尼亚主动引诱那喀索斯（他之前有过一段很长的同性恋经历），两人于是开始了一段短暂而充满激情的异性恋。"如此新潮、自由、经历丰富的两人，相反，现在独处的时候，他们如此笨拙、懦弱，谈论爱情以掩饰它。"（第109页）

在那喀索斯的帮助下哈耳摩尼亚排练了一部以《达佛涅斯与克洛伊》为蓝本的芭蕾舞剧，她一人分饰两个角色。但那喀索斯其实是在利用她的感情，为自己的作曲事业提供灵感。"那喀索斯只能这样称呼。当心那个名字！哈耳摩尼亚对自己说。那喀索斯们很危险，因为他们的魅力之一就是无比看

---

① Nuria Amat: *Narciso y Armonía*, Madrid, Puntual, 1982, p. 38. 该著引文皆出自这个版本，由笔者自译。

重自我。"(第88页)

阿玛特把古典神话作为对两个当代人物行为象征性解释的密码,同时从女权主义角度重新审视古典神话,女主人公回忆从少年到成年的成长历程、家庭环境、与父亲的俄狄浦斯情结、与母亲的冲突,对自己进行心理分析,并探讨爱情的力量及和谐的理想。

总之,"重写与戏仿,是后现代文本中经常采用的一种文本策略,具有解构经典形象和瓦解传统文本权威的力量。20世纪80年代中期以来,写作的女性正是运用这一策略,实施对经典的传统主流/男性话语的双重反控制。"[1]

---

[1] 廖冬梅:《"嬉戏诸神"与"话语狂欢"——论20世纪80年代中期以来女性小说叙事策略中的"重写"与"戏仿"》,《吉林省教育学院学报》2006年第11期,第22卷。

第十四章 西班牙女性成长小说的叙述声音

女性主义叙事学创始人苏珊·兰瑟在《虚构的权威,女作家与叙述声音》(*Fictions of Authority, Women Writers and Narrative Voice*, 1992)中提出"女性叙事学"(Feminist Narratology)概念,认为"在以男权为中心的现代社会里,女性主义表达'观念'的'声音'实际上受到叙述'形式'的制约和压迫;女性的叙述声音不仅仅是一个形式技巧问题,而且更重要的还是一个社会权力、意识形态冲突的问题。"①

在传统小说里,正如美国后现代主义小说家约翰·巴思(John Barth, 1930~)所言:"讲故事的角色基本是男性的,听故事或读故事的角色是女性的,而故事则是他们交合的媒介。"这种叙事安排表现的是男性意识,而女性的意识和经验则被抹去或处于失语状态。所以,"女性叙事学"对叙事声音的重视是因为"'声音'既是女性表达地位和权力的能指,用以消解男权话语霸权的逻格斯中心。另一方面,'声音'又是叙事学的一个重要范畴,表述为'叙述声音'。它指叙事作品中的讲述者,以区别于叙事中的作者和非叙述性人物。"②

高小弘也认为:"在现代社会,'声音'这个词已经具备重要的文化意义,特别是对于那些长期受贬抑的、被强制以沉默为美德的社会群体与个体来讲,'声音'已经成为权力与身份的代称。因此,对于被长久笼罩在性别统治与性别歧视阴影中的女性而言,寻找'失落的声音'并发出'另外一种声音',就意味着女性个人或群体试图通过追求话语权力来摆脱女性客体地位,并通过建构一种与生命体验相连的表达方式来消解男权话语霸权。"③因此,在女性成长小说中,"谁在说"和"怎么说"就成为一个关键问题。

西班牙女性成长小说或采取第一人称叙事,或采用多视角叙事,其终极目的是让女性发出自我的声音,让外界能够听到妇女的心声,打破长期以来

---

① 苏珊·兰瑟:《虚构的权威——女作家与叙述声音》,黄必康译,北京大学出版社,2002年,第320页。
② 黄必康:《建构叙述声音的女性主义理论》,《国外文学》2001年第2期。
③ 高小弘:《话语权威的艰难建构——20世纪90年代女性成长小说的叙述声音分析》,《理论与创作》2010年第3期。

女性在公共领域的沉默,使得男女的交流变得平等、互动。

一、立足于女性自身的陈述来重新命名"女性",成长叙事落笔在成长体验中生理和心理上的自然性、自在性,并建立起自己的叙事伦理价值观,认为异于公众的一面才是最值得书写的……二、突出女性的声音……构成一个"少女—女人成长的故事"。它讲述的不同在于,此前的女性叙述者都是在自我之外寻求(男性)权威的救助,作品中频频出现"白马王子"的意象,或者情感受阻,爱情失意转而追求事业的成功。这里的叙述者力图塑造一个"唯我独尊"的叙事主体形象。[1]

第一节 "我"的独白

倾向于第一人称叙述是西方女性成长小说的一大特点。"19 世纪的女性成长小说均为第一人称叙事,极大增强了作品的感染性。但是这种言说具有相当强烈的主观性。"[2]这主要是因为"第一人称叙述者,作为小说的主人公,她自身的经验和历史就构成了叙述的基本对象,因此这个'叙述的我'同时就是'经验的我'"[3]。

在西班牙当代成长小说中,如《空盼》《悲伤》《我写你的名字》《陷阱》《初忆》《乡村女教师》《马莱娜是一首探戈曲名》《紫色时光》《亲爱的,我把大海留给你当信物》《融融暖意》《家有疯女》《隐私》和《爱情、好奇、百忧解和困惑》等,都采用第一人称叙事模式,并通过话语写作倾诉其个体的真实,追寻自我最私密的经历。"叙述者往往是已经成年的人回顾自己早年成长过程中一些或一个永生难忘的经历。这些经历曾影响了他们的性格成长,或是决定了他们的人生道路。"[4]

1.《一种意外的人生》

《一种意外的人生》(*Una vida inesperada*,1997)是小说家、散文家索莱达·普埃托拉斯(Soledad Puertolas,1947~)创作的最长也最内心化的一部小说,打破了她以往的心理障碍,以第一人称的方式披露无名女主人公/叙

---

[1] 祝亚峰:《20 世纪 90 年代成长小说的叙事与性别——从 60 年代生人的成长小说谈起》,《文艺研究》2006 年第 11 期。
[2] 杨宇:《女人建构的低俗艺术:〈珀涅罗珀记〉对神话的回击》,《国外文学》2012 年第 1 期,第 115 页。
[3] 罗钢:《叙述学导论》,云南人民出版社,1994 年,第 169~170 页。
[4] 芮渝萍:《美国成长小说研究》,第 169~170 页。

述者(其中有不少地方可以看见作家本人的影子)关于人生的最深层、最私密的回顾与反思。"在这部自我分析的小说里,女主人公书写日记,在回顾往昔时得以摆脱她的怨恨。内心独白以一位离异的疲惫女人的叹息开始,但多亏了她的那些书面反思,转而有可能成为对生活的肯定。写作活动舒缓了她所感到的忧伤,同时使其灵魂透明。"①

(1) 普埃托拉斯与《一种意外的人生》

普埃托拉斯出生于萨拉戈萨一个中产阶级家庭,1961 年随家人移居马德里,相继选择了政治学和经济学两个专业,均未完成学业,最后毕业于新闻专业。1971～1974 年随丈夫留学挪威和美国,获得加利福尼亚大学西葡语文学硕士学位。1975 年回国后当过记者、教师、文化部官员、出版社主编,同时开始文学创作。处女作《双重武装的强盗》(El bandido doblemente armado, 1980)获 1979 年"芝麻奖"(Premio Sésamo),成名作《剩下黑夜》(Queda la noche, 1989)赢得"行星奖",她的文集《隐秘的生活》(La vida oculta)1993 年被授予"阿纳格拉马散文奖"。

2010 年 1 月普埃托拉斯入选西班牙皇家语言学院,她还获得过"克劳卡奖"(Premio Glauka 2001)、"阿拉贡文学奖"(Premio de la Letras Aragonesas, 2004)、"马德里自治区文化奖"(2008)、"洛格罗尼奥省小说奖"(Premio Logroño de Novela 2011)。

与其他女作家不同的是,普埃托拉斯一般喜欢从男性的视角来观察、审视、分析周围的女性世界以及她们对自己情感成熟的影响。如《人人撒谎》(Todos mienten, 1988)、《阿雷那尔大街的岁月》(Días del Arenal, 1992)、《博格夫人》(La señora Berg, 1999)和《我徒劳的爱情》(Mi amor en vano, 2012)。这一方面拉开了她与女性人物的距离,避免了许多女性文学作品经常引起的对号入座的麻烦,另一方面也更加客观地塑造了女性形象,揭示出妇女在男性社会中的真实地位和遭遇。

但普埃托拉斯也创作了一些以女性人物为主角的小说,如《留下黑夜》《夜晚的天空》(Cielo nocturno, 2008)和《一种意外的人生》。这三部作品均具有女性成长小说的某些特质,无论其主人公是少女、少妇还是跨入人生第三阶段的成熟女性,都经历了从佛朗哥专制社会到政治转型的民主阶段,这意味着这些女性人物的成长在精神和肉体层面都面临诸多冲突、困境和挣扎,因此她们的人生打上了传统与变革的双重烙印。

---

① Marguerite DiNonno Intemann, "De la soledad a la solidaridad en la narrativa de Soledad Puértolas, La escritura como un acto de esperanza", Hispania, Vol. 95, No. 1. 2012.

《一种意外的人生》的叙事者/女主人公为一位中年图书管理员,普埃托拉斯对她的定位如下:

> 我不认为她是一个伤感的人,不,绝对不是。或许更多的是怨恨。有一种感觉是她已经奋斗了太多,过分努力想成为他者乐意接受的那种人。她总是置身众人之间,一直被人们包围,努力与大家搞好关系,掩饰自己的痛苦和疲惫……当她开始写日记时,是一个想回到过去、重建过去的女人,因为直到那时她过日子没有太多思考。那是一种不满意、不分析的生活。过了而立之年她还是一个无法关注自我的人。她消失在他人的环境里,任由神话、男人、女友、局势引导。她第一次动笔写作是她开始恢复自我,用另一种眼光看待过去,因为她想摆脱对生活的怨恨。①

(2) 反思自我

多丽特·科恩(Dorrit Cohn,1924~2012)在其论著《透明的心灵:小说中呈现意识的叙事模式》(*Transparent Minds, Narrative Modes for Presenting Consciousness in Fiction*,1978)中提出,记忆可分为记忆性叙述与记忆性独白。《一种意外的人生》的五段记忆性独白都与另一个女性人物、"我"少年时代的同学奥尔佳息息相关。"我"和奥尔佳是截然不同的两种女人(前者内向、腼腆、远离任何团体;后者开朗、活跃、积极参与社会生活),她就像一面镜子,"我"时时以她为人生的参照点,对她充满爱恨交织的复杂心态:

> 如今我对过去自己那么崇拜奥尔佳感到惊讶,这让我有点恼火,因为它显示了我10岁时的情状,并且从某种意义上讲我依旧还是原样,虽然很长时间、许多年我没见到奥尔佳,但我仍无法完全摆脱那种崇拜,即便甚至会恨她,可能现在我恨她胜于崇拜她。②

与奥尔佳多年后的意外相遇及最后得知她的死讯成为女主人公这场心路历程的起始和终结。

---

① Katica Urbanc, "Soledad Puértolas, He vuelto a la realidad de otra manera...", http://www.ucm.es/OTROS/especulo/numero8/k_urbanc.htm.
② Soledad Puértolas, *Una vida inesperada*, Barcelona, Anagrama, 1997, p.11. 该著的所有引言皆出自这个版本,由笔者自译。

奥尔佳是个借口、出发点;对奥尔佳的回忆促使我一个午后待在家里,坐到打字机面前,虽然奥尔佳对我来说已无关紧要,重要的是我自己的回忆,我回顾往昔,仿佛在一个没有尽头的游泳池里徜徉,仿佛那些回忆都不受腐蚀地保存在某个地方,多年后如今我还可以触及它们、理解它们。(第257~258页)

"我"的回忆跨度很大,既有教会学校度过的少年时代、60年代的大学生活和政治活动,也有与几个男人的爱情经历、婚姻生活,还涉及年老的孤独和面临的死亡威胁:

我自言自语,有时我感到说话的欲望,向某个人讲述这一切,谈论我所认识的人,但不是为了议论他们,最终是为了谈论我自己,解释自我……我的印象是我没有得到回应,无人真正倾听我,我觉得自己处于一片空白。(第294页)

在《一种意外的人生》中"我"最终通过写作获得了灵魂的平静。普埃托拉斯对该人物做如下评论:

这个第一人称讲述一切,呈现自我,但很智性。她很理性地分析自己的情感,这就允许我使用一种更加反思、更加迂回、更加细腻的风格,与其他作品相比不那么伤感。我认为对女主人公来说,她生活的一大支柱是她的反思能力。换句话说,这是拯救她的力量,因为不然的话,生活可能已经将她搁置一旁。从这个意义上说,《一种意外的人生》与其他小说风格不同……她是一个愿意掌控自己世界的人,因此她运用所有的语言手段,句式更长,色彩更细微……她想逐步总揽现实,而不是描写它。[1]

2.《融融暖意》

《融融暖意》(*Un calor tan cercano*,1997)是当代知名女记者、作家、电影编剧玛露哈·托雷斯(Maruja Torres,1943~)的处女作,获1998年"外国文学奖"(Premio de Literatura Extranjera)。她在作品前言中承认女主人公马

---

[1] Katica Urbanc,"Soledad Puértolas, He vuelto a la realidad de otra manera…",http://www.ucm.es/OTROS/especulo/numero8/k_urbanc.htm.

努埃拉"几乎百分之百是依照我本人虚构出来的,只是我为她设计出一个跟自己完全不同的命运罢了"。而写这本书的目的在于"重返那童稚的王国以及各种犹豫与恐惧、各种自以为是的计谋与冷凝的美德闪光,同时也是为了以自己的方式叙述探索成人间游戏的历程"①。

(1) 托雷斯与《融融暖意》

托雷斯出生在巴塞罗那一个来自穆尔西亚农村的移民家庭,父亲是个酒鬼,在她 7 岁时抛弃了她和母亲。托雷斯自幼没有受过什么正规教育,14 岁开始当打字员,21 岁时靠伯乐卡门·库特兹慧眼识人进入新闻业,在后者任职的《新闻报》(*La Prensa*)栏目"妇女页面"(Página Femenina)当秘书,因此托雷斯把《我们活着的时候》(*Mientras vivimos*,2000 年"行星奖")献给恩师②。

1981 年在巴塞罗那作为娱乐记者已经小有名气的托雷斯前往马德里,从零开始,1982 年起为《国家报》撰写评论栏长达三十多年(2013 年因与报社领导立场不同而被迫离开该报)。此外她在《日报 16》主持的专栏是当时最受读者关注的栏目之一。她还在黎巴嫩、以色列和巴拿马等国当过战地记者,从事人物专访和专栏节目,2013 年 10 月起在《日报》网络版(eldiario.es)开辟个人评论专栏。

托雷斯从 1986 年起开始文学创作,陆续推出《哦,是他!通往胡里奥·伊格莱西亚斯的神奇之旅》(¡*Oh es él! Viaje fantástico hacia Julio Iglesias*,1986)和《爱情的盲目》(*Ceguera de amor*,1991)。但她承认自己是从游记《心爱的美洲:拉美情感之旅》(*Amor América, un viaje sentimental por América Latina*,1993)起学会写作。之后出版了文集《好似一滴水》(*Como una gota*,1995),自传《战争中的女人》(*Mujer en guerra*,1999)和《7 的 10 倍》(*Diez veces siete*,2014),传记《雨人》(*Hombres de lluvia*,2004),小说《请在天堂等我》(*Esperadme en el cielo*,2009 年"纳达尔小说奖")、《杀人容易》(*Fácil de matar*,2011)、《没心没肺》(*Sin entrañas*,2012)。

---

① 玛露哈·托雷斯:《融融暖意》,张广森译,人民文学出版社,2007 年,作者前言第 2 页。该著的所有引言出自这个版本。
② 《我们活着的时候》讲述三个出身和年龄各不相同的女人在她们人生的一个特定时刻,如何互相帮助、误解乃至结怨的故事。其中最年长者特雷莎即以卡门·库特兹为原型,她在第二次世界大战期间就在巴黎开始写作,于 1976 年逝世。雷西娜(托雷斯的化身)是她的弟子,这个 50 岁左右的小说家,一方面拒绝了老师的教导,为名利所累,另一方面正面临创作灵感的枯竭。朱迪是三人中最年轻的一位,这位来自巴塞罗那郊区工人家庭、对生活感到无聊的 20 岁女孩,梦想当一个她所崇拜的雷西娜那样的大作家。两人的偶然相识促使雷西娜正视自身危机的根源以及她与特雷莎的关系。

《融融暖意》采用倒叙的方式(只有第一章和最后一章是现时的1987年),已成年且成名的女侦探小说家马努埃拉,在接到母亲去世的消息后,回忆起1954年她在巴塞罗那度过的那段艰难的少年时光,其中与母亲梅塞德斯、姨妈阿玛丽娅令人窒息的脆弱关系是她回忆的核心问题。马努埃拉从小就不愿像母亲那样生活,她一直避免重蹈母亲的覆辙,但成年后的马努埃拉还是在自己的身上看到母亲的影子:

> 母亲身上没有什么是我想要效法的(现在让我惊异的是,我发现自己越来越像她:我常常会从镜子前面扬长而过,为的就是不让自己看到脑后的曲线,亦即随着年龄的增长而在身上出现的并且让我觉得自己越来越像她的奇特变化)。(第31~32页)

回巴塞罗那奔丧的马努埃拉,在收拾母亲遗物时发现母亲细心收藏着女儿从小到大的照片。

> 我一边往外拣一边看到了自己的成长过程,从一张面庞到另一张面庞,总是同一个模样,又总是有所不同,我看到的不是自己从前什么模样,而是自己如何一点一点长大:充满幻想的少女的优雅姿态,开始意识到自己魅力的女人的初展风情,作品发布会照片上成功职业女性的迷人眼神。透过面具可以觉察出事实的缓慢演变,并在我的最后一张照片上终于看出自己同梅塞德斯关系的铁证,尽管她已经死了,尽管我与她有着不同的生活经历。(第179页)

在经历了种种磨难及丧母的悲痛之后,马努埃拉最终化解了与母亲的不和,因为"现在,我知道了母亲直到最后都在想着我……我就在这儿,你应该理解我。你要用你自己的经验作为尺子来衡量我,在评判我的人生失败的时候不要比评判你自己的失败更为严苛。这是她装在鞋盒子里留给我的遗产。由于我从未爱过她,她要我出于同情而学会爱她。"(第180页)

托雷斯对她笔下这个女性人物的成长十分认同,"跟我本人一样,马努埃拉是在观察中逐渐长大的。她通过观察确认谁值得尊敬、谁不值得敬重,尽管成年以后可能会重新调整自己的感情。"

(2) 清算自己

马努埃拉从小遭父亲抛弃,被迫随母亲寄居在姨妈家里,备受冷遇。

> 母亲一向都把我脱离她和她姐姐控制的任何举动看作是对她苦命的背叛。此外她拥有无数种表达不满的手段,首先就是开门的瞬间用来打量我的冷眼,仿佛是在审视我这个从男人世界归来的人究竟受到了多少污染。(第24页)

马努埃拉不被允许单独外出,没有玩伴。孤独、敏感的她喜欢用天真的目光打量周围的世界。

> 我非常擅长观察街区的动静,任何变化都逃不出我的眼睛,在沉静而专注地观察周围的人和事的过程中开拓出了一个任由自己自由驰骋而大人们却连我的眼睫毛是否动过都不可能发现的广阔天地。(第49页)

马努埃拉童年时曾陪表姐及她的富有女雇主去乡下度夏,这次经历使她发生很多变化。首先,结识乡下男孩迭戈"使我变成了一个无所畏惧的女孩"(第124页);其次,在乡下河里自由自在地游泳令她摆脱了巴塞罗那的束缚和限制,这是她童年生活中最值得回忆和向往的短暂幸福时光:

> 有些感受不仅永远不会忘记,而且还会成为某种生存状态的标志,而那种生存状态仿佛就是幸福的极致,一有机会就会妄想能够重温。就这样,每当感到作为成年女人的压力时,我都希望再次回到那个下午,重新找到当时亲身感受到的那种至高的宁谧:我像是一只小狗似的扑腾着不让身体下沉,河水不停地在我身边流淌,尽管是直奔前面的弯道而去,却好像静止一般;……那天下午我觉得很幸福,我知道自己很幸福,而且也知道将来一定还会怀念这种幸福。唯一不知道的是不会再有这种幸福的感受了。(第131页)

马努埃拉虽然寄人篱下,但十分聪慧、早熟。"成长不过就是明白这个道理,明白事物的多重性和恒动性,看似没有变化,其实却是,不管我们愿不愿意,都一直在变化、在流失、在消泯。"(第48页)

她只能在姨夫伊斯玛埃尔及表妹伊蕾内那里寻求庇护。姨夫对马努埃拉的教导至关重要:"你必须是你,这是唯一重要的事情。永远都不能因为任何人而失去了自己。"(第69页)这些教诲在很大程度上决定了马努埃拉日后在她的保护人堂娜阿宋的介入下,摆脱家庭的束缚及限制,离开巴塞罗那,到马德里去闯天下,并在文坛扬名。

> 正如有人善于将自己不同的生活方面——职业、妻子、情人、纵欲、足球、同上司或下属的关系——分门别类地封存在密不相通的隔断里面一样,我从很小就学会了将构成自己生活的条条潜流分辨得清清楚楚。只有这样我才能很好地保护自己。(第135页)

托雷斯表示:"刚开始时,《融融暖意》既不准备采用这个书名也不想涉猎它现在的内容。童年话题只是作为对女主人公成年行为的解释而出现。然而,慢慢地,正如在我的小说里马努埃拉为了抵达旅行的终点阶段,为了获得平静,不得不倒退三十多年,我也感觉到必须写出这部小说而非其他作品,以此来清算自己的账。一个人写作,至少我是这样,是为了赋予那些无意义的事物以意义,为了创造生活遗忘的事物,为了梳理混乱。因此《融融暖意》不是自传体小说,而是欲望传记作品。"①

总之,西班牙当代女性成长小说之所以常用第一人称叙事,"排除的正是这样一种话语观念,即它对其讨论的主体既能保持客观又能置身于外",以便叙述者和主人公能呈现自己的体验,这样就能再现"他们所谴责的事物"。这种叙述视角能使读者感同身受,深刻体味到主人公的精神苦闷。②

第二节　多视角叙述

多视角叙述是指在一部作品中对同一事件或故事由不同的人物从不同的角度交叉叙述、点评或回忆,其目的是为读者提供多角度、多层面的观点、见解以及情节、信息的互补,使小说的视角立体而多元,为读者了解人物的性格、情节的发展提供便利。

西班牙当代女性成长小说有不少作品采用了多视角叙述的手法,如在《半掩纱帘》里全知全能的第三人称叙事与两个人物的第一人称叙事形成互补。第1、3、5、7、9、10、12、14、17章使用全知全能的叙事者,为读者展现50年代一个外省城市封闭、保守、传统的氛围以及出入其间的形形色色人物。"街道又丑又长像个走廊。一些橱窗的金属门帘开始升起,在玻璃的另一边

---

① http://www.lecturalia.com/libro/1178/un-calor-tan-cercano.
② 丁君君:《成长的怪诞——从反成长小说的角度看〈熊猫穆尔〉》,《外国文学》2011年第4期。

露出灰蒙蒙堆积的物品。"①而娜达丽娅等女孩读书的中学"太难看了！""而且很阴沉。"

其他7个章节以巴勃罗为第一人称叙事者，回忆他在萨拉曼卡的短暂经历。初来乍到的他发现自己深陷于一个没有隐私、没有秘密可言的封闭社会。"我一进门察觉到的第一件事就是，那里不存在任何僻静的地方，相反，所有的地方都被秘密的纽带连接，暴露在一圈女性的目光下。"（第98页）巴勃罗的生活理念和标准与50年代的萨拉曼卡格格不入，他对禁锢在保守环境里的当地人产生好奇。"我沿着空荡荡的大街快速朝旅店走去，一边看着那些楼房的窗户，想象着楼内酝酿着的停滞又恼火的生活。"（第219页）巴勃罗细致的观察和评论增加了小说反映现实的深度。

第一人称还出现在娜达丽娅的日记片段里，记录了从9月至12月她对现实环境的不满、对外部世界的渴望："我把生活复杂化，我向自己提问，我卷入是非。我说出自己的所思所感；我不害怕别人怎么看待我。无论如何，我对自我的一切感到满意。"（第139页）因此《半掩纱帘》通过第一、第三人称的灵活使用，由内到外，既客观又主观地描摹了萨拉曼卡中产阶级女性的生活，仿佛在看一部由画外音、对话和内心独白构成的电影。

在《变幻无常的阴云》里，第一人称叙事的功能分别由玛里亚娜和索菲娅承担：前者是双数章节的第一人称叙述者（书信形式的第12章除外），后者是单数章节的第一人称叙述者，两人对共同度过的少年岁月的回忆和反思为我们提供了她们成长历程的不同阐释。

1.《离家出走》

马丁·盖特的后期小说《离家出走》(*Irse de casa*, 1998)讲述一位出身卑微的私生女安帕罗·米兰达(Amparo Miranda)离开故乡前往美国寻梦、功成名就后又返回故乡寻根的传奇一生。书名"出现在这个场合是因为小说中全体人物的共同点都是想离家出走"②。

(1) 双城生活

《离家出走》的主要舞台是20世纪50年代"一座生活按照另一种节奏行进，似乎既不喜欢过去而又没有勾画出未来的城市"（第134页）。在这个外省小城市，安帕罗与单身母亲拉蒙娜相依为命，靠做缝纫为生。在邻居眼里，安帕罗一方面很怪，"很自我"，"她走近任何地方眼光都落在虚处"，并且"拒

---

① Carmen Martín Gaite, *Entre visillos*, Barcelona, Destino, 1998, p. 14.
② Xavier Moret, "Martín Gaite novela el deseo de la gente de «cambiar de casa para cambiar de vida»", *El País*, 23 de mayo de 1998.

第十四章　西班牙女性成长小说的叙述声音

绝邀请,连谢也不道一声,最终谁也不再邀请她去任何地方"。另一方面很刻苦,掌握四种语言,"全靠奖学金,月复一月地在那个小窗上有栅栏,像监狱似的陋室里埋头苦读,妈妈不停地踩缝纫机,伴随着那种噪音,毫无怨言地学习"。(第41页)

安帕罗曾犹豫:"我是一去不复返呢,还是无可奈何地留恋着这个力图使我陷入屈辱的卑贱城市里?"(第30页)最终当她决定离开度过了童年、少年和一部分青春岁月的故土时,不禁又潸然泪下。"她不想探究,从来不想探究为什么向这个城市告别的时候,她的脸上会马上流下酸楚的泪水。她热爱这个城市,对它十分熟悉,可是它却并不那么喜欢她,也不认识她。"(第47页)

20岁时安帕罗凭借自己所掌握的四门外语,在联合国找到一份翻译的工作,于是她与母亲先前往日内瓦,后转到纽约,最后在美国立足。她嫁给了一个富有的美国人,生下一对子女。丈夫去世后她在纽约第五大道开了一家高级时装店,成为一名成功的服装设计师,还有一个在华尔街当律师的情人拉尔夫。在他去世后,安帕罗突然决定回到阔别40年的故乡,名义上是为儿子赫雷米拍摄以自己的生平为蓝本的影片《奥维多大街》提供素材,实际上她是要寻找往昔的生活痕迹。"我一个人回来了,我现就在这里,这还不够吗?我还是我,经历了这些岁月的我,有时我发现自己在如何变化,有时没有,恐惧和自尊心、幻想和挑战、欺骗、失意和愤怒在层层积累。"(第47页)

作者对这座西班牙外省城市的描写比较真实、细腻。"时间的地理上勾勒着记忆的历程和遗忘的洞穴,在那些洞里隐藏着童年时代的安帕罗……但是,如果这些路线中的某一条可以将考察者带到那个女孩藏身的洞穴,而且他还胆敢进去,那他看到的只能是像空蜗牛壳一样的场所,而这个'蜗牛'柔弱的触角很少露出来晒太阳,尽管这是一个没有任何人光顾的藏身之处。"(第288页)

但纽约在这部小说里只是一个模糊的背景。小说的开篇和结尾两章"摩天大楼的门厅"(Portico con rascacielos)、"向其他门厅开放"(Apertura a otros porticos)都设置在纽约。

"她想成为一个第一次到曼哈顿的外国女人,感受到这个城市的常规、陶醉、苦难和危险,这里水花四溅,犹如黑色的浪潮。"(第224页)安帕罗与情人分手后感觉自由了,"她还记得自己沿着几乎空空荡荡的街道向列克星敦大街走的时候那种强烈的自由感觉,街上的人不时用奇怪的眼光看着她。她只身一人,可能会遇到各种危险,但她没有露出任何慌张和害怕的样子。到了缝纫间,她又是如何撩起薄纱窗帘,望着对面的克莱勒斯大厦。这是我的家,别无去处,她自语道。她知道从某个时刻起,某个已经无法确定的时刻起,在她离开家庭的激情中已经永远失去了对新生活的依稀憧憬。"(第232页)

西班牙和美国两座迥异的城市见证了安帕罗不同的成长阶段。虽然她一时无法看清此次返乡的意义,"然而,她又不想离开。她也不能离开。这个城市已经把她留住了"(第140页)。

(2) 三重人称叙事

马丁·盖特喜欢混用各种人称叙事,她在《离家出走》里使用第三人称描写和叙述安帕罗的生活经历及她周围的世界(包括与她相关的家人、朋友、邻居,她生活过的城市),客观呈现女主人公的内心情感变化:

> 她的记忆犹如一个彩色丝线库,某一天就可以钩织出一幅壁毯,而正面只能隐约看到一些转瞬即逝的支离破碎的片断……她最初的记忆已经犹如牛蒡一样紧紧地缠绕在工作室那块微不足道的小地方,她在那里跑来跑去,就像一只寻找出口的老鼠,惶惶不安地抬起它稚嫩的口鼻,唯唯诺诺在让它欲问又止的横栏中穿梭,这是为了什么? 这到底是为了什么? 什么都不为,就是这样,对于一个孩童来说,这并不重要。①

第一人称用于这位衣锦还乡的服装设计师的内心独白,将她独立、内向、不愿与外界交流的复杂多变心理呈现出来:

> 我为何而来,这无关紧要,逐渐知道事情的原因是这次游历的内容之一……我就在这里,独自一人而来,这还不够吗? 我就是我,这么多年,我一直是这样,有时候我能意识到自己如何变化,有时候并不是这样,堆积起一层层恐惧与自爱、幻想与挑战、欺骗与醒悟,还有愤怒。(第46页)

第二人称则是女主人公与自己的内心对话。她不断反思自身成长的过程,对一生的得失做出不妥协的点评:

> 你不要以箱子为掩护,避免接触熟悉的东西,因为你十分清楚,城市

---

① 马丁·盖特:《离家出走》,刘京胜译,人民文学出版社,2009年,第179页。该著引言皆出自这个版本。

已经不一样了,四十多年已经过去了,那又怎么样?必须面对变化,否则你告诉我,你在这儿干什么,你此行还有什么意义?(第45~46页)

2.《攀藤》

《攀藤》(La enredadera,1984)是何塞菲娜·阿尔德科亚酝酿20年创作的第一部长篇小说,由四部分组成,分别对应四个季节。从冬季开始,每部分8章,但最后一部分"秋季"有12章。作品采用两种叙事人称来讲述时间上相差近一个世纪的两位妇女的故事,这似乎是作者为了缩短时间距离而有意为之:以第三人称叙述胡利娅的当代生活;以第一人称回顾19世纪末克拉拉的经历。

(1)同门异类

《攀藤》的故事情节首先发生在19世纪末西班牙北部一个小镇。出身破落贵族家庭的少女克拉拉不得不在17岁时嫁给了比自己年长许多、在美洲发财归来的安德烈斯,而她所受的传统教育要求自己扮演好贤妻良母的角色:

> 我们做针线活的那些下午,妈妈经常告诉我她觉得我该做的事。如何持家和管理佣人,如何整理衣柜,哪天应该洗衣服,哪天熨衣服,哪天清洗玻璃。她也告诫我要耐心,要记住我丈夫在任何方面、为任何事情所说的一切。①

生下女儿后克拉拉感到对不起丈夫,因为她知道安德烈斯需要的是一个能传宗接代的儿子。于是她的心理和身体状况不断恶化,最终被安德烈斯弃留在祖宅。后者在老家"新牧场"村又盖了一座宅院,村里的另一个女人为他生下一个男孩。最终克拉拉在女儿早早遁入修道院后,自己也选择了自杀,结束毫无意义的一生。

《攀藤》的另一个主要女性人物胡利娅与丈夫迭戈分居,儿子在伦敦的一所寄宿学校上学,她的情人即安德烈斯的孙子胡安。与克拉拉的性格相反,胡利娅是个独立的新女性,在这位社会学家身上体现了时代的进步。为了完成自己的研究课题"女人在男人的世界:生理和历史的限制",她避开马德里的纷扰,来到现属于胡安的"新牧场"老宅,想独自静静反思一下自己的生活和工作。

---

① Inmaculada de La Fuente, *Mujeres de la posguerra*, p. 82.

这两位女性人物先后住在同一家族的老宅,遇到同样的问题,她们都加以认真思考,却因性格和人生观的相异而以不同的方式面对困境。该家族的两处老宅变成具有象征意义的空间,因为它们见证了一个世纪以来女性的成长,而攀附在老宅周围的各种攀藤恰好隐喻了那些无法独立的女性。克拉拉是个被关在金笼子里的鸟,她一辈子也没有走出那个囚禁自己的宫殿。"没有男人的女人能干什么? 她就好比无鸟之树、无水之泉。"(第 99 页)胡利娅同情克拉拉的遭遇:"一百年前有一个女人成为类似纠缠的牺牲品,爱的情感、占去全部时间的完满母性,对孤独的害怕。这才是真正的攀藤。"(第 221 页)但她不愿做第二个克拉拉,胡利娅将命运掌握在自己手里,她可以自由地往来于外部世界和"新牧场",她实现了克拉拉祖父的预言:"总有一天你们女人能与男人并驾齐驱。"(第 179 页)

(2) 双重人称叙事

克拉拉一生的遭遇是通过第一人称内心独白式的回忆呈现给读者的。她对无法掌控自己的命运感到悲哀:"我没有选择成为无翅的蝴蝶、无依无靠的攀藤,曲卷在光滑的树干上。"(第 219 页)克拉拉意识到自己的不幸是男权社会造成的:"我觉得上帝也偏爱男人。上帝、耶稣和教皇,他们都是男性。"(第 95 页)因此她不愿意做女人:"一个能生男孩的女人才有价值……我原来一直不想做女人,因为我知道,我发现,做女人就是受威胁,远离一切我所热爱的事物,就是把我拽出那个阁楼,把我从母亲手中抢夺过来,把我扔进另一人家,开始独居……"(第 221 页)最终克拉拉对生活彻底失去信心,只能以自杀来抗议男权社会的不公,"死比不为任何人活着强"(第 219 页)。

胡利娅的生活是由第三人称叙述的。小时候写作文,她先是希望自己是"自由的鸟儿,因为可以在万物上飞翔",之后又改成树木,因为"大树美丽、强壮,拥有深深的根系"(第 84 页)。长大后胡利娅希望成为"溪流底部的石头,纯净、遥远,尽管被水流的剧烈冲刷所磨损,但不会被摧毁、战胜"(第 85 页)。

胡利娅早已察觉到社会的变化,"意识、知识、反思、与窒息的包围作战的自由……"(第 240 页)这种变革也影响了她与丈夫的关系,"我从未要求迭戈放弃什么,但他也不能要求我放弃","迭戈是一个对手,但我曾一直爱着我的这个敌人,他自由、慷慨、自足"(第 229 页)。胡利娅一方面看重爱情,"爱情是各种经历中最荣耀的……与另一个人同时触底是美妙的"(第 77 页),但她更需要独立和自由(虽然它也意味着孤独):"我的世界只属于我。我所有的世界都是单独的世界。"(第 228 页)虽然胡安深爱着她,但最终胡利娅还是选择了分手,因为她想全身心、完全自由地投入自己的事业。"她需要留下来的自由,也需要自由地决定何时放弃自由。"(第 65 页)

对于为何使用混合人称叙事,阿尔德科亚解释说:

> 克拉拉是一个离我们更遥远、更陌生的人物,让她用第一人称、以一种高声忏悔的形式来叙述,会使她明显接近我们。而胡利娅,除了因她的性格是一个更加有分析能力,也更加知性的女人,她也是一个每时每刻都力求对自己客观的人,因此用第三人称来叙述,使她与一切都保持一定距离。不太卷入是非。克拉拉更加有激情,会激动;而胡利娅在事物与她自身之间划定距离,第三人称对此很适合。①

总之,选择何种叙事声音对女性成长小说来说是一个重要的写作策略。以上这些作品大多采取多视角叙事,或由年少的"我"和成年的"我"或两个不同的主人公分别以感性和理性两个声部以第一、第二或第三人称交叉叙事,同时第三人称还提供有关人物的必要信息或背景、结局。"第一人称叙述将目光投向女性生存的边缘化人生体验,富于反思性,部分作品具有较强的现代先锋意味;全知全能视角文本的叙述者与成长的中心人物保持一定距离,可以避免自我指涉过于强烈,同时增强了文本叙述的客观性和故事性。"②

---

① Lynn Talbot,"Entrevista con Josefina R. Aldecoa", *Anales de la literatura española contemporánea*,14(1989),

② 李欣颖:《中国当代女性成长小说叙述视角》,《当代小说(下)》2010 年第 4 期。

第十五章　西班牙女性成长小说的空间及意象

英国文化地理学家迈克·克朗(Mike Crang)在《文化地理学》(*Cultural Geography*，1998)中专门以"文学景观"(Literary Landscapes；Writing and Geography)为题，讨论了文学中的空间含义："长久以来，城市是小说故事的发生地。因此小说可能包含了对城市更深刻的理解。我们不能仅把它当作描述城市生活的资料而忽视它的启发性，城市不仅是故事发生的场地，对城市地理景观的描述同样表达了对社会和生活的认识。"①

不难发现，女性的成长历程与城市文明的进程呈平行、互动的关系。美国发展心理学家爱利克·埃里克森(Erik Erikson，1902～1994)指出："女性成长小说的一个核心部分是城市及其周边环境对女主人公一生的影响，包括她们的住所、度过大部分青年时代直到成年的地方。"②这些空间记录了她们生命最有意义的时刻，保留了她们从自身学到的那些经验，因此空间意象是西班牙女性成长小说的一个重要组成部分，它为女性人物的生存、发展提供了不可或缺的舞台，不同的空间意味着不同的成长环境。如果说一些女性成长小说中的女主人公渴望逃离家庭，出走大都市，另一些女性人物则是在完成这一历险后再次回到自己的故土/故居，寻找童年的记忆，试图追寻自我的根源。

第一节　闺房·都市

闺房和都市分别作为私密空间和公共空间之意象，频繁出现在西班牙女性成长小说，它们是妇女个体和集体生存的重要舞台。西班牙女学者豪尔赫·德桑地指出，与男性成长小说相比，女性成长小说在空间方面呈现许多特殊之处。"在社会层面上，男英雄的'成长'环境是外部世界，而女英雄的'成长'环境，在传统社会比如西班牙社会，只能是家庭。因此开放的空间对她们十分重要——别忘了对'怪女孩'来说大街所扮演的'保护人'角色。从心理角度看，女

---

① 迈克·克朗：《文化地理学》，杨淑华、宋慧敏译，南京大学出版社，2005年，第45页。
② Erik Erikson, *Womanhood and the Inner Space. Youth, Change and Challenge*, New York, Basic Books, 1968, p.29.

人与男人不同,她们获得作为主体的自我意识在其一生中相对较晚,这又与她们封闭在家庭,无法建立家庭范围之外的人际关系有关。"①

1. 闺房

在中国传统文化中,未婚女子的住所称作"闺房"。闺房是青春少女坐卧起居、练习女红、研习诗书礼仪的所在,闺阁生活是女子一生中极为重要且最温馨、美好的阶段。法国哲学家萨德侯爵(1740～1814)最有名的作品《闺房哲学》(*La philosophie dans le boudoir*)描写了一个贵族少女的性生活和哲学的启蒙。弗吉尼亚·伍尔芙的名言"如果女人要写小说,她必须有钱,有她自己的房间"再次强调了女性拥有自我空间的重要性。而在现实生活中,正如露丝·伊利格瑞所描述的,妇女往往"生活在黑暗之中,隐藏在面纱背后,躲避在房间里"②。很多女作家在进行女性经验表达时也通过闺房空间符号来书写自己身体意识的觉醒。

《我写你的名字》里的女主角达德娅只有在自己独处的屋子里才能感到心灵的平静、自由,不受他人的质疑和批评:

> 推开门我感到无限的惬意:我的屋子,这是我的东西,完完全全属于我,我的窄床,我的衣柜,我的卫生间,正对外婆看台的门—窗。在床上我可以躺着,门我可以关闭,一个自我、私密的世界,一种奇怪的温暖。我打开门—窗,透过窗户看到围墙跟前高大的树;有两个书架和书,还有那张神秘的办公桌。没有人用过这桌子。在那里,在四壁之间我将会很幸福。至少在我屋里我会幸福。只要让我一人待着。③

达德娅对自我空间的渴望与守护也体现在基罗加的处女作《响亮的孤独》(*La soledad sonora*, 1949)④主人公艾丽莎身上。这部自传体成长小说以西班牙内战和第二次世界大战为背景,用传统结构叙述一位满怀童年记忆的孤女走向成熟的历程。书中艾丽莎思想和行动的自由被完全束缚:

> 表露自己的情感,体验思想的热情,冲动自发,都是不'体面'的。一

---

① María del Mar Jorge de Sande, "Apuntes sobre la novela española femenina de posguerra", *Area and culture studies*, Vol. 70, 2005.
② 转引翟文婧:《价值的载体与欲望的对象》,《国外文学》2011年第1期,第139页。
③ Elena Quiroga, *Escribo tu nombre*, Madrid, Espasa Calpe, 1993, p.374.
④ 这部小说的题目取自西班牙神秘主义诗人圣胡安·德·拉·克鲁斯(1542～1591)的一句诗,诺贝尔文学奖得主胡安·拉蒙·希梅内斯也出版过同名诗集。

个自重的女孩应该躲在一堵高贵的、与众不同的墙后面,不被任何东西、任何人所引诱:不向自己的情感让步……不允许软弱和疯狂。过度的想象是一种庸俗,听任幻想和渴望自由都是歇斯底里的一种形式。①

艾丽莎与周围敌对现实的抗争体现在她寻求独处和内心的平静,使她远离这个世界的险恶:

> 艾丽莎上楼到自己的房间。她叹了口气。待在那里真好,远离所有人!……她不腼腆,不:她很狂野。她需要独立、空间和孤独。不跟其他姑娘攀比,能够整小时地放任自己,在自己的眼前有广阔的视野……她无理由地疲倦,寻找安静,让自己浸入那些模糊的黄昏悲伤而甜蜜的魅力中。(第53页)

《半掩纱帘》里的女孩子同样没有个人空间,家庭、社会方方面面都将她们像犯人似地严格监管。孔查姨妈要求娜达丽娅在客厅而不是在自己的卧室里做作业,目的是把她置于大家监视的目光下。娜达丽娅"为了不跟姨妈争执,我没有明确对她说不,但我想好了,只要有机会就溜走"(第217页)。娜达丽娅还发现一件事:"在家里要想不引起注意,最好发出响动,说话,参与大家都在聊的话题,而不是沉默、不打扰任何人。"(第222~223页)也就是说,女性不但缺乏物质层面"自己的一间房子",而且不被允许拥有自我的内心世界、个人的独立思想。

对《胡利娅》的女主人公来说,只有父母家的书房才是她唯一拥有的庇护所。她在那里可以随心所欲地阅读、探索书中的大千世界:"这是家里唯一看不到其他人出现的地方。在书房里她感到孤独,愉悦的孤独。"(第34页)

在杜丝格兹的《年年夏日那片海》里,当女主人公的婚姻走到尽头时,她回到小时候生活的祖居,把目光投向过去,试图理解自己在佛朗哥时代度过的童年和少年时光所经历的失败:"找回我那些旧时代的幽灵,或者是在那个虽然悲伤孤独,但在担当别人分配给她的那些虚假伪善的角色之前真实存在过的女孩身上找到我自己。"②故居是已知天命的女主人公的精神庇护所。

> 我喜欢每年能有这么一次,我的房子——我的老房子,我独一无二

---

① Elena Quiroga, *La soledad sonora*, Madrid, Espasa Galpe, 1949, pp.21-23.
② 杜丝格兹:《年年夏日那片海》(卜珊译),人民文学出版社,2007年,第24~25页。以下引文皆出自这个版本。

的家,我父母的故居——就这样被环绕在波浪之中;而我的城市——如此与众不同,如此平庸,而又如此贫瘠的城市——也在一些日子里重新获得一个被海洋淹没的城市所应有的神奇魅力;而我也可以重新找回自己那个遥远的童年时代的梦——但或许并不是所有的梦都属于遥远的童年时代——那个生活在海边的梦,那个让自己在一片海水中、一个小岛上、一座悬崖顶上或者一座灯塔上面沉沉睡去的梦。(第12页)

在遭遇丈夫的情感背叛后,她回到童年生活过的祖宅,以求治疗自己的心灵创伤:

> 女人们总是……也许不应该说"总是",也许只有当她们在外面的世界受了伤害,终于了结了一段往事,或者一切都显得那么荒唐愚蠢的时候,女人们就会逃回到这里,就仿佛逃进那些老教堂,仿佛回到了地下的黑暗中……我在这种时刻会到自己的第一个家里寻找庇护之所。(第2~4页)虽然陷入人生困境,但是"我——那个满面沧桑的小女孩——在一所无人居住的老房子的黑暗走廊里继续生存了下去。"(第29页)

2. 都市

都市对妇女来说具有极大的诱惑力,它象征着一种自由、开放和冒险的空间。大卫·斯塔克特在他《巴塞罗那,象征和启蒙的空间》一文中表示:"当一个城市被纳入文学时,可能它不仅是由特殊的地区所划定的城市规划及地形的中心,而且变成了人物的舞台,在那里主人公们找到自我,当然这要等他们走遍了城市的每个角落,从城市学到东西之后才有可能。"①

西班牙女性成长小说的女主人公绝大多数为都市人,她们生活、工作的舞台在城市(尤以马德里、巴塞罗那等大都市及一些省会城市为主),这些工业文明及商业文化的中心见证了她们的成长。"女人与城市有着某种天然联系,两者都没有历史,城市为女人提供发挥才能的空间。女人体力的弱势在乡村是明显的劣势,而在城市这人为的空间里则转化为一种优势。总之,女性的社会化、职业化、女性文学的产生都与城市的兴起、发展有着必然的

---

① David Staquet:"Barcelona, espacio simbólico e iniciático", *Ventanal*, *Revista de Creación y Crítica*, No. 1, 1985, p. 126.

联系。"①

巴塞罗那对《空盼》里初来乍到的安德烈娅来说具有神秘的吸引力："奇异的气味，嘈杂的人声，总是昏暗的灯光，在我看来都很迷人，因为我的印象都笼罩在终于到达一座大城市的神奇感觉里，而它由于陌生，在我的憧憬中受到崇拜。"②

但姨妈安古斯蒂亚丝警告安德烈娅少出门，因为"城市就是地狱。而整个西班牙没有比巴塞罗那更像地狱的城市了……无论怎样小心谨慎都不算过分，因为魔鬼披着诱人的外衣……在巴塞罗那，一个姑娘应该防护得像堡垒那样严密。"（第 14 页）然而，这个警告不久便失效了。安德烈娅只有漫步在巴塞罗那的大街上，才能获得少许身心的自由，她把这座城市看作"我人生的路径和依靠"（第 11 页）。可以说"城市因与阿里巴乌大街的那个家庭内部环境对立而获得意义，旅行的意义便是成长的意义"③。

> 对安德烈娅来说，她在生活这所学校里的求学始于她到达巴塞罗那的那个夜晚，止于她最终在某个清晨前往马德里。小说象征性的开场是一场旅行，它意味着少女生活巨变的开始。另外，有意思的无人陪伴她的首次外出。④

马图特的另一部早期小说《亚伯一家》(*Los Abel*，1948）里的女主人公/叙事者巴尔瓦，作为家中长女，母亲的早逝迫使她 14 岁就辍学回家，照料家人。家庭的沉重负担，加上周围人的冷漠、轻视，巴尔瓦感到无比窒息。只有当她独自在城中漫步时才感到轻松、解脱：

> 我喜欢在那座城市闲逛，迷失在它的那些陌生街道，观赏着两边的招牌，打量从我身边经过的行人的脸和脚。这令我充满天真的喜悦……我喜欢这样的感觉，一个人游荡，没有路线、没有计划……⑤巴尔瓦就是

---

① 祝亚峰：《性别视阈与当代文学叙事》，第 158～159 页。
② 卡门·拉福雷：《空盼》，第 3 页。对中译文有一定改动。
③ Adriana E. Minardi, "Trayectos urbanos, paisajes de la postguerra en *Nada*, de Carmen Laforet. El viaje de aprendizaje como estrategia narrativa", http://www.ucm.es/info/especulo/numero30/laforet.html.
④ Mariana Petrea, "La promesa del futuro, La dialéctica de la emancipación femenina en *Nada* de Carmen Laforet", *Letras Femeninas*, Vol. 20, No. 1/2 (PRIMAVERA-OTOÑO 1994), pp. 71-86.
⑤ Ana María Matute, *Los Abel*, Barcelona, Destino, 1995, p. 38.

在这种逆境中飞快成长,"很快我就感觉到童年远远落在后面了,不可宽恕地抹去了、失去了。(第 50 页)

《离家出走》里的女主人公喜欢故乡的角落广场,因为在这里她找到了不被人注意的庇护之处。

> 这种神奇使她在少女时代就把它当作隐身之地,她坚信自己没有被别人看见。重新恢复了那种特有的感觉,意味着她此次荒漠之行终于有了值得一书的第一个事件……在城市的这个最偏僻的角落里,在那些目光的掩护下,她闭上眼睛,沉浸在她的未来幻景之中,就像她现在正力图重现那种幻景一样。(第 134 页)

正如马丁·盖特所言,妇女走出家门是为了抗议男权社会将她们禁锢在家庭生活中:"她们愿意上街,仅仅为了呼吸,为了远离家庭内部的一切,从外部去观察它,一句话,为了撕开她们的视线,加以拓展。"①

第二节 镜像·凝视

镜像是女性文学常见的意象,它与女性的自恋及自我身份的确认密切相关。波伏娃在《第二性》中指出:

> 女人在整个一生中都会发现,镜子的魔力对她先努力投射自己、后是达到自我认同是一个巨大帮助……未来的一切皆被浓缩在那一块儿的光明之中,镜框里集中了整个宇宙;在这狭小的范围之外,事物是无序的浑沌;世界变成了这面镜子,里面有个光辉形象,即唯一者的形象。每个沉迷于自身的女人都在统治这时间和空间,因而是唯一的、至高无上的;她有得到男人和幸运、名声及快乐的种种权利。②

与镜像相关的是"凝视"。法国心理学家雅克·拉康(1901~1983)在 1936 年国际精神分析学大会提交的著名论文《镜像阶段》中指出,儿童刚开始照镜子时以为镜中人是个真实、可以接近的存在,之后发现镜中人不是真

---

① Carmen Martín Gaite, *Desde la ventana*, p.113.
② 波伏娃:《第二性》,第 713~714 页。

实的人而是一个形象,最后他意识到实际上在镜中看到的是自我,因此镜子与人生早期自我意识之间、自我与他者之间存在着某种"镜像关系"。

希普利哈乌斯卡伊黛多次谈到镜像/凝视对于女性认识自我、展示内心世界所起的作用:"人格的分裂总会导致内省、自我审查,通常会在人们临镜对视时引发出一系列长长的问题"①,"在小说里,对身份的寻找带来对镜中意象的强调。镜子的出现允许勾勒出整个演变过程。在19世纪甚至20世纪初,妇女照镜子是为了根据男人制定的标准观察自己是否美丽,希望能取悦他。如今妇女照镜是要探寻自我:想要知道自己是谁……镜子有助于形成自我意识,因为它为解释自我提供了便利,将情感之声与理智之声分开,为长长的独白提供灵感。"②

中国学者陈礼珍也指出:"一般而言,在带有女性主义色彩的文本里,女性眼光经常被用来表现女性人物的主体意识,从女性独有的情感体验和价值判断出发来品评周围世界,起到颠覆父权制话语和对抗父权制意识形态的作用。"③另外从叙事角度而言,镜子"对于第一人称叙述者而言同样起着重要的作用。通常来说,在第一人称叙述中除非换用另一主体的旁观视角,否则叙述者的外貌很难展示出来。"④

1. 镜像

"从心理学来看,进入青春期的少女随着第二性征的发育,都要经过一个照镜子阶段——在镜像中欣赏、发现从而肯定作为女性的自我,从此向童年告别,走向成熟。这样一个心理现象,被女作家们十分看重。在她们看来,在镜像中发现、体认自身已经超越了青春期少女的心理自恋,而上升为哲学文化意义上的寻找。"⑤

在西方女性文学里有不少对镜子的研究,如拉贝雅(Jenijoy La Belle)的《看见她自己:照镜子的文学》(*Herself Beheld, The Literature of the Looking Glass*, 1988)、桑德拉·舒曼的《镜中映像。西班牙女性小说,1944～1988》(*Reflection in Sequence. Novels by Spanish Women, 1944-1988*, 1999)分别就美国和西班牙女性文学中镜子的功能展开详细的论述。她们一致认

---

① Biruté Ciplijauckaité, *La novela femenina contemporánea (1970-1985). Hacia una tipología de la narración en primera persona*, pp. 216-217.
② Biruté Ciplijauckaité, *La construcción del Yo femenino en la literatura*, pp. 325-326.
③ 陈礼珍:《视线交织的"圆形监狱"——〈妻子与女儿〉的道德驱魔仪式》,《外国文学评论》2012年第1期。
④ 陈凌娟:《论〈流浪女伶〉中的女性叙事》,《外国文学》2012年第3期。
⑤ 李美皆:《新生代女作家的自闭情结和镜像化自恋》,http://www.chinawriter.com.cn, 2008-01-23。

为,女性人物对镜凝视意味着寻找一个与女性的经验而非男权体制吻合的"我"。"女性从男性社会中逃离之后,在'镜子'的召唤中,女性找回了自己的身体。在镜中,女性发现了自己身体的无穷魅力。当女性发现自己的身体时,女性的身体不再是男人的,只是女性自己的。"①

《空盼》里的安德烈娅刚回到久违的外祖母家时,这一中产阶级家庭战后破败的景象和女主人公窘迫的感觉立马体现在浴室里,"肮脏的镜子里映出……结满蛛网的低矮的屋顶和光亮的水线中我的身子,那是一副踮起脚站在很脏的瓷浴盆里,尽量避免蹭着肮脏的墙壁的形象"②。

安德烈娅与第二任男友庞斯的恋情也很快夭折。在陷入与这位富家子弟的恋爱时,安德烈娅试图通过镜子理清自己混乱的头绪和情感:

> 下床后,我看见安古斯蒂亚丝的镜子里映出充满灰稠色调的整个房间,其中有个长长的白色幽灵。我走上前去,幽灵也凑近我。我终于看清了麻布睡衣上方我自己的模模糊糊的脸……我睁大眼睛看自己却几乎看不见,真奇怪。我伸手去摸似乎在躲避我自己的五官,于是镜子里出现了长长的比脸庞还苍白的手指,手指摩挲着依据骨头结构形成的眉毛、鼻子、面颊的线条。不管怎样,我本人,安德烈娅,生活在我周围的阴影与强烈的感情之间。有时候我怀疑这一点。(第174页)

接到庞斯的舞会邀请电话时,安德烈娅不禁想起了自己童年面黄肌瘦时经常做的灰姑娘梦:

> 我睡着了,我在跑,磕磕碰碰地:接连不断有什么东西比方一件衣服、一只茧从我身上脱落、破碎、皱皱巴巴地掉在脚下。我看见人们诧异的眼睛。我跑向镜子,激动地发抖,看到自己不可思议地变成了金发——正好是童话里描述的金发——公主,由于美貌的恩赐立即具备了甜蜜、迷人、善良等属性和慷慨播撒我的微笑的神奇本能……(第175页)

安德烈娅在镜子前的感觉是准确的,这一镜像"象征着女性与真实自我、

---

① 周新民:《身体:女性主体意识的建构——论20世纪90年代以来女性小说中的身体描写》,《贵州社会科学》2004年第2期。
② 卡门·拉福雷:《空盼》,人民文学出版社,2007年,第8页。

主体自我的分裂,呈现为一种虚幻的、被扭曲的、被异化了的形象"①。她与庞斯的恋情最终破碎,因为两人的地位差距悬殊,衣着寒酸的安德烈娅在庞斯家的舞会上备受冷眼和非议,她与庞斯的感情在金钱面前显得如此脆弱和不堪一击,根本没有可能收获爱情的果实。

马丁·盖特善于利用镜像/凝视来描写女性被男性社会监视、试图寻找自我身份的努力。她的小说处女作《温泉疗养地》(El balneario,1955)虽然不是严格意义上的成长小说,但塑造了一位在梦境和现实之间徘徊、挣扎,最终清醒、走出困境的单身女人马蒂尔德。这位女主人公去一个疗养院度假,在那里做了一个奇怪的梦:梦中她变成了已婚女人,有一个名叫卡洛斯的丈夫,他主宰着马蒂尔德的生活。当她准备去找丈夫时,"脚刚踏上走廊,我就感觉有人从某个地方窥视我"②,"这时我觉得有人在注视我,或悄悄地跟着我,或要挡我的道"(第46页)。

马蒂尔德小姐感觉自己深陷牢笼,失去了自由。

百无聊赖的她在自己的房间里,"被一股神秘、不可抗拒的力量所吸引,她起身,走向镜子。镜子里的那个女人也站起来,缓慢、庄重、幽灵般地朝她走来。两人面对面对停下来,专注地对视着,仿佛在回想,好像互不相识。彼此注视良久,马蒂尔德小姐突然发现镜中的那位眼里含着一丝嘲讽,仿佛已经猜透她正在如此严肃谋划的猜疑,并出于义务而随声附和她。于是她开心地笑了,用手指指着镜中那个形象,说:'我就是她,我就是那个女人。我是你。'"(第71~72页)

在小说的第二部分,镜子成为"梦的门槛",女主人公得跨过这道"门槛"才能走出梦境:

> 现在她看着对面的镜子。她觉得会在那里面看到中断的梦继续下去,就像在电影院的银幕上。她透过一层薄雾看见里面那间房,屋子仿佛依然沉浸在她刚刚从眼里驱散开去的朦胧的深海之光。梦中的那个女人坐在那里,脚和胳膊都裸着,专心倾听从楼道传上来的微弱的说话声,不敢走到陌生的楼道里,害怕中了什么圈套。(第70~71页)

当马蒂尔德从梦中醒来,她无法相信梦里的女人就是镜中的那位。她也

---

① 杨莉馨:《异域性与本土化:女性主义诗学在中国的流变与影响》,北京大学出版社,2006年,第144~145页。
② Carmen Martín Gaite, *El balneario*, *Cuentos completos*, Madrid, Alianza Editorial, S. A. 1993, 5oedición, p. 37.

不再幻想那个不存在的丈夫支配自己的一切；相反，她喜欢跟疗养院里的人打成一片，"我期望属于他们组成的那个世界，分担他们的忧虑"（第53页）。

在《变幻无常的阴云》里，镜子成为女性人物回归年轻时代的门径、回忆往事的媒介，"那些话语……两年半间从我脑海里被抹去，如今它们以赤裸裸的方式在一个廉价的小圆镜子面前复活"（第336页）。"对岸的镜子返还给我一个沉思、性感的微笑……一次又一次我重温那些细节，在灵堂中间，一个更加炎热的夜晚，我与吉野尔莫在伦敦他的公寓里度过的最后一晚……"（第364页）引人注意的是，在马丁·盖特的作品里，"寻找身份和对话者与镜子的动机大体按同一节奏演变。出现在《温泉疗养地》的镜子动机逐步加强，尤其在《后屋》中。与此平行的是，从《温泉疗养地》开始，人物更加严格地进行内心分析，以这种方式丰富其内心话语。"①

安娜·玛利亚·马图特认为镜子是现实与梦境、欲望之间的过渡或门槛，文学为我们提供了"穿过这面镜子，进入神秘、幻想、往昔、欲望和梦境之林的可能性"②。她在1998年当选西班牙皇家学院院士的演讲中表示："我们不该忘记，镜子提供给我们的正是我们自身现实最忠实，同时又最奇怪的映像。"马图特经常运用镜子意象来表现女性人物在充满敌意和不理解的男权社会里试图寻找自我身份、确认自我成长的心态。《夭折的孩子》（*Los hijos muertos*，1958年"批评奖"、1959年"国家文学奖"）里的莫妮卡面对镜子时发现自己内心生出了拒绝、反抗的意识："莫妮卡不知道发生的事情立刻让所有事物改变了。光线不同了，草坪上草的摇动不同了，河与风的响声不同了。她也变了。她对着斗橱上的镜子打量自己：幽蓝的眼睛隐藏着她的秘密和梦想。眼睛里也有什么东西变了。她把卷曲的金色短发朝后拢，望着前额，自言自语：'我长大了。'"③

在《初忆》里，"镜子的隔阂意味着无法克服的困难，阻断了通往其他可供选择的可能性的逃逸之门，将主人公们保留在现实的这边，深受孤独的折磨"④。当玛蒂亚看到姨妈艾米莉亚为逃避婚姻的痛苦而借酒消愁时，她不禁质疑为何自己还要被教导去重复这种不幸的女性生活模式，她不愿当女人："把酒杯高举，我在镜中看到自己瘦削的肩膀……'我不是女人。哦，不，

---

① Liesbeth De Bleeker, "Viaje a través del azogue, *El cuarto de atrás* de Carmen Martín Gaite", http://www.ucm.es/info/especulo/numero32/.html.
② Ana María Matute, "En el bosque. Defensa de la fantasía", www.aragonesasi.com/casal/matute/matute01.htm.
③ Ana María Matute, *Los hijos muertos*, Barcelona, Destino, 1981, p. 280.
④ Cai Xiaojie, *El mundo de la infancia y otros temas alusivas en la narrativa realista y fantástica de Ana María Matute*, Ediciones Universidad de Salamanca, 2012, p. 236.

我不是女人',我感觉好像身上卸下了一副重担。"①

女性透过从镜中对自己身体的观看来建构身体主体性的觉醒。罗多雷塔在《茶花大街》(*La calle de las Camelias*, Premio Sant Jordi 1966, Premio Crítica Serra d'Or de Literatura y Ensayo 1967, Premio Ramon Llull de novela 1969)②里成功塑造了一个现代版流浪女。女主人公是一个被遗弃在茶花大街的孤女,她以第一人称的口吻讲述了自己童年的遭遇和成长经历:哈乌梅先生(以罗多雷塔的外祖父为原型)收养了塞西莉亚,长大后她离家出走,想去寻找未曾相识的亲生父母。但这次出走并未如愿,塞西莉亚被迫在卖淫和贫困中度日,与各种男人发生关系。她曾短暂地实现了自己的一个梦想:像公主那样去大剧院看戏。但塞西莉亚意识到那不是她的世界,失望的她又回到了目睹自己成长的茶花大街。

塞西莉亚在艰难时世中逐渐长大,她在对镜顾盼时对自己的身体首次有了朦胧的意识,从此一步步走上卖身之路:

> 我站在镜子面前,但是卫生间很暗,我不得不打开灯。这时我第一次发现自己已经完全变了……我看看自己的眼睛,觉得我并非独自一人。我几乎不知不觉地向自己的面孔靠去,镜子立刻污浊了,水汽把我下半边脸抹掉了。我慢慢闭上眼睛,只留下一道小缝,目的是看我自己仿佛死了。那时我不知道到底发生了什么。我逐渐爱上自己。我的血在沸腾。我听到往昔沉睡的血液现在发出生命的呼唤,像丝绸一样柔软的大腿是那么红润。我用双手托住后脑勺,用力把头发向上甩了甩。我的皮肤娇嫩,双肘亦然。我那时的感受无法用语言解释:我不像其他人,我与众不同,因为我独自待着,裹着毛巾,散发肥皂的气息,镜子之外是坠入爱河者,镜子之内是被爱者。③

罗多雷塔笔下的"女性人物常常孤立于世,她们是独立的,走进令人联想起巴黎或波尔图的咖啡馆。她们是忧伤的女人,但不压抑。她们的禁锢不是家庭而是情感的依赖及其魔怔。"④

在《胡利娅》里,由于胡利娅对自我的存在缺乏明确的定位,因此对镜凝视并没有让她找到自我,反而使她的人格愈发分裂。胡利娅虽然"不喜欢照

---

① Ana María Matute, *Primera memoria*, p. 99.
② 该著的书名是对大仲马《茶花女》的一种呼应。
③ Mercè Rodoreda, *La calle de las Camelias*, Barcelona, Edhasa Bolsillo, 2000, pp. 53-54.
④ Inmaculada de la Fuente, *Mujeres de la posguerra*, p. 399.

镜子,但偶尔会长时间地在镜中端详自己。她尤其爱欣赏自己的眼睛和头发。她喜欢自己的眼睛,虽然在胡利娅看来,它们太富有表现力了。"(第40页)

胡利娅的兄弟拉法埃尔去世后,她有一种负疚感,因为她一直嫉妒拉法埃尔是个男孩,所以觉得是自己的仇视导致拉法埃尔丧命。她"在镜子里观赏自己,自言自语,说像个幽灵,她才是死者"(第152页)。胡利娅企图自杀之前,这个幽灵式的形象更加突出:"她经过一面镜子时,看到自己苍白,披头散发。像个鬼。她感觉自己在昏睡,做着噩梦。"(第213页)

在桑德拉·舒曼看来,"胡利娅照镜子的场景表明她的人格在不断分离,显示了幽灵般的'另一个',加重了她的精神错乱。此外,对这些片段的分析强调了胡利娅与之前那些涉及女性意识觉醒的小说之间的差异。莫伊斯通过采用一个患精神分裂症的女主人公,使得胡利娅得以自我审查,而读者通过隐喻和借代的暗示也发现了某些忌讳的事端。"①

在何塞菲娜·阿尔德科亚的《乡村女教师》里,女主人公对镜子的描写其实是在回忆自己的婚后生活,因为它见证了时光的流逝:

> 我们最后放置的是镜子。它是圆的,很大,镶有一个金色石膏框边。镜子是女友们合伙送我的。从那时起那面镜子将千百次地映照我的脸庞:悲伤的、快乐的、胆怯的、疲惫的脸;我习惯从镜子面前经过……镜子我还保存着,但随着时间的流逝水银已逐渐脱落,镜中的形象有点模糊,因斑点和黑点而黯淡。

在《露露年华》的尾声,面对镜子,露露强烈感受到自我本质的变化:

> 我注视一个中年妇女衰老的面孔,紧闭的嘴唇露出熟悉但又迥异的咧嘴。两条细细的皱纹,表现出阅历与年龄,这是一种复杂的混合,与不加控制的轻率微笑、常常沦为曾经天真、放荡的那个妓女的微笑鬼脸截然不同。(第228页)

可以说,镜子构成露露自我意识醒悟的工具,虽然她依然是从男性社会的情色目光来看待自我,但镜像化的并非是对她如今形象的肯定。

---

① Sandra J. Schumm: "Progressive schizophrenia in Ana María Moix' *Julia*", *Revista Canadiense de Estudios Hispánicos*, Vol XIX, No. 1, otoño de 1994.

总之,"女性的逃离,从根本上说是女性从男性眼光中走出,用自己的眼光来看自己。在女性小说文本中,这个眼光的替代物常常是镜子。镜子是女性对自身的确认。在男权社会,女性的身体从属于男权文化之眼,女性的一切价值之源不是女性自己,也不在女性的身体本身,男权文化规范了女性的一切。在男权社会里,男性的眼睛才是女性的价值之源……当女性面对镜子,从镜子中看到自己的身体时,她不是以从属地位的身份,而是以主体的身份,在感知自己,在思维自己。这时的她,既是感知的主体,又是思维的主体,同时还是话语的主体。镜子对男性的目光的替代,暗示了女性以主体的姿态开始出现在男性面前。"①

2. 凝视

"凝视"是一种武器,一种工具,它可以在一定程度上控制人的行为方式。福柯认为"用不着武器,用不着肉体的暴力和物质上的禁制,只需要一个凝视,一个监督的凝视,每个人就会在这一凝视的重压之下变得卑微,就会使他成为自身的监视者,于是看似自上而下的针对每个人的监视,其实是由每个人自己加以实施的"②。

在文化批评主义者看来,"凝视"是"一种与眼睛和视觉有关的权力形式"③。劳拉·穆尔维④在《视觉快感和叙事性电影》(*Visual Pleasure and Narrative Cinema*,1975)中指出,男性凝视主要来自于电影摄影机的注视(即镜头中的景物与事件),而电影通常是由男性主导拍摄的,因此我们可以把摄影机的注视看成是男性的/偷窥的注视,把将凝视分为"主动的/男性的"和"被动的/女性的"凝视。美国史东尼·布鲁克大学(Stony Brook University)教授安·卡普兰(E. Ann Kaplan)借鉴了穆尔维的观点,在其著作《女性与电影:摄影机前后的女性》(*Women and Film,Both Sides of the Camera*,1983)中分析了好莱坞电影的男性凝视机制,并提出了颠覆这种凝视的策略。"凝视并不一定非得是男性发出的,但是考虑到我们的语言以及潜意识结构,要发起凝视就必须站在男性的立场上","在父权制社会下,女性只有在男性立场上凝视方可显现出权力"。⑤

---

① 周新民:《身体:女性主体意识的建构——论 20 世纪 90 年代以来女性小说中的身体描写》,《贵州社会科学》2004 年第 2 期。
② 转引自李银河:《女性权力的崛起》,中国社会科学出版社,1997 年。
③ 卡瓦拉罗:《文化理论关键词》,张卫东等译,江苏人民出版社,2006 年,第 139 页。
④ 劳拉·穆尔维(Laura Mulvey,1941~):当代著名的女性主义电影理论家、导演、制片人,毕业于牛津大学,曾在英国电影协会任职多年,现为英国伦敦大学伯克贝克学院(Birkbeck College)电影与媒体研究教授。
⑤ 安·卡普兰:《女性与电影——摄影机前后的女性》》,台北:远流出版公司,1997 年。

评论界认为,在《亲爱的,我把大海留给你当信物》里,"年轻的女主人公/叙事者与她的老师之间交流的目光起到了非常重要作用,她们的目光是充满情欲的"①。玛丽娜与玛丽亚的同性恋关系起始于凝视。玛丽娜在她的信中回忆起两人第一次定情的场景:

> 一天,当我们从一场巴赫音乐会出来时,你说我用眼光穿透你。你问我用那种打探式的、仿佛仔细寻觅你灵魂的注视想向你要求什么。我回答你说——我发誓自己是诚实的——当某人引起我的注意时我都是这样观察他的。于是你第一次把手放在我的头发上。我从头到脚颤抖起来,很难为情。(第 183 页)

其实不光是玛丽娜在偷偷注释玛利亚,她发现后者也在观察自己。"当灯光熄灭,只有舞台还亮着时,你闭上眼睛。我不时地感觉到你在眨眼,你的眼帘半开半合,你斜着眼看我。"(第 183 页)尽管这一恋情已经结束 8 年,但玛丽娜一直无法忘怀,因为她是借助恋人的视野才认识了世界:"我的眼睛就是你的眼睛,因为我通过你的目光欣赏这个世界,捕捉颜色,色调,形状,细节,这一切对你来说都是崭新的,令人惊奇的。"(第 183 页)

在《我把海鸥作为证人》里,玛利亚再次回忆起玛丽娜的目光,"那双眼睛带着所有的力量、愤怒和魔力将我穿透,我再也没有在任何其他注视方式里遇到它"(第 134 页)。而在与玛丽娜交往的过程中,玛利亚也敏感地意识到周围人监视的目光。"我惊恐万分地从车上下来,她那么用劲、那么绝望地拥抱我,差点把我推到地上。人们在注视着我们。我很不舒服,有人会认识我们。在一个像我们那么小的城市里我的车牌号很容易被认出。我暴露了。"(第 134 页)

同样,在《莱蒂西娅·巴列回忆录》里,莱蒂西娅与路易莎常常以目光传情:"由于我们是面对面坐着,我们互相看着对方,什么也不说,虽然几乎没有光线,但我还是觉察到她在用眼睛对我说:'我们干得好!我们这样不错。'"(第 59 页)

眼睛是心灵的窗口,目光成为师生二人情感交流的私密渠道,一切尽在不言中。"当我在那堆黑色、巨大的裙子中间看到她苗条的身影,穿着一件非常紧身的灰色女式西装,我感觉自己一整天都失去了节奏、平衡和重心。我

---

① Osvaldo Parrilla, *Comparación y contraste del erotismo en la ficción de María de Zayas y Carme Riera*, Madrid, Pliegos, 2003, p. 84.

想躲起来,也想接近路易莎,好抓住她的胳膊,与她交换一个眼神,但我和姑妈在一起……我看见她了,但一步也不能动。"(第121页)

而莱蒂西娅对丹尼尔的姿态、手势和身体各部位的仔细观察完全颠覆了"主动的/男性的"和"被动的/女性的"的凝视关系,她在与自己导师的关系中明显占据主动、进攻的态势:

> 我装作极专心地听他讲课,但实际上我只是在注视他,观察他的头发如何在太阳穴长出,如何在耳朵附近显出轮廓,胡须如何从嘴边出发形成不同的源流,我拿这些来消遣。
>
> 我只能在无数的企图中实施对他如此仔细的观察。他说话的时候我就在想自己所需的细节;然后直直地盯着他,好像是为了听懂他的话。我确切地弄清楚睫毛是如何从他的眼睑边缘冒出来,像漆器似的又黑又亮。
>
> 我把目光低垂至桌上,他重新开口时,我又一次注视他,打量他笔直鼻子的线条,苍白、细薄的嘴唇轮廓,唇线勾勒得如此精确,上下唇严实地贴在一起,仿佛他用嘴唇在思考,或者说他有一张经过思考、勾划的嘴:他是榜样,是所谓的范例。
>
> 但我的痴迷没有止于观察……不久我开始观察穿过他衬衫的光线。他弯身靠在大椅子的扶手时,衬衣松了一点,露出他上身的旁侧,不是胸部,而是胁部,肋骨从古铜色的皮肤下微微凸出,映衬在衬衣的白色上。(第86~87页)

《离家出走》的女主人公安帕罗从海外回到故乡,开启了重新审视自己成长的过程。她发现"一个人能从眼睛里认出自己来,这真令人奇怪,因为在眼睛里隐藏着对自己认出自己的恐惧,对发现自己已经失掉某个遗传特征环节的恐惧。一个人害怕将现在的我同以前的我联系起来,害怕那种探求的渴望,它会像瞳孔深处的一束细光一样,在脸上显现出最无法隐瞒的表情。"(第51页)

安帕罗一辈子没有见过自己的生父(一位已婚军人),母亲也绝口不提他的存在,但是安帕罗渴望认识他。"后来在她的房间,对着带穿衣镜的柜子,她穿好睡衣,无声地哭了起来,我很想认识他啊,她对镜中另一个女孩说,那个女孩也在哭。"(180页)

由此可见,这些作品中比比皆是的镜像/凝视现象与西班牙女性的成长密切相关。正因为如此,镜子"在女性的成长中起到催化剂的作用……就成长而言,关键不是发生了什么,而是意识到什么……身体开始被'自我'注视、惊叹、关爱,身体被当作'自我'的外壳。就在注意到'镜中自我'的同时,一个新阶段拉开了序幕。"①而凝视则"肯定了目光的威力,它是制造和传递欲望的基本工具"②。

总之,无论身体抑或镜像,它们作为女性成长小说的语言意象,"必须体现出女性对男性逻各斯中心主义的颠覆,对语言给定的位置纠偏,对作为语言本身的男权话语拆解并对语言进行重构,这是一次将谬误归咎于'弑父'的重要修正。这是逃脱感恩义务的一次突然倾斜或闪避"③。

第三节 身体·写作

"女性身体"是一个敏感而复杂的概念和意象,它与性别、写作、语言等密切相关。在玛丽·伊格尔顿看来,"女性欲望,妇女的需求在男性中心社会中受到极端的压抑、歪曲,对它的表达成了解除这一统治的重要手段。身体作为女性的象征被损害、被摆布,然而却未被承认。身体这万物和社会发展的永恒源泉被置于历史、文化、社会之外。"④

埃莱娜·西苏表示,女性写作的差异性体现在女性身体上:"几乎一切关于女性的东西还有待于妇女来写,关于她们的性特征,即它无尽的和变动着的错综复杂性,关于她们的性爱,她们身体中某一微小而又巨大区域的突然骚动。不是关于命运,而是关于某种内驱力的奇遇,关于旅行、跨越、跋涉,关于突然的和逐渐的觉醒,关于对一个曾经是畏怯的进而将是率直坦白的领域的发现。妇女们的身体带着一千零一个通向激情的门槛,一旦她通过粉碎枷锁、摆脱监视而让它明确表达出四通八达贯穿全身的丰富含义时,就将让陈旧的、一成不变的母语以多种语言发出回响。"所以她强烈主张妇女"写你自己。必须让人们听到你的身体。只有到那时,潜意识的巨大源泉才会喷涌。我们的气息将布满全世界,不用美元,无法估量的价值将改编老一套的规矩……写吧,写作属于你,你自己也是你的,你的躯体是你的,写吧,让任何人无法阻止你,……不要让男人拖垮你;不要让蠢笨的资本主义机器拖垮你,也

---

① 李学武:《蝶与蛹——中国当代小说成长主题的文化考查》,中国社会科学院出版社,2003年,第10页。
② Rosalía Cornejo-Parriego, *Entre mujeres. Política de la amistad y el deseo en la narrativa española contemporáea*, pp. 122-123.
③ 王侃:《女性文学》,《文学评论》1998年第5期。
④ 玛丽·伊格尔顿:《女性主义文学理论》,湖南文艺出版社,1989年。

不要让你自己摧垮你!"①

在西班牙,由于天主教影响根深蒂固,长期以来女作家很少敢于在自己的作品中公开涉及身体这一敏感主题。近年来西班牙女性成长小说开始在很大程度上,并且以更大的自由揭露对女性身体的"官方监视",拒绝自然化策略(母性、女性生理学),回避那些与压抑的话语相关的形象。罗伊格在《女性时代?》这部文集中指出:"自从文化被书写以来,我们妇女第一次不恶心、不怜悯、不妥协地谈论自己的身体。我们在触摸它,嗅闻它,把它变成我们的。"②

1. 描写身体

西苏提倡一种可以使妇女摆脱菲勒斯中心语言、述说她们独特的情感和欲望的"女性写作"。在西苏的界定里,"女性写作"有三点重要的内容:第一,女性要用自己的语言写自己,为了不受男性语言的"污染",女性必须从自我身体的直接经验写起。"身体"并不等同于肉体,而是女性语言的认知起源。第二,"身体经验"是一切感觉系统的体验,包括"涌流不息的幻想"和"潜意识的巨大源泉",女性通过"身体经验"来重新认知自我和社会历史。第三,女性通过写作来恢复被男性写作的"厌女症"症状所扭曲、丑化和异化的身体,重新找回在男权文化中迷失的自我。③

法国女作家、哲学家安妮·莱克勒克(Annie Leclerc,1940~2006)坦言:"我身体的快乐,既不是灵魂和德行的快乐,也不是我作为一个女性这种感觉的快乐。它就是我女性的肚子、我女性的阴道、我女性的乳房的快乐。那丰富繁盛令人沉醉的快乐,是你完全不可想象的。"她这样阐述身体快乐与女性话语之间的关系:"我一定要提到这件事,因为只有说到它,新的话语才能诞生,那就是女性的话语。""我要揭露你想掩盖的每一件事,因为对它的(身体的快乐)的压抑是其他一切压抑的起始。你一直把我们所拥有的一切都变成污物、痛苦、责任、下贱、委琐和奴役。"④

《亲爱的,我把大海留给你当信物》的主题是女性之间爱情的美好和被社会禁锢、边缘化的痛苦。该短篇小说在描写玛丽娜、玛利亚的身体和情欲时

---

① 埃莱娜·西苏:《美杜莎的笑声》,《当代女性主义文学批评》,张京媛主编,北京大学出版社,1992年,第194、201页。
② Montserrat Roig, ¿*Tiempo de mujer?*, Barcelona, Plaza&Janés, 1980, p.83.
③ 苏珊·格巴形象地表示"女性艺术家体验死(自我、身体)而后生(作品)的时刻也正是她们以血作墨的时刻。"西班牙女作家洛德斯·奥尔蒂斯(Lourdes Ortis)在《作为象征表达的女性肉体》(El cuerpo de la mujer como expresión simbólica, 1982)一文里专门探讨了女性写作与女性身体之间的关系。
④ 李银河:《女性权力的崛起》,文化艺术出版社,2003年,第186页。

采用了富有抒情色彩的语言,感觉细腻、深沉。"身体"在这两位女性人物眼里不是原罪的根源,而是美的化身,她们以拥有这样的身体而感到自豪,并分享身体所赋予她们的美感:

> 你开始缓缓地裸露出身体。你试图以一种自然的从容慢慢脱去衣服,不朝我张望,但我现在发觉那种自如充满了病态的幼稚……我向你保证我没被吓住……我一直觉得你的身体美极了,那时刻我感到好奇,希望满足我眼睛想看多久就看多久的欲望。所以我掀开你的被单。你的身体如此完美,好似一尊雕塑,我觉得自己是它的创造者,因为是我的眼睛刚刚雕刻了它。然后,仿佛在一种仪式上,我的手指在你的皮肤上翩翩滑行,再次勾画出你的嘴唇,一个一个地勾勒出你身体的所有形状……被圈禁的吻,在诞生之前便多少次在唇边死去的吻,终于可以自由地挥洒,贪婪地颤抖……一秒一秒——在我们血管的时钟里那是正午的盛时——我的身体被你的双手抚摸,它在发抖。我们彼此靠近,仿佛强烈的魅力召唤我们共赴一个神秘、不可言喻的地方,一个超越时空、为我们量身订制的地方,我们在那里无可救药地堕落,因为那是唯一拯救我们的方法,因为在那里,在深处,在绝对之处和无法言语之地,等待我们的是美,将你和我的形象混合起来,我在你身体的镜子中看着自己。在那安全庇护之地,在最隐秘的私处,冒险开始了,不是感官而是灵魂的冒险,它将引导我把握你生命的最后脉动,永远陷入爱情和死亡之谜……(第187页)

此外,玛丽娜把书信写作与成长过程、欲望表达三者等同起来:

> 一天晚上我给你写了一封长长的信,混杂着私房话和忏悔,我的青春期到此彻底结束……我整晚与你在一起。钢笔不时地在纸上如此缓慢、如此柔和地滑行,仿佛在默默地抚摸着你……钢笔揭示出一种抚摸的强度,直到频繁出现在皮肤上才注意到揉皱的衣服。(第194页)

《年年夏日那片海》力图在女性身体经验和内在感性特征的基础上重建女性的话语空间,建立起以女性性别身份、性别意识和表述方式构成的"女人的表达"体系:

> 在一次又一次亲吻的间隙,在我们的嘴唇分开的短暂瞬间,我会对

她喃喃低语,说出一些奇怪的、令人难以置信的话语。我从未对任何男人说过这样的话……连我自己都没有意识到,原来这些话就待在我意识的某个黑暗的角落里,它们静静地躲藏在那里,等待着被人说出来,甚至根本就不是被说出来,而只是声音单调地被哼唱出来。此时,这些甜蜜的话语正被密集地泼洒在一种连我自己都无法辨识出来的声音里,可我明白那毫无疑问就是我自己的声音。在一个异常私密的中心,这种声音和这些话语藏匿了那么多年,只为最终在这泛着红光的黑暗中萌发出来,不停地生长。(第138页)

《年年夏日那片海》里的"我"与克拉拉的情感关系带给两人的是一种超乎寻常的身体感受:

> 我的嘴又在她那无论如何也无法停止颤抖的圆润的肩头徘徊,在那为她勾勒出颈部优美线条的骨骼上摩擦,然后又移到她小小的乳房上,在那颜色淡淡的乳头上踯躅……终于,我让自己的身体滑向她的身体,任凭她狂热的双腿将我紧紧箍住,我的手轻柔地在我们两人的肉体中间,在我们交融于一处的腹部中间开辟出一条狭窄的通道……我们纠缠在一起的身体摇摆得越来越剧烈……(第154~155页)

在激情澎湃之后,话语潜流将她俩裹挟。克拉拉"用不知是仙女还是猫咪的语言喃喃说着些没有意义的话语,我在一场如雪崩般猛烈袭来的柔情中彻底屈服……我也开始小声说出一些奇怪的话语,一些同样毫无意义、根本无法学会的语言……在我过往的所有岁月里,哪怕是在那些永远不会被提及的最遥远、最私密的时刻,我都没有像现在这样赤身裸体、无依无靠,在词句中让自己融化、分解,全身心地在一条话语的洪流中游这些话也许在很久以前就已经潜藏在我的本能中……这发自肺腑的语言被吐露出来,而大脑则在一旁事不关己地倾听着,有些惊讶,但已不会害怕或羞愧,因为在突然之间,我们已经跨越了恐惧和羞怯……"(第157~158页)

在《年年夏日那片海》里以诗意的、带着地中海风情的语言大胆赞美、描写女性身体的美好,同时也明智地意识到女同性恋在当时的西班牙社会环境下的艰难处境。"是生活用我的身体造就文本。我即文本。历史、爱情、暴力、时间、工作、欲望,把文本记入了我的身体。女性写作就是要消解语言中的男性成分,让女性的身体发言。"①

2. 消费身体

文学评论家李洁非在评介女性小说时指出:"性神话或曰性禁忌是男性秩序的最深、最坚固的堡垒,也是男权用以压迫、控制女性的最隐蔽的方式。因此,女性主义叙事集中从这个层面突破男性话语的封锁。"②西班牙当代女作家在这方面的尝试可谓大胆,创造了一些在性观念上毫无禁忌、自由消费身体的"荡妇"形象,以此来冲破男性对她们身体的掌控。如小说家、诗人、儿童文学作家卡门·戈麦斯·奥赫亚③在小说《赫卡忒的猎狗》(*Los perros de Hécate*, 1985)里塑造了一个惊世骇俗的女性人物塔西阿娜(Tarsiana),将她视为希腊神话中的夜之女神、幽灵和魔法女神赫卡忒。塔西阿娜以嘲讽的语气宣称自己既不想当殉道者,也不想当英雄:"我曾祖母不会穿鞋也不会梳头、穿衣;我祖母在某个场合宣布,厨娘把鸡蛋煎得圆圆的,她认为这事办得太成功了;我母亲,我亲生母亲,不知道如何开瓶……我决定当妓女,靠我的身体挣钱。"④

葛兰黛丝的处女作《露露年华》(*Las edades de Lulu*, 1989)获得1989年性爱文学"垂直微笑奖"(Premio Sonrisa Vertical),并入选20世纪西班牙百部经典小说。这部作品讲述了一位少女在性启蒙和学习的过程中,沉沦于消费身体的肉欲游戏中无法自拔的经历,因其大胆、露骨的性爱描写而在20世纪90年代轰动一时。1990年西班牙导演比伽斯·卢那(Bigas Luna)将该小说搬上大银幕,迄今已被译成21种文字,销量达一百多万。

多年后葛兰黛丝在回顾此书时表示:"那时是力争为女性身体、性欲甚至妇女恢复名誉,公开宣布一种直到那时仅为男性保留的恶劣姿态。今天,在格雷的书中是一个完全不同的概念,甚至我们可以说,《露露年华》的结尾情人结婚生子,它其实落入一种传统家庭的模式。"⑤

---

① 吉庆莲:《法国当代女性小说创作扫描》,《当代外国文学》1999年第1期。
② 李洁非:《"她们"的小说》,《当代作家评论》1997年第5期。
③ 戈麦斯·奥赫亚(Carmen Gómez Ojea, 1945~)出生于西班牙北部城市希洪,毕业于奥维多大学罗曼语文学专业。虽然从小喜欢文学,但并未立志当一个职业作家,她称自己是"每天晚上9点到12点写作3个小时的家庭妇女"。写实主义中篇小说《法比娅和其他女人》(*Otras mujeres y Fabia*, 1981)获1981年"老虎胡安奖",同年,具有魔幻现实主义特色的长篇小说《征兆之歌》(*Cantiga de Agüero*)被授予"纳达尔小说奖",可以说1981年是这位女作家的幸运之年,也由此可见戈麦斯·奥赫亚文风之多元。
④ Gómez Ojea, *Los perros de Hécate*, Barcelona, Grijalbo, 1985, p. 127.
⑤ http://www.lavanguardia.com/local/canarias/20140524/54408290055/almudena-grandes-en-espana-muchos-somos-rehenes-de-la-guardia-civil.html#ixzz32xtIQPS3.

《露露年华》女主人公的名字取自一部美国儿童喜剧的女英雄,在西方文化中象征着新型、独立、反叛的女性,是一个"女堂璜"。露露1958年出生,她的童年是在佛朗哥时代度过的。作品着重叙述露露15岁至30岁的人生经历:孩提时代的记忆、少女的憧憬、与恋人近乎病态的性爱交往、婚姻的分分合合。

首先,露露从小缺乏母爱,母女关系冷淡。母亲生下双胞胎的时候,"我5岁,只有5岁时便不再存在……妈妈带着双胞胎回到家里,一切都结束了"①。母亲忙于照顾新生儿,疏于关心露露,"我的童年就这样粗暴而不公平地被剥夺了。"(第207页)她无法认同母亲的生活模式:"9个孩子,11次怀孕,17年里11次怀孕。母亲没有躯体了,只是一个弯曲的麻袋,里面装满筋疲力尽、拉长变宽的内脏……我为她难过,但在极端清醒的时刻……专注地看着她,我也会有种近似恶心的印象。数年前,我以为自己甚至到了恨她的地步。现在不了,如今我意识到自己从未停止对母亲的爱,却无法忍受她。"(第82页)

这一切使得露露在情感世界呈现变态的依赖症,她把哥哥马塞罗的朋友、27岁的大学老师巴勃罗视为父爱的化身:"在5~20岁那段可怕的灰色岁月里,我只有马塞罗相伴,直到巴勃罗归来,他的宽宏大量令我恢复了失去的快乐以及被粗鲁、不公平地剥夺了的童年。他从未让我失望。"(第207~208页)露露15岁时受巴勃罗的引诱,有了第一次性经历。"我尽量不忘记自己是在小汽车里,在大街上,与家里的一位朋友口交,感到一阵阵强烈的快感。我承认自己不要脸,这令人愉悦。"(第29页)露露完全沉溺于巴勃罗编织的感情陷阱里,甚至为此放弃了独立思考的权利。"我头一回决定不再思考,不再想问题,他替我思考。"(第31页)

露露和巴勃罗的关系始终在主体/客体、受害者/施害者之间不断转换。一方面露露时常感到自己主宰着这场游戏,"一想到他被出卖,我只需合上牙齿,咬紧牙齿一会儿,他就完蛋了,这念头让我很爽"(第29页)。另一方面,巴勃罗对她造成的肉体疼痛如此之大,以致"一直在那里,没有消失,隐隐作痛到最后,直至快感与它分离,增大,最终变得更加强烈"(第47页)。

露露在这场充满肉体和心理暴力的感情游戏中一直怀有矛盾的心态。"我原本要抚摸他,亲吻他,咬他,抓他,但不知道为什么,感觉应该伤害他,攻击他,毁掉他,但又害怕接触他。"(第49页)此后数年里,露露一直跟这个熟

---

① Almudena Grandes, *Las edades de Lulu*. Madrid, Bibliotex, 2001, p.208. 该著引文皆出自这个版本,由笔者自译。

谙各种性爱技巧与情趣的情场高手保持着婚前性关系。她在男友的怀中感到安全,重获失去的童年,"于是我认为他把我当作小女孩看待我。"(第25页)两人结婚三年后这一控制与被控制的关系依旧如故,在巴勃罗眼里,妻子"还是像个小女孩,喜欢玩残酷的游戏"(第98页)。但这一切在露露30岁时瞬间轰然崩裂:"我确信继续留在他身边永远不会长大,满了35岁,然后45岁,直到66岁,我母亲的年纪,但还是从未长大,永远是一个女孩,但不是12岁的美少女……而是一个66岁的可怕怪物,陷在无尽的童年的诅咒里。"(第168页)

露露不再愿意继续受制于巴勃罗的任性与掌控,因此虽然两人已有一个4岁的女孩,她还是断然与丈夫分手。"我抛弃了巴勃罗,为的是拥有我的生活,自己的生活,可现在我也不知道该如何规划自己的人生。"(第71页)于是露露混迹于午夜牛郎俱乐部来麻醉自己,投身于无止境的性爱游戏。"我多次问过自己这个问题,将来还会问……我从这一切当中搞明白什么?他们除了给予我肌肤的满足之外还有什么?自信。有权利说如何、何时、何地、多少、与谁做爱。在大街的另一边,在强者的人行道上。"(第147页)

对露露来说,能够掌控性行为是一大进步,这是她和巴勃罗关系中所不存在的。"任何欲望、任何肉体、任何快感都无法与他们给我提供的相提并论。"(第148页)但她也清醒意识到自己出轨的后果,"害怕不能及时悬崖勒马……底线,一条逐渐清晰、具体、可感觉到的界线就在近旁,很近,令我恐惧。"(第147~148页)

露露并没有找到一条正确的人生之路。一文不名的她冒险参加一场有偿性游戏,结果差点丧命。而背后策划此事的正是巴勃罗,他这时出面好像是救了露露,实际上是把露露重新掌控在自己手里,并对妻子之前的叛逆行为严加惩罚。"于是他又揍我,总是用右手,首先用手掌,然后是手背,把我的头从一边猛地推到另一边,我让他打,感谢那些把我打得粉碎、破除妖术的耳光,它们让几个小时之前我在镜子的另一边撞见的又老又陌生的那个女人的脸变了形,令我的皮肤再生。"(第186页)

小说的结尾令人失望,因为女主人公最终放弃了自我成长的企图,重新回到丈夫的身边,又扮演起女孩的角色。"没有选择,他在那里,遥控着线,但那太残酷了,对一个小女孩的有限力量来说是无法承受的残酷,我得出结论,我是一个小女孩。"(第189页)而这一拒绝长大的行为表现在一个细节上,露露在巴勃罗的床上穿着"按一个大女孩尺寸做的婴儿服"(第191页)。

《露露年华》这部情色小说,"本质上是一部成长小说。第一人称叙事者实际上是个孤儿,这个主人公回顾她的青春,评估少年时期家庭的影响,列举她的性启蒙,将成年的她与自己所描绘的童年、少年画像进行对比。"①在展现肉欲语言复杂性的同时,也散发出明快的抒情意味,而且在一定程度上反映了西班牙现实生活特有的坎坷和曲折。作品"以画面式的细节描写女主人公的性欲和性行为,意味着拒绝传统女性面对性爱问题所保持的沉默姿态。小说塑造了一种通过自身肉体找到自我的新女性,并非要宣布她的自主而是要实现自己的权力感。"②

总之,在女性主义的思考中,"身体一直是她们关注的重要'场域'。女性的反抗起始于身体,女性的解放也以身体来体现;女性最深切的痛苦或幸福快乐,都要经由身体的体验和感知而获得;女性的主体性建立必然与'身体'的话语相关。"③

第四节 海·河·雨

"从原型发生的历史来看,水的原型无疑是最古老的原型之一。"④水之意象具有非常突出的女性色彩,因为"在传统的水文化中,女人是被作为水的柔媚一面、随意规约的一面。水甚至被指认为足可以决定人的性别和本质的象征"⑤。《红楼梦》里贾宝玉的名言"女人是水做的骨肉,男人是泥做的骨肉"也揭示了女性与水之间天然的内在关系。马丁·盖特对男女之间的差异有过类似的描述:"女人仿佛是液体,流动的液体。男人像固体:他或是石块或是空气,但从来不是水。"⑥因此在西班牙当代女性成长小说中大量出现水之系列的意象(海洋、河流、雨水)并不奇怪,它们寄托了女性的经验和情感,成为"妇女面对无休止地折磨她、迫害她的卑鄙下流时用来净化自我的工具","帮助少女学会与俗世、与它的丑恶、它令人窒息的虚伪相隔绝"⑦。

---

① Ellen Cecilia Mayock, "Family systems theory and Almudena Grandes'*Las edades de Lulú*", *Anales de la literatura española contemporánea*, Vol. 29, No. 1(2004), pp. 235-256.
② Catherine G. Bellver, "Las ambigüedades de la novela feminista española", *Letras Femeninas*, Vol. 31, No. 1, 2005.
③ 祝亚峰:《性别视阈与当代文学叙事》,第144页。
④ 萧兵,叶舒宪:《老子的文化解读》,湖北人民出版社,1994年,第600页。
⑤ 王春荣:《水土意象群落的现代意义指向——新时期文学的主题学研究》,《辽宁大学学报(哲学社会科学版)》2008年第5期,第32~39页。
⑥ Linda E. Chown, "American Critics and Spanish Women Novelists, 1942-1980", *Signs*, Vol. 9, No. 1, Women and Religion, autumn, 1983, p. 104.
⑦ Rosa Isabel Galdona Pérez, *Discurso femenino en la novela española de posguerra*, *Carmen Laforet*, *Ana María Matute y Elena Guiroga*, p. 219.

1. 大海

大海是加泰罗尼亚女作家喜爱的舞台。她们的小说往往以地中海为背景,并且将它视为自由的化身或女性欲望的载体。当《空盼》的女主人公安德烈娅成年后回到巴塞罗那这个海滨城市时,她的第一感觉是"大海占据着我激动的心"(第4页)。

在《亲爱的,我把大海留给你当信物》里,大海是最重要的意象,它充当了两位女性人物爱情的见证和同谋。故事开篇玛丽娜比较了巴塞罗那(象征流亡的空间)与马略尔卡岛(象征天堂)海水的不同:

> 从这里,从我的窗口,我看不见海,只有云朵,褪色的云彩在飘散,以及蒂比达波庙的尖顶。没有什么值得看的。又高又丑的楼房,阳台上凋谢的花,被太阳烤焦了的发黄遮阳篷。我看不见海,因为离这里很远,在城市的另一端。它好似披着黑纱,油腻腻的,几乎发着恶臭,像一个奶妈似地摇动着货船、游艇和系在港口码头的汽艇。这里的海一点也不像我们的那片海。仿佛一块金属薄片,缺少透明,没有变幻的色彩,凝结发硬。但我想念它。我思念它仅仅是因为看到它,我就想你在海的另一边,隔海隔岸要比隔着两个城市距离更短些。①

玛丽娜在巴塞罗那开始失去纯真。进入大学后她参加政治游行,目睹同学的被捕和受刑(她本人也曾短暂入狱)。这些经历使她明白,作为女性,她们的政治诉求从未被认真对待。面对一个压迫型的政府,妇女只有愤怒和无助。正因为巴塞罗那是玛丽娜的流放之地,所以这里的海"不再唱摇篮曲……它是一个不复制任何东西的镜子,模糊的金属薄片,既无色也不透明,在它的港湾里,在黏糊的月经似的伤风败俗的血块中堆积着塑料和果皮。"

而故乡马略尔卡岛的海水既是她童年岁月的见证,也是初恋情人玛利亚的象征,所以她对那片海(mar)的思念就是对年少时光及爱情(amar)的思恋。玛丽娜回忆起两人在海上缠绵悱恻的甜蜜时刻,月光照进舷窗,撒在情人"丝缎般的身体上"(第182页)。大海是这对师生爱情的媒介和舞台:"我给大海写信,怀着秘密的企图,希望海浪把我的消息带到你家门口。"在信的结尾,当玛丽娜与玛利亚永别时,"我希望把我的尸体海葬,而不是土葬。我恳求你把我的骨灰撒在那片宁静的深海,那片海水窥视过我们的爱情,让这无边无际

---

① Inmaculada Pertusa y Nancy Vosburg (ed), *Un deseo propio, Antología de escritoras españolas contemporáneas*, p. 181.

的海洋收留我的骨灰。我思恋你,思念大海,我们的大海,亲爱的,我把大海交给你,作为信物。"(第198页)

可以说,《亲爱的,我把大海留给你当信物》里的大海意象无处不在,它"隐喻着没有被象征领域的阳具声音所强暴的那个空间:想象领域,真爱的原初空间"[1]。

杜丝格兹在《年年夏日那片海》中大量使用与大海、水族、黑暗的洞穴、深渊有关的术语(这些词汇与女性性别相连),深刻、细腻地刻画了女性之间的情感和欲望,对性爱场面的描写充满诗意和抒情,很少有赤裸裸的直白:

> 在这个尘土飞扬的春天,我是那么兴奋却又那么忧伤,孤零零地和一个瘦削而疯狂、有着栗色长发和热烈眼光的大女孩待在一起,我第一次意识到自己开始变老,此时,这女孩静静地待在一旁,仿佛睡着了一般。当我将她平放在光洁的皮衣上,她柔软的皮肤上闪过一阵颤抖,她穿来皮衣的目的是否就在于此呢?我缓缓地抚摸那丝绸一般的双腿,让我的手停留在大腿内侧那柔软至极而又躁动不安的地方,去寻找那长满了水藻的温暖的小洞。虽然小仙女已经在很久以前就离开了她的池塘,但那山洞却出人意料的潮湿,突然之间,那山洞活转过来,成了海底世界中贪婪的妖怪,收缩、发送、再收缩,就像那些生长在深深的海沟里并慢慢退却的半是植物半是动物的生物体。小精灵和水仙们都消失了,我已经不再感到疼痛,也没有听到任何声音,因为我已经到达了海底,这里的一切都笼罩在寂静之中,一切都是蓝色的,我小心地拨开长在潮湿洞口的水藻,慢慢、慢慢地进入到洞中。(第138～139页)

在马蒂-奥丽薇雅看来,《亲爱的,我把大海留给你当信物》和《年年夏日那片海》"都描写了一种共同的失却,失去所爱的人……尽管在不同层次上,大海都作为爱情和失去爱情的双重地点出现,也作为在恋母情结小说中被完全抹去的母亲身体的正文创造者"[2]。

2. 河流

"河流"意象在西班牙女性成长小说里具有多种意义。它可以是"自由"的象征,如《夭折的孩子》里的莫妮卡最爱村边的河流及周围的大自然,因为

---

[1] María Antonia Camí-Vela, *La búsqueda de la identidad en la obra literaria de Carme Riera*, Madrid, Editorial Pliegos, 2000.
[2] Jaume Martí-Olivella, "Homoeroticism and specular transgresion en peninsular feminine narrative", *España contemporánea*, 5.2, 1992, p. 20.

在那里她可以逃避大姐伊莎贝尔的监管，获得身心的放松和自由：

> 当她听到下面那边山涧河水的低语时，一种小小的、刺人的、动物般的快乐在她身上苏醒……莫妮卡脱下鞋，用脚尖揉着岸边泥土里潮湿的三叶草。一种凉凉的、亮亮的痒意爬上她的大腿。她快速脱光衣服，钻进水里……河水闪耀着流淌、跳跃、拥抱，在她身上、腰间和肩膀上流动。她把头浸入水里，重新冒出水面……河水在她的脖子、肩膀和胸部滑动。①

伊莎贝尔及村里人却无法容忍莫妮卡的行为：

> "你已经是女人了。你不能去河里，像黑格罗兹森林里的穷小子。那会是丢脸的事，听懂了吗？"但她不明白……伊莎贝尔想教她绣花、织补、烹饪。她学得一知半解。莫妮卡跑到草地上，溜到河里，躺在光滑、温暖的大石头上，太阳穿过她的皮肤，使她陷入深深的梦乡……莫妮卡热爱土地、果园、河水。莫妮卡热爱树木，关注植物、花朵、果实的成长还有清泉的流动……然而，在十字镇没人认为她品行端正。（第215～216页）

"河流"也可以暗示危险的境地。如在《莱蒂西娅·巴耶回忆录》里，路易莎摔伤了腿，莱蒂西娅整日照顾她，引起丹尼尔的不满和讥讽。莱蒂西娅不敢再去探望路易莎，因为她预感到其中的风险："如果第二天可以去看她，能与该行为相比的只会是沿着河岸行走，但没有一直往前走，而是侧身扭转，落入河底。"（第160页）在作品的尾声，当莱蒂西娅就要被带离故乡、远赴异国时，她已没有勇气重返西芒卡斯，"我没有力量缓慢落入河流的底部"（第169页）。

再比如《离家出走》里的女主人公安帕罗与她的情人拉尔夫已各自成家，因此两人都小心维系着这段感情，"河流"便成为他们婚外恋风险的象征：

> 他们好像从两堵墙的墙头上探出身子说话，围墙之间涌动着一条很深的河流，河流的轰鸣声吞没了他们的只言片语。他们做着表情，并不能全部听清楚对方的话。一些名字像未知的小鸟一样在这条鸿沟上方飞来飞去……下面的阴暗河流传来了回声，那河流他们连看也不敢看一

---

① Ana María Matute, *Los hijos muertos*, Barcelona, Destino, 1981, pp.296-297. 该著的所有引言皆出自这个版本，由笔者自译。

眼。(第232～233页)

3. 雨水

在一些西班牙当代女性成长小说中,"雨水"具有消极的象征意义。在《莱蒂西娅·巴耶回忆录》中莱蒂西娅回忆起她第一次见到丹尼尔的那天,正好下着雨。丹尼尔从西芒卡斯城堡走出来,穿着雨衣,戴着风帽,脖子上围着一条白色丝巾,从她身边走过(两人当时还未相识)。丹尼尔的首次出场给莱蒂西娅留下十分深刻的印象,她对女友说,"他像个摩尔人国王"(第39页)。正是这次雨天的意外相遇为之后两人的不寻常关系埋下伏笔,而她将与这个貌似"摩尔人国王"的男子展开一场无声、秘密的战争。

《钻石广场》里绵绵不断的细雨是佛朗哥政权全面专制的寓言,"外面下着雨。雨水细细地落在各处的屋顶、大街、花园和海上,仿佛海水还不足,雨水或许也落在山上……这场细雨已经下了8天,不大也不小,云朵充满水分,膨胀得令它们擦过房顶。我们注视着雨水。"(第28页)

当吉麦特要在家里建一个鸽子笼,侵占娜达丽娅的私人空间时,那天"又开始下起了倾盆大雨。他把木工坊设在餐厅……把我阁楼上所有的东西都清空:装衣服的篮子、中等椅子、装脏衣物的框子、装夹子的小箩……我们在把'小鸽子'赶出家去……"(第75页)这场大雨也预示着吉麦特对娜达丽娅专制掌控的开始。

血水也多次出现在娜达丽娅的幻觉里,成为死亡的象征。"一切都死了:只有那些由血制成的、带着血腥味的小血球在不断扩大,驱散了焚香的气味。只有血腥味,那是死亡的味道,无人看到我所见的东西,因为整个世界都低下了头。"(第180页)

露西娅·埃塞巴里亚在《未来的文学》中概括了女性与男性在处理空间及意象时的差异:

> 他们更加视觉化,描写性强,而她们更加感官化,可塑性强。因为男人讲述所看见的事物,而女人诉说自己感觉到的东西……在这些特征中我们可以列举出一种反思性更强、色彩更加多样、更加感官化的语言,语调更加私密,更多地使用第一人称和自传,坚持探讨情感,日常的、具体的事物恒常出现,反复运用大量的意象,如水和封闭的房间,对主题和人物加以拓展。[①]

[①] Lucía Etxebarria, *La letra futura, el dedo en la llaga, cuestiones sobre arte, historia, creación y crítica*, Barcelona, Destino, 2000, p.111.

结　语

　　西班牙女性成长小说异军突起这一文学现象非常值得关注。虽然这些女作家的家庭出身、成长年代、情感教育、婚姻状况、职业领域各不相同,但都关注西班牙女性的命运,尤其是妇女的成长,这一主题是她们文学创作最具共性的一点。

　　研究西班牙女性成长小说的真正意义在于女性的成长与女性成长小说之间的动态关系,即女性的现实成长与女性的文本成长之间的交互参照和相互作用。伍尔芙的名言"成为自己比什么都要紧"激励着西班牙当代妇女,她们特别看重自我身份的确定及自我价值的实现。在妇女身份追寻的过程中,性别是核心要素。凯特·米利特在《性政治》(*Sexual politics*,1970)中指出,男女性别关系是一种权势关系,男人总是倾向于获取占有权势并在女人身上运用权势,性别问题因而也就成了政治问题。因此"两性与社会发生关联的不同方式为'成长小说'的形成提供了特殊的特征"[①]。

　　古典成长小说强调反映客观现实,探讨人和社会如何统一,而西班牙女性成长小说"允许女主人公与她的社会价值发生冲突,在此过程中承受风险的是个人的欲望及实现它们的可能性"[②]。因此西班牙当代女性成长小说在反映社会现实的同时,浓墨重彩描写的是女主人公内心世界的痛苦和绝望。

　　基于内战后西班牙政治、社会、经济、文化、教育等领域所发生的巨大变化,西班牙当代女性成长小说涌现出四个潮流:

　　"1.几乎都来自破裂家庭的女英雄,她们的反抗伴随着少女对个体自由的渴求;2.分析妇女被封闭在无意义的生存状态中的社会和心理因素;3.女性人物与存在主义小说中精神错乱的男主人公有相似之处,虽然会强调她们的痛苦来自家庭和心理根源;4.探讨妇女的性欲……总体来说,不妥协的少女将在那些出生于20年代的女小说家(多洛雷斯·梅迪奥、卡门·拉福雷、

[①] Francisca López, *Mito y discurso en la novela femenina de posguerra en España*, Madrid, Pliegos, 1995, p. 60.

[②] María Inés Lagos Pope, "Relatos de formación de protagonista femenina en Hispanoamérica", *Narrativa femenina en América Latina, prácticas y perspectivas teóricas*, Sara Castro-Klarén (ed), Madrid, Iberoamericana, 2003, p. 237.

埃莱娜·基罗佳、安娜·玛利亚·马图特、卡门·马丁·盖特）作品中更加频繁地出现,而公开涉及性主题显然直到70年代才开始,特别是在安娜·玛利亚·莫伊斯、埃斯特尔·杜丝格兹、蒙塞拉特·罗伊格和罗莎·孟德萝的作品里。"①

通过对西班牙当代女性成长小说的梳理、解读、分析和探讨,我们发现,西班牙女作家在成长小说这一特殊小说类型中找到了讲述自我成长历程、揭示内心焦虑和痛苦、表达对传统文化抗议的最佳途径。"女性的成长叙事沿着'性别求证',突破传统文化的规约,实践着一种基于女性独特体验的女性美学。当她们用'女性经验'诠释成长的历史与现实时,其作品不仅与男性的同类作品相异,也与任何世道的女性作品拉开了距离。对她们来说,探寻成长与追问'我是谁?'是合二为一的问题。"②

西班牙当代女性成长小说却突出女性个体与男权社会的冲突、对立,着重描写女主人公内心的痛苦和绝望(早期作品弥漫着宿命的色彩),女性作为个体和社会人的觉醒在这些作品中占据着重要地位。西班牙当代女作家普遍具有强烈的社会意识,敢于直面现实,反映和揭露西班牙妇女的不幸遭遇和命运。她们以个人和女性集体的经历为素材,涉及妇女私人和职业两大领域,回忆、重塑在佛朗哥统治时期度过的童年和青年时光。这些自传成分具有很大的代表性,读者很容易与作品所揭示的个人和社会问题产生共鸣。可以说"女性成长小说是女性构建理想的成长模式的一个理想的空间,是架设在现实和理想、真实与虚幻之间的一座文本的桥梁"③。

女性形象是女性文学关注的焦点之一。随着社会的进步和平等意识的加强,西班牙女性成长小说中的女性形象也发生了相应的变化,突破了以往的原型模式。西班牙女作家所刻画的女性人物性格鲜明、敢作敢当、令人难忘,体现了新时代妇女追求独立、自由、自尊、平等的强烈诉求和为之付出的超常牺牲。

20世纪四五十年代的西班牙女性成长小说塑造的往往是一个未成熟的少女,"卡门·拉福雷、安娜·玛利亚·马图特和卡门·马丁·盖特的作品基本上都是 bildungsroman,成长小说,书中少女的奋斗旨在摆脱单调、贫困、因内战多种后果的限制而黯淡的现实压迫。这些年轻女主人公的女权主义呼

---

① Phyllis Zatlin, "La aparición de nuevas corrientes femeninas en la novela española de posguerra", *Letras Femeninas*, Vol. 9, No. 1, 1983.
② 祝亚峰:《性别视阈与当代文学叙事》,第118~119页。
③ 王丽丽:《成长中的女儿国:评王卓〈投射在文本中的成长丽影——美国女性成长小说研究〉》,《济南大学学报(社会科学版)》2009年第5期。

应的是一种自发的、几乎天生的冲动,极其保守的社会把她们限制在被动、妥协和因循守旧之中,而她们却要超越社会的期望和要求寻求自我定位。"①

20世纪六七十年代以后,西班牙女性成长小说的主人公逐渐过渡到成年妇女,她们从女性视角探索妇女所面临的婚姻(或单身)、离异、婚外恋、寡居、未婚生子、非法堕胎等棘手问题。应该说这些女性人物的视野更加开阔,观念更加解放,自主意识更加强烈,人生的目标也更加远大。她们不仅仅满足于走出家庭,而且要求在社会上享有平等的地位,享受与男人一样的权利和机会。她们"构建自己的身份,拒绝被佛朗哥体制神化的模式。尽管不是同代人,女英雄们有很多共同之处,因为她们生活在一个不利的历史关头,分享孤独、精神失常、偏爱回忆。这些特点揭示的是,所有这些女性人物具有相同的社会和政治忧患,面对社会不公和歧视,她们要求改革和抗议。这些小说内在化,文学焦点集中在以女性为代表的主要人物,关注她们的个体问题、她们的世界观……通过塑造具有强烈独立精神、拒绝从属于至尊男性家长的女英雄,女作家颠覆、挑战了男权社会的价值。"②

西班牙女作家喜欢描写家族史,尤其是家族内几代妇女的历史,通过塑造不同辈分的女性形象来反映社会的进步,如《永别了,拉莫娜》《紫色时光》《马莱娜是一首探戈曲名》《爱情、好奇、百忧解和困惑》《融融暖意》《攀藤》等。"当代女性写作对家族'女性史'谱系、女性生存处境的追溯,给一贯由男性一统天下的历史文本增添了'异质'性,这些'异质'元素改写或者颠覆了家族叙事的固定模式。"③西班牙当代女性成长小说有一个值得注意的特点,即解构母性神话。在父权制的社会文化背景下,母亲(包括祖母、外祖母、姨妈、姑妈等家庭中的女性长辈)往往以父亲"同谋者"的身份出现。她们不仅屈从父权体制所强加的价值观,而且将这一套文化符号自觉或不自觉地传承给女儿,造成母女关系的疏离和扭曲,原初的亲情关系被破坏。因此,"这一时期女作家创作的小说中大量孤女的出现不是偶然的。不得不承认母亲(她积极传承压制妇女的神话)是社会现状的主要、直接的肇事者,可能是这一现象的原因。"④即便与母亲共同生活,母女关系也远非和谐,母亲对女儿的影响往往

---

① Catherine G. Bellver, "Las ambigüedades de la novela feminista española", *Letras Femeninas*, Vol. 31, No. 1, 2005.
② Char Prieto, "El rechazo y distanciamiento de las estéticas del canon franquista y una perspectiva bajtiniana", *Hispania*, Vol. 87, No. 4 (Dec., 2004), pp. 682-691.
③ 转引自《中国新时期女性文学研究资料》(张清华主编),山东文艺出版社,2006年,第333页。
④ Francisca López, *Mito y discurso en la novela femenina de posguerra en España*, Madrid, Pliegos, 1995, p. 25.

是负面的。因此年轻一代的女性人物往往拒绝扮演传统的"幸福主妇"角色,甚至不愿意为人母,因为她们不认可母亲的形象和作用,相反,视母亲为成长过程中的障碍,传统价值的守护者。"这在客观上造成了谱系的断裂和传统的终止,从根本上切断了性别政治的自我复制和延续的可能。"①

在职业定位上,与英国19世纪小说中经常出现的家庭女教师相似,西班牙当代女性成长小说中也时常会遇到女教师这类人物,如《乡村女教师》《女教师日记》《年年夏日那片海》《我把海鸥作为证人》《亲爱的,我把大海留给你当信物》的女主人公。尽管"所有妇女从最年轻的岁月起就被灌输一种信念,她们最理想的性格与男人的截然相反,没有自我的意志,不是靠自我克制来管束,而是屈服和顺从于他人的控制"②,不同于英国家庭女教师地位低下、无力掌控自己的命运,当代西班牙女教师有知识、有文化,对人生有独立的追求,希望通过教育改变民众的素质和女性的命运,是西班牙妇女解放运动的推动者和参与者。

另一类是与文学、艺术作相关的职业,如作家、记者、画家、设计师、摄影师等,这些人物出现在《隐私》《失恋纪实》《家有疯女》《紫色时光》《融融暖意》《那喀索斯和哈耳摩尼亚》《胡列达·奥维斯归来》等。这些小说的"女主人公特点是极其敏感,具有非凡的幻想能力;她们沉浸于自我,不断内省。为此,她们不得不具备自我隔绝、躲进精神创作领域的基本能力"③。女性人物偏爱从事这些职业,显然看重的是掌控话语权,因此画笔、相机和笔纸成为西班牙妇女披露私密情感、反映社会问题、表达集体和个人诉求的有效途径。

在主题方面,西班牙女作家勇于探讨一些敏感问题,如女同性恋、民主与极权、加泰罗尼亚上层社会的腐朽和没落、西班牙政治过渡时期左翼人士的失望与妥协等。这说明西班牙当代女性成长小说与时代、社会的变迁紧密相关,拓展了新内容、新观念;另一方面她们也关注一些永恒的母题,如童年、母女关系、爱情与婚姻、生命与死亡。童年是奠定人生基调的关键岁月,母爱是女性成长不可或缺的情感支撑,爱情和婚姻是女人的终极目标之一。美国评论家德玛和内克曼认为,"恋爱的经历就是传统教育成长小说中的成长旅程。这种内在的旅行比起教育成长小说中主人公外在的旅行和女青年单纯的罗曼史重要得多,尽管两者都是朝着自我实现和成熟迈进。"④

---

① 金莉:《二十世纪美国女性小说研究》,第186页。
② 周颖:《想象与现实的痛苦:1800~1850英国女作家笔下的家庭女教师》,《外国文学评论》2012年第1期。
③ Pilar Nieva de La Paz, *Narradoras españolas en la transición política*, pp. 271-272.
④ http://www.xzbu.com/5/view-1968745.htm.

这些女性人物从"欲望的客体"变成主体,勇于反思天主教及佛朗哥独裁统治对自身成长所带来的全方位消极、保守、封闭的影响,特别是在情感教育方面。在经历了情感的隐忍、婚姻的挫折、事业的不顺后,或以自杀、疯狂等极端形式毁灭自我,放弃追求自身的幸福;或直面现实,勇敢地发出抗议的声音,不向世俗压力低头。她们因经历了这些人生的磨难而最终成长、成熟,这一切赋予了传统成长小说新的内涵和外延。

　　不少女性人物在成长的过程中抗争无力,不得不走向自我毁灭。"在她们的笔下,带有神秘诗意的死亡是一个美学姿态,是一种艺术方式,更是表现女性自我的一个重要手段。然而,对于她们来说,死亡又不仅仅是一个语言文本,还是她们最终所选择的'行为文本'……她们异常敏感的心灵,不仅对自身的困境感到绝望,而且对女性的困境乃至人类的困境有一种大悲悯。"①

　　至于西班牙女性成长小说的写作风格和特征,老一辈作家的文风相对细腻、内敛、深沉,而新一代则大胆、犀利、直白。列拉的评价是"女作家通常把自己视为主体—客体,因此她回忆童年(这一直是对自身的回归);在镜子面前观察自己……然后环视四周的家庭圈子。我认为无须记得是弗吉尼亚·伍尔芙指出妇女对现实主义小说做出贡献很正常:她们描写自己所见的东西。显然女性更细腻地描写感觉,她们的语言在颜色的形容上更丰富,在家庭环境的参照上更准确。"②

　　西班牙女性成长小说还呈现出地域性特征。加泰罗尼亚女作家群体,相对于西班牙其他地区的女作家而言,一方面由于佛朗哥统治时期对加泰罗尼亚语及加泰罗尼亚文化的打压而产生一种被边缘化的心态,另一方面巴塞罗那这一历史悠久的文化名城以及地中海风情构成了她们小说创作的主要舞台,因而具有浓郁的加泰罗尼亚文化色彩。与此相对的是那些来自卡斯蒂利亚地区的作家,她们渴望冲破狭隘、封闭的小城,融入大都市的开放和自由,其笔下的女主人公大多有离家出走、闯荡世界的经历。

　　总之,"在经历失望、逃离羁绊、追寻自我的过程中,故事中的女性们完成了对人生和自我的定义——这便是成长主题"③。西班牙当代女性成长小说既传承了欧洲古典成长小说的精髓,又拓展了该体裁的内涵和外延,赋予其强烈的时代感和女性视角。"当代女作家感兴趣的不仅是讲述或讲述自我;而且是具体作为女性来述说,分析自我,提出问题,揭示未知和未表达的那些

---

① 刘剑梅:《塞克斯顿:与诗神和死神共舞》,《读书》2007年第2期,第148~149页。
② Carme Riera, "Literatura femenina, ¿un lenguaje prestado?", *Quimera*, No. 18, 1982, pp. 9-12.
③ 金莉:《二十世纪美国女性小说研究》,第75页。

方面。"①西班牙女作家在这一领域所做的各种尝试和探索不仅丰富了成长小说的主题和人物类型,而且使其技巧和语言日益成熟、多元,成为西班牙当代文学不可替代的重要组成部分。

---

① Biruté Ciplijauckaité, *La novela femenina contemporánea*(1970-1985). *Hacia una tipología de la narración en primera persona*, p. 17.

参考书目

中文：

柏棣：《西方女性主义文学理论》,广西师范大学出版社,2007。
鲍晓兰：《西方女性主义研究评介》,北京三联书店,1995。
戴锦华：《镜城突围》,作家出版社,1995。
　　《涉渡之舟——新时期中国女性写作与女性文化》,北京大学出版社,2007。
孟悦、戴锦华：《浮出历史地表》,中国人民大学出版社,2004。
陈虹：《中国当代文学：女性主义·女性写作·女性文本》,《文艺评论》1995年第4期。
陈淑梅：《叙述主体的张扬——90年代女性小说叙事话语特征》,《文学评论》2007年第3期。
陈晓兰：《外国女性文学教程》,复旦大学出版社,2011。
陈志红：《反抗与困境：女性主义文学批评在中国》,中国美术学院出版社,2002。
丁君君：《成长的怪诞——从反成长小说的角度看〈熊猫穆尔〉》,《外国文学》2011年第4期。
樊国宾：《主体的生成——50年成长小说研究》,中国戏剧出版社,2003。
方凡：《将"元小说"进行到底的美国后现代作家威廉·加斯》,《外国文学》2004年第3期。
高琳(主编)：《论女性文学》,中国妇女出版社,1995。
高小弘：《"家"神话坍塌下的女性成长——试论20世纪90年代女性成长小说中的"家"》,《海南师范大学学报(社会科学版)》2008年第1期。
　　《亲和与悖离——论20世纪90年代女性成长小说中的"姐妹情谊"》,《河北师范大学学报(哲学社会科学版)》2009年第6期。
　　《话语权威的艰难建构——20世纪90年代女性成长小说的叙述声音分析》,《理论与创作》2010年第3期。
　　《"女性成长小说"概念的清理与界定》,《海南师范大学学报(社会科学版)》2011年第2期。
　　《成长如蜕——二十世纪九十年代女性成长小说研究》,人民出版社,2011年。
顾广梅：《中国现代成长小说研究》,人民出版社,2013。
谷裕：《现代市民史诗——十九世纪德语小说研究》,上海书店出版社,2007。
　　《德语修养小说研究》,北京大学出版社,2013。
郭亚明、张东：《论新时期女性小说中的叙事视角选择》,《广播电视大学学报》2007年第1期。
胡敏琦：《从〈简·爱〉看女性成长小说的生成与传播》,《译林(学术版)》2012年第1期。

胡全立:《女权主义批评与失语症》,《外国文学评论》1995年第2期。
黄必康:《建构叙述声音的女性主义理论》,《国外文学》2001年第2期。
黄晓娟:《从边缘到中心——论中国女性小说中的性别叙事》,《江汉论坛》2004年第12期。
　　《从精神到身体,论五四时期与20世纪90年代女性小说的话语变迁》,《江海学刊》2005年第3期。
黄玉梅:《论90年代女性小说成长叙事之背景》,《玉林师范学院学报(哲学社会科学)》,2007年第28卷第1期。
　　《附庸与裂变——"十七年"女性小说中的成长叙事》,《理论与创作》2007年第4期。
荒林:《新潮女性文学导引》,湖南文艺出版社,1995。
　　《两性视野》,知识出版社,2003。
赫永芳:《童年记忆与女性成长》,《平原大学学报》2005年第3期。
金莉:《二十世纪美国女性小说研究》,北京大学出版社,2010。
康正果:《女权主义与文学》,中国社会科学出版社,1994。
　　《身体和情欲》,上海文艺出版社,2001。
李金荣:《言说自我的失控——20世纪90年代新生代女性小说叙事模式之走向》,《时代文学》2012年2月。
李虹:《70后女性写作,消费时代的性——身体话语》,《文艺评论》2005年第4期。
李琳:《女性成长 女性叙事 女性立场——女性成长文本的意义》,《广播电视大学学报》2003年第2期。
　　《二十世纪美国成长小说:传承与变革》,《山花》2010年第16期。
李猛:《历史缺席和父性之殇——女性成长小说的先天疼痛》,《文学界(理论版)》2011年第2期。
李银河:《女性主义》,山东人民出版社,2005,(第80页关于女性系谱的那段引言)。
李欣颖:《中国当代女性成长小说叙述视角》,《当代小说》(下半月)2010年第4期。
李学武:《蝶与蛹——中国当代小说成长主题的文化考查》,中国社会科学院出版社,2003。
廖冬梅:《家族母题与1980年代中期以来女性小说叙事》,《福建论坛(人文社会科学版)》2007年第8期。
　　《"嬉戏诸神"与"话语狂欢"——论20世纪80年代中期以来女性小说叙事策略中的"重写"与"戏仿"》,《吉林省教育学院学报》2006年第11期,第22卷。
刘凤山:《疯癫,反抗的疯癫:——解码吉尔曼和普拉斯的疯癫叙事者形象》,《外国文学评论》2007年第4期。
刘晓:《建立女性的神话》,《外国文学评论》1987年第3期。
刘晓文:《现代西方女性小说话语策略》,《外国文学研究》2000年第3期。
刘艺:《中外文论中的镜喻》,《外国文学评论》2002年第1期。
刘意青:《用笔写出一个天下——续谈女人与小说》,《外国文学评论》1995年第2期。
刘岩、马建军:《并不柔弱的话语——女性视角下的20世纪英语文学》,重庆大学出版社,2011。
林书明:《女性主义文学批评在中国》,贵州人民出版社,1995。
　　《身/心二元对立的诗意超越——埃赖娜·西苏"女性书写"论辨析》,《外国文学评论》2001年第2期。
林宋瑜:《文学妇女:角色与声音》,广西师范大学出版社,2010。
林雅华:《现代性与成长小说》,《云南社会科学》2009年第6期。
林幸谦:《荒野中的文体》,广西师范大学出版社,2003。
　　《女性主体的祭奠》,广西师范大学出版社,2003。
买琳燕:《走进成长小说》,《解放军外国语学院学报》2007年第4期。
孟繁华:《忧郁的荒原:女性漂泊的心路秘史》,《当代作家评论》1996年第3期。
潘延:《对"成长"的倾诉——近年来女性写作的一种描述》,《江苏社会科学》1997年第5期。
屈雅君:《执着与背叛:女性主义文学批评理论与实践》,中国文联出版社,1999。
任一鸣:《女性文学与美学》,新疆人民出版社,1995。
芮喻萍:《美国成长小说研究》,中国社会科学院出版社,2004。
单昕:《焦虑的变奏——论中国当代成长小说中的父子关系模式》,《广西师范大学学报(哲学社会科学版)》2010年12月第46卷第6期。
沈红芳:《女性叙事的共性和个性:王安忆/铁凝小说创作比较谈》,河南大学出版社,2005。
沈石岩:《西班牙文学史》,北京大学出版社,2006。
史菊鸿:《小小女艺术家的形象——从女权主义角度解读五部女性成长小说》,《兰州大学学报(社会科学版)》2007年第1期。
宋素凤:《多重主体策略的自我命名:女性主义文学理论研究》,山东大学出版社,2005。
宋晓萍:《女性书写和欲望的场域》,北京大学出版社,2011。
孙桂荣:《叙述话语调整后的女性声音》,《南开学报(哲学社会科学版)》2010年第2期
孙宏:《"并未言明之事":同性恋批评视角下的凯瑟研究》,《外国文学研究》2012年第1期。
孙胜忠:《成长的悖论:觉醒与困惑——美国成长小说及其文化解读》,《英美文学研究论丛》(第三辑),虞建华主编,上海外语教育出版社,2002。
　　《一部独特的女性成长小说——论〈简·爱〉对童话的模仿与颠覆》,《外国文学评论》,2009年第2期。
　　《分裂的人格与虚妄的梦——论觉醒型女性成长小说〈觉醒〉》,《外国文学》,2011年第4期。
童燕萍:《谈元小说》,《外国文学评论》1994年第3期。
王红旗:《爱与梦的讲述——著名女作家心灵对话》,社会科学文献出版社,2010。
王侃:《历史·语言·欲望——1990年代中国女性小说主题与叙事》,广西师范大学出版社,2008。
　　《虚构与纪实——20世纪90年代中国女性小说叙事修辞研究》,《天津社会科学》

2009年第3期。

王卓:《投射在文本中的成长丽影——美国女性成长小说研究》,中国书籍出版,2008年10月。

王炎:《成长教育小说的日常时间性》,《外国文学评论》2005年第1期。

王艳芳:《女性写作与自我认同》,中国社会科学出版社,2006。

王杨紫、王成军:《女性·女权·女人——美国女性成长小说流变论》,《电影文学》2008年第22期。

魏天真:《自反性超越:女性小说的非女性主义解读》,华中师范大学出版社,2010。

吴宗蕙:《女作家笔下的女性世界》,首都师范大学出版社,1995。

夏茵英:《西方文学女性形象新解读》,《中山大学学报(社会科学版)》1999年第2期。

谢刚:《论90年代后成长小说的困境》,《作家杂志》2004年第3期。

杨莉馨:《扭曲的"镜像"——西方文学中的"悍妇"形象》,《中国比较文学》1998年第3期。

《论英国女性小说的命运及文化困境》,《安徽大学学报(哲学社会科学版)》2001年3月,第25卷第3期。

《异域性与本土化:女性主义诗学在中国的流变与影响》,北京大学出版社,2006。

《〈远航〉,向无限可能开放的旅程》,《外国文学评论》2010年第4期。

杨玲:《隐秘的和谐,论西班牙当代作家马约拉尔》,《外国文学研究》2011年第3期。

杨小青:《身体的遮蔽、疼痛与欲望——现代女性小说的深化》,《现代文学》200年第11期。

易光:《"觉今是而昨非"之后:近年成长小说漫论》,《西南师范大学学报》2002年第4期。

《女性书写与叙事文学》(上、下),《文艺评论》1997年第2、3期。

于东晔:《女性视阈——西方女性主义与中国文学女性话语》,中国社会科学出版社,2006。

张国龙:《中国成长小说研究现状考察》,《理论与创作》2010年第3期。

张国龙、张燕玲:《处于成长之中的中国"成长小说"》,《南方文坛》2009年第4期。

张京媛:《当代女性主义文学批评》,北京大学出版社,1992。

张岩冰:《女权主义文论》,山东教育出版社,2005。

周乐诗:《笔尖的舞蹈:女性文学和女性批评策略》,上海外语教育出版社,2006。

周新民:《身体:女性主体意识的建构——论20世纪90年代以来女性小说中的身体描写》,《贵州社会科学》2004年第2期。

祝亚峰:《性别视阈与当代文学叙事》,安徽大学出版社,2008。

《20世纪90年代成长小说的叙事与性别——从60年代生人的成长小说谈起》,《文艺研究》2006年第11期。

朱育颖:《与水同行,当代女性小说中的河流意象探析》,《合肥学院学报(社会科学版)》2013年9月第30卷第5期。

许琛:《成长:从反叛传统到寻找自我——波特小说中南方女性成长主题》,《宁波大学学报(人文科学版)》2005年1月第18卷第1期。

许德金:《成长小说与自传》,高等教育出版社,2008。

许太梅:《成长小说的缘起和美国女性成长小说的繁荣》,《新乡学院学报(社会科学版)》2012年第3期。

徐晗,吕洪灵:《弗吉尼亚·伍尔夫〈岁月〉对传统成长小说的继承与超越》,《南京师范大学文学院学报》2012年第2期。

徐蕾:《当代西方文学研究中的身体视角:回顾与反思》,《外国文学评论》2012年第1期。

徐秀明:《20世纪成长小说研究综述》,《当代文坛》2006年第6期。

徐秀明,葛红兵:《成长小说的西方渊源与中国衍变》,《上海师范大学学报(哲学社会科学版)》2011年第40卷第1期。

西蒙娜·德·波伏娃:《第二性》,郑克鲁译,上海译文出版社,2011。

巴赫金:《教育小说及其在现实主义历史中的意义》,《巴赫金全集》第三卷,河北教育出版社,1998。

《小说理论》,白春礼、晓河译,河北教育出版社,1998。

朱迪斯·巴特勒:《消解性别》,郭劼译,上海三联书店,2009。

《性别麻烦》,宋素凤译,上海三联书店,2009。

贝蒂·弗里丹:《女性的奥秘》,四川人民出版社,1988。

伊丽莎白·赖特:《拉康与后女性主义》,北京大学出版社,2005。

苏珊·兰瑟:《虚构的权威——女性作家和叙述声音》,黄必康译,北京大学出版社,2005。

苏珊·桑塔格:《疾病的隐喻》,上海译文出版社,2003。

弗洛朗斯·塔玛涅:《欧洲同性恋史——柏林、伦敦、巴黎1919～1939》,周莽译,商务印书馆,2009。

伊莱恩·肖沃尔特:《荒原中的女性主义批评》,《最新西方文论选》,王逢振主编,桂林漓江出版社,1991。

陶丽·莫伊:《性与文本的政治——女权主义文学理论》,林建法、赵拓、李黎译,时代文艺出版社,1992。

艾德丽安·里奇:《女人所生——作为体验与成规的母性》,毛路、毛喻原译,重庆出版社,2008。

珍妮薇·傅蕾丝:《两性的冲突》,邓丽丹译,天津人民出版社,2003。

克莉丝·威登:《女性主义实践与后结构主义理论》,白晓红译,桂冠图书股份有限公司,1994。

玛丽·伊格尔顿主编:《女权主义文学理论》,胡敏、陈彩霞、林树明译,湖南文艺出版社,1989。

外文:

Abel, Elizabeth, Marianne Hirsch, and Elizabeth Langland, *The Voyage In*, *Fictions of Female Development*, Hanover, N. H., University Press of New England, 1983.

Agosín, Marjorie, *Silencio e imaginación. Metáforas de la escritura femenina*, México, Editorial Katún, 1986.

Alborg, Concha, "Metaficción y feminismo en Rosa Montero", *Revista de Estudios Hispánicos*, vol. XXII, No. 1, enero de 1988, pp. 67-76.

"*La enredadera* de Josefina Aldecoa, una devoradora de mujeres", *AIH*, Actas X, 1989.

"Las artes plásticas en la narrativa de Marina Mayoral, De metaficción a metaarte", *Revista Hispánica Moderna*, Año 44, No. 1 (Jun., 1991), pp. 144-149.

Cinco figuras en torno a la novela de posguerra, Galvarriato, Soriano, Formica, Boixadós y Aldecoa, Madrid, Ediciones Libertarias, 2004.

Alcaina, Ana, "Entrevista con Nuria Amat", *Barcelona Review*, 12 (1999), www.Barcelona review.com/12/s_na_int.htm.

Alonso, Santos, "De mujer a mujer", *Revista de libros*, No. 6 (Jun., 1997), p. 44.

Altisent, Martha Eulalia, *Ficción erótica española desde 1970*, Edwin. Mellen Press, 2006.

Amell, Alma, "Una crónica de la marginación, la narrativa de Rosa Montero", *Letras Femeninas*, Vol. 18, No. 1/2 (PRIMAVERA-OTOÑO 1992), pp. 74-82.

Anderson, Christopher L, & Lynne Vespe Sheay, "Ana María Matute's *Primera memoria*, A FairyTale Gone Awry", *Revista Canadiense de Estudios Hispánicos*, Vol. 14, No. 1 (Otoño 1989), pp. 1-14.

Andreu, Alicia, "Huellas textuales en el bildungsroman de Andrea", *Revista de Literatura*, vol. LIX/18, 1997, pp. 595-605.

Arango Rodríguez, Selen Catalina, "La novela de formación y sus relaciones con la pedagogía y los estudios literarios", *Folios*, No. 30, Bogotá, July/Dec. 2009.

Araújo, Helena, "La escritura como proyecto de identidad en dos novelas femeninas (*Nada* de Carmen Laforet y *La caída* de Beatriz Guido)", en Actas del XXIX Congreso del Instituto Internacional de Literatura Iberoamericana, Barcelona, 15 — 19 de junio de 1992, Barcelona, Universitat de Barcelona, 1994, pp. 31-40.

Arias Careaga, Raquel, *Escritoras españolas (1939-1975), poesía, novela y teatro*, Madrid, Laberinto, 2005.

Arizmendi, Milagros, & Guadalupe Arbona, *Letra de mujer, La escritura femenina y sus protagonistas analizados desde otra perspectiva*, Laberinto, 2008.

Bajtín, Mijail, "La novela de educación y su importancia en la historia del realismo", *Estética dela creación verbal*, Madrid, Siglo XXI, 1982, pp. 200-247.

Ballesteros, Isolina, *Escritura femenina y discurso autobiográfico en la nueva novela española*, Nueva York, Peter Lang, 1994.

"Intimidad y mestizaje, una entrevista con Nuria Amat", *Letras Peninsulares*, XI, 2 (1998), pp. 679-689.

Baquero Escudero, Ana L., *La voz femenina en la narrativa epistolar*, Cádiz, Publicaciones de la Universidad de Cádiz, 2003.

Bellver, Catherine G., "Las ambigüedades de la novela feminista española", *Letras Femeninas*, Vol. 31, No. 1, Número especial Encuentros Transatlánticos, La identidad femenina envoces españolas y latinas actuales (Verano 2005), pp. 35-41.

"Montserrat Roig and the Penelope Syndrome", *Anales de la literatura española contemporánea*, Vol. 12, No. 1/2, 1987.

Bergmann, Emilie, "Reshaping the Canon, Intertextuality in Spanish Novels of Female Development", *Anales de la literatura española contemporánea*, Vol. 12, No. 1/2, 1987, pp. 141-156.

Bezhanova, Olga, "La angustia de ser mujer en el *Bildungsroman* femenino, Varsavsky, Boullosa y Grandes", *Espéculo. Revista de estudios literarios*, No. 41, 2009.

"*Temblor* de Rosa Montero, un *Bildungsroman* neobarroco", *OGIGIA*, Revista electrónica de estudios hispánicos, No. 6 de 2009.

Bórquez, Néstor Horacio, "Memoria, infancia y guerra civil, el mundo narrativo de Ana María Matute", *Olivar*; Vol. 12, No. 16, 2011.

Bourland Ross, Catherine, "Ser mujer hoy en día, Esther Tusquets y su escritura", *Confluencia*, Vol 20, No. 2, SPRING 2005.

Brenes García, Ana María, "El cuerpo matrio catalán como ideologema en *Ramona, adéu* de Montserrat Roig", *Anales de la literatura española contemporánea*, Vol. 21, No. 1/2 (1996), pp. 13-26.

"Herstorical Memory in *The Violet Hour* by Montserrat Roig, The Memory of Silence", *Modern Language Studies*, Vol. 27, No. 3/4 (Autumn-Winter, 1997), pp. 101-111.

Broch, Alex, "Escritura, habla y estilo, Montserrat Roig y Jordi Coca. Breve presentación de dos casos distintos", http://en.www.mcu.es/lectura/pdf/V92_BROCH.pdf.

Brooksbank Jones, Anny, "Ana Maria Moix and the Sacrifice of Order", *Letras Femeninas*, Vol. 23, No. 1/2 (PRIMAVERA-OTOÑO 1997), pp. 27-40.

Brown, Joan L. (ed.), *Women Writers of Contemporary Spain, Exiles in the Homeland*, Newark, University of Delaware Press, 1991.

Buck, Anna-Sophia & Gastón Siena, Irene (eds.), *El amor, esa palabra... El amor en la novela española contemporánea de fin de milenio*, Madrid, Iberoamericana-Frankfurt am Main, Vervuert, 2005.

Buitrago-Long, Caroll Y., "Mujeres en proceso de construccion", *Research Papers* (2010), Paper 11. http://opensiuc.lib.siu.edu/gs_rp/11.

Caballe, Anna, *La vida escrita por las mujeres*, II. *Contando estrellas. Siglo XX (1920-1960)*, Barcelona, Lumen, 2004.

Caballe, Anna & Rolon, Israel, *Carmen Laforet, una mujer en fuga*, Barcelona, RBA, 2010.

Camí-Vela, María Antonia, "Exilio, rechazo y búsqueda en *Te deix, amor, la mar com a penyora* Y *Temps d'una espera* de Carme Riera", *Letras Femeninas*, Vol. 25, No. 1/2 (PRIMAVERA-OTOÑO 1999), pp. 173-184.

La búsqueda de la identidad en la obra literaria de Carme Riera, Madrid, Editorial Pliegos, 2000.

Campal Fernández, José Luis, "La novela femenina española contemporánea, una realidad emergente", *Boletín de la Biblioteca Menéndez Pelayo*, Santander, LXXV, 1999, pp. 273-294.

Cannon, Emilie, "From Childhood to Adulthood in Ana María Matute's *Primera memoria*", *Letras femeninas*, Vol. 17, No. 1-2, 1991.

Cano, José Luis, "Camen Laforet, La isla y los demonios", *Ínsula*, 15/V/1952.

Capdevila-Argiielles, Nuria, "Viaje hacia el estado de novela. Bildungsroman literario y transgenérico de la voz de Nuria Amat", *Quimera*, No. 186, 1999, pp. 55-64.

"Textual Silence and (Male) Homosexual Panic in Nuria Amat's *La intimidad* (1997)", *Journal of Iberian and Latin American Studies*, Vol. 8, No. 1, 2002.

Caporales-Bizzini, Silvia, *Narrating Motherhood(s), Breaking the Silence, Other Mothers, Other Voices*, Peter Lang, 2006.

Carrión, Maria Mercedes, *La literatura escrita por mujer, Desde la Edad Media hasta el siglo XVIII*, Barcelona, Anthropos Editorial, 1997.

Cibreiro, Estrella, "Transgrediendo la realidad histórica y literaria, El discurso fantástico en *El cuarto de atrás*", *Anales de la literatura española contemporánea*, Vol. 20, No. 1/2 (1995), pp. 29-46.

Ciplijauskaité, Biruté, "La novela femenina como autobiografía", *AIH*, Actas VIII, 1983.

La novela femenina contemporánea (1970-1985). Hacia una tipología de la narración en primera persona, Barcelona, Anthropos, 1988.

"Esther Tusquets y la escritura femenina", *Los nuevos nombres*, 1975-1990. Ed. Dario Villanueva. Vol. 9 de *Historia y crítica de la literatura española*. Ed. Francisco Rico, Barcelona, Crítica, 1992, pp. 327-335.

La construcción del yo femenino en la literatura, Universida de Cádiz, 2004.

Collins, Marsha S., "Inscribing the space of female identity in Carmen Martin Gaite's *Entre visillos*", *Symposium*, 51.2 (Summer 1997), p. 66.

Conde Peñalosa, Raquel, *La novela femenina de posguerra (1940-1960)*, Madrid, Pliegos, 2004.

Mujeres novelistas y novelas de mujer en la posguerra española (1940-1965), Madrid, Fundación Universitaria Española, 2004.

Conte, Rafael, "Rosa Chacel, La inocencia en los infiernos, Leticia en el Barrio de Maravillas", *Revista de Occidente*, 3rd ser. 10-11 (1976), 101-103.

Contreras, María de los ángeles, "Contar la vida, observaciones en torno a la construcción de la memoria en tres novelas de Josefina Aldecoa", 2008. http://sedici.unlp.edu.ar/bitstream/handle/10915/16334/Documento_completo.pdf?sequence=1.

Corbalán Vélez, Ana, *El cuerpo transgresor en la narrativa española contemporánea*,

Madrid, Ediciones Libertarias, 2009.

"Contradicciones inherentes a *Las edades de Lulú*, entre la transgresión y la represión", *Letras Femeninas*, Vol. 32, No. 2 (Invierno 2006), pp. 57-80.

Cornejo-Parriego, Rosalía, *Entre mujeres. Política de la amistad y el deseo en la narrativa española contemporánea*, Madrid, Biblioteca Nueva, 2007.

"Entre eros y philia, amistades femeninas en la obra de Marina Mayoral", *Journal of Iberian and Latin American Studies*, Vol. 8, No. 1, 2002.

"Mitología, representación e identidad en *El mismo mar de todos los veranos* de Esther Tusquets", *ALEC*, 20 (1995), pp. 47-63.

Cruz-Camara, Nuria, "*Nubosidad variable*, escritura, evasión y ruptura", *Hispanófila*, No. 126, May de 1999, pp. 15-24.

"La trampa existencial en *La Trampa* de Ana María Matute", *Revista de estudios hispánicos*, ISSN 0378-7974, Vol. 29, No 1-2, 2002, pp. 269-286.

"'Chicas raras' en dos novelas de C. Martín Gaite y C. Laforet", *Hispanófila*, Literatura—Ensayo, No. 139, 2003, pp. 97-110.

Chacel, Rosa, *Memorias de Leticia Valle*, Barcelona, Seix Barral, 1985.

Davies, Catherine, *Contemporary Feminist Fiction in Spain, the Work of Montserrat Roig and Rosa Montero*, Oxford, Berg, 1994.

Davila Gonçalves, Michelec, *El archivo de la memoria, la novela de formación femenina de Rosa Chacel, Rosa Montero, Rosario Castellanos y Elena Poniatowska*, Colorado, University of Colorado, 1997.

De Bleeker, Liesbeth, "Viaje a través del azogue, *El cuarto de atrás* de Carmen Martín Gaite", http://www.ucm.es/info/especulo/numero32/html.

De Urioste, Carmen. "Las novelas de Lucía Etxebarria como proyección de sexualidades disidentes en la España democrática", *Revista de estudios hispánicos*, Vol. 34, No. 1, 2000, pp. 123-137.

Dee Gordenstein, Roberta, *The Novelistic World of Carmen Kurtz*, Michigan, UMI, 1996.

Diéguez, María Luz, "Entrevista con Esther Tusquets", *Letras Femeninas*, Vol. 15, No. 1/2 (PRIMAVERA-OTOÑO 1989), pp. 131-140.

DiNonno Intemann, Marguerite, "De la soledad a la solidaridad en la narrativa de Soledad Puértolas, La escritura como un acto de esperanza", *Hispania*, Vol. 95, No. 1, 2012.

Dorca, Antonio, "La novela femenina española y el canon", *Tropelías, Revista de Teoría de la Literatura y Literatura Comparada*, Vol. 7-8, pp. 83-92, 1996.

Drinkwater, Judith, "'Esta cárcel de amor', Erotic Fiction by Women in Spain in the 1980s and 1990s", *Letras Femeninas*, vol 21, No. 1/2, 1995.

Dupláa, Christina, "Los lugares de la memoria en la Barcelona de Montserrat Roig", *Revista Hispánica Moderna*, Año 54, No. 1(Jun., 2001), pp. 166-175.

"Montserrat Roig, Una barcelonesa más", *Actas III Congreso AIH (Tomo IV)*,

Centro Virtual Cervantes.

Egido, Aurora., , "Los espacios del tiempo. *Memorias de Leticia Valle* de Rosa Chacel", *Revista de literatura*, 43 (86), 1991, pp. 107-131.

Encinar, Angeles y Carmen Valcárcel (eds), *Escritoras y compromiso. Literatura española e hispanoamericana de los siglos XX y XXI*, Madrid, Visor Libros, 2009.

Etxebarria, Lucía, *Amor, curiosidad, prozac y dudas*, Barcelona, Plaza & Janés, 1997.

Beatriz y los cuerpos celestes, Barcelona, Destino, 1998.

La letra futura, el dedo en la llaga, cuestiones sobre arte, historia, creación y crítica, Barcelona, Destino, 2000.

Fages, Guiomar, "Conflictos maternales en *La hora violeta* de Montserrat Roig", *Espéculo, Revistade Estudios Literarios*, Madrid, Universidad Complutense de Madrid, 2007.

Farrington, Pat, "Interviews with Ana María Matute and Carme Riera", *Journal of Iberian and Latin American Studies*, Vol. 6, No. 1, 2000.

Faszer-McMahon, Debra A., "Women and the Discourse of Underdevelopment in Rosa Chacel's *Memorias de Leticia Valle*", *Letras Femeninas*, Vol. 32, No. 2 (Invierno 2006), pp. 13-32.

Ferrer Solá, Jesús, "Recordando a Ana María Navales. Una teoría de la novela", http://www.ieturolenses.org/revista_turia/index.php/actualidad_turia/cat/articulos/post/recordando-a-ana-maria-navales-una-teoria-de-la-novela/Fernández, Campal, "La novela femenina española contemporánea", *Boletín de la Biblioteca Menéndez Pelayo*, LXXV, pp. 273-294.

Fernández-Babineaux, María, "La inversión de las imágenes bíblicas en *Primera memoria*", *Romance notes*, Vol. 49, No. 2, 2009, pp. 133-142.

Fernández Vázquez, José Santiago, *La novela de formación. Una aproximación a la ideología colonial europea desde la óptica del Bildungsroman clásico*, Madrid, Universidad Alcalá de Henares, 2002.

Ferriol-Montano, Antonia, "Identificación, intercambio y libertad en la amistad femenina, la creación del 'nosotras' en *Nubosidad variable* de Carmen Martín Gaite", *Letras Femeninas*, Vol. 28, No. 2 (OTOÑO 2002), pp. 95-114

Ferrús Antón, Beatriz, "Pecando en el deleite de la meditación, sobre la narrativa de Rosa Chacel", *Arbor*, No. 719, 2006.

Foncea Hierro, Isabel, "*Barrio de Maravilla*", de Rosa Chacel, *Claves y símbolos*, tomo I, Málaga, Centro Cultural Generación del 27, 1999.

Rosa Chacel, memoria e imaginación de un tiempo enigmático, tomo II, Málaga, Centro Cultural Generación del 27, 1999.

Fox-Lockert, Lucía, *Women novelists in Spain and Spanish America*, Scarecrow Press, 1979.

Franco, Gloria & Fina Llorca (eds), *Las mujeres entre la realidad y la ficción. Una mirada feminista a la literatura española*, Granada, Universidad de Granada, 2008.

Freixas, Laura, *Literatura y mujeres. Escritoras, público y crítica española actual*. Barcelona, Ediciones Destino, 2000.

Galdona Pérez, Rosa Isabel, *Discurso femenino en la novela española de posguerra, Carmen Laforet, Ana María Matute y Elena Quiroga*, Santa Cruz de Tenerife, Servicio de Publicaciones de la Universidad de Laguna, 2001.

Gambaro, Griselda, "Algunas consideraciones sobre la mujer y la literatura", *Revista Iberoamericana*, No. 132-133 (1985), pp. 471-473.

Gámez Fuentes, María José, "La subjetividad femenina en *Tres Mujeres* de Ana María Navales", *Letras Femeninas*, Vol. 25, No. 1/2 (PRIMAVERA-OTOÑO 1999), pp. 185-198.

Gascón Vera, Elena, "Rosa Montero ante la escritura femenina", *Anales de la literatura española contemporánea*, Vol. 12, No. 1/2, 1987, pp. 59-77.

Gazarian-Gautier, Marie-Lise, *Ana María Matute. La voz del silencio*, Madrid, Espasa Galpe, 1997.

Gil Casado, Pablo, *La novela deshumanizada española (1958-1988)*, Barcelona, Anthropos, 1989.

Glenn, Kathleen M., "Hilos, ataduras y ruinas en la novelistica de Carmen Martin Gaite", *Novelistas femeninas de la postguerra espanola*, Ed. Janet W. Perez. Madrid, José PorruaTuranzas, 1983, pp. 33-45.

"Conversación con Rosa Chacel", *Letras Peninsulares*, No. 4 (Spring 1990), pp. 11-26.

"Conversación con Rosa Chacel", *Anales de la literatura española contemporánea*, Vol. 15, No. 1/3 (1990), pp. 275-283.

"Fiction and autobiography in Rosa Chacel's *Memorias de Leticia Valle*", *Letras Peninsulares*, No. 4 (1991), pp. 285-294.

"Narration and Eroticism in Chacel's *Memorias de Leticia Valle* and Nabokov's *Lolita*", *Monographic Review/Revista Monografica*, 7 (1991), pp. 84-93.

"*Irse de casa*", *Anales de la Literatura Española Contemporánea* 25.1 (2000), 310.

Godoy Gallardo, Eduardo, *La infancia en la narrativa espanola de posguerra*, Madrid, Playor, 1979.

Gómez Ojea, Carmen, *Otras mujeres y Fabia*, Barcelona, Argos Vergara, 1982.

Los perros de Hécate, Barcelona, Grijalbo, 1985.

Gómez Viu, Carmen. "El Bildungsroman y la novela de formación femenina hispanoamericana contemporánea", *Ieso* 25 (2009), 107-17. *JSTOR*. Web. 7 de Jul, 2010.

González Arias, Francisca, "Entrevista a Soledad Puértolas, la narradora como 'outsider'", *Letras Femeninas*, Vol. 31, No. 1, Número especial Encuentros Transatlánticos, La identidad femenina en voces españolas y latinas actuales (Verano 2005), pp. 127-131.

González Couso, David, "Carmen Martín Gaite y su geografía literaria", *Espéculo. Revista de Estudios Literarios*, Madrid, UCM, 2009.

González, Mariher, *Los sueños de Elena Quiroga*, Editorial Artemis & Edinter, 1997.

González-Muntaner, Elena, "Buscándose a sí mismas, cuatro personajes femeninos ante el espejo", *Espéculo*, No. 34, 2007.

Gracia, Jordi y Domingo Ródenas, *Derrota y restitución de la modernidad 1939-2010*, Barcelona, Crítica, 2010, séptimo volumen de *Historia de la literatura española*, dirigida por José-Carlos Mainer.

Grandes, Almudena, *Malena es un nombre de tango*, Barcelona, Tusquets, 1999.

Grau-Lleveria, Elena. "La silenciosa presencia de la historia en *Memorias de Leticia Valle* de Rosa Chacel", *Estudios en honor de Janet Perez, el sujeto femenino*, Ed. Susana Cavallo et al. Potomac, MD, Scripta Humanistica (1998), pp. 201-214.

Guiral Steen, María Sergia, "Triunfo del canon cultural en *El mismo mar de todos los veranos*", *Confluencia*, Vol. 20, No. 1, 2004.

Hardin(ed.), James, *Reflection and Action. Essays on the Bildungsroman*, University of South Carolina Press, Columbia, 1991.

Henseler, Christine, *En sus propias palabras, escritoras españolas ante el mercado literario*, Madrid, Ediciones Torremozas, 2003.

"Pop, Punk, and Rock & Roll Writers, José ángel Mañas, Ray Loriga, and Lucía Etxebarria redefine the literary canon", *Hispania*, Vol. 87, No. 4 (Dec., 2004), pp. 692-702.

Higuero, Francisco Javier, "La exploración de la diferencia en *Nubosidad variable* de Carmen Martin Gaite", *Bulletin of Hispanic Studies*, 73,4 (1996), pp. 401-414.

Ilanes Adaro, Graciela, *La novelística de Carmen Laforet*, Madrid, Gredos, 1971.

Janés, Clara, "Rosa Chacel habla de Dios", *El Ciervo*, Año 41, No. 494, 1992, pp. 25-27.

Jones, Margaret E. W., "Religious Motifs and Biblical Allusions in the Works of Ana María Matute", *Hispania*, Vol. 51, No. 3 (Sep., 1968), pp. 416-423.

"Ana María Moix, Literary Structures and the Enigmatic Nature of Reality", *Journal of Spanish Studies, Twentieth Century*, Vol. 4, No. 2 (Fall, 1976), pp. 105-116.

Jordan, Barry, "Looks that kill, power, gender and vision in Laforet's *Nada*", *Revista Canadiense de Estudios Hispánicos*, Vol. 17, No. 1 (Otoño 1992), pp. 79-104.

Jorge de Sande, María del Mar, "Apuntes sobre la novela española femenina de posguerra", *Area and culture studies*, Vol. 70, 2005.

Kietrys, Kyra A., *Women in the Spanish Novel Today, Essays on the Reflection of Self in the Works of Three Generations*, McFarland, 2009.

Kim, Euisuk, "La dualidad del personaje masculino en *Las edades de Lulú* de Almudena Grandes", *Confluencia*, Vol 23, No. 2, SPRING 2008.

Kingery, Sandra, "Silencing Lesbian Desire in Ana Maria Moix's *Dedicatoria*", *Letras Femeninas*, Vol. 29, No. 2 (INVIERNO 2003), pp. 45-58.

Kurtz, Carmen, *Duermen bajo las aguas*, Barcelona, Planeta, 1955.
La Fuente, Inmaculada de, *Mujeres de la posguerra*, Barcelona, Planeta, 2002.
　　"Soledad Puértolas y la tenacidad de una narradora", *Clarín, revista de Nueva Literatura*, no 86, marzo-abril 2010.
Labovitz, Esther Kleinbord, *The Myth of the Heroine, The Female Bildungsroman in the Twentieth Century, Dorothy Richardson, Simone de Beauvoir, Doris Lessing, Christa Wolff*, New York, Peter Lang, 1986.
Laffey, Lee-Ann, "Frente al espejo, Escritura Epistolar y Creación de un nuevo 'yo' en *Nubosidad Variable*", *Cincinnati Romance Review*, 15 [1996], pp. 90-96.
Lagos, María Inés, *En tono mayor, relatos de formación de protagonista femenina en Hispanoamérica*, Santiago, Editorial Cuarto Propio, 1996.
LaLonde, Suzanne, "Una perspectiva psicoanalítica de *Nubosidad variable* de Carmen Martín Gaite", http://pendientedemigracion. ucm. es/info/especulo/numero45/nubocmg. html.
Lamar Morris, Celita, "Carmen Laforet's *Nada* as an expression of woman's self-determination", *Letras Femeninas* 1 (1975), pp. 40-46.
Lee, Sohyun, "El Bildungsroman y el realismo, la mujer como agente del libre albedrío en *Pepita Jiménez* de Juan Valera", *Divergencias. Revista de estudios lingusticos y literarios*, Vol. 2, No. 1, primavera de 2004.
Legido-Quigley, Eva, *¿Qué viva Eros? De la subversión post-franquista al thanatismo posmoderno en la narrativa erótica de escritoras españolas contemporáneas*, Madrid, Talasa, 1999.
Leggott, Sarah J., "History, Autobiography, Maternity, Josefina Aldecoa's *Historia de una maestra* and *Mujeres de negro*", *Letras Femeninas*, Vol. 24, No. 1/2, 1998, pp. 111-127.
　　"Re-membering Self and Nation, Memory and Life-Writing in Works by Josefina Aldecoa", *Confluencia*, 2004, Vol. 19, No. 2.
López, Francisca, *Mito y discurso en la novela femenina de posguerra en España*, Madrid, Pliegos, 1995.
López, Aurora & Pastor, María Angeles (eds.), *Crítica y ficción literaria, mujeres españolas contemporáneas*, Granada, Universidad de Granada, 1989.
López-Cabrales, María del Mar, *Palabras de mujeres, Escritoras españolas contemporáneas*, Madrid, Narcea, 2000.
López Gallego, Manuel, "El Bildungsroman. Historias para crecer", *Tejuelo*, No. 18, 2013, pp. 62-75.
Luna, Lola, *Leyendo como una mujer la imagen de la Mujer*, Barcelona, Anthropos, 1996.
Lutes, Leasa Y., *Allende Buitrago, Luiselli, Aproximaciones teóricas al concepto del*

bildungsroman femenino, New York, P. Lang, 2000.

Llorca Antolín, Fina, *Las mujeres entre la realidad y la ficción, una mirada feminista a la literatura española*, Universidad de Granada, 2008.

Macdonald Frame, Scott, "A private portrait of trauma in two novels by Ana María Matute", *Romance Studies*, Vol. 21(2), July 2003.

Mangini, Shirley, "Women and Spanish Modernism, The Case of Rosa Chacel", *Anales de la literatura española contemporánea*, Vol. 12, No. 1/2, Reading for Difference, Feminist Perspectives on Women Novelists of Contemporary Spain (1987), pp. 17-28

Martín Gaite, Carmen, *Cuentos completos*, Madrid, Alianza, segunda edición, 1981.

Usos amorosos de la postguerra espanola, Barcelona, Anagrama, 1987.

Entre visillos, Barcelona, Destino, 1998.

Nubosidad variable, Barcelona, Anagrama, 1992.

Desde la ventana, Enfoque femenino de la literatura española, Madrid, Espasa, 1993.

Obras completas, Carmen Martín Gaite, Edición de José Teruel, Madrid, Circulo de Lectores, 2008

Manteiga, Robert C., "El triunfo del Minotauro, ambigüedad y razón en *El mismo mar de todos los veranos* de Esther Tusquets", *Letras Femeninas*, Vol. 14, No. 1/2 (PRIMAVERA-OTOÑO 1988), pp. 22-31.

Martínez, Emilio de Miguel de, *La primera narrativa de Rosa Montero*, Universidad de Salamanca, 1983.

Martínez Sariego, Mónica María, "La retórica paternalista en *Diario de una maestra* de Dolores Medio", *Revista de literatura*, Tomo 74, No 148, 2012.

"La herencia mítica de Galdós en *Diario de una maestra* de Dolores Medio, Máximo Sáenz e Irene Gal como reactualización explícita de una pareja galdosiana", *VIII Congreso Internacional Galdosiano, Galdós y el siglo XX* (2005), Casa Museo Pérez Galdós, Las Palmas de Gran Canaria, 2009, pp. 332-346.

Martini, Fritz, "Bildungsroman—Term and Theory", *Reflection and Action, Essays on the Bildungsroman*, Ed. James Hardin, South Carolina, South Carolina UP, 1991, pp. 1-25.

Masanet Ríos, Lydia, *La autobiografía femenina española contemporánea*, Madrid, Fundamentos, 1998.

Matute, Ana María, *Primera memoria*, Barcelona, Destino, 1971.

Los hijos muertos, Barcelona, Destino, 1981.

La trampa, Barcelona, Destino, 1987.

Pequeño teatro, Barcelona, RBA, 1994.

Luciérnagas, Barcelona, Destino, 1999.

Los Abel, Barcelona, Destino, 1995.

Mayans Natal, María Jesús, *Narrativa feminista española de posguerra*, Madrid, Editorial Pliegos, 1991.

Mayoral, Marina, *Recóndida armonía*, Madrid, Alfaguara, 1994.

El oficio de narrar, Madrid, Cátedra, 1990.

Mayock, Ellen Cecilia, *The "Strange Girl" in Twentieth Century Spanish Novels Written by Women*, University Press of the South, 2004.

"Family Systems Theory and Almudena Grandes' *Las edades de Lulú*", *Anales de la literatura española contemporánea*, Vol. 29, No. 1 (2004), pp. 235-256.

"La sexualidad en la construcción de la protagonista de Tusquets y Mayoral-La dialógica feminista en Tusquets y Mayoral", http://www.ucm.es/info/especulo/numero22/tusq_may.html, 16 de Septiembre de 2006.

McGinnis, Kate, "Desde la ventana, ahora y entonces, tiempo, espacio y perspectiva en *Nosotros, los Rivero* de Dolores Medio", MIDDLEBURY COLLEGE Y NEW YORK UNIVERSITY EN ESPAÑA, http://www.gacetahispanica.comMedio, Dolores, *Diario de una maestra*, Madrid, Castalia, 1993.

Melgar-Foraster, Shaudin, "*L'hora violeta y Para no volver*, dos lenguas, Barcelona y la mujer", *Revista Canadiense de Estudios Hispánicos*, Vol. 26, No. 1/2, ESTUDIOS EN HONOR AMARIO J. VALDÉS (Otoño 2001 / Invierno 2002), pp. 155-165.

Minardi, Adriana E., "Trayectos urbanos, paisajes de la postguerra en *Nada*, de Carmen Laforet. El viaje de aprendizaje como estrategia narrativa", http://www.ucm.es/info/especulo/numero30/laforet.html.

Moix, Ana Maria, *Julia*, Barcelona, Lumen, 1991.

Walter, ¿por qué te fuiste?, Barcelona, Lumen, 1973.

Molinaro, Nina L., "La narrativa de Esther Tusquets", *AIH*, Actas X (1989).

Moliner, María, "Una reflexión acerca de la psiqué de la mujer comtemporánea a través de la voz femenina en la literatura, las mujeres de Mercé Rodoreda", *Asparkía*, iner núm 4, 1994, http://www.raco.cat/index.php/Asparkia/article/view/108074/154707.

Möller-Soler, María-Lourde, "Escritoras catalanas desde la 'Renaixença' hasta el ocaso del franquismo", *Letras Femeninas*, Vol. 10, No. 1 (1984), pp. 9-17.

"El impacto de la guerra civil en la vida y obra de tres novelistas catalanas, Aurora Bertrana, Teresa Pàmies y Mercè Rodoreda", *Letras Femeninas*, Vol. 12, No. 1/2 (PRIMAVERA-OTOÑO 1986), pp. 34-44.

Monleón, José B. (ed), *Del franquismo a la posmodernidad (Cultura española 1975-1990)*, Madrid, Ediciones Alcal, 1995.

Montejo Gurruchaga, Lucía, *Discurso de autora, género y censura en la narrativa española de posguerra*, Madrid, UNED, 2010.

"La narrativa de Carmen Kurtz, compromiso y denuncia de la condiciónsocial de la mujer española de posguerra", *Arbor, Ciencia, pensamiento y cultura*, No 719, 2006, pp.

407-415.

Montejo Gurruchaga, Lucía &Nieves Baranda Leturio (eds), *Las mujeres escritoras en la historia de la literatura española*, Madrid, Universidad Nacional de Educación a Distancia, 2002.

Montero, Rosa, *Crónica del desamor*, Madrid, Debate, 1979.

La función Delta, Madrid, Debate, 1999.

Montero Rodríguez, Shirley, "La autoría femenina y la construcción de la identidad en *Crónica del desamor* de Rosa Montero", *Filología y Lingüística*, XXXII (2), pp. 41-54, 2006.

Moral Padrones, Evangelina, *La mujer, alma de la literatura*, Valladolid, Centro Buendia, Universidad de Valladolid, 2000.

Moreno-Nuño, Carmen, *Las huellas de la Guerra Civil. Mito y trauma en la narrativa de la España democrática*, Madrid, Ediciones Libertarias, 2006.

Moret, Zulema, "La loca, la lectora y contar la vida en *La intimidad* de Nuria Amat", *Revista de literatura hispánica*, No. 51, 2000, pp. 165-172.

Moretti, Franco, *The Way of the World, The Bildungsroman in European Culture*, London, Verso, 1987.

Morgan, Ellen, "Humanbecoming, Form & Focus in the Neo-Feminist Novel", *Images of Women in Fiction, Feminist Perspectives*, Susan Loppelman Cornillon (ed), Bowling Green, Ohio, Bowling Green UP, 1972, p. 183.

Murphy, Katharine, "Unspeakable Relations, Eroticism and the Seduction of Reason in Rosa Chacel's *Memorias de Leticia Valle*", *Journal of Iberian and Latin American Studies*, Vol. 16, No. 1, April 2010, pp. 51-72.

Napiorski, Patricia, "Estrategias de resistencia. Hacia una propuesta andrógena en *La plaza del Diamante* de Mercè Rodoreda", *Letras Femeninas*, Vol. 30, No. 2 (INVIERNO 2004), pp. 29-46.

Navales, Ana María, *El regreso de Julieta Always*, Barcelona, Bruguera, 1981.

Navarra Ordoño, Andreu, *Dos modernidades, Juan Benet y Ana María Moix*, Badajoz, Editorial @bcdario, 2006.

Nichols, Geraldine Cleary, "*Julia*, 'This Is the Way the World Ends...'", *Novelistas femeninas de la postguerra española*, Ed. Janet W. Pérez, Madrid, Porrúa, 1983.

"A Womb of One's own, Gender and Its Discontents in Rodoreda", *Hispanic Research Journal*, vol. 9, No. 2, 2008, pp. 129-146.

"Caída/re(s) puesta, la narrativa femenina de posguerra", *Des/cifrar la diferencia. Narrativa femenina de la España contemporárea*, Madrid, Siglo XXI, 1992.

Nieva de La Paz, Pilar, *Narradoras españolas en la transición política*, Madrid, Fundamentos, 2004.

Novell, Yosebe, "Los cachorros de la posguerra, vitalidad literaria en el discurso

autobiográfico en España", *Providence*, Rhode Island, Brown University, 2005.
Nuñez Puente, Sonia, *Reescribir la femineidad, la mujer y el discurso cultural en la España contemporánea*, Madrid, Pliegos, 2008.
Niño, Ana, "Desnudar la voz. Entrevista a Nuria Amat", *Quimera*, 182 (1999), pp. 8-12.
O' Byrne, Patricia, "Spanish Women Novelists and the Censor (1945-1965)", *Letras Femeninas*, Vol. 25, No. 1/2 (PRIMAVERA-OTOÑO 1999), pp. 199-212.
"The Testimonial Literature of Twentiete-Century Spanish Women Novelists, Two Casestudies", *Romance Studies*, Vol. 26 (1), January 2008.
Odartey-Wellington, Dorothy, "De las madres perversas y las hadas buenas, una nueva visión sobre la imagen esencial de la mujer en las novelas de Carmen Martín Gaite y Esther Tusquets", *Anales de la Literatura Española Contemporánea*, 25. 2 (Spring 2000).
Olazagasti-Segovia, Elena, "En busca del tiempo perdido, Tres novelistas españolas cuentan su historia", *Letras Femeninas*, Vol. 18, No. 1/2 (PRIMAVERA-OTOÑO 1992), pp. 64-73.
Ordoñez, Elizabeth, "*La enferma*, de Elena Quiroga", *Letras Femeninas*, Vol. 3, No. 2 (Otoño 1977), pp. 22-30.
"*Los perros de Hecate* as a paradigm of narrative defiance", *Anales de la literatura española contemporánea*, No. 13, 1998, pp. 71-81.
"Quest for Matrilineal Roots and Mythopoesis, Esther Tusquet's *El mismo mar de todos los veranos*", *Crítica Hispánica*, 6, No. 1 (1984), pp. 37-46.
"Forms of Alienation in Matute's *La Trampa*", *Journal of Spanish Studies, Twentieth Century*, Vol. 4, No. 3 (Winter, 1976), pp. 179-189.
"Inscribing Difference, 'L'ecriture Feminine' and New Narrative by Women", *Anales de la literatura española contemporánea*, Vol. 12, No. 1/2, Reading for Difference, Feminist Perspectives on Women Novelists of Contemporary Spain (1987), pp. 45-58.
Ortega, Soledad, "Leticia Valle o la mirada perspicaz", *Un Angel Más*, Valladolid, No. 3-4, 1988, pp. 55-64.
Ortiz Ceberio, Cristina. , "Dos miradas sobre un mismo paisaje, El tratamiento del lesbianismo en *El mismo mar de todos los veranos* y *Con la miel en los labios* de Esther Tusquets", *Convergencias hispanicas. Selected Proceedings and Other Essays on Spanish and Latin American Literature, Film and Linguistics*. Eds. Elizabeth Scarlett and Howard B. Wescott. Newark DE, Juan de la Cuesta Hispanic Monographs, 2001, pp. 57-68.
Paatz, Annette, "Perspectivas de diferencia femenina en la obra literaria de Carmen Martín Gaite", http://www.ucm.es/OTROS/especulo/cmgaite/a_paatz1.htm
Palerm, Carmiña, "Memory, Writing and the City in Montserrat Roig's *Tiempo de cerezas*", *Revista Hispánica Moderna*, No. 1/2, 2004, pp. 159-172.

Paoli, Anne, "Mirada sobre la relación entre espejo y personaje en algunas obras de Carmen Martín Gaite", *Espéculo*, No. 28, 2004-2005.

Parrilla, Osvaldo, *Comparación y contraste del erotismo en la ficción de María de Zayas y Carme Riera*, Madrid, Pliegos, 2003.

Perassi, Emilia, *Mujeres en el umbral, la iniciacion femenina en las escritoras hispanicas*, Renacimiento, 2006.

Pereda, Rosa María, "Dos novelistas españolas se enfrentan a la historia de doña Urraca y al mito de Narciso", *El País*, 19 de junio de 1982.

Pérez, Janet, *Novelistas femeninas de la postguerra española*, Madrid, Studia Humanitas. Ediciones Porrua Turanzas, 1983.

"Variantes del arquetipo femenino en la narrativa de Ana María Matute", *Letras Femeninas*, Vol. 10, No. 2 (1984), pp. 28-39.

Contemporary Women Writers of Spain, Boston, Twayne Publishers, 1988.

"Alusión, evasión, infantilismo, Dolores Medio y la retórica precavida de los cincuenta", *Letras Femeninas*, Vol. 14, No. 1/2, 1988, pp. 32-40.

"Contemporary Spanish Women Writers and the Feminized Quest-Romance", *Monographic Review /Revista Monográfica*, No. 8 (1992), pp. 36-49.

Pérez-Magallón, Jesús, "Mas allá de la metaficción, el placer de la ficción en *Nubosidad variable*", *Hispanic Review*, 63 (Spring 1995), pp. 179-191.

"Leticia Valle o la indeterminacion genérica", *Anales de la literatura espahoña contemporánea*, 28.1 (2003), pp. 139-159.

Perssi, Emilia y Susana Regazzoni, *Mujeres en el umbral, La iniciación femenina en las escritoras hispánicas*, Sevilla, Renacimiento, 2006.

Pertusa, Inmaculada, *La salida del armario-Lecturas desde la otra acera*, Gijón, Llibros del Pexe, 2005.

Pertusa, Inmaculada, y Nancy Vosburg (eds), *Un deseo propio, antología de escritoras españolas contemporáneas*, Barcelona, Bruguera, 2009.

Petrea, Mariana, "La promesa del futuro, La dialéctica de la emancipación femenina en *Nada* de Carmen Laforet", *Letras Femeninas*, Vol. 20, No. 1/2 (PRIMAVERA-OTOÑO 1994), pp. 71-86.

Prieto, Char, *Cuatro décadas, cuatro autoras. La forja de la novela femenina española en los albores del nuevo milenio*, New Orleans, University Press of the South, 2003.

"Disgresiones sobre *Julia*, entrevista con Ana María Moix", *Confluencia*, Vol. 21, No. 2, Spring 2006.

Puértolas, Soledad, *Una vida inesperada*, Barcelona, Anagrama, 1997.

Quevedo, Francisco J., *Regreso a* La isla y los demonios *de Carmen Laforet*, Valencia, Aduana Vieja Editorial, 2012.

Quiroga, Elena, *La soledad sonora*, Madrid, Espasa Galpe, 1949.

Tristura, Barcelona, Noguer, 1960.

La enferma, Barcelona, Noguer, 1962.

Escribo tu nombre, Madrid, Espasa Calpe, 1993.

Ramblado Minero, María de la Cinta, "Conflictos generacionales, la relación madre-hija en *Un calor tan cercano* de Maruja Torres y *Beatriz y Los cuerpos celestes* de Lucía Etxebarria", *Espéculo Revista de Estudios Literarios*. Madrid, Universidad Complutense de Madrid, 2003.

Ramírez, Rebeca, *La nueva novela de formación sentimental posmodernista*, Filología y Lingüística, XXXI (1), pp. 57-69, 2005.

Redondo Goicoeche, Alicia (coord), *Mujeres novelistas, jóvenes narradoras de los noventa*, Madrid, Narcea Ediciones, 2003.

La vida escrita por las mujeres, vol. IV, Siglo XX, Barcelona, Círculo deLectores, 2003.

"La interminable posguerra, La escritura de Enriqueta Antolin en los años noventa", ies. berkeley. edu/pubs/workingpapers/OP-10-Interminable_Pos guerra. pdf.

Mujeres y Narrativa, Otra historia de la literatura, Madrid, Siglo XXI de España Editores, 2009.

Regazzoni, Susanna; TORO, Alfonso del y Ingenschay, Dieter (eds.), "Escritoras españolas hoy. Rosa Montero y Nuria Amat", *La novela española actual. Autores y tendencias*, Kassel, Edition Reichenberger, 1995, pp. 253-270.

Reisz, Susana, "Tropical como en el trópico. Rosa Montero y el boom femenino hispánico de los ochenta", *Revista Hispánica Moderna*, Año 48, No. 1 (Jun. ,1995), pp. 189-204.

Requena, C., "La mujer en los textos de Rosa Chacel (1898-1994)", *Espéculo*, No. 21, 2002, http://www. Ucm. es/info/especulo/numero21/rchacel. html.

Rico, Manuel, "La voz narrativa de Ana María Navales", introducción a *Cuentos de las dos orillas*, http:// www. Anamarianavales. com/ manuel_rico. htm.

Riera, Carme, *Pongo por testigo a las gaviotas, Palabra de mujer*, Barcelona, Laia, 1980.

Riddel, Maria del Carmen, *La escritura femenina en la postguerra espanola*, NewYork, Peter Lang, 1995.

Rodoreda, Mercè, *La Plaza del Diamante*, Barcelona, Edhasa, 1980.

La calle de las Camelias, Barcelona, Edhasa Bolsillo, 2000.

Rodríguez-Fischer (ed), *De mar a mar. Epistolario Rosa Chacel-Ana María Moix*, Barcelona, Península, 1998.

Rodríquez Fontela, María de los Angeles, *La novela de autoformación, una aproximación teórica e histórica al Bildungsroman desde la narrativa española*, Universidad de Oviedo, 1996.

Rodríquez, María Pilar, "La (otra) opción amorosa, *Te dejo, amor, el mar como ofrenda* de Carme Riera", *Confluencia*, Spring 1996.

"Encierros y fugas en la narrativa femenina española de los años cincuenta", *Revista Hispánica Moderna*, Año 53, No. 1 (Jun., 2000), pp. 121-132.

"Crítica lesbiana, lecturas de la narrativa española contemporánea", *Feminismo/s*. N. 1 (jun. 2003), pp. 87-102.

"Disidencias históricas, Rescates y revisiones en la narrativa femenina española actual", *Arizona Journal of Hispanic Cultural Studies*, Vol. 4 (2000), pp. 77-90.

Rogers, Elizabeth S, "Montserrat Roig's *Ramona, adiós*, A Novel of Suppression and Disclosure", *Revista de Estudios Hispánicos*, No. 20 (1986), pp. 103-121.

Roig, Monserrat, *Ramona, adiós*, Barcelona, Argos Vergara, 1980.

La hora violeta, Barcelona, Ediciones 62, 1981.

Rosales, Elisa, "*Memorias de Leticia Valle*, Rosa Chacel o el deletreo de lo inaudito", *Hispania*, Vol. 83, No. 2 (May, 2000), pp. 222-231.

Ruiz Guerrero, Cristina, *Panorama de escritoras españolas*, Universidad de Cádiz, 1997.

Sáinz ángel, José (1999), "Nada o el fracaso de una iniciación", *La torre, Revista de la Universidad de Puerto Rico* 4.14, pp. 719-733.

Salmerón, Miguel, *La novela de formación y peripecia*, Madrid, Antonio Machado Libros, 2002.

Sánchez Dueñas, Blas, *Literatura y feminismo, una revisión de las teorias literarias feministas en el ocaso del siglo XX*, Sevilla, Arcibel, 2009.

Sánchez, Raquel Martín, "La relación madre-hija en la obra de escritoras latinas, hacia un reconocimiento de genealogía femenina", *Confluencia*, Vol. 22, No. 1, 2006.

Sanz Roig, Diana, *Origen del yo poético femenino, la escritura de Rosa Chacel*, http://www.ub.edu/filhis/documentsweb/becarios/materiales/diana/chacel.pdf.

Sanz Villanueva, Santos, *La novela española durante el franquismo, itinerarios de la anormalidad*, Madrid, Gredos, 2010.

Scalia, Giovanna, "Una perspectiva de la guerra civil española, conflictualidad y amonestación en *Los mercaderes* de Ana María Matute", *AISPI. Actas XXII* (2004), Centro Virtual Cervantes.

Schumm, Sandra J., "Progressive Schizophrenia in Ana María Moix's *Julia*", *Revista Canadiense de Estudios Hispánicos*, Vol. 19, No. 1 (Otoño 1994), pp. 149-171.

Scott Doyle, Michael, "Entrevista con Ana Maria Matute, Recuperar otra vez cierta inocencia", *Anales de la literatura española contemporánea*, Vol. 10, No. 1/3 (1985), pp. 237-247.

Senís Fernández, Juan, *Mujeres escritoras y mitos artísticos en la España contemporánea, Carmen Martín Gaite, Espido Freire, Lucía Extebarria y Silvia Plath*, Editorial Pliegos, 2009.

"Compromiso feminista en la obra de Lucía Etxebarria", *Espéculo. Revista de estudios literarios*, http://pendientedemigracion.ucm.es/info/especulo/numero18/etxebarr.

html.

Servén Díez, Carmen, *Voces femeninas, hacia una nueva enseñanza de la literatura*, Madrid, Pliegos, 2008.

Smith, Alan E., "Galdós, Kafka y Rosa Montero, Contra el discurso patriarcal", *Revista HispánicaModerna*, Año 48, No. 2 (Dec.,1995), pp. 265-273.

Solé, Yolanda Pascual, "Mujeres españolas a lo largo de un siglo, las emociones como instigadoras de la búsqueda de la identidad y el conocimiento", *Romance studies*, 2007, Vol. 25, No. 1.

Solino, Maria Elena, "Tales of Peaceful Warriors, Dolores Medio's *Diario de una maestra* and Josefina R. Aldecoa's *Historia de una maestra*", *Letras Peninsulares* (Spring 1995), pp. 27-38.

Solorza, Paola Susana, "Género, cuerpo y escritura, la contingencia de las prácticas", *Espéculo*, No. 39, 2008.

Sordo, Enrique, "Dos niñas ante el mundo", *El Ciervo*, Año 26, No. 305 (PRIMERA QUINCENA DE ABRIL DE 1977), p. 27.

Soriano, Elena, *Mujer y hombre, La plaza de los locos, Espejismo, Medea*, Barcelona, Plaza & Janés, 1986.

Soriano, Mercedes, *Contra vosotros*, Madrid, Alfaguara, 1991.

Sotomayor, Carmen, "El espacio y la construcción de la identidad en *La enredadera* de Josefina Aldecoa", *Letras Hispanas*, Vol. 5, Issue 1 Spring, 2008.

Soufas, C. Christopher, "Ana María Moix and the 'Generation of 1968', *Julia* as (Anti-) Generational (Anti-) Manifesto", *Nuevos y novísimos. Algunas perspectivas críticas sobre la narrativa española desde la década de los* 60, Eds. Ricardo Landeira and Luis T.

González-del-Valle. Boulder, CO, Society of Spanish and Spanish-American Studies, 1987, pp. 217-228.

Stevens, James R., "Myth and Memory, Ana María Matute's *Primera Memoria*", *Symposium*, 25,2 (1971, Summer), p. 198.

Szurmuk, Mónica, "Feminismo, memoria e historia en L'Hora Violeta de Montserrat Roig", *Journal de hispanic reserch*, Vol. 4, 1995-1996.

"Intersecciones ideológicas en la obra de Monserrat Roig", *Escritos. Revista del Centro de Ciencias del Lenguaje*, No. 25, enero-junio de 2002, pp. 157-174.

Talbot, Lynn K., "Entrevista con Josefina R. Aldecoa", *Anales de la literatura española contemporánea*, 14 (1989), pp. 239-248.

"Entrevista con Rosa Montero", *Letras Femeninas*, Vol. 14, No. 1/2(PRIMAVERA-OTOÑO 1988), pp. 90-96.

Teruel, José, "La ficción autobiográfica de tres mujeres, *Nubosidad variable*", *Confluencia*, 13,1 (Fall 1997), pp. 64-72.

Toro, Vera, *La obsesión del yo, la auto (r) ficción en la literatura española y latinoamericana*, Iberoamericana, 2010.

Torre Fica, Iñaki, "Discurso femenino del autodescubrimientoen *Nubosidad variable*", http://www.ucm.es/info/especulo/cmgaite/ina_torre.html.

Torres Rivas, Inmaculada, *Rosa Montero. Estudio del personaje en la novela*. Málaga, Servicio de Publicaciones e Intercambio Científico de la Universidad de Málaga, 2004.

Torres Bitter, Blanca, "*Tristura*, de Elena Quiroga, de los signos temporales a la organización antitética del relato", *Analecta Malacitana*, 10 (1987), p. 405.

Estudios de los modos narrativos en el discurso autobiográfico de [Tristura], de Elena Quiroga, Universidad de Málaga, Servicio de Publicaciones e Intercambio Científico, 2001.

Trueba, Virginia, "La escritura de *La intimidad* (una novela de Nuria Amat)", *Notas y Estudios Filológicos*, 14 (1999), pp. 265-279.

"Nuria Amat, la salvación de la literatura", www.literateworld.com/spanish/2002/entrevistas/feb/entreconnuria.html.

Tsuchiya, Akiko, "Reflections on Historiography in Montserrat Roig's *L'hora violeta*", *Arizona Journal of Hispanic Cultural Studies*, Vol. 2 (1998), pp. 163-174.

Urbanc, Katica, *Novela femenina, crítica femenina, cinco autoras españolas*, Toledo, Textos Toledanos, 1996.

"Soledad Puértolas, he vuelto a la realidad de otra manera", http://www.ucm.es/OTROS/especulo/numero8/k_urbanc.htm.

Urioste, Carmen de, "Las novelas de Lucía Etxebarria como proyección de sexualidades disidentes en la España democrática", *Revista de estudios hispánicos*, 34, 1 (2000, enero), p. 123.

Novela y sociedad en la España contemporánea (1994-2009), Madrid, Editorial Fundamentos, 2009.

Valbuena-Briones, A. Julián, "El experimento narrativo de Esther Tusquets-una incursión estilística en *El mismo mar de todos los veranos*", *AIH, Actas XI* (1992).

Vera Saura, Carmelo, *Escritoras en teoría y obra*, Sevilla, Arcibel, 2008.

Villalba, Marina (ed), *Mujeres novelistas en el panorama literario del siglo XX*, Cuenca, Universidad de Castilla-La Mancha, 2000.

Narrativa española a finales del siglo XX, 62 escritoras de actualidad, Editorial @becedario, 2005.

"Amor & desamor en la narrativa femenina española de los 90", AIH, Actas XIII Congreso de La Asociación Internacional de Hispanistas, Madrid, 1998 (Tomo II).

Winecoff, Janet, "Style and Solitude in the Works of Ana María Matute", *Hispania*, Vol. 49, No. 1 (Mar., 1966), pp. 61-69.

Wythe, George, "The World of Ana María Matute", *Books Abroad*, Vol. 40, No. 1

(Winter, 1966), pp. 17-28.

Zatlin, Phyllis, "La aparición de nuevas corrientes femeninas en la novela española de posguerra", *Letras Femeninas*, Vol. 9, No. 1, 1983.

"Women novelists in democratic Spain, Freedom to express the female perspective", *ALEC* 12 (1987), pp. 29-44.

"Passivity and Immobility, Patterns of Inner Exile in Postwar Spanish Novels Written by Women", *Letras Femeninas*, Vol. 14, No. 1/2(PRIMAVERA-OTOÑO 1988), pp. 3-9.

Zavala, Iris M (Cood), *Breve historia feminista de la literatura española* (en lengua castellana), Tomo V. *La literatura escrita por mujeres* (Desde siglo XIX a la actualidad), Barcelona, Anthropos, 1998.

Feminismos, cuerpos, escrituras, Madrid, La Página Ediciones, 2000.

Zecchi, Barbara, "Inconsciente genérico feminismo y *Nubosidad variable* de Carmen Martín Gaite", *ARBOR Ciencia, Pensamiento y Cultura*, CLXXXII 720, julio-agosto (2006), pp. 527-535, http://arbor. revistas. csic. es/index. php /arbor/article /view Article/48.

Zovko, Maja, "Educación femenina y masculina a través de la narrativa de Elena Quiroga", *Itinerarios*, VOL. 12, 2010.

Fundación Dolores Medio, *Cincuenta años de Nosotros los Rivero*, Oviedo, KRK Ediciones, 2003.

Litoral Femenino. Literatura escrita por mujeres. Número monográfico de la revista *Litoral*, Edición, selección e introducción de Lorenzo Saval y Javier Gallego, Málaga, 1986.

Un lugar llamado Carmen Martín Gaite (eds. José Teruel y Carmen Valcárcel), Editorial Siruela, 2013.